U0444138

21世纪
年度最佳
外国小说
2018—2019

活在你手机里的我

Текст

［俄罗斯］德米特里·格鲁霍夫斯基/著

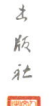

李新梅/译

人民文学出版社

著作权合同登记号　图字 01-2019-4215

© Dmitry Glukhovsky
Agreement by www.nibbe-literary-agency.com

图书在版编目(CIP)数据

活在你手机里的我/(俄罗斯)德米特里·格鲁霍夫斯基著;李新梅译.—北京:人民文学出版社,2019
(21世纪年度最佳外国小说)
ISBN 978-7-02-015075-5

Ⅰ.①活… Ⅱ.①德…②李… Ⅲ.①长篇小说—俄罗斯—现代 Ⅳ.①I512.45

中国版本图书馆CIP数据核字(2019)第042640号

责任编辑　李丹丹
装帧设计　黄云香
责任印制　任　祎

出版发行　人民文学出版社
社　　址　北京市朝内大街166号
邮政编码　100705
网　　址　http://www.rw-cn.com

印　　刷　三河市中晟雅豪印务有限公司
经　　销　全国新华书店等
字　　数　274千字
开　　本　880毫米×1230毫米　1/32
印　　张　11.75　插页1
印　　数　1—6000
版　　次　2019年9月北京第1版
印　　次　2019年9月第1次印刷

书　　号　978-7-02-015075-5
定　　价　56.00元

如有印装质量问题,请与本社图书销售中心调换。电话:010-65233595

出版说明

评选并出版"21世纪年度最佳外国小说",是一项新创的国际文学作品评选活动和出版活动。在世界文学格局中,由中国文学研究机构和文学出版机构为外国当代作家作品评奖、颁奖,并将一年一度进行下去,这是一个首创。

"21世纪年度最佳外国小说"评选活动由人民文学出版社和中国外国文学学会及各语种文学研究会(学会)联合举办,人民文学出版社主办。评选委员会由分评选委员会和总评选委员会构成。各语种文学研究会(学会)遴选专家,组成分评选委员会,负责语种对象国作品的初评工作;再由人民文学出版社、中国外国文学学会及上述各语种文学研究会(学会)委派专家组成总评委会,负责终评工作。每一年度入选作品不得超过八部。入选作品的作者将获得总评委会颁发的证书、奖杯,作品由人民文学出版社组成丛书出版,丛书名即为:"21世纪年度最佳外国小说"。

总评委会认为,入选"21世纪年度最佳外国小说"的作品应当是:世界各国每一年度首次出版的长篇小说,具有深厚的社会、历史、文化内涵,有益于人类的进步,能够体现突出的艺术特色和独特的美学追求,并在一定范围内已经产生较大的影响。

总评委会希望这项活动能够产生这样的意义,即:以中国学者的文学立场和美学视角,对当代外国小说作品进行评价和选择,体现世界文学研究中中国学者的态度,并以科学、谨严和积极进取的

1

精神推进优秀外国小说的译介出版工作,为中外文化的交流做出贡献。

自 2002 年第一届评选揭晓到 2014 年,"21 世纪年度最佳外国小说"评选活动已成功举办 13 届,共有 23 个国家的 80 部优秀作品获奖,其中,2006 年度、2003 年度法国获奖作家勒克莱齐奥和莫迪亚诺先后荣获了 2008 年、2014 年诺贝尔文学奖,足见这一奖项的权威性和前瞻性,也使"21 世纪年度最佳外国小说"成为一个名副其实的重要文学奖项。

自 2008 年开始,这套书不再以外文原版书出版时间标示年度,而改为以评选时间标示年度。

自 2014 年起,韬奋基金会参与本评选活动,在"21 世纪年度最佳外国小说"评选基础上,设立"邹韬奋年度外国小说奖",每年奖励一部作品。

我们感谢韬奋基金会的鼎力支持。我们相信,"21 世纪年度最佳外国小说"的评选及其出版将结出更加丰硕的成果。

人民文学出版社
"21 世纪年度最佳外国小说"评选委员会

"21世纪年度最佳外国小说"评选委员会

总评选委员会

主　任

聂震宁　陈众议

委　员

（以姓氏笔画为序）

史忠义　刘文飞　李永平　陈众仪

肖丽媛　金　莉　高　兴　徐少军

聂震宁　程朝翔　臧永清

秘书长

欧阳韬　陈　旻

俄罗斯文学评选委员会

主　任

刘文飞

委　员

（以姓氏笔画为序）

刘文飞　邱运华　吴泽霖　吴晓都　张晓强　侯玮红

俄罗斯当代作家格鲁霍夫斯基的《活在你手机里的我》是一部现代版的《罪与罚》,由无辜的获罪和非法的惩罚构成的小说情节起伏跌宕,扣人心弦;相继扮演两位男主人公"第二自我"的手机则构成一个关于当代生活的巨大隐喻,即人类生活的"文本化"以及"文本"作为人的"双重人格"的存在方式及其悖论内涵。

"21 世纪年度最佳外国小说"评选委员会

Будучи современным вариантом《Преступления и наказания》, роман《Текст》Дмитрия Глуховского рассказывает нам сюжетную историю о безвинном преступлении и беззаконном наказании; мобильный телефон, как *altra ego* двух героев романа, является большой метафорой, которой писатель показывает нам процесс "текстонизация" современной жизни и образ существования и парадоксальное значение данного "текста" как "двойника" человека.

Жюри Премии
"Лучший зарубежный роман года 21-века"

致中国读者

亲爱的朋友们！

我从遥远的国家——俄罗斯给你们写信，你们根本不了解这个国家，或者说，可能你们自以为很了解它——就像我们在俄罗斯自认为了解中国一样。但当我漫步北京街头，与我的中国朋友们聊天时，我才明白，我对中国完全一无所知，它要复杂得多，令人吃惊得多，最主要的是——比我想象的要人性化得多，我是从杂志和纪录片中获得的对你们国家的看法。

可你们所知道的那个俄罗斯——有红场、列宁墓、歌曲《莫斯科郊外的晚上》的俄罗斯，旧电影里那个浪漫神奇的俄罗斯，苏联及其未实现的乌托邦的继承者——它并不存在；它也许从来就没有存在过。

外国游客通常都会被安排沿着固定线路参观——这是列宁墓，这是带金色洋葱头的东正教教堂，这是地铁，这是礼品店，就在这里买带五角星的防寒帽吧，还有套娃。这是推荐的俄罗斯餐厅：有红菜汤、俄式饺子和沙拉。不要远离旅游团。不要打断导游的话。

你们从旅游大巴窗户看着周围来来往往的莫斯科人，就会想：这些奇怪的人，如此像我们又如此不像我们，他们也许有自己的生活,真正的、独一无二的生活。他们有房子、工作、初恋、与丈夫或妻子的争吵、孩子(起初他们害怕有孩子,可现在只为他们而活)。所有这一切,也许根本不像我们的生活——但同时又与我们的一模一样。

当我开始写这部小说时,我的最主要任务是捕捉并描绘出我的国家、我的莫斯科市、我的时代最真实、最准确的肖像。甚至不是肖像,而是快照。以前我会说——是"宝丽来"拍的快照,而现在我会说——是"苹果手机"拍的快照。

知道吗?美国电影里的中学生经常做"时间囊",拿一个铁皮盒子,往里面放上自己珍视的东西——心爱的连环画、玩具、中学时代的作业本、来自心爱的姑娘或男孩的信——然后埋入自家的院子里,二十年后再挖开回忆过去的自己。我想在这本书中制作的大概就是这样的"时间囊"。我从我们今天的生活中提取最真实的东西——公交车里各种各样的谈话、单元楼入口处的文字、电视新闻、广告、各种灾难和喜悦、俚语、俄罗斯生活中鲜活的主要问题——然后把它们焊入这个时间囊里,焊入自己的小说。

当你们读这部小说时,你们也许会觉得我写的内容不可能发生,因为这不像那个童话般的俄罗斯,那个你们从旅游大巴的窗户和明信片上看见的俄罗斯。但无论我从俄罗斯读者——大学生、演员、警察、过去的囚犯、政治家和新闻记者——那里听到多少反馈,他们全都表示:这本书里的一切与生活中的一切一模一样。这些反馈是对我最大的肯定。这意味着我的主要意图达到了。

欢迎光临真正的俄罗斯。

致礼!

德米特里·格鲁霍夫斯基

德、良心、家庭等方方面面的问题。但小说比《罪与罚》更具悲剧性,更令人绝望。拉斯柯尼科夫杀人后仍旧有母亲和妹妹作为心灵寄托,有善良真诚的女友索尼娅诉说恐惧,有自首和服刑的方式换取生路,有基督信仰来获得灵魂救赎。而男主人公伊利亚杀人后既没有任何心灵寄托,也没有女友可以诉说恐惧。对于一个刚刚经历了七年牢狱之灾,且在牢里经历了生不如死的屈辱和痛苦的青年来说,重返牢狱不如自毙,因此他也没有自首和服刑换取生路的可能性。而在信仰缺失、唯利是图、一切以钱权为导向的现代社会,根本无法谈及信仰的救赎力量,只能依靠个人的良心。有良心的伊利亚能救赎别人,却无法救赎自我。死亡是他唯一的出路,这既是不公正的当代俄罗斯社会将他逼向死胡同的结果,也是他个人的一种道德选择,因此小说以警察对他的围攻捕杀和他自杀的混乱场面悲剧收场。

小说属于典型的现实主义作品,更准确地说,属于当今批判现实主义作品。小说对当代俄罗斯社会现实的批判显而易见,比如警察的为非作歹和监狱体制的混乱无序,权贵阶层的狼狈为奸、荒淫无度,毒品买卖和黑社会势力的猖獗,青年吸毒、酗酒、纵欲,家庭和社会责任感缺失等普遍的道德堕落现象。小说同样富含道德教育意义和目的。主人公伊利亚作为一个道德正面形象清晰展现在读者面前,他身上体现出追求正义、善于反省、为爱牺牲、勇于担当等优秀品质。小说的故事情节也跌宕起伏、引人入胜,能让读者在阅读过程中产生高度的紧张感,激起读者兴奋、快乐、失意、难过甚至哭泣的各种阅读体验。在意义缺失、形象模糊、情节涣散的后现代主义文学背景下,这部现实主义小说让长久受困于令人窒息的环境中的读者突然得到一大股氧气充足的新鲜空气般酣畅淋漓。

与此同时,作家在这部小说中表现出非同一般的遣词造句手法和自由支配语言的能力。小说通篇使用隐喻和转义,将原本不可搭配的词天马行空地组合使用,让人只可意会不可言传。这增加了原著的美感,但同时增加了翻译的难度,让译者在翻译过程中常常有捉襟见肘、黔驴技穷之感。再加上作家为设置悬念、刺激读者阅读兴趣而故意使用的各种语言和文字游戏,迫使译者在翻译过程中大量查阅词典,求教俄罗斯汉学家甚至作家本人。这同样需要读者在阅读过程中细心体会词语和话语中包含的深意,有时甚至需要将前后文结合起来阅读,寻找情节的前因后果和逻辑联系。

　　本人不仅用脑、用心,而且用情翻译这部小说。翻译过程中时而忍俊不禁、开怀大笑,时而扼腕痛惜、悲伤不已,情到深处时停笔不译,伏在电脑前哭泣。总之,这是一部能触动人的神经、唤起人的良知、催发人的思考的杰作。希望读者阅读时有如我一样的体验。如果没有,那就请原谅本人的文学翻译水平有限,未能充分传达出原文的语言力度!

1

窗户映照出十一月苍茫的暴风雪以及模模糊糊的云杉。电线杆像黑白电影里的镜头一幅幅滑过,让人眼花缭乱。窗户映照出的俄罗斯,与从索利卡姆斯克[①]延伸出来的那个俄罗斯一模一样:同样有云杉、白雪、电线杆,接着是林中空地中歪歪斜斜的木屋、火车站以及看起来像缺乏维生素的两层砖墙小楼,同样是——成千上万密密麻麻的云杉,它们矗立在道路两旁——像铁刺缠绕,让人无法通行。但在窗外这个广袤无垠、千篇一律的俄罗斯自然造物里,隐藏着它所有的实力、雄伟和魅力。真他妈的美啊!

"你打算做什么?"

"我要活着。你呢?"

"我想杀了他。"

"嗯。可我原谅了他。我现在想活着。可以再借用一会儿电话吗?妈妈不知为啥没接。"

[①] 索利卡姆斯克是俄罗斯彼尔姆州第三大城市,位于中乌拉尔山西坡,卡马河中游卡马水库北端。

＊　　　＊　　　＊

　　雅罗斯拉夫尔火车站弥漫着新鲜空气和内燃机炉渣混合而成的浓烈气味。当你闻过卧铺车厢里的酸腐味，火车连廊里的烟熏味、铁皮味和甜腥的尿液味后——这里的空气实在太充足：氧气过量，一下子像浓茶一样浸润大脑。

　　莫斯科也是如此，它在云杉道的尽头像浩瀚的宇宙一样对外来者敞开胸怀。裹得严严实实的人们跳出车厢，跨过沟壕来到站台，卸下用胶带捆扎的中国式方格旅行箱，然后双手将它们抓住，沿着月台往远处四散而去，就像强击机沿机场跑道起飞一样。远处烟雾朦胧，迷雾中的宫殿、城堡和高地，都向外来的人们散发出微弱的光芒。

　　伊利亚比谁都不着急，他在人流中无须用力——随波逐流即可。他嗅着莫斯科的天空，时不时地抬起有些生疏的双眼看看远方，暗自吃惊。外面很亮，像童年时一样。十一月阴沉的莫斯科刺得他眼睛发痛。

　　他到莫斯科了，但还没进城区。火车站还只是在郊区，它污渍斑斑，像被油盐浸过。不过，就像孟加拉国使馆不管怎么说都属于孟加拉国领土一样。

　　站台的尽头设有通行检查。伊利亚习惯性地越过别人的脑袋远远看见了岗哨。灰色的制服，油腻的嘴脸。锐利的双眼在搜寻着，似乎能一眼看穿。这个，这个，这个。甚至有拴着链子的工作犬：与警犬一模一样。但显然，它不是真正的警犬。也许只是嗅嗅毒品、炸药之类的东西。但它可是能嗅出恐惧的。

　　伊利亚开始眼望空处，避免遇到别人直勾勾的目光，也避免自己盯着别人看。他开始什么也不想，避免流露出任何迹象。

　　"年轻人！"

他立刻顺从地呆立在那里。他们怎么认出他的？根据皮肤的颜色？驼起的背？或者低垂的头？就像狗识别出野兽那样？

"请过来。出示证件。"

他递上护照。他们翻到备注页，呵斥着问话。

"从哪儿回来的？"

撒谎还是说真话？他们是不会检查的。我就说自己去了……去了某地。休假。去奶奶家。出差。他们怎么检查呢？

"服刑了。执行判决。"

"释放证。"

他们立刻换了一种口气和他说话。主人式的。

他掏出证件。中尉拿着证件转过身子，朝无线电台嘀咕着，同时听着那边的答复；伊利亚默默地站着，没有争辩。他清白无辜。从头到尾服满了刑期：曾被拒绝假释。

"改造好了，伊利亚·利沃维奇？"中尉终于转向他，但没归还证件，不知为何将其对折起来。

莫斯科在中尉的背后越来越远，缩成一团，天空也越来越狭小，卷了起来。人群的喧闹声和汽车的轰鸣声渐渐平息。中尉及他的大肚子、油迹斑斑的胸膛、丑陋的嘴脸，取代了整个莫斯科。伊利亚似乎知道：他什么也不会对他做。只是想让他感觉到他有权力。那样他会舒服一些，也就会放了伊利亚。他现在是在捍卫自己的权力，他正是为了这个才来上班的。

"是的，长官。"

"回居住地？"

"回洛勃尼亚。"

"户口地址是？"

"仓库大街，六号。"

中尉查了护照，毫无必要地将备注页揉得皱皱巴巴。他可能与伊利亚年龄相仿,但肩章让他看起来更老一些,尽管伊利亚——而不是他——这七年来每一年过得都顶三年。

"你是回家呀。你有这个权利。"他哼了一下,"第二百二十八条①,"他读完后说,"第一款。是什么?第一款。提醒我一下。"

"准备。销售。我只是准备销售而已,长官。"

伊利亚看着他下巴下方一点的位置——这是个特别的位置,谈话时应当看着工作人员的这个位置,不能盯着眼睛或地板。

这个混蛋在拖延时间,他喜欢让时间为自己折腰,就像他折弯铁丝一样。

突然工作犬开始朝着一个疲惫不堪的塔吉克人狂叫,这个塔吉克人带着像所有人那样的方格包。

"好了。不要忘记去登记,"中尉把证件塞给伊利亚,"而且以后别再做生意了。"

伊利亚点了点头,走到一边,把证件收进自己温暖的衣服内袋里,刚才被盘问时,他本人也想藏进这个口袋。中尉已经开始忙着盘问塔吉克人了,塔吉克人更有希望。

他通过检查了。

受挫的世界逐渐恢复知觉,开始有了声音。

但现在,当伊利亚接近莫斯科时,他满眼全是从远处的火车上看不见的民警。火车站的广场上,地铁站的入口处,汽车站的小亭子里。一群一群,全都长着警犬一样的眼睛。不过,问题可能不在于莫斯科,而在于伊利亚本人。

*　　*　　*

他是夏天被带走的,秋天结束时获释。他被释放时的莫斯科,

---

① 即俄罗斯刑法第二百二十八条。

4

不再像他被带走时的莫斯科。

莫斯科现在就像十一月光秃秃的树——湿湿的,黑黑的;以前莫斯科到处是鲜艳的招牌和售货亭,里面什么都有——现在它变得严肃了,从身上抖下花花绿绿的东西,变回到原样。

可伊利亚喜欢以前的莫斯科,那时它像一个闹哄哄的大集市——他觉得他能在这个集市上为自己买到任何未来。那时他每天乘电气火车从自己的家乡洛勃尼亚来到莫斯科——来到学校、俱乐部、音乐会——而且每次他都将自己想象成莫斯科人。他只需要念完书,在市中心找到工作,然后和朋友们一起租房。莫斯科的土地很神奇,它富含生长激素:只要你往里面塞进自己的欲望——它们就会生长,然后你就会有带薪水的工作、时髦的朋友、最漂亮的姑娘。莫斯科善于自我陶醉,并善于将自己的陶醉分享给所有人。在莫斯科一切皆有可能。即使伊利亚从它那膨胀的甜面团上揪下自己的一小块幸福,莫斯科也不会有什么损失。

而现在它仿佛在他的梦里——在牢区时,他可是总梦见它。它现在变得更严厉,更光洁,更严肃,更官方了——也因此看起来像人们周一因周末喝醉酒而得了后遗症那样。他辨认了半天也没认出它。感觉自己在这里是个异乡人,是个旅行者,是个来自索利卡姆斯克的旅行者,而且还是来自过去。

他在三个火车站的公共广场上站了一会儿。站在其他同样发愣的外省人中间,他这个来自牢区的外来者已经不那么显眼了。可以做做深呼吸,还可以眨眨眼。

他眨了眨眼,开始前行。

他小心翼翼地踩着莫斯科的土地,以免它因为他幅度过大、为时过早的脚步声而真的成为消失的梦境;以免自己醒来时发现它已离去,而自己穿着像画布一样粗糙的灰色监狱服,待在冰冷的、不透气的、散发着臭袜子味的营房中,躺在架子床上,躺在命运陷入死胡同且时时刻刻担心自己犯错的人中间。

但莫斯科坚实地矗立在那里。它的确在那里,而且永远在那里。

他被释放了。的确是被释放了。

伊利亚用剩的不多的钱买了地铁票,然后走向地下。迎面而来的是电梯从地下送上来的莫斯科人——可以好好看看他们的脸了。七年里人们的穿着变好了,就连塔吉克人也是。人们坚定地望着上前方,很多人无法忍受等待半分钟而选择爬楼梯:出了地面有很多急事要办。伊利亚想起来了,莫斯科人的生活总是忙忙碌碌。而牢区让人没有时间概念。

在迎面而来的人群当中——有相爱相拥的老人,有在手机里听过的流行歌手,有不屈服于年龄的朋克——伊利亚唯独害怕女人。这些年他已不习惯女人了。他似乎忘了她们如此非同寻常,比常人要漂亮得多!

而且假如她们中的某一位突然回应伊利亚的目光,他会追随她的诱饵,而她将吸引着他反道而行——让他跟随自己,上到地面。

然后有一个女人皱了皱眉,无声地抽了抽鼻子,伊利亚立刻蔫了,蜷缩起来:她们肯定能看出他不久前还是个囚犯。仿佛他的额头上刻有灰蓝色的囚犯的文身,土黄色的皮肤也说明了这一点。他身上的衣服像粗布工作服。女性能在男性身上嗅出危险,嗅出饥饿和不可靠——这是她们身上的兽性,永远不会错。

伊利亚继续时不时地偷偷打量她们,有点拘谨,生怕谁会再次揭穿他。他偷偷打量着——而且情不自禁地在每个女人身上寻找维拉的影子。

他决定无论如何也不给维拉打电话。

原谅她的一切,但不给她打电话。打电话对他毫无用处,即使她同意通电话。只是听听她的声音吗？有什么必要？他自己已经无数次变换角色替她说出了问题和答案、劝告和责备。他想象中的维拉总是避而不答。

真正的维拉已经通过一个电话向他解释了一切，那是他入狱后的第二年。她道歉，竭尽所能忏悔。说自己不想撒谎，说自己遇到了一个人，说她有权利追求自己的幸福。她不停重复这句话，就好像伊利亚和她争论似的。而他和她从来没有当着别人的面争论过。

她一次也没看望过他。

因此他是在同想象中的维拉争论——而且是五年。即使在想象中他也无法让维拉回心转意。

在地铁车厢里他可以毫不畏惧地看着人们，甚至是坐在正对面的人。车厢里谁也顾不上他：全都沉浸在自己的手机世界里。全都在滑动屏幕：涂脂抹粉的大妈们用染过的指甲，斜眼的外地劳工用老茧，中学生用细如火柴的手指。所有人在玻璃屏幕里面都有另一种更有趣更真实的生活。以前智能手机是给赶潮流的人用的，给年轻人的。而伊利亚坐牢的这几年，网络变得像怪兽一般，老人也用，乳臭小儿也用。

他们的牢房里只有一部手机。当然，不是伊利亚的。伊利亚不得不用妈妈转交的包裹里的香烟作为交换，打几秒钟电话，上几分钟 VK①。包裹掏出时，钱会立刻被没收，而香烟减半——这是纳税。打电话非常贵，所以先听几秒妈妈的声音，然后留几分钟逛逛维拉的网页——时间很少。虽然维拉几乎不往网上放自己的照片，只放一些视频链接，或个性测试等无聊的东西。也许她明白，伊利亚正从监狱里注视着她，而她不想让他看见。

---

① VK 是俄罗斯的社交软件。

伊利亚有时竟然还能省出一点时间看看狗崽子。看他那里的情况。看他的生活。看他晋升到了什么职位。看他在泰国的休假。看他在欧洲的样子。看他为自己买了一辆啥样的"英菲尼迪"。看他抱着什么样的姑娘。

狗崽子的生活光鲜亮丽。每当看见狗崽子的照片时,他的嗓子像被钩子挂住了一样发痒,心像被刀刮一样痛。他看不下去——却又无法不看:仿佛是另一个人在替他生活一样。

伊利亚的话费不够用来关注世界上的其他内容。牢区里的生活,只能别人欠你的,不能你欠别人的。

没关系,他习惯了没有手机。尽管入狱前他一直幻想有一部手机,甚至提前一年向母亲预定了手机作为生日礼物。每次到学校上课时,他就把它放在课桌上,以引起姑娘们望着屏幕长长的对角线时的欢呼。

这还不是他在那里不得不适应的主要东西。

他在萨韦洛夫站出了地铁。

又是民警。到处是民警。

成千上万辆汽车缓缓地驶过三环,车灯白天也亮着,车轮下的脏泥被甩到空中,人流从地下通道喷涌而出,莫斯科在痉挛,在喘息,但还活着。伊利亚很想触摸它,想触摸一切,抚摸一切。七年来他一直想触摸一下它——莫斯科。

"我到洛勃尼亚。"

电气火车变化很大。

他记得以前的电气火车是脏兮兮的,绿绿的,玻璃上有划痕,车厢两侧画满涂鸦,安放着公共木长椅,地上满是瓜子壳,洒出的啤酒慢慢挥发,于是所有的东西都散发着啤酒味。而现在是白净的新车,车体上有黄箭头形状的标志,座位是软的:每个人都有自己的座位。乘客们彬彬有礼地坐在那里。白净的列车让他们变得高尚起来。

"想不想和我一起去看娜芙卡①?滑冰秀。"一个疲惫不堪的大妈对另一个大妈说,"我在那里看过仙境剧。"

"也许去。娜芙卡是不是嫁给这个人了,长着小胡子,是吗?这人是普京的秘书。不错的男人,仪表堂堂呀。"那个大妈回应道。她五十多岁,疲惫不堪,但脸上的粉涂得像灰泥一样厚。

"得了吧,"第一位大妈摆摆手说,"娜芙卡本来可以选个更好的。你知道我喜欢谁吗?拉夫罗夫。拉夫罗夫不错。要是我的话,就选拉夫罗夫。他比你那个络腮胡更果断。"

伊利亚听着,但什么也不明白。火车缓缓前行。空肚子咕咕叫,胸口隐隐作痛。他舍不得花钱买火车站的羊肉馅饼:小摊上的价格是莫斯科的消费标准,而他的路费却是索利卡姆斯克的标准。很快就能喝到妈妈做的热汤了,有什么必要花钱买羊肉馅饼呢?

他很想喝妈妈做的汤。三天才出味道的那种。带酸奶油。像童年时姥爷教他的那样,往里面弄点干面包。蘸点汤,让面包皮在汤里融化,但不要弄化面包瓤,而要让它保持脆脆的,先闻闻菜汤——然后不顾烫嘴,舀一勺倒进嘴里。

他开始流口水。

而妈妈可能会面对着他,坐在角落里那个半米长的小桌子后面——也许还会号啕大哭。多长时间没见面了呀。

他入狱后的前四年,她每六个月就要去他那里一趟:她把从工资里积攒的钱全花在去索利卡姆斯克的路费上,花在为见面住的宾馆上。后来她得了高血压,伊利亚似乎也住惯号子了——就开

---

① 这里指塔吉亚娜·亚历山德拉·娜芙卡,俄罗斯花样滑冰运动员,曾多次获得国内外花样滑冰冠军,个人生活绯闻较多,第二段婚姻嫁给了俄罗斯总统新闻秘书德米特里·普什科夫。

始劝她不要再来了。他们开始电话联系,尽管妈妈还是不停地来。

而最近一年他们的谈话通常以眼泪结束。尽管没什么可哭的,与已经服过的刑期相比,现在几乎不算什么了。可是他能对她说什么呢?旁边有狱警,或者更糟,有盗贼——伊利亚正是从他那里买来与妈妈通话的机会。所以,只要她一开始哭,他就立刻制止。没有其他办法。她明白这些吗?

没关系,今天就让她哭个够。今天可以哭。一切都结束了。

* * *

"洛勃尼亚站!"

电气火车停在一条道上,另一条道上停满了货车,绵延至地平线尽头:那是些装满了石油制品的油罐车,上面结了霜。白霜上有手指画的标记——《我们的克里米亚》《奥巴马——废物》《14/88》《维塔利克+达莎》《我的家乡——明斯克》,等等。伊利亚一边走向过道,一边机械地读着。克里米亚事件发生时,伊利亚还在牢区,所以这事就与他无关了。牢子里的人对克里米亚很漠然,狱警们的国家抢来的东西不会让他们心动。牢子里的人——按照定义就是反对派,因此号子里不会给他们选举权的。

伊利亚决定从车站走回家。第一次需要徒步走过整个路程。他想这样。而且这比等公交车快。

洛勃尼亚的天气与莫斯科完全不同。莫斯科闷热,空气因汽车尾气变暖。而洛勃尼亚的空气更明净,更寒冷,天上还飘起了寒冷的雪花,扑打在脸上。人行道上的雪还没融化,柏油马路上到处是被踩实的雪。汽车上沾满污渍,轮子搅动着暴风雪及其混杂物。单元楼直直地矗立在那里,被风吹得粗糙不堪,看起来很阴郁。人们的戒备心更强了。浓妆艳抹但脸色苍白的女人们行色匆匆,裹着连裤袜的双腿冻得冰凉。

电气火车离开莫斯科总共才半小时,但伊利亚仿佛来到了索利卡姆斯克。

七年里莫斯科变老了,洛勃尼亚却一点也没变:还是伊利亚被带走时那样,还是他童年时的模样。所以,在洛勃尼亚伊利亚感到很亲切。

他从列宁大街拐到契诃夫大街。那里有三条横切大街:契诃夫大街、马雅可夫斯基大街、涅克拉索夫大街——它们的一边紧靠着列宁大街,另一边靠着工业街。契诃夫大街上有妈妈的学校,第八中学。妈妈的学校也是他伊利亚的学校。

她当然把他安排到自己的学校了,尽管在自己家的旁边——几乎就在院子里——有另一所学校,第四中学。那里原本更方便一些,更近一些,而小孩走到第八中学需要半小时。但妈妈还是把他带在自己身边。七年级之前他们每天一起去学校。之后女孩子开始嘲笑他,于是伊利亚开始比妈妈提前十分钟跑出家门,以证明自己的成熟和独立。也是那时他开始抽烟。

在学校大门的对面,伊利亚呆住了。还是黄白色的三层单元楼,还是像孩子们画房子时画的那种三格子窗户——与全国其他地方的学校一样。它似乎在最近二十年一次也没修缮过,仍旧为伊利亚保持着早先的模样,以便他能轻松地回忆起一切。

他深呼吸了一下。看了看窗户:二楼有一些小孩跑来跑去。是延时生[①]。时间是下午三点。

妈妈已经离开学校了。

假如火车提前到的话,他就可以直接在栅栏旁迎接她。然后一起踩着雪回家,就走平时的那条路——沿公路,横穿过道。

但那样也许会有其他女老师和她一起出来。比如教务主任,

[①] 延时生指放学后因为没人接而延长在校时间的小学生。

那个阴郁无聊的女人。她们一定会认出伊利亚,尽管他皮肤土黄,头发被剃掉了。她们曾经往他头脑里灌输了多少年的字母和数字呀……她们一定会认出他的。

那样该怎么办呢?妈妈是如何向同事解释他入狱的事的?像他给她解释的那样?她很相信儿子:不相信儿子是吸毒犯兼毒品贩子。可学校里的这些大妈……她们没有必要去相信他。当面——她们会点点头,打哈哈,可背后呢?他出现在她们面前会不会给妈妈丢脸?她们会同他打招呼吗?他会同她们打招呼吗?

伊利亚把手伸进口袋,愁眉苦脸地继续匆匆前行。其实是不想让别人看见自己。晚些时候再和他们所有人见面,等到想好说什么,想好如何介绍自己时。迟早会见面的。毕竟洛勃尼亚是个小城市。

他沿着工业大街两旁的俄式混凝土栅栏走到布基诺大道,然后顶着风雪沿着路边前行,时不时地打滑,但没摔倒。莫斯科财经政法大学在雪中微微泛光,维拉曾在那里读书。

在二十七号楼的旁边,他再次停了下来。

是维拉家。

这是一幢十六层的灰色大楼,带黄色玻璃敞廊——人们称其为阳台,其实那就是再多弄一两平米的空间。伊利亚数到七楼。他很想知道,维拉还住在那里吗?或者已经去莫斯科了,就像她曾经打算的那样?她现在已经二十七岁了,和伊利亚一样。未必还会和父母住在一起。

那里总共有三幢像维拉家那种脏兮兮的、用预制板盖成的十六层楼,它们独立建在一大片地的边缘上。它们的底部紧贴着一幢不大的漂亮砖房,很像自建房:这是一座与这里的风格完全不搭的剧院。二楼以上的地方不知为何用巨大的哥特体写着——"室内演出"。伊利亚瞟了一眼。歪着嘴对这个旧称的新含义笑了笑。①

剧院一直在那里,名称也一直如此,从伊利亚记事起就如此,不管他来这幢房子接送维拉多少次都依旧如此。上演的剧目有:《偶像》《一个男人来到女人这里》《五个夜晚》。新年很快就要到了。

他蜷缩起身子。在用预制板和砖头搭建起的布景中,他那原本模糊的过去以饱满的色彩呈现出来。回忆太过清晰,而他原本不想如此。

十年级时的四月份,他邀请维拉来到这里。来看《聪明误》。他得到了父母的允许。整个演出期间他抚摸着她的膝盖,听她如何喘息——断断续续。听着听着,心神荡漾,心儿颤抖不已。演员絮絮叨叨的内容都听不见了。

可维拉挪开他的手掌,然后以十指相扣回应他。她的香水很甜,带着某种浓烈的香料味。后来他才知道:这甜美鸡尾酒般的浓香——是维拉自己的,是她的体香。给我马车,马车。②

然后在入口处他粗鲁地吻了她。那里散发着猫和暖气的味道:非常舒适。她舌头的味道与他自己舌头的味道很相似。接吻完全不像书上写的那样。下腹痒痒的,为此他感到非常羞愧,却无力停止。维拉在耳边私语。当她的父亲从七楼朝着旋转楼梯大喊一声后,伊利亚用钥匙在那里刻下两个词——维拉+伊利亚。也许,这个表白从那时起一直没有消失。她每天经过那里——还吐唾沫。

---

① "室内演出"的俄文是"камерная сцена",这里的"室内"(камера)在俄语中还有"囚室"之意,伊利亚看见后立刻联想到自己在监狱里的"囚室"。
② 这是格里鲍耶多夫的剧本《聪明误》快结束时的一句台词,表示伊利亚在剧院一直无心看戏,戏结束时才听到最后一句台词。

假期过后,他们都是成人了,她邀请他到自己家做客。父母不在。她说,咱们做功课吧。沙发是条纹布的,被压坏了。体香,的确不是香水。屋内很亮,光照着很不好意思。地板上有半瓶两公升装的芬达。然后他们——大汗淋漓,空着肚子——轮流贪婪地喝着刺舌的橙黄色液体,之后互相望着对方,不知道以后怎么办。

后来呢,后来继续那样过了三年。他们住在一起。

伊利亚眯着眼看了看她的阳台,看了看窗户:那里是否有人影晃动?看不见。而且维拉也许不住那里了。去了莫斯科。阳台空荡无语。玻璃模糊不清,后面是——自行车,各种腌菜罐子,维拉父亲的鱼竿。

他横穿过道,继续沿着布基诺大道前行,希望在覆盖着积雪的幽暗大道上想象夏天,想象他和维拉曾经如何沿着这条路线散步。但想象不出来。相反,"天堂"里的画面固执地浮现在眼前,像烟雾一样挥之不去。那个夜晚。舞池。狗崽子。一切的一切。画面不断浮现,像烟雾一样腐蚀双眼,甚至让人流泪。那时他做的一切正确吗?正确吗?正确吗?而她之后呢?不管怎样——都是正确的?

没什么。现在一切都结束了。这七年很快也会被遗忘。生活会照旧。

他没走左手边的洛勃尼亚街心花园:高压线巨大的底盘的台基旁有四张长椅围成长方形,不远处有一片小白桦林,但因靠近高压线而枯萎残败。尽管冰天雪地,但仍有推婴儿车的妈妈们坐在长椅子上,她们守护着婴儿车,想让孩子多呼吸呼吸氧气。

他拐到炮兵连大街。

他走过炮兵连纪念碑,这个炮兵连曾在战争期间保卫过洛勃尼亚:纪念碑基座上有一架古老的高射炮,仿佛安装在铺着花岗石的巨大战壕里。战壕内壁上挂满了写着阵亡英雄姓名的牌子。街上有一个狭窄的入口通往那里,但无论从哪个方向都看不清战壕的内部。以前他经常和谢尔戈放学后在那里抽烟,而旁边的流浪汉喝着商标不明的伏特加。伊利亚和谢尔戈一边读着牌子上的姓名,一边寻找:谁找到的姓名更可笑,谁就赢了。流浪汉讲述与他们同在一个星球上的艰难生活。伊利亚记住了他们的话。然后他们去谢尔戈家里玩游戏机,趁谢尔戈的父母还没回来。之后他独自到街上走走,吹吹身上的烟味。如果妈妈闻到他身上的烟草味,那他就完蛋了。

他从炮兵连大街跑过马路——这里已是仓库大街的起点。他的胸口开始隐隐作痛。

这是一幢赫鲁晓夫式建筑:红褐色砖头,白色边框。歪斜的旋转木马上覆盖着一层薄薄的雪。六层楼高的白桦树裸露着躯干。

已经能看见自己的家了,伊利亚甚至找到了自家的窗户,而且是正对着的那扇。妈妈现在应该能看见他呀?她肯定跑来跑去地想看到他,同时加热饭菜。他向她挥了挥手。

他走过车库。

垃圾池上画满了各种"联盟动画电影"①里的角色:小狮子、乌龟、小熊维尼②、小猪皮杰。它们早已褪色,现在正在蜕皮,笑眯眯的。车库上方绷着铁丝网,后面是铁路仓库区域,街道正是以此命名。一位老奶奶正在给垃圾池旁冻僵的鸽子弄面包屑,并靠提供的免费食物训练它们。一个不认识的小女孩穿着长毛绒家居服跑出来扔垃圾。她注意到了伊利亚:看来有可能会在垃圾池旁相遇。她担心发生意外而掉转身子,然后提着垃圾袋顶着严寒迈着小碎

---

① "联盟动画电影"是位于莫斯科的一家动画电影制片厂,成立于1936年6月10日。

② 指1969年苏联版《小熊维尼》中的主要角色。

步走向更远处的垃圾池。伊利亚只能将双手更深地插进口袋。

到楼门口了。

他对着门铃抬起手指。突然头晕目眩。按键还是那样,与七年前一样。门也一样。手指却完全不同了。门口里面是否依旧呢?还有屋子。还有妈妈。

他按了:0-1-1。响了。叮咚叮咚。心儿也随之翻江倒海。他没想到自己会如此激动。有什么可激动的呢?

这一天他想象了多少次啊。想象过这一天的多少啊。当不得不在号子里忍着——他想过这个门口,想过这个门铃,想过回家。有一些东西,不得不吞咽下去——只为了能回家,为了能重新成为正常人。

怎样才能做到呢?

去接着念完书。妈妈曾在电话里说:你不应该让他们毁了你。他们剥夺了你几年时光,但你还年轻。咱们能搞好一切。既然你能不靠贿赂就考进莫斯科大学,而且咱们是一起准备的,那么你就一定能回来。咱们不去语文系,也不去莫斯科大学,就去一般的学校。你有才华,聪明灵活,只求你不要让自己的智力僵化,不要让他们把你兽化。你有保护层。这个保护层能阻挡一切,阻挡所有的垃圾。不管你在监狱发生了什么,都不要往心里去。就假装这不是你。就好像这只是你必须要扮演的一个角色。而真正的你藏在衣服内袋里,悄悄地等待。看在上帝的分上,不要冒充英雄。你就照他们说的做。否则他们会毁了你,伊留沙①。毁掉或干脆杀掉。不要企图战胜体制,但可以不引人注目,这样体制就会将你忘记。要等待,要忍耐。只要你回来,咱们就能搞好一切。邻居如果斜眼看你——咱们就去你向往的莫斯科。那里谁也不认识谁,那

---

① 伊留沙是伊利亚的爱称。

里的人记忆不超过一天。你还能为自己找个女友,就让她,让那个维拉走吧,我能理解她。只求你活着回来,只求你健康。如果你想画画,也可以,就去吧!二十七岁——一切才刚刚开始!

门铃的那头无人接听。

好吧,再来一次。0-1-1。也许,妈妈出去买食品了?酸奶或者面包可能没了。伊利亚慌慌张张地回头看了一眼:他没有钥匙。没有妈妈他进不去。

他拽了一下结了冰的门把手。

他往后退了几步。找到三楼自家的窗户。小气窗是打开的,像一个黑洞——在给厨房通风,而其他玻璃上映照出铅块一样的天空。天色渐黑。不是该开灯了吗?邻居家的灯已经亮了。

"妈!妈……妈!"

也许她就是出去了?他还要在这里站多久?或者应该去周边所有食品店看看?没面包——就算了呗!可以等他回来,他自己跑一趟。赶了两天的路,头发痒,肚子痛,而且从车站回家的路上,屎都到屁股眼了。

"妈!妈……妈!!!你在家吗?!"

窗户如铅般阴沉。

突然有一种恐惧的感觉。

0-1-2。

"谁呀?"里面传来嘶哑的声音。

谢天谢地。

"伊拉大婶!是我!伊利亚!戈留诺夫!是的!妈妈不知为啥不开门!我回来啦!放我进去一下!已经服满啦!能开一下吗?"

女邻居先在门孔处看了看。伊利亚特意站到灯下,好让伊拉大婶透过他这么多年累积的沧桑看清他本人。

锁子咯吱响了一下。她走到平台上:穿着长裤,留着短发,脸庞浮肿,叼着女士香烟。她是一名仓库会计。

"伊利亚。伊留什卡①。他们怎么把你整成这样了。"

"我妈——您知道她在哪儿吗?打不通电话,现在……"

伊拉大婶咔嚓一声点了一下打火机。又咔嚓一声点了一下。两颊深陷。她看了看楼层之间的垃圾管道——避开伊留沙的眼睛。

"前天她……心脏突然不舒服。你抽烟吗?"

"抽。可我打电话没人接……她被送到医院了,是吗?哪家医院?她带手机了吗?"

伊拉大婶把一根细细的、带金箍的白色香烟递给他。

"救护人员说——心肌梗死。大面积的。"

她一口气噼里啪啦把一根香烟抽完。点燃第二根接着抽。

"这……"伊利亚晃了晃头,感觉要窒息了,无法抽烟,"这是?……去急救吗?所以?"

"他们当时给她……总之,尝试了。但路上走得太久。虽然是立刻出发了。"

她沉默了。不想说出声,希望伊利亚自己领悟。

"我们刚刚……我和她前天还说过话……我出来的时候……给她打了电话……她说……大概是午饭时候。"

"嗯,是午饭时候。我五点左右去敲她的门……当时我要去肉店。想着也许可以给她带点什么。嗯……门没锁,她在地上坐着,穿着衣服。我立刻打电话叫救护车!"

"她不在了?伊拉大婶!"

伊利亚靠着墙。

---

① 伊留什卡是伊利亚的爱称。

"我对他们讲:你们为啥开得那么慢!"女邻居提高嗓音说,"什么时候呼叫的你们呀!而他们说——当时有另一处呼救,也很紧急,我们如何分身呢?接听的急救电话简直像磁暴,所有老人都昏迷不醒。不过我对他们说:老人与这有什么关系?你们应该感到羞愧!这个女人才六十岁!甚至不到六十!"

"在哪里?送到哪儿了?"

"就是咱们的市医院。你要去吗?是应该把她接回来。该想想葬礼的事了。这可是操心事,葬礼你可不懂,我刚安葬了自己的姐姐,你无法想象。这也要钱,那也要钱,到处都要钱!"

"我去。但不是现在。我……之后去。"

"是呀,你刚回来!要不,去我家吧?饿了吧?"

"可我怎么进自己家?"

"什么怎么……那里开着门。谁知道她把钥匙放到哪里了。去我家吗?"

"不。"

伊利亚转向自己家门。听了听里面有没有动静。伊拉大婶没打算回自己家,她很好奇。而伊利亚暂时无力抓起门把手。

"我前天还和她说过话。"

"是呀,这样的事经常有。刚刚人还在——突然就没了。她倒是经常抱怨心脏不好。但嘴里嚼一块药片,马上就好了。现在谁身体好呀?我自己也是——看起来没什么,但只要天气一变——头都要炸了。"

"我过一会儿去。去救护中心……谢谢。"

伊利亚推开门。走进屋里。打开过道处的灯。解开上衣,挂在钩子上。关上门。换上拖鞋。拖鞋已经准备好了。他站了一会儿。应该继续往里走。

"妈妈?"他轻声说,"妈。"

他一步跨进她的卧室。床是皱的,床垫滑了下来。

相框里伊利亚的照片是倒着的,他仰面躺着。微笑着——自豪,快乐,脸上长满粉刺。他被语文系录取了。所有人都说——如果不送礼,是不会被录取的,但他国考考得那么好,没人敢不录取他。妈妈都准备好了。

抽屉柜里的小匣子被抽了出来,就是她装钱的那个匣子。他往里瞅了瞅——钱没了。全被扒走了。

他走进自己的房间。

空荡荡的。妈妈不在这里了,伊利亚也就不在了。

书架上的书不再是原来的顺序,科幻和经典混在一起,似乎有人在书里找过藏钱的地方。桌子上是他的旧画,以前用铅笔给卡夫卡画的插图,给《变形记》画的。铅笔在那儿放着。这是那晚之前他坐着画的,他被带走的那晚之前。七年来这一幅画还保持原样,而且所有的东西,除了书之外,全都原封不动,仿佛伊利亚只是在上大学一样。

只剩下看一看厨房。如果厨房里没有,那就什么地方也不会有了。

厨房很冷。窗帘被穿堂风吹得鼓起来。硬邦邦的白面包放在破损的彩色漆布上,旁边放着一把备用的小刀,风干的"爱好者"牌香肠还带着白油脂,皮上出现一环环的小圈。在了无生气的灶眼上——放着一口巨大的珐琅瓷平底锅。

伊利亚掀开盖子。

菜汤。满满一锅菜汤。

他站在黑暗的厕所里。起初他无法解出便。之后流出一小股——他觉得,似乎在流血。不是通常睾丸缩回时流出的那种脓液,而是黑色的静脉血,稠稠的,脱了气。没有便后的轻松感。他望了望马桶——啥也没有。他用肥皂把手洗了两遍,然后用冰水洗了脸。

像往常一样,他用长柄勺给自己盛了妈妈做好的菜汤,汤已经冷了,但他没有加热。他用刀子把变干的面包头弄碎,蘸了一点浓汤。

他打开电视。电视上正在放映《喜剧俱乐部》①。

"什么密码?要不试试'绍伊古'②!"

"哇!成功了!"

"当然啦!绍伊古适用于任何地方!"

整个大厅的人都龇牙咧嘴大笑。漂亮年轻的女人们在大笑。晒得黝黑但保养很好的男人们在大笑。伊利亚眨了眨眼。他什么也不明白。一个笑话也不明白。

他把一勺冷汤倒进嘴里,塞进喉咙。又送了一勺,塞进喉咙。接着又是一口,两口,三口。为了妈妈。

应该买伏特加。伏特加,这才是需要的东西。

2

不管谁来扫荡过屋子——邻居、小偷或救护医生——他们全都不知道妈妈所有的钱放在哪里。他们在抽屉柜里找到了一些,在带着粉刺的照片里——找到了一些,却没在妈妈的床头靠背下搜找。那里有一张整整五千面值的纸币。妈妈,把钱给我吧?

伊利亚仔细看了看这张五千面值的纸币。它能用很长时间吗?他坐牢期间,卢布贬值了一半。以前地铁票是二十五卢布,现

---

① 《喜剧俱乐部》是俄罗斯一个幽默脱口秀节目,从 2005 年开始上映。
② 指当代俄罗斯政治人物谢尔盖·库茹盖托维奇·绍伊古,陆军大将,担任过俄罗斯紧急情况部长、莫斯科州州长、俄罗斯国防部长,也是国际消防员和救援人员体育联合会主席。

在是五十卢布。攒钱没意义:时间终究会将它们像沙子一样从你手里冲走。而且,也没有任何明天值得你为它攒钱。生活总是在今天断裂。

哪儿也找不到钥匙。也许,它在妈妈的口袋里。

很奇怪,门锁不上。就好像这不是他家一样。

他央求女邻居把单元楼门口的钥匙借给他,然后穿过街道来到"磁铁"商店,给自己买了一瓶酒,然后又加了一瓶。斜眼收银员把他那张全新的五千面值纸币在扫描器下过了三遍,因为伊利亚与它太不般配了,但她没敢将自己的怀疑说出声。钱是真的,是当教师的妈妈的工资。

瓶子在塑料袋里碰撞出神奇的叮当声,就像为了表示快乐而挂在疾驰的三套马车上的小铃铛。伊利亚穿过莫斯科大街来到仓库大街,第一次公开拿着伏特加回家:不需要再瞒着谁了,也不需要再向谁撒谎了。

要是能偶遇谢尔戈就好了。不是在丧宴上喝酒,而是为重逢干杯。希望能一起畅饮。但美好的偶遇只发生在其他人身上,也许谢尔戈也走了——从洛勃尼亚的莫斯科大街搬到莫斯科去了?

他回到自己家。门开着。

他坐到桌旁。没有直接对着酒瓶喝,而是把酒倒进从餐柜里取出的满是灰尘的酒杯里。

他举起酒杯,一饮而尽。嗓子辣辣的。油腻的香肠使辣味减轻了一些。他立刻又咕咚喝了一杯。再一杯。需要喝。必须喝。清醒的状态下实在无法接受死亡。它与爱情一样,只有在醉酒时才让人觉得真实。

最后一次与妈妈的谈话很短。我说完了,妈妈。我出去了。我马上要出发回来了。——好吧,谢天谢地,伊留沙。我等你。谢天谢地。

这一切怎么回事？为什么他没来得及？为什么她这么着急？总共只有两天的时间。现在她再也无法痛哭了，而他也无须再因为无用的眼泪而责备她了。她再也不问他监狱生活状况了，而他也无须再避而不答了。她再也不给他勾画未来人生了，而他也无须再厌倦地皱眉了。

她死了。

她死了。必须学会适应这一事实。

他抓起酒瓶，摇摇晃晃走进宝贝房，这是妈妈对他房间的叫法。他曾因此而责备她，她答应不再这样叫，但总是忘记。

他们的房间五十平米，不比别人差。两个人住——正好，一个人显得太空落。地上铺着复合地板，墙上贴着墙纸，家具是褐色的，厨房有六平米，浴室贴着瓷砖，卫生间很舒适：全部铺着橡胶地砖。还有一个内阳台。

他的窗户对着仓库，对着它的棚库，对着废弃的车厢和像玩具一样的火车头。在童年时代，这是他伊利亚的私人铁路，是免费礼物，也是城市最美的风景。可以一连好几小时看着它冥想。

有一条锈迹斑斑的铁轨不知从哪儿通向仓库，并在此终结：这是个死胡同。但伊利亚住在这个死胡同里，所以他的未来是朝向外面的。仓库对他来说是出发点，是路的起点，沿着枕木将他引向地平线之外的地方。

这不——他乘坐取暖货车沿着铁路到俄罗斯的另一个方向去了一趟。他在与莫斯科完全不同的世界里服了七年刑。现在他回家了：还是死胡同。是终点。

他与仓库碰杯。

他毫无兴致地翻动着旧书。以前他认为，书里写着关于成年生活的真理，但真理原来是不见诸笔墨的。他与斯特鲁枷茨基干杯，与普拉东诺夫干杯，与叶赛宁干杯。

妈妈教文学和语文。

伊利亚转到她的卧室去。双膝跪在妈妈的床前,把脸放在她的枕头上,深深地吸了一口气。什么也没有:没人看他。当没人看的时候,他也就不害羞了。

屋里散发着酸味。散发着孤独、倔强和渐行渐近的老年气息。妈妈的一生很酸楚。她三十二岁时意外生下了他。关于父亲,她连谎话都不曾向伊利亚编造过,无论伊利亚如何暗示想知道,她却说,没有就是没有,不是所有人都有父亲。所以家里只有他一个男性。

以前他很容易碰到妈妈硬如钢铁的一面:仿佛你正嘎吱嘎吱嚼着多汁的肉饼,突然毫无预料地咬了叉子,痛得眼冒金星。在教室里她只叫他的姓。戈留诺夫,上黑板。三分,戈留诺夫。请坐。你真让人感到可耻。

在法庭上她整个人坚强如钢。当宣布判刑后,她还是坚强如钢。在服刑初期也如此。然后才开始变得脆弱:太受煎熬了。

她在家如同男人。

可她有没有过其他男人?有一点可以肯定:她没带过任何男性到自己家来。她总是打断伊利亚的问题,嘲笑他的各种暗示。但她也是一个活生生的人呀,她怎么能没有爱情呢?难道一切都只给了他?伊利亚装不下妈妈所有的爱,但也逃避不了。就是因为这种爱,她对他要求很严格。

他企图弄明白,妈妈以前是否漂亮。结果发现,自己无论如何也记不得她的面孔。他因此而吓了一跳。到抽屉柜里去翻腾,寻找相册。

此时他才像被泼了一盆凉水一样。

只有此时他才看见了她。只有此时他才明白,他再也见不到她了。他对着瓶子喝了一口。

他开始翻阅相册。没有新照片。相册里的照片全都是合影：伊利亚和她在学校，伊利亚和她在科克捷别利①，伊利亚和她在女友的别墅里。伊利亚被带走后，她就再也没照过相了。这些年里，最好不照相。

伊利亚又喝了一口。

相册的最后只有伊利亚了。他和大学朋友，然后是和维拉。妈妈不知在他屋里的什么地方找到了他与维拉的照片。那些他来得及打印出来的照片。因为他手机里所有未打印的照片全被没收并附入案卷了。有什么可附入案卷的呢？光着身子睡觉的维拉的照片？站在令人头晕目眩的楼顶边缘的谢尔戈与萨尼卡的照片？八月伊利亚在国民经济成就展览馆醉醺醺地玩滑板的照片？

为什么？！

为什么要这样对他？！他做了什么，要这样对他？！

他咽下了判刑，咽下了牢狱，咽下了维拉的背叛，努力给狱管画墙报。但无法咽下一切，无法躲避一切。也许，应该咽下一切？像妈妈说的那样，需要在狗屎一样的号子里服完刑？要是提前半年回来就好了！

伏特加变得索然无味。它莫名其妙地变成了水。空气也变得沉重了。

伊利亚坐在那里，望着家里的座机电话。房间热得快融化了。维拉从妈妈的相册里愉快地看着他。妈妈最终原谅了她，没有把维拉从他生活中剔除。

他拿起话筒——只想听听，有没有嘟嘟声？有嘟嘟声。

他心烦意乱，总想打电话。

三个号码他倒背如流。妈妈的。维拉的。谢尔戈的。

---

① 俄罗斯最热门的夏季度假胜地之一。

他甚至有点意识不清。大拇指不由自主地迅速按向按键,伊利亚只能望着它。他把冰冷的话筒贴到耳边。他想摘掉它,还来得及,但它自己贴到耳朵上了。心儿怦怦跳。

仿佛坐在楼顶边缘的不是谢尔戈,而是伊利亚。他晃动着双腿,身子往前倾,以便更清楚地看见深渊。

"喂。"

是她。他掉进了深渊。

"喂,谁呀?"

她删除了他家的电话号码。但或许,是丢失了所有联系人的号码。丢了还是删除了?现在一切取决于此。

"维拉?"

"谁呀?"

"维儿①,是我,伊利亚。"

"哪个伊利亚?"

"你的伊利亚。嗯……戈留诺夫。我被释放了。就是说……我服满刑了。我出来了,维儿。"

"你喝醉了吗?天啊,现在是下午六点呀。"

"这有什么关系!维儿……是的。你在莫斯科吗?你走了?"

"这有什么区别?是的。为什么你总是这么问?你……你真的出来了?"

说伏特加让人耳聋是不正确的:它只会捣乱而已——是的,它让人无法正常思考,无法调整谈话,无法珍惜谈话者。但她的声音越来越清楚了。他能很清楚地听见自己内心的声音,也能听见另一个人内心的声音——不管这个人头脑多么清醒,都无法向你隐藏自己的言外之意。伏特加——是能透视一切的 X 光线。

---

① 维拉的昵称。

维拉的声音流露出恐惧。流露出恐惧和不满。她问了好几遍:你真出来了?而且希望伊利亚对她说:这是一个玩笑。

"真的。"

"你找我干什么?"

"我……我想,我们见个面……嗯,见一见吧?可以吗?"

"不。伊利亚,不。不,对不起。"

"维儿……等等……维拉!你是明白的……这七年我在那里……七年。你——在这儿,而我——在那儿,明白吗?"

"我有自己的生活了,伊利亚。早就有了。"

"明白,你有自己的生活。而我在牢区。现在回来了。"

她已经明白了,不再多说什么。只是沉默着。仿佛停止了呼吸。

"他……他好吗?他不赖吧?啊?"

维拉没有回答,但也没挂掉电话。她原本可以挂掉,可以切断伊利亚醉醺醺的絮叨,但不知为何却听着他的电话。也许她明白,她欠他这场谈话。七年来积攒起来的谈话。但也许,她是在给伊利亚一张回程票?

"听着!"她最终坚定地说,"你在牢区,而我在这里。只是不要把一切都栽赃给我,明白吗?也不要给我施压……我那时没有求你。在俱乐部。是你自己多管闲事。"

"你是我的女友啊!我能表现出其他样子吗?!难道我是受害者?!"

"不要朝我大吼大叫。他那时啥也没对我做。他能做什么?周围全是人。是你,你不应该管闲事。否则什么也不会发生。"

"管闲事?你不记得,当时你如何……"

"那又怎样。那又怎样!你该想想。我那时是个小姑娘。"

"那我呢——是什么?!"

"伊利亚,你喝醉了。醒醒吧。这都是陈年往事了。我跟另一个男人已经约会三年了。我要结婚了。"

他晃了晃沉重的头。不慌不忙地算了一会儿,擦了擦额头。嘴唇噘到两边,又噘到上面。

"三年?这么说你甚至不是嫁给当初那个人,为了他而抛弃我的那个人?……"

"怎么,我这七年应该一直等你吗?!凭什么?!就因为你当时为我而多管闲事吗?这种事只会发生在电影里,明白吗?我现在的生活才是真正的生活!生命只有一次,明白吗?!现在是我最好的时光!"

"最好的?"

"我不想汇报!也不打算汇报!"

伊利亚把话咽了下去。不,他并不希望这次谈话是这样的。他不想怪罪她任何事,他早就决定原谅她了。几年前就决定了。谈话原本不应该这样……那该是什么样的呢?

"维拉……维拉奇卡①。我不是……我啥也没说呀。"

"不,你说了!"她大喊大叫道,而伏特加似乎让他看见了她的眼泪,"你说了!"

"我只是……我现在看着咱们的照片,很寂寞。咱们能不能……只是见个面?我来市中心,来莫斯科。"

"不。"

"求求你啦?"

"不,我怀孕了,伊利亚。我马上有孩子了。就这样。"

他茫然地不知所措。停了一会儿:将一瓶伏特加一饮而尽。吐了一会儿气。看了看维拉的雀斑,看了看她卷曲的火红头

---

① 维拉奇卡是维拉的爱称。

发——像卷曲的钢丝一样,看了看她明亮的双眸。马上有孩子了。这个孩子像某个莫斯科商人。其实像谁并不重要。怀孕这事——对他无异于判刑。

"可我妈妈死了。"

维拉沉默了一会儿。伊利亚紧紧抓住听筒,认真地听着。

"什么?塔玛拉·巴甫洛夫娜?太可怕了……我……深表遗憾……"

"是的。是的。听着……也许,我们只是在咖啡馆坐坐?随便在一个什么咖啡屋坐坐,在你方便的地方,上班的地方或……"

"够了,伊利亚。我不能再聊了。到此为止吧。"

"等等!"

但话筒里已经没声音了。

"维拉!"

他又拨了一次。嘟嘟响了——而且始终是嘟嘟声,然后有一个平缓的女声告知他,用户不在服务区内。再拨一次。白搭。又一次。还是不行。再来一次。还期望什么呢?难道她会接听他的第五次拨号?会接听第十次?

他开始咒骂维拉。

"婊子!"

伊利亚握紧拳头,笨拙地自下而上朝自己耳朵砸去。

他为什么要对她说这些?说妈妈的死?

头嗡嗡响。很痛,但不是因为伏特加。不够痛,他又砸了自己一下。

* * *

"你怎么样?"

"通过了!我通过这场可恶的句法考试了!还有对外俄语!

俄语考了五分,现在我连外国间谍都敢教了,也能在夏天找份赚钱的工作了!句法得了四分,但马拉霍夫那边打来电话说:你们那个最出众的男孩在哪儿,就是那个在现代俄语考试中没有因为句法而崩溃的男孩?相信吗,维儿?结束啦!我现在自由了!考期结束了!咱们今天去市里吧?"

"那里有啥?"

"都是去'天堂'的青年人。同年级的同学,自己人。"

"啥是'天堂'?"

"神仙之地!在'红色十月'糖果厂,那里以前是巧克力厂。他们会带一个超级时髦的瑞典人来,而在俱乐部中央,你想象一下,有一个大游泳池,俄罗斯奥运会花样游泳队要在那里表演!是的,是女队,还是奥运会队!够壮观,对吧?去不去?"

"可别人会放我们进去吗?那里肯定会看脸的①。"

"你在镜子里见过自己的脸吧?你会成为那里最耀眼的一颗明星,随便就能压住瑞典人的光辉!他们会崇拜你,会拜倒在你的脚下!而我将藏到你的石榴裙里,还会爬来爬去。"

"我不打算穿迷你裙。"维拉终于咯咯笑了。

"哦……灾难呀。我无法整个人钻到你的迷你裙下。但一定要试试!成功喜欢光临勇士!不,别慌,那里有同学弄票,我可以带一个人。"

他们在地铁站买了"科林"啤酒,相互碰着绿玻璃瓶大笑。一边欣赏着傍晚蓝色的夜景,一边在夜幕深处等待开往德米特罗夫的电气火车。飞蛾在路灯下飞来飞去,铁路上吹来的微风像凉凉的手抚摸着行人的面颊,空气中弥漫着重油味和轨道的烟熏味,旁

---

① 俱乐部的通行检查不看证件,而是看打扮是否新潮时尚。

边驶过的货车车轮发出咔嗒咔嗒声,努力迎合着"卡斯塔"①音乐节奏,伊利亚和维拉两人正共用一个耳机在听音乐,这样很好,因为他们的距离不会超过耳机线允许的范围。

这个傍晚非常有必要乘坐啤酒味夜车去莫斯科。车厢里挤满了整个州的夜店爱好者,这些不熟悉的人彼此望着对方,内心拥有共同的想象。

七月的考期之后,非常有必要如此放纵一下。大脑已不能再思考了,存满了东西,也没空间可存了。早就因为粉笔灰而呼吸困难,因为从远远的后排也能听见的教授苍蝇般的嗡嗡声而头痛,因为进入监考室前的恐惧而战栗。想象一下,这个闷热的澡堂更衣室已成为过去,而前方有真正的夏天——夏天的奇遇,夏天的旅行,夏天的爱情,以及像中学时一样长的假期。应该一头扎进舞动的人群,一醉方休,快乐至死,然后早上七点晃动着嗡嗡响的大脑在某个咖啡屋用早餐,相互尖叫着在耳边说一些庸常的感悟,以及醉酒后的启示。

披头散发的流浪歌手为了油乎乎的十卢布而唱着山寨民谣和含糊不清的香颂,歌声压过车厢的轰鸣声。贩卖荧光棒的人像得了肺痨,吉卜赛女人在乞讨,维拉和伊利亚在接吻。他们买了荧光棒,玩起击剑游戏,然后把它们固定在手镯上并彼此挂在一起。电气火车越来越快地驶向深夜的莫斯科,仿佛驶入一个黑洞。从莫斯科的正中心,从"天堂"俱乐部,从事界②之外,浑厚的男低音和越来越强的音乐声不顾一切物理规则传了过来,它们让身体发痒,让心儿澎湃。

---

① 摇滚乐队名称。
② 事界亦称事象地平面,是一种时空的曲隔界线。在事界以外的观察者无法利用任何物理方法获得事界以内的任何事件资讯,或者受到事界以内事件的影响。

伊利亚需要这些,维拉也需要。

他当时在莫斯科大学语文系,她在莫斯科财经政法大学——这所学校虽然挂名莫斯科,实则位于洛勃尼亚的工业大街。他学的东西会将他变成幻想家,而她学的东西会将她变成实用主义者。她——要掌握会计和财经基础知识,而他——要掌握二十世纪欧洲文学。

伊利亚的同班女生都是些疲于爱情的十六岁女孩——绽放的茅膏菜,流里流气的莫斯科人。她们来学语言和文学,只是为了用书籍这种丝绸材料和日耳曼气息编织出充满女性魅力的银色蛛网。同年级少有的几个男生对她们来说是最初接触的受宠的小苍蝇:这种爱情经验更残酷,效果也更好。

而维拉的同窗男生——都是些莫斯科郊区留着短发和刘海的壮实男孩,他们像巨型杜宾犬,带着狗的各种习气,是未来的官员兼合作社老板。与这样的人在一起,你总是知道话题会引向何方:已提前预知他们的所有话题,甚至无须开口。也能提前预知他们的整个罗曼史,还有婚姻,甚至退休后的生活。

他的世界是大莫斯科,而她的世界狭小无聊。

中学时代的爱情——像温室的花朵,一旦你将它从罐子里移植进成人的生活——就会杂草丛生。

当然,维拉嫉妒他去莫斯科;但他在莫斯科没有背叛她。二十岁只活在当下,不会设计未来,也不会回味过去。当他在莫斯科把自己想象为成年人时——维拉始终如影随形,而其他的事情他都不关心。对他这样的男孩不能要求更多了,而且没有意义。可这样的短视对女孩子来说是难以想象的。

同年级同学建议伊利亚与他们一起在语文系附近的公交车站旁合租一套三人间住宅,这意味着他和维拉从此只能周末见面了。

因此对他们来说,此时此刻能同乘一辆电气火车很重要,火车将他俩载往同一方向。可仅靠共用的耳机和钩在一起的闪亮手镯,能将被宇宙万有引力推向不同轨道的两个人留在一起吗?不得而知。

电车驶入萨韦洛夫站。

夏季的莫斯科白昼——简直如同微波炉。地铁三环线、花园环线、环状线都慢吞吞地绕行,肉眼看不见的光线穿过云层,穿过空气中的灰尘,透过百米深的红黏土煎烤着你。你的身上始终黏糊糊的。一场大雨会将一切浇个透,让路上的尘土变成泥团,让杨树上如雪的飞絮变成脏棉花一样的东西,然后又开始——汗蒸。

当辐射停止,人们就可以吸上一口气。空气稀释,太阳落山——莫斯科变成了地球上最棒的城市。

这个傍晚的莫斯科,风吹来了云:这让天气凉爽了一些。维拉不习惯阳光照射的苍白皮肤上出现了很多小疙瘩,伊利亚脱下外套,把心爱的维拉藏在里面。他们从地铁走向半岛形的"十月"巧克力厂。当拥挤的两层楼高的"波良纳"地铁站将他们带到空旷的地面时,眼睛不由想眯起来。克里姆林宫被地面的灯光映照得熠熠生辉,滨河岸上没有一幢楼不努力配合它。云层也因为地面的灯光而散发出荧光。莫斯科——本身就是一个发光体,不需要星光照耀。

通往"十月"的路被堵住了。熙熙攘攘的汽车还在往里挤,堵在半岛上唯一一条狭窄的交通线上。着急的人都下了车。欢快的人群占领了博洛特纳亚广场上的桥,围住俱乐部,走向通道。队伍中穿着迷你裙的小萝莉们不停地倒换着双脚,她们的男仆们拼命想展示自己。俱乐部的蜂箱开始嗡嗡作响,蜂蜜开始流淌。初次尝鲜的人们从城市的各个角落,从它的远郊涌向这里,希望彻底告别自己身上那令人厌恶的纯洁。

告别纯洁从入口处看脸的小侮辱开始。

长长的队伍一直通向守门人,他可以假装挑剔地随意欣赏赤裸着大腿的姑娘,也可以像个太监一样令人生气地盯着她们看个够。男孩子们瞪着眼,面带微笑强忍着:据他说,这是友情检查,我们夜店不允许有杂牌货。守门人可以把一切看个遍后说:您不能进去;也可以在别人忍耐、求情或者听到队伍里有人发出"嘘"声之后,变得仁慈,然后漫不经心地摇摇头说:没问题啦,祝你晚上愉快。这没什么,大家都忍了。最主要的是,他放行了,而侮辱会立刻被抛在脑后。更何况,大家都为通行而开心,像通过考试那样开心:他们诚实地赢得了纵情享乐的机会。

伊利亚原本想,同年级男生会带上他,但他们没等到他,给他发信息说——咱们里面见。

维拉紧张不安。

他从口袋里掏出两个瘪气球。对维拉说——现在我们来奠定一个重要传统,这个传统我们以后要恪守终生。他庄重地从她手上取下荧光镯——从自己手上也取下。把它们弄直,塞到球里面,吹起来,扎好——出现了两个可漂浮的灯笼。

他们走到栏杆旁——下面是河。

"吻我。"

他拿起气球,把它们放到水里。它们倒在一起,慢慢成对地沿着黑暗中泛白的河面漂走:里面是绿光和红光——很像萤火虫。非常漂亮。维拉和伊利亚目送着它们。

"一起漂走啦。"维拉说。

"明年的今天我们再放!"伊利亚宣布道。

"好吧,周末来。"

他拉起她的手。

夜店的门后传来男低音,当门打开时,伴着音乐的笑声时不时隐隐约约传过来。里面似乎在兜售幸福。大家都想尽情享乐。

队伍不动了。

听说有几对情侣被筛查出去了——他们花钱少,因为没必要互相灌醉。应该装成单身,这样从洛勃尼亚一个半小时的电车之旅才不会白费。但伊利亚不能出卖维拉放开她的手。嗯……准确地说,他不能对她说应该放开手,以及为什么要这样做。

他们在入口处站了好久,轻轻地相拥而舞。朋友们没有接听他的电话。可能里面太吵。

"您笑什么,年轻人?"看脸者问道。

"我考完试啦!"伊利亚说道。

于是"天使长",这个过来人,想起了往事,放他进入了"天堂"——进入团团甜雾中,进入震耳欲聋的音乐中,进入极乐世界。

他们很快找到了同年级同学——很开心,很真诚。他们互相拍拍肩膀,围成一圈跳舞。每人手里拿着一杯鸡尾酒,他们请维拉用他们的吸管喝。维拉笑着同意了。

"要喝点什么吗?"伊利亚问她,"那里有啤酒,或者……"

"不要!"维拉羞涩地摆手拒绝。

但他还是去了吧台。他不打算给自己买,可以像平常那样从盥洗室的水龙头喝个够。他在吧台磨蹭了半天,询问价格,最后才选定物美价廉的"螺丝刀"①。有女孩从台架的另一头向他挥手,他只是瞬间有点后悔自己有女朋友。

维拉在等他,她很喜欢"螺丝刀",对着伏特加可笑地皱着眉,请朋友们喝,也请伊利亚喝,跳舞使他们更开心了。四十分钟左右过后,他们终于开始真正放松。失去听觉真好!

伊利亚静静地欣赏:维拉披散着头发,修身运动衫下没穿紧身

---

① 俄罗斯一种用伏特加和橙汁混合而成的酒水饮料。

衣,下身没穿迷你裙,而穿了一条黑色驼鹿皮裤,结果显得既纯洁又淫荡。她几乎胜过那里所有女孩。

奥林匹克队走进游泳池,翻着跟斗的运动员们跟着节奏旋转,无名众神们从金光闪闪的多层包厢贪婪地望着她们完美的大腿,奴颜婢膝的服务员围着她们跑来跑去,神志不清的人们在舞池里相拥取暖。欲火焚身的男男女女在角落里亲吻,在没锁牢的小室里呻吟。所有人都在说话,但谁也听不清楚。俱乐部似乎是尘世生活的反面;也许,是天堂？是有着绿色草坪、白色衣物和竖琴的伊甸园——但这不是天堂,而是小资式的敬老院。二十岁死于这样的敬老院太无趣。

频闪仪开始运行,将现实电视般的画面切割成断断续续的单镜头纪录片。因此,当一切开始时,人们没有立刻反应过来。人群中有一些人骚动起来,他们戴着帽子和面罩,穿着防弹背心,但这可能只是表演秀的一部分。既然有侏儒带着阴茎道具跳过舞,有国家引以为傲的奥林匹克队在浅水池里游过泳,有女胖子展示过身体艺术——那现在为什么不可能是化装舞会？

但这些战士冲向操作室,从DJ手里切掉了音乐。

"毒品检查！所有人原地不动！"

得意忘形的频闪仪还在试图闪耀,然后电源被从插座拔掉。头顶耀眼的灯光被打开,这简直如同在枪口下将所有人脱得精光。人们终于害怕起来。从舞池蜂拥离开,流向出口——但那里有人拦截。座席已经空无一人。

"所有人保持安静！原地不动！"

黑衣人像浪峰一样开始遍布大厅,选择那些最绝望,还在无声的柱子下跳舞的人拖走。伊利亚抓住维拉,把她拽离排成锯齿形的警察队伍。

"站住！哪里去?!"

维拉尖叫了一声,呆住不动。

"啊哈,瞧,多俏呀!"

一个人紧紧抓住她的手腕。这是一个卷发青年,胖乎乎的脸,穿着便服。伊利亚赶紧把维拉拽向自己。但那人抓得像叭喇狗一样紧。

"你想干吗?!"

"放开她!"

"伊利亚!伊利亚!"

"俄罗斯联邦毒品流通监督局!她被捕了!请不要干涉!"

维拉——可怜无助,惊慌失措——只是摇着头,看着伊利亚。

"请您出示证件!"伊利亚尖声说道。

"给你出示证件?"穿便服的人抽抽鼻子;他眼冒怒火,眼珠朝上翻。

"是的!应该的!"

"给!"那人嗖的一下把证件塞到伊利亚鼻子下:好像是个中尉。"看完了吗?!立刻放开她,否则我现在也把你带上!"

"可是凭什么呀?!"伊利亚没有松开手指。

"你怎么,啊哈,'凭什么'?!"中尉口齿不清地喊道,"我抓吸毒分子,现在就证明给你看!把手拿开!"

"不对!"维拉大哭起来。

"你们没有权利!我找证人……小伙子们!列赫,你在哪儿?这是非法的!你简直就是纠缠我的女友!"

"我有权利,我在执法,而你在干扰!中士!奥梅里丘克!"卷发男子喊了一下佩戴"俄罗斯联邦毒品流通监督局"袖章的黑衣男子,有两个朝他挤过来。"把这个人按住。你和我来!"他拽了一下维拉。

同年级的朋友们刚刚还站在边上,现在像躲瘟疫一样躲开黑

37

衣人并消失在人群中。周围变得空落起来,只有伊利亚和维拉站在中间——还有这几个人。

"你敢动她!她不是吸毒犯!你敢!听着,狗崽子!"伊利亚好像失聪了一样喊,"你才是吸毒犯!"

卷发男子放开维拉的手。他走到伊利亚跟前,弯腰伏向他的耳朵,低声说:

"你敢告发我?你,这个畜生?你能奈我何?你知道婊子们把小袋子藏在哪儿吗?瞧我现在就把她脸朝下按在地上……"

他朝伊利亚的耳朵打了一个嘀,然后继续说着。伊利亚没等他说完,就用手掌——推开了他。卷发男子晃了一下,但站住了。他向伊利亚点了点头,撇了一下嘴。

"奥梅里丘克!有人攻击工作人员!抓起来!而您,好吧,自由了。"他朝呜咽的维拉挥了挥手说,"走吧,干吗还站着?!"

"走吧,维儿!"

于是维拉走了。

"这个人被捕时反抗!"穿便服的人对黑衣男子说。

伊利亚挣扎了一下,但一个行动人员扑了过来,另一个把他的双手扳过来,强行让他弯腰。然后把他拖走,两边紧紧压住。

"你们为什么要这样对他?"一个同年级同学勇敢地嘀咕了一声。

"你站这儿,我马上回来抓你!"戴袖章的人狠狠地朝他喊道——于是那个同学消失了。

伊利亚一直把头转来转去——他想看维拉成功离开了吗?他倒是不担心自己——他们能把他怎样?他在中学假期时尝过一次毒品,之后再也没沾过。他清白无辜,他们赖不上他。维拉也清白无辜——但卷发男子要搞臭她很容易。要是维拉从他们手里逃脱——那伊利亚会很自豪。因此他决定表现得有尊严。

他被赶到大街上,赶进一辆厢式货车,里面坐着一些愣头愣脑的小年轻,穿着白大褂的人,还有一个络腮胡指挥员。他们放开他的手。

"来吧!把口袋翻出来!"中尉吐了一口唾沫说,"咱们来看看,你里面装了什么!还有护照!"

伊利亚耸耸肩。把手伸进口袋——摸出了家里的钥匙。钱包。还有一个软乎乎的东西……似乎装着碎屑。他掏出来,眯起眼。

"这……"

"哎,巴维尔·菲利波维奇。您瞧,我们搜出了什么东西。"

一个黑色小袋。里面不知装着什么东西。伊利亚还没想明白这是什么。

"放到桌上。放到桌上!"络腮胡命令道,"这是什么?"

"这不是我的!"

"嗯,谁有镊子吗?我们还需要证人。别佳,找证人来。"指挥员吩咐中尉。

"这儿就坐着一群呢,让他们来当证人吧,有什么必要到远处去找呢,巴维尔·菲利波维奇?"卷发别佳对着愣头愣脑的小年轻们点了点头。

"嗯……年轻人!谁有护照?你坐下,坐下,别着急。"络腮胡对伊利亚咕噜着说,"你着什么急……"

"这不是我的!"

他已经渐渐明白了,但还是不敢相信,他抗议,但说不出话,他的嘴里仿佛被强行灌入稠稠的无味的燕麦粥,还强行让他咽下去,然后再塞一口。他因为他们的话,因为自己的无助而喘不过气来,扭动着身体,摇摇晃晃地挪动,但他们飞快地做着自己的事——习惯性地,机械性地。

"好了。现在我们打开。"

他们剥开一层薄薄的黑色玻璃纸,里面是用塑料别针别着的小袋子,袋子里是面粉一样的东西。

"怎么样。已经包装好啦。就是说,准备卖了。嗯,我们数数。嗯,年轻人,全都当着你们的面!一袋,两袋,三袋……"

证人们转动着自己沉重的眼白,听话地看着中尉用镊子把装着粉状物的小袋子放到天平上。他们不反对:伊利亚的天平放多少,他们的天平就会减多少。人不为己,天诛地灭。

"有人给我暗中偷放的!是他给我偷放的!"伊利亚最终咽下了燕麦片,"那是什么?!袋子里是什么?!"

"这我们现在需要去问专家。"

那是什么,伊利亚后来明白了:他的生活被碾成了粉末,就是这样。第二百二十八条,第一款。准备销售毒品。可卡因。

"好了!证人们,咱们签个字。彼得①!收拾东西小心点。那里有他的指纹,别不小心弄掉了。好了,让小伙子们都过来。"

"这不是我的东西!你们为什么不检查我?!你们的医生就在那儿!让他们做化验!让他们给我抽血!我是清白的!"

"后面会抽的,不要这么激动。"络腮胡对他许诺说,"我们能看出来,您很正常。但这没有意义。你们这些毒贩子,已经在岗了,在执行任务了,可以这样说吧?您需要冷静的头脑,还有干净的双手!和我们的一样。好了,别佳,把他带走,我们那边还有很多!"他用肥硕的手指和肥厚的嗓音——把伊利亚送入绞肉机的喇叭口,送到放肉的料盘,温柔而牢靠地将不停挣扎和吱吱叫的伊利亚塞进去,塞入绞肉机的螺旋桨,而别佳中尉转动了一下手柄。

当伊利亚被带向汽车时,别佳把伊利亚弯曲的双臂架得更高,

---

① 彼得是别佳的大名。

并自言自语道：

"活该,混蛋。你就是欠揍。给你整个七年,兔崽子。在局子里待待,你就变聪明了。到时候你就明白,不该得罪我们。在牢区你再跟人说,谁有什么权利吧。"

"上法庭。法庭上你什么也证明不了！我是清白的！我从来没吸过毒！也没贩过毒！"伊利亚自言自语道。

* * *

但法官不需要知道这些。其他的东西足够了：六小袋,各两克,黑色指纹,证人,还有卷发尉官的证词,他是联邦毒品流通监督局少尉彼得·尤里耶维奇·哈辛。妈妈通过律师弄清了这个尉官的姓名。律师说：先送钱,再考虑。但妈妈没钱可送。

关于七年,尉官猜对了。

"狗崽子！"当刑期宣布后,伊利亚含着眼泪轻声骂道；当上诉被拒后,他又骂道："狗——崽——子。"

哈辛没有出庭。他对伊利亚已经不感兴趣了,他还有自己的工作。法官没有他也行。他们都计划好了。

很快就审完了,然后伊利亚前往索利卡姆斯克。

3

他再也喝不下去了。

甚至连半杯都喝不下。他坐在厨房里看电视。电视不会拒绝与他谈话。电视像一个疯邻居：四目一旦相遇——堵也堵不上,逃也逃不掉。它唠叨,扮鬼脸,做恐怖动作。但伊利亚现在乐于看见这些凶狂的行为,乐于看见别人的脓液。就让它号叫吧。寂静中会越来越清楚地听见自己的内心声音,这更糟糕。

41

伊利亚想睡觉,但伏特加让他睡不着。伏特加支撑他的一切,把他的皮拽向自己,让他的眼睛瞪着眼花缭乱的屏幕,蠕动自己的下颚,往行尸走肉般的躯体里塞入硬邦邦的面包、乏味的褐色香肠。伏特加似乎想从他那里得到什么,但伊利亚害怕细想到底是什么。

然后双腿又让他回到电话前。

他拨了妈妈的号码。就是她随身带的手机号码。他等了七次铃响,十次。他很想打通。最后扔掉话筒,说了一声:"哼……"他的眼睛干涩。

去她那里?把她接回家?最好预约一辆车拉回来。那里不远。不能把她留在那里?

不。他现在不能去。之后再去,晚点再去。现在没有力量来验证一切。他害怕记忆替换成尸体。

还有一个号码,他还没拨。是谢尔戈的。

他沉重地、慢慢地按着按键。除了谢尔戈,再也没处可打了。所以不能出岔子。

谢尔戈立刻接听了电话。

"您好,塔玛尔·巴尔娜①。"

"我找谢尔戈。"

"你是谁?伊利亚,是你吗?你出来啦,是吗?"

"我出来了。你……你在这儿,在洛勃尼亚吗?还是走了?"

"是的,我在这儿!我能去哪里?"

"可我们……你到我这里来一趟吧?我这儿……就我一个人。就今天……我回来了。"

"你在那里灌酒吗?啊哈。好的,哥们,我跟妻子说一声。我

---

① 即塔玛拉·巴甫洛夫娜。

们那个小的在发烧……但遇上这事！我给你打电话，等着。"

他许诺打电话——果然打了。而且半小时后他已经站在过道里了。

他看起来怪怪的。晒黑了，头发剪得有点奇怪：两侧剃掉，中间留着额发。还有保养得很好的大胡子。谢尔戈的脸以前啥也不长，可现在——长起了大胡子。

他们互相拥抱了一下。他喷上了甜丝丝的令人振奋的香水。大胡子散发着独有的香气，让人发酥。

"塔玛尔·巴尔娜呢？"

"她不在。咱们去厨房吧。"

他倒了一杯酒。谢尔戈立刻一饮而尽，没有装腔作势。

"你在哪儿晒得这么黑？"

"我们刚刚……去了一趟斯里兰卡。整个夏天都白过了，小的没打疫苗，我们就傻坐在别墅里，对俄罗斯式的生活唉声叹气，然后斯塔西娅让我为她的生日安排一次斯里兰卡之旅。她有个女友和老公去过那里，感觉棒极了，极力推荐，所以我们就安排了。我们以前毕竟存了点钱，现在卢布回弹了一点儿，所以还算正常。我们把儿子丢给岳父母，他们在一起相处得很好，我俩飞奔着去冲浪。一切都像她女友说的那样。青春再现了，你简直无法相信。两周就像一天一样飞逝而过。而你在那里，会觉得两周像半年，时间过得很慢。我们回来时在谢列梅捷沃机场落地，出机场时满脸大汗，欣喜若狂，可脚下立刻溅起除雪剂，脸上飘的不知是雪还是雨，皮肤开始灼痛，散发出俄罗斯特有的气味……于是你会感觉到：真他妈的糟糕。也许，这个斯里兰卡只是我的梦？黑皮肤也不会保持很久，我们的太阳也许把维生素D从皮肤里吸走了。再倒点酒吧，好吗？"

伊利亚吱溜一口干了。谢尔戈给自己倒了第二杯，目光扫了桌子一圈,在找下酒菜,但没有碰香肠。

"然后还积压了一大堆工作,领导总体上不是非常支持我十一月休假,他说——不能等一个月到节日放假吗?啊哈,可过节时的机票已经全卖光了,爱彼迎民宿的价格也高得离谱,更何况我们想悠闲地冲浪,想恢复体格,不希望有其他人,可过年时那就不是大海了,而是澳大利亚人肉粥,这不只是我们的新年,也是全世界的新年。总之,我对他这样说:领导同志,滚你妈的。当然,我没说出口,只是内心这么大声疾呼。可领导对我说,你十一月的销售计划无论如何也逃不掉,剩下的一周你可以在我家过夜,如果你愿意的话,但无论如何也要完成数据。刚好那时小家伙又在幼儿园感染了某种病,额头温度高得能把钢筋熔化。斯塔西娅开始神经兮兮,我下班总共才迟到半小时——她就开始抱怨说:我和焦玛在家里待着,而你在外面鬼混。我和焦玛在家待着,而你在外面鬼混。而且你无所谓,你简直不是人。反正你能猜到她都说了些啥。我很可怜焦玛——两岁的小男孩,三十九度的体温,可他不哭,反而大笑,嘴里胡言乱语……总之,什么斯里兰卡,我仿佛哪儿也没去。你呢……你怎么样?"

谢尔戈问他——眼睛却盯着电视,然后盯着面包屑,然后盯着窗户。伊利亚想,谢尔戈还一次也没正视过他的眼睛呢。他的目光甚至只是滑过他的脸庞,停留的时间不超过一秒钟。似乎伊利亚的脸是滑的。

"我怎么样?嗯,出来了。"

"几年了?"

"七年。"

"是的,完全正确。七年了。"

伊利亚又给自己倒了一杯。也许,他想和这个谢尔戈成为好朋友,就像他曾经与他那样。希望他们融成一片。伏特加就像丙酮,能把人的棱角融化,而这些被融化的棱角可以使他们很快结为一体。

"嗯……"谢尔戈盯着伊利亚的额头说,"牢区怎么样?"

"怎么样。一般。牢区就是牢区。"

"是呀。"

他想说点什么,却说不出来。

"听着,"他对谢尔戈说,"把你手机借我一分钟。"

"什么?哦,好的。当然可以。"

他把手伸进牛仔裤兜——匆匆忙忙。掏出了一个像薄薄的灰色镜子一样的东西。

"7,"谢尔戈的声音那么奇怪,仿佛在道歉一样,"等等……还有密码。"他已经把手指放在突出的圆按钮上,然后突然醒悟过来说,"啊,也可以用指纹。瞧。"

他似乎有点不情愿地把手机递给了伊利亚。伊利亚仔细看了看上面的新图标。

"瞧,这是打电话,这是发信息,这是 WhatsApp①,这是网络。"看着伊利亚有点迟疑,谢尔戈把所有的图标都过了一遍。

"嗯,我知道!怎么,你以为我是个野人?"

伊利亚手指抚摸了一下玻璃屏——然后谨慎地拨号,在密密麻麻的键盘中不停按错。

"喂?"

"维拉!"伊利亚后退了一步,椅子被打翻了,开始倒,但这个厨房没地方可倒,于是就那样歪斜着。

伊利亚走出厨房,砰的一声关上门。

"谁呀?伊利亚?!"

---

① WhatsApp 是俄罗斯国内很流行的一款即时通信应用程序。

45

"你知道那个混球当时在夜店对我说什么吗?那个狗崽子当时对我说的是啥?!他对我说:我要插到你女人的洞洞里,在那里找毒品,而你站在这里看着!"

"这些都已经没有意义了。"

"没有意义!那有什么?!让他在那里把你像妓女一样干了?!"

"你该做的都做了,伊利亚。"维拉坚决地说,"谢谢。无所谓。我早就不爱你了。也许,我是坏蛋。但这也没意义了。我永远不会回到你身边。不要再给我打电话了。不管用什么号码。请原谅。"

伊利亚自己挂掉了电话。他从维拉那里听到的内容,就是他再也不能乞求她的爱了。耳朵嗡嗡响。他没有因为她的"请原谅"而感到轻松,反而开始觉得仿佛有麻醉剂流过全身。麻醉剂流过后,真正的手臂变成——残手。当然,是抓不起东西的。

他平静地挂掉电话。

然后他转过身子,使劲摔出手机,结果手机从架子上飞到妈妈的床上,落到枕头上。

"把酒全部倒完,"他突然对谢尔戈说,"你的手机在那儿呢,别担心。"

"是维拉?"

"倒酒吧,别多管闲事。不管是不是维拉……都不要偷听。如果有必要,我会自己说的。"

"好吧。"谢尔戈很听话地把剩余的酒全倒了:差点溢了出来,"伊留赫①……是不是有人给你暗中使坏了?"

伊利亚醒过来了。

---

① 伊利亚的昵称。

"那你……你怎么认为呢?你怎么认为呢?!"

"我?嗯,我认为……你是无罪的。但最后一年多咱们很少……你考进大学后……"

"把你的鼓①再给我一下。我是说,把你的手机再给我用一会儿。"

谢尔戈听话地把自己小镜子一样的手机捡回来给他。伊利亚盯着屏幕上的图标,不自信地将它们左右划了几下,然后说:

"你有 VK 吗?"

"有的,在这儿……啊哈。怎么,你们在那儿可以用 VK?我不知道,咱们国家现在如此人道啦……"

"一切都有价格,明白吗?手机的价格尤其昂贵。为了用一会儿手机,要花大价钱……"伊利亚沉浸在手机中。

电视开着,但没有声音。里面的新闻主持人大张着嘴巴,像鱼缸里被放掉水的大鱼。鱼儿急着讲述没有氧气的生活有多好。谢尔戈盯着鱼儿的嘴巴,试图从嘴边读出谎言。他们在寂静中坐了一会儿。

但谢尔戈很快就坐立不安了,仿佛他的空气快没了。他也需要说话。

"你记得吗,咱们曾经爬进布基诺大道的一个鸽子窝?好像是七年级的时候?鸽子窝好像在维拉家旁,在铁路旁?那时主人朝我们开火,用气枪从窗户朝我们放枪?我一直试图回忆,我们当时为啥要爬进去。我们又不打算吃掉这些鸽子!也许,是想放掉它们?或者想让它们当信差?你记不记得?简直历历在目。我那时被射中屁股。子弹已经失去冲力,牛仔裤都没被射穿,但留了一

---

① 俄文 барабан 原本表示"鼓"的意思,但这里是监狱罪犯使用的黑话,表示"手机"。

47

块瘀青……"

"给。看吧。"

手机屏幕上出现了一张照片：是一个长着黑眉毛的卷发小伙，皮肤光滑红润，穿着亮蓝色夹克和浆洗过的衬衫，霸道地将一个姑娘紧紧搂向自己，姑娘的嘴唇鼓鼓的，睫毛像扇子一样又长又浓。衬衣的袖口快被黄金手表撑裂了。

小伙子的眼里流露出心满意足、漫不经心的神情，但他眯着的眼让人明白：这是一个吃多少也不会善良的人①。他咧着嘴笑。身后隐约可见一群人在哈哈大笑：蓝衣男人和红衣女人。

照片下写着："现在和朋友在'Erwin'②，然后去'流氓'③，谁和我们同行？！（笑脸）"

"瞧，就是这个混蛋让我坐牢。他编造了一切。"

"为什么？"

"为什么。他是个吸毒狂，而我当众揭穿了他。他开始争论。你知道他们喜欢什么吗？喜欢别人听他们的话。喜欢给他们口交。不为什么，混蛋。因为他能做到。瞧，这是他的小车。"翻页，翻页，"呶，瞧瞧：他那时也皮肤黝黑，像你现在一样。趁着领导允许，他们去了泰国。那里有年轻的姑娘，还可以娈童。你看他们的眼睛，眼睛。这不是眼睛，是圆球。毒品吸多了，百分百的事。活得多好呀，是不是？现在是少校。也许很快就是少将了。"

"他们……他们也可以在公共网络上放这些？我以为，警察不允许做这些……"谢尔戈谨慎地回应道。

"要看是谁。以前他就用自己的名字上公共网……现在改用

---

① 俄罗斯人一般认为吃得多的人会胖，而胖子比较善良。
② 这是莫斯科一家高档餐厅。
③ 俱乐部名称。

绰号了。但我可一直关注他。'流氓',这个狗崽子。'流氓'是啥?"

"在罗奇代尔大街。三山厂。这样的地方……去年夏天很流行。那里周边啥都有,是一个大工厂,占地很广。现在被改造成办公楼、餐厅之类的东西了。"

"餐厅之类的东西……"伊利亚重复道,"可我在监狱里喝着残羹冷炙。有人在欣赏棕榈,有人却窝在牢房三层架子床的最上层,混蛋。我完全是偶然落到他手里的。给你七年徒刑。受着吧。待在局子里。夹在狱管和狱霸之间。别出头。全听他们的。向他们摇尾讨好。给他们做事。画墙报。然后以此论证吧,以防他们像割草一样把你给割了。只希望狱管能给假释。希望早一点回来,快一点回来。或许,理应如此。应该摇尾讨好。那样也许我就来得及了。可回来时就成啥人了。但能来得及。可假如当初没去的话。混蛋。狗崽子。"

他跳了起来,抓起第二瓶,一下子掀开瓶盖,先给自己倒了一杯——酒溢出杯口了。

"哦,听着……"谢尔戈脸色苍白,"我……我不能再喝了。斯塔西卡①不会理解我的。我要走了。咱们……"

"坐下!"伊利亚拿着瓶子倒酒,椅子上也溅了一些,他开始往谢尔戈的杯子里倒。

"不,真的。真不行。她还让我给小家伙买'Panadol'②,家里没有了。我……咱们可以明天,或者下个周末。到时候小家伙病就好了。"

伊利亚没有回答,仰头又喝了几口伏特加。又来劲了,声音更

---

① 斯塔西娅的爱称。
② 一种退烧药。

大了。

"我……只喝最后一口,"谢尔戈抿了一下,"我把手机拿走?"

他走到过道,穿上自己的上衣,摸索房门的锁。

"保持联系,好吗?你躺下睡一觉,伊留赫!"

伊利亚把电视声音放得更大了。

*　　　*　　　*

他不感到冷。

灰蒙蒙雾气里的酸性物质腐蚀着房屋,包裹着房屋,开始消化房屋。路灯吝啬地发着光,想节省能源。预制板楼房上的窗户散发着像血一样的红光——星星点点,仿佛被锥子戳过一样。不牢靠的地面让人打滑。雪融化了,但没雪时风更凶猛了。人们全都藏了起来。车站上只有一些像企鹅一样的乘客,他们竖起羽毛等待锈迹斑斑的雪地汽车。

伊利亚不由自主地迈出双腿,洛勃尼亚被抛在身后。

汽车仿佛近视了一样,直到最后一刻才看见站在路边的伊利亚并鸣笛。

车内同样涌动着酸气。

是那种入狱第一年灼烧他内心黏膜的酸气。灼烧得如此厉害,他只能用一种叫顺从的碱水将它们浇灭。但碱水同时腐蚀心灵。他曾对卧铺车厢里的邻座说,他原谅了那个狗崽子,但这并不完全属实。仿佛他向狗崽子提出契约:如果我活着回来,回到原来的生活,就原谅你。可现在他回到了绝境。

只有谢尔戈等到他回来,但伊利亚已经无法面对谢尔戈了,他甚至有点震惊。他恨他,因为他让他觉得疏远。因为七年来谢尔戈生活在牢区之外,而伊利亚待在里面。他还恨谢尔戈对他的怜悯。该与他也一刀两断,趁自己的血液还没全部被感染。总之,该斩断一切,哪怕处处是伤残。

但谢尔戈毕竟过的是自己的生活,不是偷偷摸摸的生活。

另一个人应该负责。别佳·哈辛应该负责。狗崽子应该负责。

为什么是他,而不是别人应该负责呢?法官是一个头脑糊涂、冷酷无情的人,会有时候让他尝尝苦头。庭审是安排好的,因此任何人都不能洗刷罪名:要洗白就得证明自己无罪。如果事情弄到法庭——一定会被判刑。法官的眼睛都是人造的,他们拒绝用活生生的眼睛去看被告。被告的所有辩护——只能来自侦查员。如果事情搞上法庭,就完蛋了。法官不会为罪犯辩护,因此报复他们没有意义。这一点伊利亚现在明白了:在号子里时被教会的。

车站附近有巡逻车在执勤,但民警都在车里取暖,怕冻坏脸蛋。人流从洛勃尼亚各个方向涌来,伊利亚混杂在人肉粥里,捞不出来,也舀不出来。

他穿着靴子,以及有点人样的外套:这是他大学时代的外套。穿在身上怪怪的:现在对他来说有点大,尽管他是穿着它长大的。他穿上它会不会有点人样?假如不看他走路时的正面模样,而只从背后看——有没有点人样?

站台结了冰,但被除冰剂融化后到处是窟窿,伊利亚被风挟裹到了结了冰的货车前。一辆辆客车疾驰而过,窗户似乎连成了一个大屏幕,其中放映着俄罗斯普通百姓的生活。伊利亚的脑袋里回响起某支舞曲,他跟着它的节奏哼唱起来。

"你为什么要这样对我,混蛋?想提高自己的破案率?因为自己的失意而践踏别人?因为无聊?到底为什么?"

开往德米特罗夫的电气火车放慢了速度,似乎给伊利亚留时间改变主意。即使他能找到狗崽子,他能对他说什么?怎么才能让他听完?他会不会向他解释七年前的案件?他还能想起来吗?

他能想起来。一定能。

答案只有他有。

你能为了自己瞬间的快感而剥夺别人的青春,甚至不为什么就抽走他人生活中最靓丽的一块——那你要偿还。不把别人碾成灰,你就无法有高高在上的感觉——那你要偿还。你能用汽车把别人撞翻且头也不回地继续疾驰——那你要时刻准备好献出自己的脊椎。你以为,你们那婊子一样的体制会像坚实的铠甲保护你,你的多头蛇会掩护你,不让你的头被咬掉。可一切皆有可能。

站台上终于活跃起来:等待的火车从黑暗中驶来了。伊利亚走进车厢,眯起眼睛,周围变得暖和起来。座位上挤着一群青年人,准备去莫斯科玩。他们喝着啤酒,或嬉笑,或亲吻。伊利亚望着他们,却再也看不到过去的自己。

电气火车沿着铁轨叮当叮当地走了,城市消失了,现在窗外只能看见这列黑色火车,而且出了火车无路可走。伊利亚也不打算出去。莫斯科像万有引力一样吸引着他,他冒汗了:就像走在太阳底下一样。他需要去那里,需要在那里做点什么。家是不能留了,那里太空了。整个生活一下子空了,里面没什么能抓住了。

一群流浪歌手进了车厢,对着独自乘车的粗壮大妈们唱着自编的小夜曲,一个戴眼镜的高手用芦笛演奏着外地曲子,他背上的扩音器将音乐传遍整个火车。之后一个四处穿梭的吉他手钻了出来,他长着一双炮眼似的眼睛,把手指放到琴弦上,开始弹奏散发着浓浓监狱气息的香颂。他随心所欲地唱着,眼睛却一排排搜寻:在找自己人。他立刻识别出了伊利亚,伊利亚也识别出了他。他从所有青年人、所有喝酒的男子身旁走过,径直来到伊利亚跟前,尽管后者穿着学生时代的外套。

"你不会让狱友伤心吧?"他伸出手,手上是化学药剂留下的伤疤——他弄了一个文身。

伊利亚塞给他一张百元卢布,仅仅为了能继续前行,然后背过身子。那人跛着鞋走向另一乘客——一个刮光胡须、面色阴郁的家伙。他知道他弹奏的曲子会感动谁。这是有油水的事:有一半国人都蹲过局子。

不,伊利亚不是为此而来。伊利亚知道,哈辛会如何回答自己的问题。

牢区让伊利亚看穿了他们,因为这样的人很多。牢区全是由哈辛这样的人组成的。他们被一网打尽,就像流着哈喇子、长着红眼睛的狗,被穿着皮革毡靴的人一脚踢进来;而另外一些人是自己心甘情愿进来的,上哪儿去找这既能毁灭人又因此而发放定量食品的地方呢?

可这样就找不到为妈妈的死受罚的人了,还有为维拉不再爱他,为谢尔戈开始说莫名其妙的话,为伊利亚从索利卡姆斯克回到像砖墙一样冷漠的人群之中。

可他能在那里做什么?他能对哈辛做什么?

伏特加的效力控制了他,让他无法回答自己的问题。伏特加在耳边嗡嗡响,在静脉里灼烧,让他变得既凶狠又倔强。本可以低声细语,伏特加却大声号叫。也许它在伊留沙的皮下组织里感到过于拥挤,于是把伊利亚翻了个里朝外。皮下组织的外表很光洁,可内部到处是文身。监狱里没人珍惜皮下组织的内部。

火车已驶近萨韦洛夫车站,驶近莫斯科通行检查处。

莫斯科烟雾迷离,细雨蒙蒙。莫斯科也出汗了,神经兮兮。

伊利亚跟随人流走了出来,打了一辆黄色出租车。在地铁里不能醉,这一点他即使醉了也清楚。现在莫斯科的出租车变成黄色的了,而且带方格花纹,就像苏联时期一样。一切又像以前一样了:甚至更清晰了。

出租车司机像所有俄罗斯人一样唠叨个没完,但伊利亚的头脑里始终盘旋着自己的声音,他无法回应司机的唠叨。可他还是向司机借了一根烟,是被伏特加逼的。

莫斯科白昼时看起来很骄傲,可晚上看起来很不幸。

街上只有路灯亮着,房子像黑色的穿孔卡片那样挺立着,与洛勃尼亚一样。城市上空的晚霞已消失,正面看没有灯,广告也很少。总之,光很少,而黑暗很多。人们行色匆匆,弓腰驼背,仿佛有人在背后推着他们前行。他们穿着秋靴在像果冻一样的薄冰上行走。真正的冬天才刚刚降临。

伏特加促使伊利亚在玻璃上哈了很多气,现在玻璃外的一切都弥散开来。

只有一幢楼灯火闪烁——"乌克兰"宾馆,那是斯大林时代赠送的一块大蛋糕,里面裹着人肉和钢筋混凝土。在宾馆明亮灯光的映衬下,周围的一切黑影显得更黑了。缓缓流动的河流与冰块抗争着,但河水似乎因为过冷而昏昏欲睡,甚至快要死掉了。前方有一半的天空被商务中心的高楼遮蔽。七年来这样的高楼增多了不少——无序且随机,仿佛很多石笋或息肉冒了出来。城市暂时还能供养它们。

然后出租车从河岸拐到侧面,并停了下来。

"呶,这就是罗奇代尔大街,"司机说,"三山厂。就在这里下车。"

那里与七年前的"红色十月"糖果厂里一样,要道被挤得水泄不通,入口处人声沸腾。穿着连裤袜的细腿女孩们为了取暖而紧抱自己,成群地跑着。小伙子们赶上来,边走边喝上两口。莫斯科的灯火已经熄灭,打击了其中的成年人,而且实行严格的制度,但这一切似乎与年轻人无关。他们需要抓紧时间体验生活,谈恋爱,迷醉自我并沉迷其中。每一秒都在他们的算计之中,一切都需要挥霍体验。

以前这个工厂生产什么,不得而知。也许是服装厂,也许是生产导弹发射装置的,这两座并列的车间也有可能是用于秘密活动的。现在三山厂已军用转民用,白天由数字、字母和丰富的想象包装,晚上则替换成狂热、虚荣和性激素。各种高度的砖房布置得很随意,有的窗户没玻璃,有的窗户被封上,还有的闪耀着刚刚擦洗过的玻璃——工厂被重建了。华丽丽的大轿车与建筑集装箱停靠在一起,旁边还有各种废弃品。

人们走进入口,沿着没有光照的三山厂僻静角落四散而去。夜店,餐厅明亮的橱窗,看脸者的小手电筒,它们共同照亮了这片黑暗的寂静之地,而其他地方——伸手不见五指。人们在光与影之间行走着,闹哄哄一片,闯进门,嬉笑、打骂、调情,然后走散。所有人都醉醺醺的,而不仅仅是伊利亚,所以他在那里想等多久都可以。在街上,在黑影处,他跟其他人一模一样。他不需要进到里面——里面很喧闹,而他需要谈话。

三山厂真是一个好地方。

他站在那里想:外面的空气真稀薄,地方也宽敞,人口密度极低。牢区里每个营房住一百五十人,监狱里每个房间住五十人,架子床有三层,距离他人的生活只有半米;而且每个人的命运都是——开放性骨折,断骨凸在外面。不可能不撞到别人,不可能不把自己弄伤,不可能不在人肉烂泥中弄脏自己。他们在彼此的眼皮下爬来爬去,往别人鼻子下塞自己臭烘烘的垃圾,甚至睾丸。他们彼此无处可躲。起初伊利亚对此感到恐惧,然后恶心到呕吐,然后习惯了,再然后没有这些会感到空落落的。而在外面,你与其他人住在不同的住宅里,与他们有一墙之隔。地铁里大家都沉浸在各自气泡般的虚幻世界里。喝过浓茶之后再喝索然无味的袋装茶——这就是出狱后的感觉。在牢区里你觉得只有外面的一切才是真实的,可出狱后你才明白其中的虚假。牢区里的生活像噩梦,

55

可是最真实。

他站在那里想：万一他不来怎么办？会不会有女人把他带到KTV？那怎么办？回家吗？拿什么回去？明天又要做什么？

什么样的明天也没有了。一切都在今天结束了。

他没感觉到冷。酸气在燃烧。

* * *

当他看见他时，自己都难以相信。

他的双腿僵住了，无法往这个人跟前移动，双腿似乎粘住了，还发出声响。背部靠在砖墙上。伏特加的效力因为寒冷的空气开始退却，但退却得太晚了。

哈辛摇摇晃晃走过来，边走边朝电话吼叫着什么，还狠狠地抓住一个大胸女人的手，女人穿着高跟鞋跟跟跄跄，声嘶力竭地骂着他。就是今天VK中那张靓丽照片上的女人。

"你装什么装？我会派她来的！我说过，会派她来的！"别佳终于转向自己的女人。

"你等着，你要是真派，我跟你没完！我这辈子都不会演女二号！"女人尖叫着说。

她抽出手，像轮船扭动活塞一样扭着屁股，离开了这位少校。她走向拦路杆，走向砖头迷宫的出口，走出别佳的死胡同。

"婊子！"哈辛朝她吐了一口唾沫。

他抓了抓头发，在原地打转，却没拦住她。他盯着手机，也许在找还能给谁打电话。他找到了，于是把话筒放到耳边，望了望天空。

"嘿。小屁孩。今天你不想吸了吗？是的，今天我有货。不要？多好的别墅！考虑一下！呸，那就滚。"

他狠狠地挂断了这个人的电话，重新开始在手机里找。他似乎有地方痒痒,需要把脓疮挠破。伊利亚已经知道了这脓疮是什么。

狗崽子刚把手伸进口袋就呆住了。

"我的神呀……"

他开始惶惶不安地摸索全身。掏出了钥匙,把它和其他某样东西弄得叮当响。然后拨通电话,把听筒放在耳边。

"喂!您好!我刚刚还和女朋友在您家坐了坐呢。我没把皮夹子忘您那儿吧?黑灰色,带方格花纹,LV?找到了?谢天谢地。是的,我现在就回去。"

是时候了。不能再等了。

"别奇[①]!"伊利亚用嘶哑的嗓音喊了他一声,"别丘尼[②]!"

少校抬起头,用钻孔一样的双眼扫视了一下砖墙的黑影——他在寻找声音从何而来,哪里可以打孔。伊利亚迎面朝他走了一步。哈辛眯起眼睛,但没认出他。毕竟连谢尔戈——以前很亲近的人——也是勉强认出他。

"你不招待我吗?"

"用什么招待?"别佳撇撇嘴,"你是谁呀,大叔?"

"咱们是在迪厅认识的,"伊利亚集中注意力说,"你第一个款待了我。棒极了。我是伊利亚。你记得吗?一个半月前左右认识的。"

"这……这是在'住宅'里的事?"哈辛似乎想起了某个人。

"是的……"伊利亚冒险说,"在茅房里。还能再来点那样的吗?"

"伊利亚。好像……是的。在'住宅'里,完全正确。OK。你要多少?"

[①][②] 即别佳。

"你有多少?"

"咱们到一边去说吧,我们在这儿太显眼……"

伊利亚指了指该往哪里去,少校跟着他,就像老鼠跟在笛子后面一样。① 角落里有一个凹凸不平的入口——从房子里面扒掉了烂木头屑,为了能在此塞钱。塞到这里,塞进入口。

"怎么样?"

"什么怎么样……一克两百元。质量跟巴勃罗②的一样。你看《毒枭》③吗?"

"还没看过呢。"伊利亚把手伸进口袋,摸索了一会儿——掏出卢布。

他想问狗崽子的问题是:他是否依稀记得,七年前他曾碾压过一个小伙子的生命?话在舌头上打转,但还是想等最合适的时机。附近有醉鬼的笑声。他们有可能会过来。

"有机会就看看吧。可以学习哥伦比亚的生活!"别佳把手伸到上衣的翻领下,伸到心脏处,却掏出了证件,"瞧瞧吧,恶棍。你可来啦。我都录在手机里了。"

伊利亚惊慌失措地把钱收进口袋,说:"可我什么也没做……"然后立刻从口袋里掏出一把从上到下都很锋利的刀子,刺向别佳软软的下巴,刀子与妈妈切香肠的刀子一样——窄窄的,早在孤独的昨夜就磨好了。别佳咕咚咚咚开始淌血。他试图用手堵住伤口。

"你记得我吗?"伊利亚问他,"七年前我和你来过一次。"

---

① 此处借用格林兄弟《德国传说》中的故事《哈默尔的孩子》,主人公吹起笛子以引诱鼠群跟随。
② 指哥伦比亚大毒枭巴勃罗·埃斯科瓦尔。
③ 《毒枭》是一部美国犯罪网络电视剧,描述毒枭、麦德林集团以及美国缉毒局探员间的故事。

别佳试图和伊利亚辩论。不知他想指责还是洗白。也许,他只是想说,不,不记得了。但说不出声。他想从入口走出去,但伊利亚不让他走,把他往后推。狗崽子半蹲着,从肩带上的枪套里掏出手枪,但手指不能正常弯曲。伊利亚从他手里夺过手枪。别佳开始晕乎起来。但他集中精力,想起了手机。他紧紧抓住手机,企图用指纹开启,但手指沾满了血,手机不识别他的指纹。伊利亚坐在旁边。世界在颤抖,心却呆住了。他忍不住不看狗崽子慢慢死去的画面。他因为一切不可逆转而感到恐惧,同时又莫名其妙地感到甜蜜。因为复仇——因为它而感到恐惧,也因为它而感到甜蜜。

"你想说点什么吗?"他问狗崽子。

别佳开始用手指按按钮,输密码。他一个接一个按过上面一排数字,然后是下面一排。1,2,3。7,8,9。他时而发出咝咝声,时而发出轻微的尖叫声,时而发出咕嘟声——他不停地按手机。手指滑过,iPhone失灵了。伊利亚瞪着眼看着他,直到眼睛发疼。然后他夺过手机。别佳头晕目眩,他晃了一下,额头撞到墙壁,然后扑通倒地。

一切突然变得真实了。也变得粗野了。

一切停止了。

他想立刻消失。

他从入口处跳了出来。但又回去了。别佳还在微微颤抖,蹬着双腿。但什么也改变不了了。

楼房之间的柏油马路坑坑洼洼,其中有一块铁饼式的下水道盖。伊利亚挪开它,抓住别佳的腿把他拽过来,然后将他头朝下扔进黑洞里。别佳像麻袋一样扑通一声掉下去。伊利亚擦净刀子,然后扔掉。他盖上井盖,合起来。他慢慢地、断断续续地思考了一会儿。然后手里抓起一把雪,开始擦除别佳溅在入口处的血。街

59

上漂来的雨水也帮着拭去地上的血迹。

这一切都无法更改了。什么也无法更改了。

＊　　　＊　　　＊

前面的汽车将路上的泥泞碾成粉末,粉末扑打在后面汽车的玻璃上,仿佛直接扑打在人的眼角膜里。雨刷不停地刷着,发出吱吱声,将烂泥切成狭窄的弧线。但前面的汽车立刻又将这个观察孔填满褐色泥渣。

"你们的莫斯科啥也看不见!"出租司机说。

伊利亚默默地坐着,他的眼里全是稀泥。擦了,但没用。

什么也无法让他放松。和任何人也无法交谈。谁也回答不了他的任何问题。没有遗憾。没有恐惧。没有愉悦。外面是真空,里面还是真空。真空里死气沉沉。他现在打车回家,只是因为该朝某个地方去。回家后就躺下睡觉。醒来后就睁开眼睛。没什么复杂的,他在局子里已经学会了。生活没有任何复杂之处:死很容易,杀人——也很容易。但每一样都不让他感到轻松。

"你知道老美为什么需要乌克兰吗?"出租司机开始聒噪,"因为他们的黄石国家公园危在旦夕。从各种迹象都可以看出来。他们当然不会在电视上这么说,以免引起恐慌,但已经有心理准备了。这不,他们的国务院正在麦丹①资助法西斯,目的是让后者乖乖地把乌克兰人交给他们。他们会接受这些弱智者加入北大西洋公约组织,然后输入自己的坦克和航空母舰,用基因武器干掉他们,干掉所有人。往那里派殖民者开垦乌克兰人的处女地。他们知道,普京无论如何也不会放他们进来,因为他把他们的罗斯柴尔德家族玩得团团转。你知道罗斯柴尔德家族吗?喂!"

---

① 即2014年乌克兰反对前总统亚努科维奇的主要运动场所"麦丹"广场。

"不知道。"

"你这阴郁的家伙到底从哪儿钻出来的？美国联邦储备系统属于罗斯柴尔德家族。这个系统印刷美元。而美元呢,顺便说一下,从1971年5月15日开始就毫无保障了,只是光腚而已。你知道老美当时为什么要把戴高乐搞下去吗？因为他要求美国人用黄金代替他们的美金进行支付,一切按照《布雷顿森林协定》进行！他往诺克斯堡①派了载着美金的飞机,飞机后来载着美国黄金返回。当然啦,罗斯柴尔德家族很快就明白了,于是就把夏尔②搞下去了,因为他对他们没什么好处。你不相信？可对他们来说戴高乐算个啥？要知道他们曾把拿破仑也搞下去了。我说的是真的,你如果愿意,可以去问别人。广播上都说了。你以为英国王室独立自主？他们的君主制没有美元是万万不行的,王冠早以三倍的价格卖给犹太人了。简而言之,一八一二年战争的实质是啥？就是罗斯柴尔德家族迫害拿破仑,因为他妨碍他们做生意。现在本质也一样。美元暴涨七倍,可你知道美国的财政赤字是多少吗？十七万亿——而且还在不断增长。奥巴马,特朗普——把所有人都掌握在自己手里。他们印钞票,用它购买我们的石油、天然气、木材,而我们喜欢玻璃珠子！瞧,是他们需要战争,目的是把大家的注意力从美元引开。还想打击我们,因为我们有真正的经济,明白吗？谁有森林？这些都是碳！我们有！就这样,毫无疑问。"

伊利亚感觉有点恶心。但谢天谢地,他没吐。

伊利亚几乎被送到门口。他不得不把几乎所有的钱用来付车费。

"嘿,钱怎么染了？是血吗？"

---

① 诺克斯堡是美国陆军的一处基地。
② 即夏尔·戴高乐。

"打架了,"伊利亚说,"谢谢,兄弟。"

伊利亚在垃圾池旁停下来,抬头看。他家窗户的灯亮着。温馨舒适。他当时急着出去,忘记关灯了。现在似乎可以回家了。似乎妈妈还没睡,等着他玩乐归来。从2009年夏天开始,一直到今天才结束的玩乐。

他爬上楼梯,推开没有上锁的门。走进浴室。照了照镜子。里面出现了一只不认识的昆虫,穿着蓝色学生外套,晃动着下颚。手上沾满干枯的血。外套上也有一条条褐色的血渍。

他没开始洗:有什么必要洗呢?

他坐在厨房里,为自己倒了一杯伏特加:自我麻醉法。他用手扯了一块香肠。塞进嘴里。又喝了一口。感觉很好。也许,很快就要失去意识了。一日之计在于晨。

电视机在嗡嗡响。

似乎有苍蝇在玻璃上嗡嗡叫。绝望地叫着,一遍又一遍地叫着,断断续续。该死的声音。伊利亚起身,想用大拇指将它按死,直到把它的绿肠子按出来为止,但黑魆魆的窗户上没有苍蝇。没有苍蝇,但有声音。好像一个看不见的人在死乞白赖地乞求,希望把他从这里放出去,从室内放出去,放到冰天雪地的户外。似乎有人被伊利亚关了起来,想获得释放。

伊利亚把沉重的头左右晃动了一会儿,然后想到了把手伸进外套的口袋里。他吃惊地从里面先掏出了一把黑色的"马卡洛夫"①,接着掏出一个黑色的iPhone。手机的声音刚刚停止。

脏兮兮的褐色屏幕上立刻出现了一行文字:"WhatsApp:你一切都好吗?我很担心。妈妈。"

整个世界缩成一团。

---

① 一种手枪品牌。

伊利亚用指甲从命名为"家"的按键上刮掉薄薄的一层血渍,然后怀着醉汉的自信按了偷窥来的密码:先是上面一排,接着是下面的一排。立刻进入聊天模式。他用大拇指慢慢地、轻轻地写着回复:"你好,妈。我想你。"

一滴滴盐碱物开始往屏幕上掉,干血粒将屏幕弄脏。

4

太阳照进窗户。阳光苍白,细弱,钻入眼睑。

伊利亚立刻清醒过来。他坐在床上——自己从前的床。他穿着衣服睡了一觉,只脱了鞋子。大脑紧绷,似乎填满了某种稠密的垃圾——难道是重油?舌头贴着上腭。眼皮贴在一起。

他看了看自己的手掌。白白的,只有指甲边发黑。这些黑边让他恶心。没有它们他还可以说服自己一切都只是梦。但他不是因为梦见三山厂而醒来,而是因为梦见了重油坑。

走廊里有什么东西在吱吱响,断断续续,听不清楚。厨房里电视在自言自语。

伊利亚谨慎地走进厨房,仿佛不是在自己家中。

一部别人的手机放在桌上,旁边是"马卡洛夫"。桌布上有手指的痕迹。感觉像吸了一口澡堂里烫喉的热气。然后他坐了下来,因为站不住了。他开始擦额头。忧伤涌上心头。

杀人后遗症涌上心头。

昨晚的一切像一张张宝丽来相片浮现在他面前——模模糊糊,破损不堪。他愚笨地翻动着它们。别佳脖子上的窟窿咕嘟咕嘟响。他滚到下水道口。混凝土地面上留下一条血渍带。然后他重新活着站了起来,很狡猾的样子。他问伊利亚有没有看过某部电影,然后用软绵绵的手指把自己的手枪递给他。他的眼神茫然无助。地轴线扎入别佳的喉咙,世界像陀螺一样旋转。摩天大楼像雾气中的灯塔,指着不正确的方向。还有红色的钱,阴郁的出租车司机。

伊利亚从水龙头下接了一杯水:有铁锈味——像牙齿被打掉后的气味。他打开窗户,否则屋内的空气发酸。

为什么要这么做?这能改变什么?有什么必要?!

错了。错了!

但无论如何也回不到昨天了,也无法抓住自己昨天的手,无法让自己待在家里。他从桌上拿起手机,看新闻:狗崽子是否被发现了?这事一定会被报道。密码还在大脑里,没有忘记。

他既想看新闻,又怕有新闻——而打开手机出现了与别佳母亲的对话框。

直到现在他才想起,昨天给她写过东西。但写的是什么?你给她写了啥,糊涂蛋?!

"你好,妈。我想你。"

"你确信一切正常?"

"是的。我只是喝多了。明天咱们通电话。"

"好的。晚安。"

他点击返回键,看了看——没有未接电话。她在等他睡醒。您就再等等吧。我先整理一下思绪!我在睡觉。睡觉!现在!

他在Yandex①上搜了一会儿:罗奇代尔大街,杀人。三山厂,攻击。每次他输入时手指都抖个不停。如果现在搜到新闻呢?那怎么办?那就完蛋了。

现在几点?十一点。难道雨水一夜之间把柏油马路完全冲干净了?可入口处呢?入口处有血。伊利亚用脏雪把它弄模糊了,

---

① 俄罗斯最大搜索引擎网站。

害怕失去空间、空气、高层楼的景观,害怕失去坐火车、逛街、欣赏人脸的权利,失去看姑娘的权利,失去再次待在家里并将家的气息吸入体内的权利。只有没牙的嘴脸、灰色的囚服,丧心病狂,暗无天日,残忍野蛮的盗贼生活规则像卡普伦线、织网一样每过一秒都会用力绷紧你:只希望你突然颤抖一下,慌乱一下,痉挛一下,以便能搜刮你,往你嘴里塞各种破烂,强暴你,往你身上拉大便,还大叫着,咧着满嘴烂牙嘲笑你。一个人只有这样才能躲过别人对自己的侮辱和戕害:继续传递侮辱,把别人按入大便;否则别人不会放过他。

但杀死警察要被送进另一种牢区:终身监禁的牢区,那里实行特殊制度。专门想出这种监狱,是为了能把人弄死——囚室二十四小时都开着刺眼的灯,每天只通风半小时,一年只允许家人递送一次包裹,经常搜刮钱财,甚至不让你与狱友熟络——不停折腾你,让你脸朝下手朝上跑出囚室——但永远不会杀死你。

昨天他觉得,获释并不舒服。

今天一想到牢区就如此恐惧,仿佛被套进了袋子一样窒息。

逃跑。现在就跳上火车,趁护照还没被送检。在某个地方跳下火车……在雅罗斯拉夫尔附近,或者……消失在那里的村子里。隐匿在某个被遗弃的房子里。或者搭乘汽车更可靠,但可能会贵一些,谁愿意免费捎带他呢……应该穿好衣服。趁一切还来得及。

他又看见自己弄脏的衣服。不能穿它。随便穿件其他的,暖和的……冬天了。还要带点食品。背包……妈妈有背包吗?!

但是,当他翻寻衣柜时,失去了信心。没有人家可以让他藏匿。农村的一切大家都了如指掌,外来人一目了然。可在城里没钱两天都过不下去,而钱已经快没了。

他又看了一下窗外:有没有警车?然后再次一头扎进网络:罗奇代尔,三山,哈辛,杀人。还有手机!他们可能会根据手机追踪吗?当然可能。很快就能定位出来。扔掉手机?关掉,扔掉。白痴,昨天怎么没想到?!

昨天觉得一切无所谓了。可今天有这样一种感觉:他驾驶着不牢靠的中国汽车在薄薄的冰层上行驶时撞到了莫斯科河的围栏上,一头扎进漆黑的水里,汽车的电机失灵了,车门锁着,从通风口喷出碎冰块。你似乎还活着,但已经死了,因为吃了太多冰。

你无法挣脱出来。也逃不了。

突然手机在他手里振动起来,没有声音。但这更让伊利亚那衰弱的神经颤抖。

是妈妈。

他盯着屏幕。真想把手机扔进垃圾桶或水里,让它在那里喝水并安静下来。接听?说什么呢?说在开会。在会晤。在领导那里。今天是周六,能有什么会晤?伊利亚试图飞快地回忆别佳的声音,别佳的发音。有什么特殊之处吗?他好像用喉咙发"P",而且他的声音比较高。

"妈……"伊利亚对着空气试了一遍,"我现在不能接听电话。"

太假了。

手机还在振动,很像别佳昨天临死前的微弱颤抖,那时他的血管开始因为没有供血而变得松弛无力。当时伊利亚就那样站在那里看着这一切,发呆,无力。

手机一直振,直到电话转到自动应答器——才安静下来。

伊利亚擦掉额头上黏糊糊的东西,开始调整自己的脉搏。假如当时接听——就假装发高音。恐怖的是:替死者与他的母亲交谈,假装成尖细嗓音。但愿不失声。

电话铃声响了一下——您有语音留言。伊利亚按照提示,拨了号码。把电视声音调低。

"别久什①,你还在睡觉吗?打个电话吧。我想和你说会儿话。讨论爸爸的生日。好吗?"

她的声音一点也不像妈妈。有点发颤,有点谄媚。伊利亚羞于听到这样的声音。自动应答器中规中矩地问伊利亚,想不想重播留言。伊利亚说,重播。于是又听了一遍。似乎有某种巨大的东西被碾成碎片后扎入她的只言片语中。狗崽子与他妈妈的关系,与伊利亚和自己妈妈的关系完全不同。

伊利亚最终挂掉了电话。

一切静了下来。

可为什么要等待,等他们来抓他呢?

伊利亚前倾身子,从桌上取下手枪。

他转了转手枪,找到如何扳动保险栓。子弹是装好的。这太好了。头脑里紧绷的弦断了,啪地响了一声。滚你妈的,所有人统统滚吧。再见。

他脱掉衣服,去淋浴。他把水开得更烫一些:昨天没有冻坏,今天却暖和不起来。上面什么地方的水管在响。浴池下面有蟑螂守候,正竖着触须,等着伊利亚打穿自己的脑袋,把灵魂送到地狱。

他用海绵认真地搓着身体。要搓掉在火车里的两昼夜,在牢区里的七年,还有昨天一整天。水流很弱,忽大忽小,仿佛是从割开的静脉流出的。似乎有人舍不得给他水,在给他暗示,不希望他干干净净地离开。

"马卡洛夫"里面如何?他重新拉动了一下,把子弹装入弹膛,把保险栓扳掉——现在好了。他想知道,启动会不会太僵硬?他想知道——但似乎又无所谓,仿佛这一切与伊利亚关系不大。

---

① 别佳的昵呼。

开枪自杀总比上吊或跳楼快一些。上吊——一边苟延残喘，一边还能拉屎拉尿，会无比痛苦，会改变主意，却没人可以诉说。跳楼——从三楼？只会逗警察发笑而已。

在入狱第二年的一天，伊利亚被撵进牢区的角落里。那时他在电话里对妈妈胡说了一通——他说，他准备自杀。妈妈严厉地对他说：不许这么做。自杀者永远进地狱，那咱们就再也见不了面了。于是他忍住了，不能不听妈妈的话。可不管怎样我们都见不了面了，妈，不管怎样。

他擦着肋骨，漫不经心地扫视着墙上的方格瓷砖。他已经无所谓了。已经决定了，只剩下执行了。

瓷砖的接缝处有的地方发霉变黑，而有的地方是白的。

奇怪。似乎妈妈开始冲澡了，但没洗完就不洗了。也许，的确是这样？也许，她在这个浴室里过度紧张。拾掇自己，准备迎接他回家，结果。

伊利亚呆住了。

妈妈。

如果他现在开枪自杀，她怎么办？谁去带走她？谁安葬她？安葬到哪里？人们会如何处理没有活着的亲人的死者？埋入某个市政的公墓？出于节约而烧掉？替代墓碑的是什么？木棍子上的一个牌子？什么也没有？

他继续放大热水。但没用。

不，不能这样。不能这样对她。

他湿漉漉地走出来——忘了带浴巾。蟑螂退回洞口，躲起来。伊利亚吧唧吧唧地走进房间，在妈妈那里找到了一条干净的浴巾，擦干全身。先把她像模像样地安葬了，然后就随便了。

走廊里仍旧有什么东西在噼噼啪啪响，很压抑。也许，是邻居在墙的那边干什么。

言,而且不想学习其他语言。下班后他们面目狰狞地回到家中,倒上伏特加,有时还揍妻子和孩子:这就是工作。瞧,狗崽子也许完全将自己献给工作了。

康·伊戈尔敲字具有电报风格:仿佛从掩体给无线电话务员口授一样。但口授风格如此特殊,以至于敌人即使捕捉到电报文字也无法破解其内容,比如:"哈辛,放货,OK?""哈辛!杰·谢说一周后安插好。""哈辛局里召唤。"别佳总是用一个词回答他:"明白""收到"。

伊利亚揉了揉太阳穴。

应该试一下,趁妈妈还没警觉起来。

他开始给她写:"妈,别着急……"但突然停了下来。他看了看,狗崽子和她是用什么语气交流的。他将"妈"修改成"母亲"。又将别佳的狂吼乱叫读了一遍,试着像他那样写道:

"母亲!我在工作。被紧急召回局里。案件保密。我不能说!"

给自己的妈妈打感叹号有点奇怪,但别佳却一直这么做。应该学他的样子,让她不要发现破绽。他发出短信后就开始发愣。然后关掉铃声。"局"就是指"管理局"吗?他对康·伊戈尔的短信分析正确吗?还是什么地方错了?妈妈对别佳的工作总体上了解多少?

过了好几分钟,手机叮咚响了一下。

"你还记得爸爸的周年纪念日吗??"

瞧。如果伊利亚出声,她是不会把他当作别佳的。但她却相信了文字,因为文字没有气息。

"我全都记得。"

"我等你电话!"

她的短信来得不是很快,仿佛途经从美国拉来的通讯线。她写得很慢。伊利亚的妈妈写短信也很艰难，不太自信，经常像半瞎子一样戳按键。

父亲的纪念日。他为什么不自己打电话？难道准备给他一个惊喜吗？伊利亚在通讯录中搜"爸爸"，里面没有。搜"父亲"，也没有。怎么会这样？

可能，死了？可能，这不是周年生日，而是周年忌日？

伊利亚本人会不会从 SIM 卡中删除自己已故父亲的电话号码呢？还是会保留在电话簿中？保留——很蠢：要知道这个号码会分配给另一个陌生人，万一不小心打过去，那人会对打给死者的电话生气，会咒骂原先的主人，以及所有打电话的人。连坟地五十年后都会重新分配给刚去世的人，更何况电话号码……

可删除呢？很残酷，不是吗？妈妈的号码伊利亚是绝对不会删除的，如果他有手机的话。但关于父亲——就不清楚了。伊利亚的父亲不会死，因为他从来就没有过。

好了。现在别佳的妈妈要等一会儿，直到狗崽子在局里开完会。需要等一小时，也许两小时。这两小时内还可以想办法从她那里捞点钱。

整个 WhatsApp 满是各种被抓获和拘留的吸毒犯的投诉，他们仅仅为了本人不蹲监狱，争先恐后地出卖自己人、毒品贩子和亲人。这样就可以逃脱牢狱之刑。

全部名字的上方是带放大镜符号的空白行。这是搜索系统。伊利亚开始往这一行输字："局……"他想弄明白，里面的谈话内容是什么。

搜出了一个叫西尼琴的人。

西尼琴写道："这事还应该发给局里，你考虑一下。"哈辛回复说："不要教训行家。"就是说，有个什么事情。但伊利亚不关心这个。伊戈尔那儿还有什么呢？他输入"扮演"。

这次他搜出了好几个短信谈话。以姓名首字母命名的几个人给哈辛发送了密码电报式的短信。但伊利亚没管它们。

妮娜。

"我已经解释过了,我在扮演卧底,我不能……"

这个妮娜是谁？是三山厂的那个泼妇吗？

他打开信息交流:没完没了。假如手机屏幕不从两头截断这些谈话,那它们有可能从地上延伸到天上。

一张照片滑了出来:姑娘伸出手自拍的。不,不是那个别佳用"金表"吸引来的厚嘴唇女人。是一个纤细的小姑娘,栗色头发梳成学生头,戴着圆圆的玻璃眼镜而非近视镜,大衣故意买得很大,像风中的帆一样。漂亮,青春,似乎还很清纯。这样的姑娘怎么会和别佳·哈辛在一起？

除了惊叹号外,妮娜的每条短信里都添加上表情、图片、人像。它们因此显得很幼稚,仿佛用彩色铅笔画出来的。就像伊利亚在幼儿园时,每到法定节日给妈妈做的明信片那样。

狗崽子的妈妈使用手机不老练,不自信。而单位同事给他发短信就像朝他的无线电喊话。但妮娜这里非常自然。

"你喜欢这件大衣吗？会不会太春天了？"

"还行。"

"真希望冬天赶紧过去,春天来临。总之,我买下了它！"

别佳与她通信时时不时会突然发个带笑脸的黄圈圈,时而发个呆头呆脑的文字图片。伊利亚的肋骨似乎被刺痛了。他有一种奇怪的感觉:仿佛在偷窥接吻的人。

等一会儿,妮娜。别唠叨了。

那里也有一些关于扮演卧底的内容。

"就是说,你又要消失了？甚至不能通话？"

"我会发短信。周围有人。我解释过了我是在干什么！一直会有人。我能发短信。也许,我会打电话,如果有机会的话。"

扮演卧底。警察装扮成毒贩子,或者编造故事混入贩毒团伙。装成盗贼。去搞清楚,把所有的线索连根端起,不弄断一根线。这个大家都知道:那些真正按照刑法第二百二十八条蹲过监狱的人讲过。

这是什么时候?半年前。国家有可能再派他去。

其他人对此说了些什么?他想更准确地了解一下,而不只是女人的一面之词。

但伊利亚没有立刻返回到男人们的短信里,尽管他很着急。他忍不住往上翻:那里有吗?……有。妮娜拍了一张镜子的照片,而镜子里是她本人——皮肤黝黑,消瘦,肋骨下面的肚子像字母"Л"一样紧绷,肚脐像纽扣,手抱着胸,微微露了一点,但手遮不住——手腕太细,而那里就是乳头,已经完全成熟,都胀裂了,褐色的乳头在手指之间好奇地张望,就像往锁孔里看一样;锁骨凸出,而锁骨相连的地方——没有佩戴项链,不知为何有一个黑色方形二维码的新文身。她侧身站着:该瘦的地方很瘦,该有肌肉的地方有肌肉,但轮廓清秀端庄,没有棱角。伊利亚简直无法把目光从她身上移开,而且无法勾勒出一条比她更美的线条。

很漂亮,小母狗。

她把自己的照片发给了这个混蛋,让他更思念自己。

伊利亚还想再找一些她的照片,欣赏欣赏。他的心跳加速。对哈辛傻乎乎的嫉妒刺痛了他。他把那些公交车女人往自己身上搂,还可以忍受。但这个姑娘怎么落到他手里的?

他勉强清醒过来。揪着自己的耳朵将目光从锁孔中转移出来。当然很可笑:一个明天即将赴死的人,因为一个活着的女人,而对另一个昨天已死的人心生醋意。这完全是一个很年轻的女人,青春得有点过头,未来还要活很久,那时无论是别佳还是伊利亚,都只剩腐烂之躯了。

见鬼去吧。好了。没时间了。

"卧底",于是……又出现了西尼琴。

"卧底结束。完毕!"西尼琴大喊道。

"我这就派一个分队。"哈辛过了一秒回应说。

过了几小时后他们继续发短信——已经比较平静,从容不迫,有张有弛了。

"收到了二十个货,五个可以先放起来。"西尼琴汇报说。

"咱们进 Signal① 说吧,兄弟。"哈辛打断他说。

"我没有安装。"

"那就装一个吧,笨蛋!"

"WhatsApp 已经能被译成密码了。"

"译他妈的密,所有密钥早就在卢比扬卡了。"

然后他们商量的全是见面的事:别佳总是迟到,西尼琴则神经兮兮。但再也没有随便提到货的事情。

可以把五个搁置起来。收到了二十个。会不会是没收来的?这帮人还有什么秘密?

Signal。伊利亚进入菜单模式,戳了一会儿小图标。别佳的手机里垃圾多得要命,文件夹里不知塞满了什么乱七八糟的东西。屏幕背景是停在海岸上的一辆"玛莎拉蒂"越野车。他勉强在夹在各种游戏软件之间的隐秘处找到了"Signal"一词。

他进去了。里面不像 WhatsApp 那么拥挤,不是所有人都被拉进这里。但西尼琴也在这里闲逛。伊利亚点进他的信息里面。

"你的盗贼怎么办?带上吗?"

"别急,兄弟!这是个很重要的人物,不要催。我会告诉你什

---

① 一款用于智能手机的跨平台加密即时通信应用程序。

么时候的。"

"我不能等很久。如果是联邦调查局的人怎么办?"

"别怕。"

伊利亚跟不上西尼琴的思维。他对别佳的理解全部正确吗?没收的东西违法卖掉?正确。他把电话放到一边。喝了一口放了很久的红茶。加入三勺白砂糖,搅拌均匀。砂糖在冷茶里像极圈外的暴风雪一样打转,不愿融化。

但狗崽子没让伊利亚失望。

利用这一点,伊利亚开始试图理解别佳在三山厂说过的话。而且成功了。

这很正常,警察们从一些人那里接货,然后转给其他人。牢区里按照第二百二十八条入狱的人也说过。伊利亚总是聆听,也算侧面参与。他们之间应该有交易,否则仅靠工资怎么生存。所以把监督毒品流通的差事交给了警察们。在此之前是一个独立部门,即俄罗斯联邦毒品流通监督局。可它被改为这个名称之前的名称是——国家毒品监督局。简称国监局。但那时人们都开玩笑说成:国家毒品卡特尔①。非常可笑。

但别佳的事不该由伊利亚来评判。

全都一样,别佳的事结束了。伊利亚的时间也剩得不多了,把自己的事情收尾就可以了。他们应该互相放掉对方。而互相抓住过去生活中一些秘密不放——难道重要吗?

也许重要。

他想了一会儿,逆时针搅拌砂糖。短信完全是不久前写的。

---

① 国家毒品监督局的俄语书写形式(Госнаркоконтроль)与国家毒品卡特尔的俄语书写形式(Госнаркокартель)很相似。老百姓用这两个词的相似性,嘲笑国家毒品监督局从事毒品买卖。

两三天前吧。未必一切已经发生了。也就是说,货还在西尼琴那里的某个地方。而钱在盗贼手里。都在等着交换。但没有狗崽子他们什么也干不了。可狗崽子现在面朝下躺在污水里。

伊利亚又在信息里搜了一会儿"货""商品"这些词。一些旧信息跳了出来,里面出现了"发货""非商品"等词,各种沉渣都从别佳的手机底部浮出。很明显,盗贼在这样的信息里不能说出具体名称。伊利亚于是按照字母顺序梳理了所有与穆斯林相关的内容。扒拉出很多信息,但里面什么合适的内容也没有。

他在 WhatsApp 里看了看,又在 Signal 里看了看。

他进入哈辛与几个车臣人的信息中,哈辛曾帮助释放了几个带白粉进入夜店的矮胖阿塞拜疆人。但这都不是最新消息,只是因为忘记或为了留存而没有删除。可新消息——没收二十个后的消息——一无所有。

试试?!

希望很愚蠢,很大胆——在他体内不断膨胀,吸收汁液。

伊利亚有什么可损失的呢?没什么。谁活得久——谁的期望值就越高,可伊利亚只为能多活一两天而下个赌注而已。这是他所有的一切。

可以装扮成狗崽子与盗贼说好。截住钱——二十个货到底有多少钱不知道。让他去向西尼琴要货。把他们联系起来,他们自己会搞明白。或者他们互相残杀。

他们要这些钱干什么?买"玛莎拉蒂"或其他什么东西。给婊子扔一沓,以免爱情熄灭。去蓝色的大海玩玩。再加修一层房子。没什么价值。伊利亚更需要:他要安葬妈妈。

要知道还来得及。买一块合适的墓地和体面的棺材,那里还需要什么,问问伊拉大婶,她有经验。还需要花圈。请求原谅一切。最后吻别。然后消失。如果投入钱,一切都来得及。世界上

79

剩下的最后神奇之物——就是钱。

发条已经到底了,但伊利亚背上的发条钥匙还在转动,再给他一些勇气跑跑。假如一周前有人告诉他,他会因为这样的情况而飞黄腾达,他一定会用牙咬这个人。但现在:他大腿正裹着毛巾在屋里大步流星,擦着手,思考如何拼凑马赛克。他想搞一笔钱好好安葬妈妈。

"好吧,狗崽子,你和我说说!你最想把毒品卖给谁?"

对方沉默不语。

伊利亚把顽固不化的方糖搅化,给自己倒了整整一杯茶。糖使他僵化的大脑兴奋起来。他想起了当时和别佳的谈话。

"你可来啦。我都录在手机里了。"

他翻遍了附件:找录音。如果哈辛只是出于狂热而录下伊利亚这个陌生人的话——然后拿去汇报,以证明自己周五晚上没有白过,那他的录音机更应该装满他同伙的录音,以防万一。

最后一个文件的确是关于伊利亚的。

他打开。等着。

"你记得我吗?"伊利亚问狗崽子,"七年前我和你来过一次。"

别佳轻声回答了什么,但现在没时间搞清楚了。录音总共四分钟。结尾是狗崽子在摸索着试密码,想给什么人打电话求救,但期限到了。

的确,那里有一长串录音文件。他开始一个一个地听。

"嗨,哈辛。开门。一切都做好了?"

"是的,杰尼斯·谢尔盖耶维奇。但我们还在等。他们还在拖。"

"好吧,准备好以后,你不要再拖了。我在那儿几乎把你的事说好了。可以准备一个漂亮的杯子,深一点的。来庆祝这一时刻的降临。"

"必须的!"

"而且那里还要一些现货。"

"收到。我负责。"

"最好你自己带上。那里安排了羊肉串。我会通知的。通常是这样。只是你别拖了,明白?"

"祝好,杰尼斯·谢尔盖耶维奇。"

录音断了。伊利亚打开下一个文件——全都以序号排列,一个也没命名。

"混蛋,你不知道这是什么?我都知道!这是设备,傻瓜!用于栽培的设备!你在那儿干什么,种荷兰西红柿吗?!更何况你那儿还有一整片温室!狗日的!光……喂,卡斯托马罗夫!赶紧往里面派一个行动小组!"

"警察同志……请听我说……就让这……而且这……我这是薄荷……配茶喝的……派行动小组来干什么……咱们沟通一下……"

"你现在就给我把这些薄荷全吃掉,狗屎一堆!你明白吗?!怎么,你在给我塞贿赂?!你——疯了吗?!还要给你判行贿罪……卡斯托马罗夫!我们把这些毒贩子带走,查封这里的一切!让 NTV[①] 的人到这儿来,让他们拍一下我们的捕获品。"

接着是延续了一小时的各种絮叨、抽泣、哼哼——但没必要听:不是要找的内容。快进,后面还有啥?!还有,还有——各种盘问,对质,吃午饭时的交谈。白花了一小时。

"穆罕,是你吗?"

"你好,警察同志。"

"你啥时候脱掉袍子?"

---

① NTV 是俄罗斯的一个电视频道。

"喂！到 Telegram① 里去写。谁会在电话里说这些！你明白，大家都听着呢。或者你是想害我？"

"好的，坐好。我去你的 Telegram 里写给你。"

还有一个信息交流平台。于是他开始这儿搜搜，那儿搜搜。最终在 Telegram 里找到了"穆罕默德-扫院人"的短信："总之小伙子们说钱一周后会到咱们到时候再说老地方不要再来。"这是昨天的短信。还要等一周。

这让哈辛很满意，却让伊利亚不满意。

他能一周装模作样，让自己假装成狗崽子别佳·哈辛吗？

伊利亚起身，踱步：两步走到走廊的一头，又两步走到另一头。

电话再次叮咚响了一声，就像一滴水落入耳朵一样。紧绷着的神经也叮咚响了一下。

他小心翼翼地拿起手机，给别佳的母亲写道："紧急派出。扮演卧底。一周无法联系。"

她尝试打过来，但他没接听。妈妈在铃声响到一半时挂了电话——可能，她害怕当着领导的面叫儿子来接听电话。然后用手打字道：

"你不能拒绝吗？"

"不能，妈妈！不能！这是公务！"伊利亚写这些并不轻松。

"那能发短信吧？！"

伊利亚叹了一口气。现在不能做得过火。她已经感觉到什么了，是的，全感觉到了。就让她仅仅认为这是担心吧——为可能发生的事情，而不是为已发生的事担心。伊利亚害怕吓着她，谨慎地在屏幕上写道："短信——可以。"

---

① Telegram 是一个跨平台的即时通信软件，用户可以交流信息，发送各种形式的多媒体文件。

"让你的公务见鬼去吧!"

这——好的。

一早上他第一次深深吸了一口气。

他洗了冷水澡。把白菜汤放到火上加热。

5

别佳有这个手机生活很方便。

伊利亚只能把一切记在心里:阳光下赤裸的维拉;放学后的雪仗;与谢尔戈和萨尼卡的仓库探险;在 Б-2① 听的醉醺醺的"斯普林②"演唱会;在学校厕所里对小女孩的偷窥;最后一次与妈妈去奥姆斯克外婆家的旅行;在别墅池塘上的蹦极;三月八日主动用菜刀给妈妈削土豆,以此想给妈妈一个惊喜却切伤手指自己去医疗站的趣事;照料不能丢弃的小狗;车库后面的打架;往地上扔的"芬达"瓶子;维拉的味道;语文系基拉的味道——酒和罪的味道(大学的第二年九月她叫他帮忙拍她旷下的课);与伙伴们一起庆祝新年直到黎明,直到头昏脑涨;去食品店的雪橇;在布基诺大道打劫的鸽子窝;从寄宿学校瞒着妈妈到西姆费罗波尔的迪斯科;带流沙的建筑基坑;凌晨四点的拂晓;紫外线下唇红齿白的姑娘们身上的白短裤;油腻腻的绿色大海;克里米亚的香槟和太阳、艾蒿和柏树;海浪中的夜泳、冲浪等千千万万个记忆。

人们常说:往事浮现在眼前。但这显然不对。只是瞬间浮现。无法挽留。无法看清细节。无法回忆那一刻之前和之后的内容。都只是典型片段,是视网膜上的斑点,不是画面,而是感觉。实际

---

① Б-2 是莫斯科一家创建于 2001 年的音乐俱乐部。
② 斯普林是圣彼得堡的一个摇滚乐队。

上你在哪儿才能看见它们呢？它们在哪儿？消失到哪里去了？

伊利亚把脸转向板床上的墙壁，训练衰弱的大脑。让大脑动起来，弄出掉落在里面的细节。他敲了敲脑壳，希望各种细节悄无声息却色彩缤纷地显现出来。大脑努力回忆：起初像干塑料，但伊利亚朝它哈气，搓揉它，于是大脑开始变软、变暖。伊利亚面前不停浮现出被染成绿色的墙。屏幕很好，但这台电视只在晚上才正常运行。有时又运行过度，以至于整个早上都需要用来让自己清醒。梦总能清晰地展现过去，让人流泪。

狗崽子的一切都保存在手机里，全都是高清，全都是最亮。无论是照片还是视频。狗崽子的内存有128G。全部生活都装了进去，而且还有地方存音乐。你以为你记得自己的过去，可实际记住的只是这种保存在手机里的照片。

七年来手机的像素更高了，内存也更大了——是原来的十六倍。现在手机能看清人身上的很多东西，这些东西连人自己都看不清。可以翻看过去，检查自己。别佳很方便：不需要把自己的大脑塞满废物。伊利亚也很方便：可以欣赏别人的梦。

他在照片中翻找妮娜。

他无意中看到了别佳从事故地发来的一些汇报照片，各种水烟袋俱乐部里的静物照，与穿着便服的大脸男人的集体照，与各种模糊不清的婊子们的深暗色自拍照，爱国主义者的自拍照，被拘捕者身上的青斑照，坐在"玛莎拉蒂"里的照片——故意模糊了汽车店背景。

他还发现了也许是妮娜本人发来的傻乎乎的照片：她时而噘着嘴，时而搂着猫，之后搂着一个完全不像她的小孩。伊利亚久久地停留在这些照片上——但还是继续翻阅。他在找其他的。他还想找锁骨照，以及肋骨下的拱形凹处，以及像旋涡一样张开的嘴唇，他希望她的手抬起来，向他展示隐秘的部位。有点顽皮，有点大胆,有点为自己的大胆而感到害怕,有点展示自己时的厚颜无耻,还有懒洋洋等待厚颜无耻的回应。还有眼睛和嘴唇。那些不仅可以欣赏,还能陷进去并忘记自我的东西。诸如此类。

这是别人的,而不是伊利亚的,但就让它是别人的吧。没有自己的,而且也不会有。

还有什么吗?还有——嗯。

他进入视频文件夹。翻到过去的视频。紧盯着她的脸。他打开——是休假视频。从某个海边发来的。他点击播放。

海浪停息了,扬声器里传出风的沙沙声,宽阔白沙带上的高高苔草在风中左摇右摆。落日的景象跃动而出。镜头里是——妮娜。头发交织相缠,在风中飞舞,她笑着把它们从脸上移开。他们坐在沙滩上,坐在毛巾上。

那时她身上还没有文身。

"咱们去游泳吧?"别佳用高高的嗓音问道,但看不见人影。

"你去,我就去。"妮娜回答道。

"那把手机扔在这儿?"

"那又怎样。你会在它里面少待一会儿了。"

"我的工作全在里面呀!"

"你的工作应该全在这里,"妮娜的手指戳向一个地方——别佳的额头,"在脑袋里!永远!可你现在在休息!在休——息!"

她跳了起来——扬起一股喷泉一样的沙子——然后跑到浪花起伏的水里:亮黄色的泳衣裹在几乎被阳光全部晒黑的皮肤上。别佳目不转睛地看着她——给她拍照,而她尖叫着倔强地走进水花——然后手机仰面掉落,像一个偏瘫者久久地望着火红的云彩,同时录制着别佳的声音:"我到你这儿来啦!"然后是哈哈大笑的声音。

两人都哈哈大笑。

好的是,里面看不见别佳的人影。

还有傍晚的谈话——来自某个咖啡馆。东方式的条纹枕头,烟雾缭绕的水烟袋,靡靡之音,酒杯里的鸡尾酒还带点橙汁和蓬松的凝乳。妮娜——纸灯笼映照在她眼里——从小管子里吸着凝乳,望着别佳的眼睛,问道:

"嗯,你想象自己五年后是什么样子呢?"

"你的问题,"别佳替伊利亚回答道,"嗯……里面有诡计,对吗?"

"没有,为什么?如果你愿意,我先回答,假如这个问题对你很难的话。我,比方说,会当飞行员。"

"什么?!"别佳喊出声。

"我要开飞机。"

"你认为,别人会让你去?'俄航'只接受女性做服务工作!"

"为什么是'俄航'?我去私人航空公司。我要给'湾流宇航公司①'或'庞巴迪公司②'开飞机!"

"为什么?"

"首先,这很漂亮。你不要笑!"妮娜皱着眉用手指威胁说,"这一职业的女孩子还不少。"

"当然啦。别人接收她们,或许是为了能带上自己人飞往像尼斯那样的地方。那里有各种胖男人,他们的鸡巴只要看见穿制服的女性就会变硬。"

---

① 湾流宇航公司(英语:Gulfstream)是目前世界上生产豪华大型公务机的著名厂商。1973 年,阿伦·E. 保尔森以 200 万美元从格鲁曼公司购买了湾流飞机的生产线并接管了湾流各项计划,湾流公司诞生了。

② 庞巴迪公司(英语:Bombardier Inc.)是一家总部位于加拿大的交通运输设备跨国制造商。主要产品有支线飞机、公务喷气式飞机、铁路及高速铁路机车,以及城际轨道交通装备制造等。

"好了——好了！现在该你了。五年后是什么样？"

"嗯……我，也许会……一定会成为中校。也有可能是上校，如果干得好的话。"

"明白了。上校。那你会有妻子吗？孩子呢？"妮娜扬起眉毛。

"这是审讯吗？要拍到视频里？我也不知道……妻子……"别佳生气地说。

"哎，这么说，你的鸡巴也变硬了？"妮娜哈哈大笑，但并不让人生气。

"啊，你这个坏蛋……到这儿来，我给你看看……"

"不，站住！咱们打个赌，我会比你早成为飞行员，在你成为上校之前！"

"哈哈！赌啥都可以！"

接着视频乱糟糟，且时断时续。伊利亚看了看——这个视频已经满一年了。而他们那时的关系似乎正处于热恋期。

"瞧……"他对妮娜说，"结果成这样了。"

一年前他申请过假释。可五年后——谁能猜到呢，妮儿①。

眼前弹出了一个警告窗："电池电量不足，剩20%。"需要在什么地方赶紧找到充电器给这个新 iPhone 手机充电，不能失踪……别佳的母亲相信他在扮演卧底，可其他人呢？充电器要多少钱？他还剩多少钱？还有一周要过呢。

不知为什么——伊利亚没有开始穿衣服，也没有吐唾沫数剩下的钱，或下楼去找手机亭，而是用手指滑动手机里的图库。他把手指在图标上绕了绕，像通灵术士把手指放在字母上那样，然后被其中的一个紧紧吸引。

---

① 妮儿是妮娜的爱称。

这是一个酒店房间。房间宽敞,米黄色。刺绣窗帘后有壁龛,枝状大烛台。妮娜身穿白色花边服……咯咯笑。她一直在笑,当他给她拍摄的时候。

"过来!也有给你的。"

"我今天不要白粉,而要红酒!"妮娜摆摆手,举起满满一杯葡萄浓浆。

"随你便……"别佳把手机翻转过来,嘀咕了一声,惊叹了一下,沉默了一会儿,"该你了。"

"来吧。要许愿还是真相?"

"许愿。"

"好吧。我希望你……希望你现在亲我一下。"

"再来一次。对着摄像头。"摄像头对着妮娜,对着她晒得黝黑的肩膀,对着白色肩带,对着脖子扬起的地方。

"往这里看。"

伊利亚像着了魔一样看着,无法转移目光。妮娜在演戏,但没有演过头。她身上既没有做作,也没有伪装。妮娜让他忘记了昨天,哪怕只是几分钟。

"现在该你了。要真相还是许愿?"

"OK。"妮娜避开目光,思考着,"真相。你想知道什么?"

"真相太无聊,"别佳用怪异的声音说,"真的不要许愿?那好吧!你有没有背叛过我?"

"傻瓜!我就知道你会问这个!"妮娜笑中带怒说,"首先,你自己清楚。其次,为什么要背叛?我对此有自己的理论。瞧,我有自己的能量,对吧?而且我只想把它献给你。因为你是我的。而且当我把它全部给你时,我和你的一切都会变好。我们在一起,你就不会发生不好的事。这就像科幻小说里的保护场。似乎你头上有一个无形的圆顶,就在你的上方。可如果我开始把自己的部分能量分给别人,这个保护场就会削弱。我们彼此不再相互吸引,圆顶也会有裂缝。那时它会在我们的头上轰然倒塌。在我和你的头上。而我不希望如此。我害怕这样。要知道我爱你。"

"唉,女人的呓语又开始了。好吧,算数。那我也选择真相。"

"你爱我吗?"

"我爱你吗?到我这儿来,我给你看……"

没了。

她很年轻。多大?或许二十出头。真想知道,她本人相信她说的那些吗?二十出头可能会相信。那时她还没受过伤害,可以把任何理论应用于世界,用于任何黄毛小儿。可之后就只相信那些直到现在还在你身边的人和物了。妮娜,看来还没受过伤。或者她已经用润肤膏涂抹过伤口了?

伊利亚开始播放另一个视频。又是带内衣的那种。

"放点正常的吧!我那里有 James Blake[①] 和丽萨!还有接招合唱团[②]。"

"马上,等等……在哪儿呀……哦。好了。"

音乐声响起:一个男高音用自己像鸡胸一样纤弱的胸脯发出呻吟,上面传来咝咝声,而一个黑人勇敢地拖着长调切绕着这涓涓细流。他们的声音共同营造出既痛苦又香甜的效果。

妮娜从第一个节奏开始,从第一声呻吟开始,就走到房子中央——这已经是另一个房间了,不是酒店房间。短短的宽松绸缎衫,上面只有花边和阴影。先是一只肩膀向前,然后是另一只肩膀,身体呈波浪起伏向下,一直到膝盖,应和着男高音的节奏。而当黑人的声音出现时——她用大腿应和他,迎面边走边晃动大腿。

[①] James blake 是一名英国歌手。
[②] 接招合唱团是 1990 年成立的英格兰男子流行演唱组合。

但晃动传到了伊利亚这里,让他头晕目眩。

然后肩带从肩上自动滑落。他凑近屏幕,希望妮娜占据他的整个视野,希望他的儿童房,那个他再也不会住的儿童房,那个他在里面永远长不大的儿童房,不要压制他的欲望。

妮娜摆脱了第二条肩带甚至整个绸缎衫。绸缎衫像多余的鱼鳞滑落,伊利亚瞬间看清了她整个晒黑的胸部。她仿佛故意拖延了一下,然后立刻转过身子,只剩下内裤——黑色的丁字内裤。接着是——呻吟,呻吟,张开的大嘴发出的断断续续的声音不断加重、加急、加紧,背部和臀部似乎有鞭子在抽打,而且妮娜在皮鞭下完全放松;她忘乎所以,把手指——放到丁字内裤的松紧带下,从一个方向往下拽。丁字裤像荡妇一样,很不情愿地包裹着大腿骨,慢慢往下褪去,储蓄紧张——为了之后能爆发。

"瞧……瞧……你当初还不想……我对你说过……这个会让你成这样……你会燃烧……自我燃烧……整个燃烧……感觉……感觉到了吗?"狗崽子还在用自己那怪异的声音挑逗,"来……再来一次……"

嗓子发干。腹股沟发痒。脑袋嗡嗡响。呼吸加剧。伊利亚的眼光追随着妮娜的背部,追随着她蛇一样的脊柱,往下,往下。直到蛇的洞穴。

妮娜突然把一把椅子挪到自己跟前,想坐上去,并试图从下腹除去已经滑落的花边。但她的腿晃动了一下——她没坐上,抓着椅子跟跄着扑倒在地,响起了椅子的扑通声和妮娜的尖叫声。别佳开始哈哈大笑,她也是——侧躺着——边笑边哭。

"接招……主要的是——接招合唱团……"

伊利亚也开始大笑。他笑得如此厉害:以至于眼里充满了苦涩的泪,内裤里——已经硬邦邦了。他一直笑,笑到开始咳嗽。然后又因为嗓子发痒咳嗽了一分钟,无法平息。

就像对一只经常相拥而眠的爱猫一样。罪过沿着耳机线从维拉那端传到他的耳朵,可维拉那时在自己的耳机里听到了什么,他不知道。也许,是希望。

总之他对她的感情想过很多。一个在妈妈身边长大的人,会习惯性地对感情的事再三考虑。

而现在的结果是——当她苦苦哀求到了与他的共同未来时,她不想独自停留在当下。然后伊利亚退回到过去,维拉却需要继续往前走。可以理解吗?可以。妈妈就已经按照女人的逻辑理解了她,并请求伊利亚理解。世上的一切都可以理解。

伊利亚沿着小路走着——沿着脆脆的雪,沿着他人的足迹,沿着干松针,结果发现:他在监狱时对维拉的爱只是因为困境。

他想要的女人并不是维拉这样的。

维拉整个人拘谨,害羞。总是伊利亚想办法开玩笑,找话说,让维拉更活泼。她是怎么决定了在十一年级时委身于他的?就那么决定了。

中学时他觉得,维拉令人陶醉。现在想:只是被灌醉了,他俩都被灌醉了——被荷尔蒙。也许,他原本可以有另一个女子,而不是和维拉在一起。而维拉原本也可以和另一个在一起。这已经证实了。

结果是——既然免费发放食品的窗口给你的小钵里放了一勺,那你接下来就吃吧。可你原本可以不要残羹冷炙——而追求烫舌的爱情。

本来应该爱像妮娜这样的女人。

他一直想要这样的女人:搞笑,活泼,来电。一触碰——立刻产生火花并让你的头发竖立。可维拉从不来电。

再见,维拉。也请你原谅。再见。

在空气清新的户外,他的思绪非常清晰——像鸟瞰一样看清了一切。可在号子里无法翱翔。

想象不是与维拉一起生活,而是与妮娜这样的女人一起生活,很有趣:会有永恒的驾车旅行?有奇遇?一切如何实现?他开始想象。

可惜,小路到了尽头。

* * *

当他在柜台前等候时,时间慢慢流逝。

他在花时间干什么?为了看看别人的女人。可他原本可以——现在就出发去妈妈那里,而不是做这个。

应该去探望妈妈。看看她。打个招呼。

但伊利亚现在不能去妈妈那里。如果去了,就会有人对他说:请带回家。我们这里的免费存储已经结束了。带到哪里去呢?回到暖和的家里吗?

瞧,他为自己想出来托词。但实际上——他是不想看见她死去的样子,他希望她在他心中再活一段时间。

只要一见到——就得签字。

很蠢。很怯懦。

可他无法战胜自我。他开始把她从头脑中抛出。之后他再打电话,之后再好好想想。一定。

"你是什么样的手机?"一个黄衣售货员问道。

"iPhone。新的。"

"带营业执照的中国制造2000卢布,没营业执照但样子可爱的工厂货1700卢布,而这种中国山寨货1000卢布。"

"多少钱??"伊利亚不敢相信。

"1000卢布。但人们总抱怨,说它会烧电池。只有苹果专卖店才有原装的,但它们都是中国制造的,只是组装而已。一般大家都买工厂货。"

"中国山寨货质保多久?"

"两周可以换货。但我们只换充电器,手机您自己负责。"

"简直就是狗屎。"后面一个蓝头发姑娘嘶哑着声音说,她站在伊利亚的后面。

"我就买它吧。等等,我试一下。"

伊利亚从口袋里将手机掏出来,随意调试着做工粗糙的黑色导线。一半的钱都要给出去了。

"它合适,合适!"售货员叽叽咕咕地说,"只是你要注意,不要让它把你的房子给烧了。要给它配个套子吗?这里有很时尚的。在安全性上省了钱,可以把钱花在设计上。"

"不需要。"伊利亚把手机塞回口袋,给了一千,"别耍嘴皮子了。"

突然音乐声响起:某种抒情乐,但节奏感很强,似乎是拉丁曲,和着响板和玄妙的墨西哥拨浪鼓。开场结束后,一个西班牙男中音出场,伴着吉他声开始痴情地讲述。他唱得压抑、低沉。但一直不停。

售货员带着疑惑的眼神看着伊利亚。

"我们要跳舞吗?"蓝头发姑娘说。

"这不是您的手机在响吗?"售货员问伊利亚。

伊利亚在口袋里摸了摸——透过缝隙手机在里面叫得更响了,仿佛一个人被装在他人的后备厢中,而在公路检查站清醒过来,紧紧抓住最后一根救命稻草,混蛋。

他没有掏出它,而是摸索着按了一遍所有侧面的按键,于是它安静下来了。

售货员吃下了他倒数第二张千元卢布,而且还吧唧着嘴巴望着伊利亚,已经在想,这人从哪儿弄来了这样的一个手机?

95

"祝使用手机愉快！"

伊利亚狠狠地瞪了他一眼就出去了。

他走了十步远之后，才透过肩膀看了看手机的玻璃屏幕，把它掏出来。他看了一下——漏掉了一个陌生电话。他匆忙输入密码——想检查是谁——也许，这个号码也发过短信？可这个废物因为天冷突然关机了。

他跑着回家。

把门锁上。

手机好久都开不了机：中国山寨货接触不良。不得不使劲塞，让插头和卡槽磨合。最后终于充上电了，显示出苹果标志。伊利亚又忍耐了几秒钟，然后进入未接电话。

是手机号码。陌生号码。狗崽子以前没有接收过这个号码的短信——这个号码也没进入任何一个信息交流平台。

怎么办？会再打吗？

伊利亚给陌生号码写了一条短信："你是谁？"但没有发送。会不会正好是一个熟人，而且是非常熟的人？会不会这个号码发来的短信被读过后立刻删除了？完全有可能。

或者只是拨错了号码。如果对方需要的话——会重拨。

他又开始看妮娜——突然撞到了完全隐私的内容。

不知为何有点慌乱，不好意思。他闭上了眼睛。这难道不正是自己希望找的吗？但他特别羞于看见被自己杀死的别佳如何爱抚她，也羞于自己在母亲丧期的下流行为。万一她正在看呢？

万一妈妈突然问——这是谁的手机呢？

童年时代他曾和小伙伴们一起钻进工地。萨尼卡说，工人把建筑炸药包落在基坑里了，而它们会像手榴弹一样爆炸。他和小伙伴们用石头剪刀布来决定谁下去把它们取出来，结果是伊利亚要爬下去。基坑由红沙筑成，深度可以将两层楼埋进去。四壁微斜，但上面有黏土且不稳固——这一点伊利亚往下爬时才明白。其他人在上面守着，担心建筑工人出现。当时是周末，是周六傍晚入夜时分。他艰难地爬了下去——最终触到地面，然后他跳了下去，差点把脚崴了。当然，他在基坑里没找到任何炸药包。需要爬出来。可似乎不太可能。沙子迎面扑来，不管走多少步都好像在原地踏步，没有任何东西可以抓：只有松软潮湿的铁锈。他喊小伙伴们——可他们非常害怕，似乎看见看守和警卫保安正走过来。他们彼此之间还说，工地上的警卫会朝小偷射击，而那时夜幕已降临。伊利亚也开始感到恐惧。如果明天工人们来上班，第一件事就是用推土机挖基坑，甚至看都不看里面是否有人——伊利亚那时不知为何十分确信这一点。萨尼卡和谢尔戈相互劝说逃跑。而他劝他们不要走，请他们留下来，帮他爬出去。他拼命往上爬——可还是停留在沙漏的底部。

小伙伴们说，要把父母叫来——但他更害怕了。如果妈妈知道他卷入这种……想到这里，他甚至觉得，即使睡在基坑里也没那么可怕。

可现在，妈妈会对他杀人做何反应呢？关于这事最好干脆对她啥也别提。

他把手机放到一边——有点烫手。

充电器是山寨货。

到傍晚时，伊利亚内心的恐惧似乎积压了满满一袋，压迫着他的内脏，要求释放。他不停地更换电视频道，时不时跑向自己的书籍，翻阅以前最喜欢的科幻作品。但感觉里面全是乱七八糟的东西。

他关掉手机，可之后又重新开机。走到手机跟前检查了十次，看是否有漏掉的电话。可该如何应付漏掉的电话——他还是没想好。于是他离开手机——回到原来的位置。

他查看是否有关于罗奇代尔大街的新闻。没有。白天狗崽子没被发现,深夜他会被掩盖得更好。

手发烫。这是别人的手机。

仿佛他没有完全把别佳杀死。可现在他已无能为力。现在他需要给自己弄点吃的。

*　　*　　*

晚上他把手机也拿上了床。目的是如果有信息发来的话,能立刻回复。结果真没白拿:正当他努力让自己睡着时,手机叮咚响了一下。

他打开。

"别杰尼卡①,不论如何给妮娜写点什么吧。妈妈。"

"好的。"

他想让妈妈知道,他还好好活着。

他打开与妮娜的短信交流。在尾部加上一条:"我一切正常。你呢?"

妮娜没做任何回复。她发来的最后一条短信是周五早上。这是一条令人愉快的短信,就像他现在给她发送的一样。

"我这里一切简直棒极了。"妮娜说。

"那保持联系。"别佳说。

可晚上他又与涂脂抹粉的女人从餐厅出来拍照,而且还公然挂在网上。他以为她看不到?他喝醉了,忘记删除?

要是他们已经分手就好了。更简单一些。

他想起妮娜如何为他跳脱衣舞。他清楚地看见了她的胸部——充满夏日的汁液:全身晒得黝黑,没有一丝亮色。他翻来覆

---

① 别佳的指小表爱称呼。

去睡不着,盯着墙看了一会儿。然后情不自禁用手指打开通往视频的路径。

他再也抵抗不了她的诱惑了。

他进入了一套住宅。也许是别佳的:宽敞的客厅,像书那么薄的宽幅电视,可以坐二十人的沙发,墙上黑相框里是赤裸的荡妇,还有一些警察证书,脱衣舞杆,琥珀色的开放式吧台上的酒瓶闪耀着。妮娜坐在旁边的沙发上。电视里播放着令人眼花缭乱的色情片,有人在呻吟,似乎被扁平的屏幕压抑。妮娜盯着屏幕,毫无尴尬之意,还积极评论。别佳的摄像机滑动着,从妮娜转向人肉混战。他俩都醉醺醺的。妮娜将一件男士T恤衫拽到裸露的膝盖上。房间忽明忽暗:电视有光的时候,房间就有光。

"我觉得,这些女人简直就是性冷淡。来吧,我自己选个正常的,你为啥总给我放一个男的两个女的片子?最好来一张一个女的两个男的?Come on①,我不反对三人性交,但我要求公平!"

"你是不是觉得,我一个人不能满足你?"别佳又开始饶舌了。

"我们这是在谈理论,而不是实践,对吗?"

"我们?我们——的确是在谈理论。"

"或者是实践?"妮娜直盯着镜头,直盯着伊利亚,一副下流样。

"你决定挑逗我?"别佳大笑起来,但声音嘶哑。

"好吧,可我们为啥要一直说这个……或许,你只是想看看?啊?想看看吗?看我……我如何……"

"我想脱掉。我要脱了,可以吗?"

"我不反对。我也要脱了,可以吗?"

---

① 原文是用俄文字母拼写的英文单词。

妮娜从头顶脱掉带海绵宝宝①的T恤衫,里面——啥也没穿。她滑坐在地上,双膝跪在他面前。她靠向皮带,把卡扣弄得叮当响,最终解开。然后垂下双手。此时镜头没焦点了:妮娜实在太近。

"啊。"

伊利亚再也把持不住了。

他能体会到狗崽子当时的感觉。没有妮娜娇嫩的手指——他不得不用自己的,有点笨拙。他扯掉身上的裤子、干净的内裤。他紧抱自己——用冰冷的手抓住暖和的身子。他眯上眼。然后睁开双眼——别佳的双眼。

"来吧……好……"

妮娜甩掉额头上的一缕发丝——她想让他看清自己。他扭曲着身子,缠成一团,她控制着他,这控制力也让她热血沸腾。

"喜欢吗?"

"过来……够了。往我这边来!"

他把她的丁字内裤一把扯下,从沙发上跳了起来,关掉嗡嗡叫的电视机,多余的声音消失了,只剩他俩。他们身上洒落的光现在全是琥珀色的,是从吧台传来的。

"你真的只有我一个就满足了?"

"闭嘴。"

裤子窸窸窣窣响,然后是嘶哑的喘息声。焦点在跳动,只有轮廓没有正面。酒瓶的光反射在皮肤上,短促的呼哧声。他似乎让妮娜背朝自己,把她按向前方。

"啊……啊……啊……啊……等等……等等……"

他没有等。又把拿着手机的手放到旁边——仿佛用第三者的

---

① 海绵宝宝是美国电视节目历史上最受欢迎的动画系列片之一中的主角。

手拍摄她和自己。他想记住这一切:记住她如何献身,记住她如何允许拍摄她的淫荡,记住她因此变得多么甜蜜……沸腾的生命蒸汽在这一刻穿越他们,顶着气压冲向九尺云霄,冲破烟囱。瞧,现在才是真正的生活!他试图抓紧她,把她压向手机,但不能好好地压。他们已不再是人,手不听使唤,喉咙说不出任何话,只有毫无意义的叫喊。他们的身体在越来越稠的黄色焦油、黏黏的琥珀色液体中交织相缠,他们疯狂地折磨对方,时而狠狠钻进对方身体,时而又像钟摆一样分开,时间过得很快。然后他把手机扔到沙发上,想用两个手掌抓住妮娜,搓揉她,双手将她拽向自己,强行粗暴地插入她体内。

"头发……抓住我的头发……"

"啊……你……你这个……骚货……甜甜的……"

"我?我是骚货。我是谁的骚货?……说!是你的!你的骚货……你的?!"

"我的。我的小骚货。烂货……"

然后只剩下呼哧声,抽噎声。

还有叫声。

伊利亚仿佛被雷击了一样。感觉有一根烧红的导线从腹部拉出,穿越精管,似乎射出来了。伊利亚的内脏像被扒了出来。他掉进激浪,掉进深夜的暴风雨中,任凭浪花打翻,被水冲到岸上。然后咸咸的海水抚摸着他,让他歇口气。

他捞回手机。

开始清醒。

他握了握自己的手——不是血。黏黏的,温温的,真蠢。飘来一股像饺子或漂白粉一样的味道。为什么爱情总是以这种糨糊般的玩意儿结束?他钻进浴室冲洗——蔫蔫的,但很清醒,同时很空虚。

他钻进被子,颤抖了很久:身上所有的热气都耗光了,现在没什么可以取暖了。

然后陷入梦乡。

*　　*　　*

似乎是在牢房。

小窗户打开了,一个狱警把自己肥胖的脸放在上面,叫伊利亚过来。伊利亚听从了。其他囚犯坐在架子床上,满脸沧桑,手上满是老茧,眼睛浑浊,几乎像白内障。他们把耳朵扭向门口,似乎这与他们也有关一样。牢房很小。监狱嘛。

在小窗口伊利亚被告知,有人按照他一年一次的探监机会来探视。伊利亚非常吃惊,他很清楚:没人可以来这里。梦中不是索利卡姆斯克,而是永久冻土带上的一个村子,伊利亚听过它的名字:波奇马。一年一次,他陷入沉思。这是一种特殊的制度。

同号们开始发出啞啞响,嘻嘻笑。他们不知为何已经知道,伊利亚将和谁见面,以及见面的目的。伊利亚跑出牢房,大叉着双腿,高举着双手,仿佛被悬挂在天花板下一样,头顶紧贴着墙,脸朝地面。他们给他戴上手铐,带着他沿着灰色走廊前行,两边的门都相同,但没有号码。仿佛他们知道谁在哪里。

走廊一直绕来绕去,伊利亚试着用脖颈去感觉——他们有没有往他的后脑勺放枪,因为很有可能就这样把你崩了——在过道,在楼梯,使你抱着有人探视的希望,或者骗你说要把你转到另一牢房。他提醒自己,不,没有被崩,可后脑勺那里一直痒痒的。

然后走廊结束了——出现了一个带密码锁的铁门出口。后面的人问伊利亚——你知道密码吗?他试了一下:123-678。成功了。锁嘎吱响了一下,他咬紧牙关。狱警留在门后面。门砰的一声关上了。接下来——只剩他一人。

出口处是夏天。

是这样的夏天——街上七月的热浪翻滚,室内则是钢筋混凝土带来的潮湿阴爽,甚至升降电梯也散发着令人愉悦的气味,就像外婆的地窖一样。街上传来孩子们的叫声——很欢快。有人在那里玩,是孩子们。

伊利亚徒步走上去,尽管电梯就在那里等着他。但电梯里面黑黢黢的,像被烧焦了一样。最好步行。他走上去,应该走向53号住宅。维拉家。他摁了门铃。

门开了——是妮娜。她扑过来抱着伊利亚的脖子,吻了个遍。她戴着围裙,似乎在做什么。厨房飘来香甜的面团味、烤苹果味。妮娜往苹果奶油布丁上撒了一些白粉末。窗户开着,夏日的风把窗帘吹向屋内,烟盒里的粉末飞满桌子,妮娜轻轻打了一个可笑的喷嚏,像猫一样。她开始往蛋糕里插蜡烛。刚好十五支。

他问她在庆祝什么,为什么数字这么奇怪?她摆摆手说:去你的傻瓜问题。数字就是数字,什么也不代表。这是饯行酒。要知道咱们明天就要出发了。等等,咱们要去哪儿呀,这是探视,我是终身监禁。真傻,什么终身监禁呀,行李箱都收拾好了,你看。我们要飞往美国,我们在那里的汽车都租好了,是敞篷式"福特野马",我们从迈阿密去旧金山,穿越整个美国,路上要一个月,和我们期望的一样。瞧,这是护照和签证——你自己看看。

他检查了一下——的确:有外国护照,有签证。外国护照上的照片是他伊利亚——同时又好像不是他。那个人脸蛋光洁,没有麻点,鬓角上的头发剃得干干净净,上面的额发——收拾得很整齐,像吹风机吹过一样。眼睛也像别人的,熠熠生辉。我是不会被允许收拾成这样的,妮儿,你怎么搞的——照片里的我不像我。当然会允许的,你就是这样的呀。他走进浴室,擦掉黑镜子上的水蒸气——镜中人的确很快乐,比自己年轻五岁,皮肤光滑,收拾得很整洁。

可现在肯定不会有人来找我吗?他小心地问她,希望自己不要被当成疯子。妮娜说,除了出租车司机不会有其他人。快点!茶要凉了,苹果奶油布丁也应该趁热吃,不然就不好吃了。

她穿着白衬衫,露到第三颗纽扣。清新、飘逸,非常真实。文身——四四方方——已经有点褪色了,是蓝色的,而不是黑色。它代表什么?伊利亚想知道。这是 QR 码①。妮娜解释说。它是我的十字架。只要你用手机扫码,就会进入上帝网站。但不能直接进去,它有洋葱头一样的路径,只有通过密码链接且通过 Tor② 软件才能进去。上帝是程序管理员,只能通过技术服务中心给他写信,但网站上有应答机器人,它知道所有问题的答案。

伊利亚拿起手机,想按照妮娜教他的方式扫一扫,但手里的手机还是监狱里用的那种按钮式的,没有摄像头。他把它扔到窗外。一些孩子捡了起来,把它当作接力棒。"你还来得及,"妮娜说,"我再也不会离开你了。可现在该跑啦。出租车在等着。快换衣服——瞧,那里有干净的牛仔裤、T 恤衫和宽檐帽——快点!"

然后她用自己温暖的、充满活力的脸蛋碰了碰他的脸。

一种花香味的香水扑面而来。

*　　　*　　　*

他明白,这是梦。

所以他耍滑头,扭动身子,想尽可能溜掉,以便不从梦中醒来。他自欺欺人,希望现实世界不要以任何方式将他从梦境中拽出。

---

① QR 码是二维条码的一种,即快速反应。发明者希望 QR 码可以让其内容快速被解码。

② Tor(The Onion Router)软件在国内常被网友称为"洋葱头",用户通过 Tor 可以在因特网上匿名交流。

可最终还是:结束了。

他躺着,刚刚醉生梦死一回,完全陷入热恋,他紧抱枕头,像抱着一个人。妈妈的房子里没有任何东西能散发出梦中妮娜的芳香。但这是非常真实的气味。如果伊利亚在生活中闻到,他能立刻辨识出来。梦中的其他东西看起来也全都不假,除了护照:伊利亚出生以来从未有过外国护照。

他摸出手机——想看看妮娜有没有回信息。已经夜里一点了。

没有,没有回复。

屏幕上冒出了一些其他内容:五个未接电话,是白天找他的那个人打来的。

6

他为什么没有听见电话声?!

他冒汗了,将可恶的手机在手指间转动。你为什么要这么对我,狗崽子?!声音开关是靠着伊利亚这边的,音量也调到了最大……一切都正常!为什么不响?!这个坏蛋对伊利亚屏蔽了来电,保持着对旧主人的忠诚,试图杀死新主人。

他需要保持冷静。

谁会在周六夜里这么执着地打电话?是某个被哈辛许诺安排精彩节目的想入非非的随从?还是某个倔强的朋友从闹哄哄的夜店执着地打电话,想把别佳拽进夜店?或者是交易?别佳没去执行的交易?

无法确定电话号码是谁的——而且没有短信。或许,是情人的;或许,是朋友的——未必,为什么不标记朋友的名字,为什么删除短信?可交易……狗崽子的所有同伙都按照文件夹整整齐齐地存储,连穆罕默德-扫院人都有自己的位置。

最后一个来电仅仅是十五分钟前。这么晚了谁还需要他?这人会警惕起来吗?没有意义再等了。

或许,狗崽子把某个人的汽车封锁在停车场了?然后在玻璃下留了电话,于是绝望的邻居怒气冲冲地给他打电话,因为车无法从里面开出来?

最好电话聊几句。夜晚人的声音会变。十一月感冒盛行。就说自己声音嘶哑。最好那人自己再打过来。然后一切看情况……到时候就知道怎么做了。也许吧。说什么呢?他们中的每个人都说什么?他在房间里走来走去,然后把自己锁在卫生间。1,2,3。他拨了号。

假如的确是汽车被封锁了,那怎么办?他现在怎么去把车弄走?

那边有人立刻抓起话筒:似乎一直在等着。

"哈辛,你在哪儿?!"

是一个男人的声音。而且不像朋友,也不像亲人。对这人最好不要扯谎,说自己在扮演卧底。那编些什么呢?

"我……我有点不舒服,"伊利亚假装用嘶哑的嗓音轻声说,"我在睡觉……"

"可大家都在等你!你逼得我不得不用自己的号码打给你!"

"我记得……"他上气不接下气地说,"现在几点?"

"'不舒服'是什么意思?!"

不对……既然提前安排好了见面,感冒不能成为托词。甚至骨折都不能成为托词:为什么不打电话,不取消,不改期?

"有点中毒……"他慢慢找着正确的答案,"呕吐,还发烧。"

"真是中毒?"那边有点怀疑,"你是不是抽过量了?"

"完全没有……"伊利亚呻吟着说,"总之勉勉强强……爬到马桶跟前……"

"你在哪里？家里？也许，派个人来？"

那边不是在询问，而是在要求。工作单位打来的？或者是商业伙伴？还有什么人在半夜一点活动？为什么？他们知道别佳的家在哪里？！

"不……我……现在在别人家里……"

"在奶子那里，是不是？！哈辛，日你个娘！你还记得羊肉串的事吗？！人家都在这里等着，就是我想介绍给你的！你记得自己给我的许诺吗？！"

伊利亚牙齿紧咬手指。羊肉串是怎么回事？羊肉串是怎么回事？！录音里……

"哦……是的……我答应过自己带来……当然……带实物……犒劳我吗？"

"犒劳，哈辛！一定！而且是答应过的！可你在哪里？！你让我很尴尬！大家都已经要走了！"

"我……勉强活着……也许，是流感……胃肠性的……"还应该再说点什么，必须要说！"我……现在……"

他把电话扔到毡毯上，跪在马桶前，把两个手指塞进嘴里。吐了出来。魔鬼笑了，被伊留沙的傻样感动，帮了他。

伊利亚就那样曲着膝盖又站了一会儿，抓住冰冷的陶瓷马桶。嗓子又痒又痛，嘴里酸酸的，臭臭的。马桶里溅满了已被吞咽和咀嚼，但无论如何也消化不了的他人的生活。

"上帝呀！看来，你真的是顾不上羊肉串了。哈辛……好吧，去你妈的……"电话里的声音从地板上响起，"周一你能好吗？"

"谢谢。我……尽量……"

"不是尽量，而是必须！呸……好了。希望你好起来。"

安静了。伊利亚冲了水。放下马桶盖。坐在上面。浑身发冷。一阵阵虚弱。的确中毒了。

门上挂着日历：蓝色雪海中童话般的村子，黄色的窗框，袅袅炊烟，月儿如镰，很漂亮的三套马车已套上雪橇。2016 年。

距离周一还有一天，但距离周五——还有五天。之后时间将停止流动。一切都将停留在 2016 年。

* * *

他在妈妈的衣柜里找到了颗粒咖啡：一团干燥的褐色粉末。他用沸水冲泡，坐在厨房盯着 iPhone。梦境什么也没留下。与充满夏日气息的妮娜驾驶"福特野马"穿越遥不可及的美国之旅，被脏水冲进马桶下水道。

他似乎成功了！下一步需要搞清楚，给谁编什么内容。

经过刚才的紧张之后，大脑麻木了。伊利亚往咖啡里掺了一点酸糖。

这是谁打来的电话？他知道什么？明白什么？为什么他的号码不在哈辛的通讯录里？除了电话，伊利亚还漏掉了什么？

他找到那个录音——即狗崽子在某人办公室里偷听的谈话。他打开附件，找到文件。

"开门，一切都做好了？""是的，杰尼斯·谢尔盖耶维奇。""我在那儿几乎已经把你的事说好了。可以准备一个漂亮的杯子。""还要一些现货。""那里安排了羊肉串。"

杰尼斯·谢尔盖耶维奇。关于哈辛的事已经说好了。这是他领导？他说好了什么？为什么通讯录里没有他？

他进入一个又一个的通信软件。

WhatsApp 里冒出一条没有回复的短信："别德罗①！今天见

---

① 别佳的另一称呼。

108

个面？我在'杜兰①'，很想振奋一下精神！"一个叫戈沙的人死乞白赖地写道。这条短信也是半小时前发来的，而且狗崽子的手机也向伊利亚屏蔽了他。

而 Signal 里有一长串短信——是伊利亚在卫生间时不停追问他的那个人发来的。"哈辛！我提醒你一下今天的事。""哈辛，你在路上吗？！""已经答应人家了，你在哪里，你这个狗儿子？！""我不明白！""是不是该搜寻你了？！"

这些都是在电话没打通时发来的。因为这些短信，伊利亚算是已经明白了。但还有一条刚发来的新短信——也是这个人发来的：

"向父亲问好。"伊利亚把所有短信都翻了一遍，停留在这一条上。

向父亲问好。

这么说，这个杰尼斯·谢尔盖耶维奇与哈辛的父亲认识？那么父亲应该从母亲那里知道了别佳杜撰的扮演卧底的事了。也就是说，如果他们担心的话，父亲可以找杰尼斯·谢尔盖耶维奇确认？可后者从伊利亚那里获知的，不是别佳在扮演卧底——而是中毒。

而且星期一哈辛如果不去上班，杰尼斯·谢尔盖耶维奇可能会亲自给他父亲打电话询问：怎么样，您的儿子好些了没有？周六差点没死掉，把工作都耽误了。

他再次陷入一团乱麻。

他的心开始颤抖：他们会揭露他，会发现他！他在房子里走来走去。

他去煮咖啡，打算好好想想如何摆脱困境。需要与所有的亲

---

① 这里可能是一个餐厅的名称。

朋好友聊聊,搞清楚他们谁是谁。需要想想,平静地想想!现在是深夜,好人都在睡觉,伊利亚这里却出现了麻烦。天亮之前还来得及掏出别佳的电子心,正确选配直达杰尼斯·谢尔盖耶维奇和父亲内心的密码。

他记下杰尼斯·谢尔盖耶维奇的号码,以防对方又给他一个措手不及。

他再次进入 WhatsApp ——那里出现一条新短信。又一条。又一条。

是戈沙发来的:"兄弟!你为啥不理我了?(笑脸)"

这样的短信也需要替别佳回复。这个人——怎么搪塞呢?谎称中毒或执行秘密行动?他了解狗崽子啥?为什么他现在需要哈辛?回复他什么——或者什么也不回复?

你是谁,戈沙?你们都是些啥人?!你们需要我做什么?!以前咱们聊过啥?怎么回复你,才能让你不发现破绽?他翻阅以前和戈沙的短信交流。

"别德罗!很高兴见到你!简直和从前一样!"

"保持联系。"

他干巴巴地道别。他是他的兄弟抑或不是?伊利亚继续往前翻——想搞清楚。

"听着……请原谅,你生气啦!What about lunch?① 我请客。'非远东②'怎么样?"戈沙絮絮叨叨地问。

"你的这个东方很难吃。"

"好吧,如果你愿意,自己选地方吧……"戈沙一点也不因此而窘迫;别佳沉默了——接着,戈沙还没等到回复就匆忙补充说,

---

① 原文是用俄文拼写的英语句子,表示"一起吃午餐怎么样?"
② 一家餐馆的名称。

"等等,我给你打电话!"

看来,他们之间出现了不和。戈沙在试着搞好什么事情。需要搞明白,是什么事情——否则怎么应对诸如"你为什么不接听电话,兄弟?!"这样的短信?看来戈沙有点神经质,或者在施压。

"和你有什么好谈的?钱有了,再找我。"

"可现在没有!十五号才有!"

"没有蛋筒,就做不成冰激凌。我可不像德蕾莎修女那样能拯救所有人。"

"你不能这样对我,明白吗?!!"戈沙吼叫道。

"我能。我不欠你任何东西。"哈辛写道。

"我不会向任何人说,我是从谁那里拿的,兄弟。"过了漫长的几分钟后,戈沙忍住怒火写道。

伊利亚逐条阅读。这是威胁?

"臭小子。如果你不是被错误登记进来的话,你以为我会那样做吗?你再敢顶嘴——有人会来给你堵上。我不会来救你。而且没有任何人会来救你。你试试,如果愿意的话。"哈辛栩栩如生地回复道。

他们的交流就停在这儿了。可以前还有什么?以前的内容应该还有一些保存在浏览器里:某种灰色的东西已经在伊利亚的头脑里大概成形,但轮廓尚不清晰。

"别德罗!Are we haven't a party?①"几周前戈沙突然发短信问。

"我算有家之人了,你是知道的,"别佳笑着对他说,"还参加什么聚会呀。"

"哦,好吧,有家之人……我们懂的,都有过类似经历……"戈

---

① 原文是用俄文字母拼写的英文句子,意思是"我们要不要搞个派对?"

沙笑着说,"我意外得到一笔奖金,想庆祝一下!顺便补点货!"

"OK,我这就来。咱们说好只在你那里。笨蛋,你把短信删掉吧?"

"好的,一定,上尉同志!遵命!"

"已经是少校啦!"

可第一条、第二条、第三条短信——都很像——如此像,仿佛是复制的:"你今天在城里吗?咱们见个面?"是戈沙发来的,而哈辛过了一会儿给他安排了见面——时间和地点都是看哈辛如何方便。

伊利亚继续往前翻,试图解开谜团。给戈沙回复时,万一有不该忘记的内容呢?

"兄弟!你打算来参加我们的毕业生聚会吗?"别佳·哈辛在不久前的某个时候这样问。

"嗨,你好。真想不到啊。不,未必能去。我去那里干吗?"戈沙装腔作势地说。

"瞧你说的!已经毕业十年了!应该来!来吧!"

"你以为,十年间会有人混成人样了?"

"那就更应该来!来看看这个动物园!只有咱们是人!"哈辛用":)))"符号表示大笑。

"你只是想看看西蒙诺娃而已。"

"不是看,兄弟!我们啥样的没见过呀?应该彻底征服这个公主!"

"可我对你有什么用呢?我和娜特卡打算去剧院。"

"为了有个伴!那里除了你之外,我没有人可以交流!我保证之后给你一次逛夜店的机会,还有文化节目!总之——我们多长时间没见面了呀,总是在忙。"

"哇。好吧,给我一天时间与女友商量一下。"戈沙让步了。

"等你,厌包!"

狗崽子发了三张黄色的面部表情:笑得都流泪了。这事结果如何?伊利亚继续往下翻看。

"喂,你怎么样?清醒过来了吗?"哈辛第二天下午先发了一条短信。

"还可以!"戈沙发了一个点赞的大拇指,"没有任何不舒服的!"

"因为质量在那儿呀!要相信这方面的专家!"

"那你呢?西蒙诺娃投降了吗?"

"毫无疑问!就像插在德国国会大厦上的旗帜!"

"她怎么样?"

"像三月的母猫!"别佳笑着用一个表示胜利的半括号回复道。

现在戈沙也发了三个咧嘴大笑的表情:就像狗崽子之前发的三张黄色咧嘴大笑的表情一样,开心得眼泪都掉出来了。这就是他们之间的谈话。

就是说,他们是同班同学。伊利亚心里思量着。就像谢尔戈是他的同学一样,戈沙是这个哈辛的同学。中学时代的朋友。但是,每个人中学时代的友谊都沿着各自的轨迹发展。

他一口气喝光了咖啡。

他将手指放到空白行,应该给戈沙回复。他输入三个字:"去不了。"然后发送出去。

他想回到杰尼斯·谢尔盖耶维奇的信息里,但不行。戈沙纠缠不休。他发来一张照片:与两个整过容的野鸡一起坐在沙发上,她们鼓着嘴唇对着镜头。戈沙本人——面容浮肿,眼睛发红,眼睛下面是眼袋。他的笑容,就像博物馆里的狼标本:被粘得平平的。两个野鸡也像标本。

"她们都在等你呢!"

那里也在等着。到处都在等别佳·哈辛。到处都需要他。可也许,伊利亚头脑里闪过一个念头,不需要等一周?

"你的钱够要多少?"他问戈沙。

"兄弟!真正的友谊不是商品——金钱关系!友谊——只关乎物物交换!"他又开始对他笑,"我们给你小萝莉,你给我们——好心情吧?"

他笑得脸蛋都快没了。竭尽全力地笑着。如果尾巴没有压在屁股下,也许会摇尾巴。

可伊利亚对他——用皮鞭狠狠地抽:抽一下大腿!再抽一下背部!就像别佳嘱咐的那样。要让他叽里呱啦乱叫。

"钱到了——再给我发信息。就这样。我很忙。"

他抽打了,却不停地看手机:戈沙会不会诉苦?会不会舔他的手?还是打算折断他的手指?他看着他泪光点点的眼睛,开始施展催眠术。顺从吧。安静下来吧。从哪里来,就滚回哪里去。

你是正确的,我不正确。我把你从过去拽了出来,从中学时代的照片中拽了出来,我自己也不知道为什么要这么做。我给没有靠山的你糖粉吃,驯服你。过去我需要你是有目的,但现在我厌倦了你。

我为什么要对你这样?为什么?

从短信里看不出来他们的所有故事,只能找出一些枯燥的碎片;而他们不断恶化,带着所有未知数的友谊方程式,当然是建立在无数次谈话和见面基础上的。但伊利亚进不去。

可有什么区别呢?也不可能是其他样子了。过去我也许欠你的,戈什①,可现在不欠了。我们之间永远无法保持平衡:你不正

---

① 戈沙的另一种称呼。

确但活着,我不正确且死在排水沟里了。不要嫉妒,自我安慰吧。

只是不要再问什么了。我不能说话了。

戈沙似乎听见了。离线了。请原谅,朋友。

伊利亚嘴里又臭又甜。

他看了看表:正好是他昨天回来洗手的时间。一昼夜过去了。一昼夜,别佳的尸体还没发僵。

* * *

明天需要给父亲转达问候:来自杰尼斯·谢尔盖耶维奇的问候。只是该怎么转达,既然父亲不在通讯录里?通过妈妈?不,那里好像还有其他隐情。不是离婚,也不是没爹——既然一起庆祝父亲的生日。

他想出办法了。他拿起手机在里面到处搜索父亲。应该能在什么地方找到。他在搜索行里输入"父亲",开始查询。搜到了与母亲的谈话,不计其数。别佳与妮娜也谈到父亲。对其他人也谈到。但他本人无影无踪。可以通过其他人了解他的情况,还需要试一些内容。

如果输入"爸爸",会怎样?"爸爸",而不是"父亲"?

成功了。

"爸爸,滚蛋,你明白我的意思吗?"

他在里面。尤里·安德烈耶维奇·哈辛在狗崽子的手机里。他把他像个外人一样记在手机里。爸爸。伊利亚突然想用冷水冲洗一下。在打开消息前,他先冲洗了眼睛。

"你明白我的意思吗?你可以不和我说话,可以剥夺我的财产继承权,你做啥对我来说都是狗屎!你也不要他妈的来管我的生活!你有你的生活,我有我的生活!就这样,再见!"

就此打住了。"再见!"是最后一句话——别佳生前留给父亲的。谈话是三个月前结束的。

你到底是个啥人,哈辛?!你为什么与父亲这样?假如伊利亚有这样一部手机——但是自己的,假如可以直接往搜索栏输入"父亲",并能在自己已经遗忘的过去生活中找到真正的父亲,该多好……找到联系方式。

为什么,凭什么?

"不知感恩的畜生!犹大!"

父亲全部用大写字母写短信。他发给别佳的一切内容——全是大写字母。

"而且你也没必要把自己塑造成圣人!"儿子在父亲的短信前这样对他吼叫着说。

"你的脚再也不要踏进我的家门!"

上面还有内容。

"可你是不是习惯了让一切都按照你的意志来?"

"因为你还是一个乳臭小儿!你自己明白!没有我你算啥?在什么地方混着呢?"

"等着瞧,看我现在如何搞定一切。"

"我们就看吧,看他们怎么帮你!混蛋!"

还有短信。

"我现在不能。咱们见面再讨论。"

"你给我写的啥?你怕交谈?窝囊废!从母亲的裙子下滚出去!"

一切到此为止——准确地说,一切从此开始。伊利亚反方向从头到尾又读了一遍。什么也不明白,除了一点:他不能向这个人转达任何问候。

他们之间发生了什么?

手机在桌上——它因为伊利亚在里面翻腾过久而发烫。手机发烫,似乎表示它有生命。但当然并非如此。它像一颗熟透并掉落的果实——因为腐烂而开裂。

它散发着腐烂的、令人萎靡不振的热气。

但需要把外皮扎破,用勺子从里面舀。舀出来喝掉。否则无法存储。

*　　　*　　　*

从母亲的裙子下面。

帮帮我,妈。提醒一下,我和父亲之间发生了什么。我忘了。好在我和你没仇。

"别杰尼卡,求求你了,和爸爸聊聊吧!我的心都碎了!"

"你知道应该向我坦白什么!父亲说的是真的吗?"

"难道你不明白,这对爸爸来说是真正的灾难??"

哈辛似乎听不见这些训诫。他一个字也没回。只要谈其他话题——他就把塞子从耳朵上摘下。谈父亲——他就沉默。也许,他没感到是任何灾难?或者恰恰相反,他在灾难里受挫?

应当在手机内存里翻翻,找父亲。

照片?视频?

别佳的所有东西都混在一起:红彤彤的闪光音乐会与莫斯科深夜里的汽车竞赛混在一起,严肃的妮娜和快乐的妮娜混在一起,拘捕的镜头和嘻嘻笑的红眼白痴(别佳本人也是这样的白痴)的搞笑视频混在一起。不得不往上翻,往里面翻,直到找到——很久之前的一个旧视频。

似乎是宴会厅。

黄色的墙,天花板下的雕饰,懒洋洋的服务员。铺着桌布、摆满沙拉和瓶装白兰地的长桌。桌子后面——坐着穿制服的人。

清一色穿制服的人,看得人眼冒金星。铁灰色制服,白衬衫。

像天上星星一样的肩章。有的白发苍苍,有的秃顶。军官们的妻子:有的留着短发,有的留着卷发,有的染成刺眼的颜色。

是聚会。

"为我们极其尊敬的尤里·安德烈耶维奇·哈辛干杯!让我们一起喊两声短、一声长的祝福!乌拉!乌拉!乌拉——!"

所有人的面孔都转向主人公——别佳的父亲。他颤抖着走到大家跟前:他的脸很长,这么长的脸上鼻子显得又奇怪又小,眼睛深邃而且很小,头发还很浓密且没有白——颜色很奇怪,是枣红色,但不自然。下巴很沉重,下巴下的皮肤皱皱巴巴,像挂在那里一样。可以认为,这以前是个胖子,但之后因为什么事而瘦了下来。

尤里·安德烈耶维奇·哈辛站着接受祝酒词。他也穿着制服上衣——熨得很平,宽宽的。他手握高脚杯,里面是浅色香槟。他的笑容完全像模具压制出来的。凹陷的眼睛没有任何活力,只闪动着诚实的光芒。这是他的节日。他深受感动,开始用嘶哑的嗓音讲话,然后咳嗽了一会儿,又重复说了一遍:

"亲爱的同事们!不——我亲爱的朋友们!你们都知道,这一天对我们每个人有多重要。怎么说呢,这可不只是获得国家承认的标志,而是获得你的祖国认同的标志。这是某种独特的印记,就像树的年轮。这也意味着,你还在成长。尽管很快就该给年轻人让路了……"

他开始说不下去了。直勾勾地看着镜头——看着别佳-伊利亚的眼睛——并使了一个眼色。伊利亚突然一阵发冷。图像晃动了一下——也许,是因为狗崽子举杯回应。那时别佳还是自己父亲的儿子。

"可我们暂时还渴望活着。可我们活着,就要服役。不是吗?"

到枕头下。流浪狗在垃圾池里蜷成一团。路灯星星点点地照着。反正没有人,而魔鬼即使在黑暗中啥也能看见。

他跳上炮兵连大街——街上似乎有一个地下食品店。伊利亚把手插进口袋,把头缩进肩膀,把风帽从上面拉上——就出发了。前面出现了一个小小的自建房——似乎是商店。

零度。

水在结冰,而冰化成水。

恐惧因为零度空气开始融化,而一滴滴水凝结成愤怒之冰。为什么伊利亚的一切会这样?为什么他的一生在被人遗忘的角落度过,还要在这个角落里结束?为什么他如此无力对抗世界?哪里有公平,如果他逃脱不了惩罚的话?为什么杀人——可以,而原谅——不可以?为什么一切都掌握在吸血鬼的手里?为什么除了自我了结,没有其他出路,而自杀要入地狱?哎,你是上帝还是屠宰场场主?!

不得不忍耐。把头埋在手里,把脖子缩进肩膀。就像在牢区一样——不要出风头,不要争论,不要反驳。给你扫帚——就去扫。让你转身——就转身。与上帝只能就一件事达成协议,即不要让狱警逼他打小报告。要避开狱霸。避开狱管。不要看他们的眼睛。

等待自由。

可它在哪儿?

"狗崽子……混蛋……虫卵……你这个卑鄙下流的虫卵……"

为什么伊利亚找不到准确的词汇?

他双腿矫健有力,仇恨推动着活塞。他迷迷糊糊地飞快走过半条街。吓走了所有无形的魔鬼。但他的仇恨一点也没有消失。

他到了目的地。

这是一个小商店:名为"白俄罗斯食品"。被封得严严实实,橱窗上装了铁百叶窗,钢门上挂着油乎乎的大锁。里面什么人也没有,而且无论如何——进不去。

"恨死了!恨死了!!!"

他越走越快——然后跑起来。跑到汽车站——那里装着玻璃,闪闪发光,像过节一样:里面贴着幸福的人脸广告——他从地上捡起一块鹅卵石——一下子砸进橱窗。

橱窗立刻炸裂,像水果糖迸出一颗颗圆圆的透明碎渣,溅落在湿漉漉的柏油马路上。里面的人脸原来是纸做的,被鹅卵石砸歪了。伊利亚觉得还不够,他扯出海报,用手撕成两半,然后再撕成两半,扔掉,踩进脏泥。然后又一拳把灯砸灭。

他后退几步,清醒过来,抬起眼睛。

前方,在像黑死病一样的寂静中,他看见了一辆汽车。车前灯远远地亮着。汽车在黑暗中像球状闪电一样慢慢开过来。这样的时间它们原本应该开得很快,可这个却蠕动前行。像一条鲨鱼。可能嗅出什么了。

民警!

伊利亚的内脏仿佛被冰冷的手抓住了。

他转过身,背对着他们,开始往前走,心里祈求自己不要跑,一直沿着建筑物的墙根走,时不时地藏进缝隙,希望出现一个狭窄的胡同。愤怒在零度空气中又冰冻成恐惧。不跑几乎是不可能了。

远远的车灯探照到了被打碎的车站,沉思起来。几乎快照到伊利亚了。应该赶紧离开,但前方是捕兽器式的探照灯:几个能把人眼睛照瞎的路灯后是施工照明灯。不得不进入它的光区。这是冒险——是的,但不经过它是不可能的。也许,打碎的玻璃会让巡逻队转移注意力,不会注意到行人。可停在原地——一定会被赶上。

他怎能平静地进入照明灯的光圈呢?

苍白的光将他压向柏油马路。他的背部发痒。腿脚祈求他奔跑。他们能看见他吗?发现他了吗?鬓角像被钳住了。他无法回头。

他刚刚再次淹没在黑暗中,后面就响起了嗒嗒声。四周全是刺眼的蓝色闪光灯。马达在轰鸣。

伊利亚没等他们喊,就拔腿往前跑。沿着打滑的、不牢靠的……

突然车前灯捕捉到了他的影子。扩音器里传来声音:

"站住!公民……"

正好围墙结束了——伊利亚立刻隐没在它后面的漩涡中,开始沿着树木之间松软的雪跑,然后跑到马路上……巡逻车开始在房屋之间钻来钻去,有人从车上跳了出来,扔掉扩音器用自己的喉咙喊,希望伊利亚停下来。但他不能停。

他跑向一个高高的院子,开始拽入口处的手柄——全都锁着,大家都怕外人,谁也不会放外人进来。

车灯从角落里收回,开始齐射房子边缘像蛛网一样稀薄的灌木丛,伊利亚正想往里面藏。

他躲在房屋的窗户下,贴着墙根开始爬行和奔跑。突然他看见,前方远远的灯光下一架瓦灰色自动冲锋枪正对着他。只剩最后一个入口了。他勉强走到跟前,拽了一下——里面锁着。

他们会抓住他的。

完蛋了。

他掏出手机,为了不引起注意,用暗淡的屏光照亮门,照亮告示牌上破损的纸张。邮递员一般会把入口锁的密码用手指划在上面,以防记不住。这一点伊利亚不知是从童年时代,还是从牢区知道的。也许,是从牢区。

反光中闪现出"717"——是用尖自来水笔划在门脸上的,在齐腰高的地方。他输入数字,跳开几步,放弃,再次输入。

门唧唧叫了一声。

伊利亚轻轻地把手柄拉向自己,像排雷一样。如果失败,一切就结束了。但它开始动了。于是他只稍稍打开一点,让自己挤过去,然后轻轻关上。他无声无息地跑向电梯,按了一下按钮。能听见街上的巡逻队正沿着墙开过来,能听见从铁门洞传来无线电台钢铁般的声音。

电梯咯吱咯吱响着下来了。

终于开了——伊利亚跳了进去,按了最顶层,第十八层。楼房是新的,可电梯像人一样又懒又沮丧。地板上有尿液,气味又臭又甜。按键被打火机烧化,每个按键上都凝结有一滴塑料。

现在只有一个幻想:不要现在马上被抓,然后被拖到警察局,拘留到庭审,他们只要一看摄像机镜头,哈辛的事就会暴露。

还早!还早!还有一点时间!

伊利亚盯着被打火机烧过的第十八层电梯按钮,祈祷门打开的时候,面前不要出现穿制服的人。祈祷下面听不见声音。

有人在电梯里排粪,也有人破坏电梯使其停运。原因很清楚。人们无法用其他诚实的方式回应国家,报复生活。

终于到了最顶层。

叮当一声,电梯门开了。

这一层太美了。墙上挂满了成串的新年饰物,加加林的照片,精灵宝可梦系列画①。或许是邻居中的谁疯了,在提前准备过新年。钢筋混凝土散发着浓浓的烟味——被熏透了,仿佛孔眼里也吸满了烟雾。伊利亚的颧骨僵住了,口水不由自主地流了下来。

---

① 精灵宝可梦系列是世界闻名的日本的国民动画。

他偷偷靠近窗户,靠近垃圾管道——往院子里望了望。

像玩具一样的巡逻车正在排摸相邻的房子,黑暗中看不清行人。但现在不能下去,在他们向他挥手拜拜之前。

窗台上放着一个圆圆的烟灰缸,里面还有灰烬和烟蒂:主人出来抽烟时顺便欣赏洛勃尼亚的美景。伊利亚用手指翻动烟蒂。看来,抽烟者企图戒烟——没有抽完,留了三分之一。

他从烟灰里翻出了一根长一点的烟蒂,划了一下火柴,把不知谁留下的多余烟草塞进自己嘴里,闭上眼睛。成串的新年装饰物愉快地眨着眼睛,不停变换着节奏。

他为某个人抽完了剩下的烟蒂,为某个人而活了下来。

7

第二天一大早他回家了。

是周日的早上。像大学时代那样。

那时他也是经常在清晨的雾气中回来,总是遇到第一批刚刚开始新的一天的路人:有人在遛狗,有人在执勤。所有人已经开始新的一天的生活了,而伊利亚却刚刚结束自己昨天的生活。

以前需要小心翼翼、悄悄地开门。轻轻地把钥匙放到锁孔里,一点点用手拖住转动,以免锁芯转动发出太大声响。然后用特殊的方式关上门:一只手将门推开,另一只手——将门微微拉向自己,以免突然砰的一声响。而且还要同时把它往下按,把门环放到不嘎吱响的合适位置。妈妈睡觉很轻。一旦她醒来,就等着挨训吧:

"你这样多少次了!还不如不回来呢!"

然后她会穿着睡衣走进厨房,把午餐时煎好的土豆端到伊利亚面前。他非常想吃,而且土豆好吃极了,可每一叉子都要慢慢咀嚼,吞咽下她的不满:她就坐在那里,坐在椅子上,用睡眼惺忪的眼睛阴沉地看着他,时不时还嗅一嗅。

"还好……还活着——谢天谢地。笨蛋。"

吃完后——她还是那么苛刻,收掉餐具,起身去洗碗池把餐具叮叮当当洗掉,以教师式的驼背背对着你——"妈,能来点茶吗?"

"茶!那整晚上就别想睡着了!行啦,够了!"

于是不喝茶就得爬上床。当钻进被窝时,她又从厨房追着喊:"嗨,那儿的姑娘可爱吗?"

"妈!什么姑娘呀?我几乎算是已婚青年了!"

"开玩笑的,开玩笑的。赶快睡吧!"

而现在再也不需要照顾谁的感受了,不需要在过道处蹑手蹑脚,不需要把钥匙像撬门一样无声地放进锁孔。而且房门是开着的。可伊利亚还是尽量不弄出声音。

他一进门就脱鞋,因为如果他留下脏脚印妈妈会骂他。屋内如此寂静,就像她在沉睡一样。她房间的门是开着的。以前他夜里回来时,她也总是这样留着门——以便知道他啥时候回来的。但有时,他也能神不知鬼不觉地溜进屋子。然后踮着脚,像踩着空气一样浮游到妈妈卧室跟前——像进门时那样用自己特有的方式把她卧室门关上——以免她听到自己洗手的声音,听到茶壶烧水的声音。

现在——他走近她的房间,抓起把手,想关上门。

他想装作妈妈还在那里,只是睡着了而已。

突然在清晨的寂静中,他清楚地听见有嘟嘟嘟的尖叫声,这声音折磨他整整一天了。是从妈妈卧室传来的。

伊利亚进到里面,伸头到处搜寻,他听清楚了:声音似乎是从床底传来的。

是市内座机电话的声音。是他生气时用力甩掉,掉落到枕头缝隙间的电话,是它在那儿嘟嘟嘟响。发出"占线"的信号。

伊利亚颤抖了一下,把它拎起来放回原地,小心放好话筒。电话安静下来。再也没有让人心烦意乱的噪声了。仿佛是他抚慰了妈妈。

他走出她的房间,关上房门。

睡吧,妈。你就假装为了我吧。

他用肥皂洗掉手指上的烟灰味。既然谁也听不到,就喝了点茶。给床换上干净的床单被罩。躺下。手里转动着手机:他想上闹钟。

他在手机的常用按键中发现了一个半月牙形按键。这个按键是按进去的。他看了一下——是"勿打扰"模式。这就是全部秘密,即为什么他漏掉了打给他的电话。谁的声音都听不见。

只有照片。只有文字。

*　　　*　　　*

他睡得像死过去了一样。如果有过一些梦,伊利亚也都忘记了。

突然他跳了起来。

旁边有什么地方发出刺耳的声音。在墙的后面。在墙的后面,而不在他的房间。对讲机?!警察找到了!

他光着身子跳到走廊,后悔没有把枪藏到厨房——但不是,不是对讲机的声音。是妈妈房间里发出的声音。

是市内座机电话。不知谁给妈妈打了座机电话。

他现在不打算同任何人讲话。谁打的?学校?女友?他无力解释她发生了什么,以及他发生了什么,以后打算怎么办。他把自己锁在厕所里,但电话声从那里也能听见,它一直倔强地响个不停。

从那里,从卧室里,一直传来丁零声。不对劲。电话不停响着,仿佛不是人打来的,而是机器,机器的时间多的是,因为它不会死,也许真是机器人打来的——提醒妈妈没有交电费?

他投降了。

他打开房间,取下话筒。

"喂。"

"是伊利亚·利沃维奇吗?"

是一个女性的声音:不年轻,但声音洪厚——很有生气。

这个声音提了一个问题,然后等着回答。

"您是谁?"伊利亚用嘶哑的嗓音问。

"我对您失去亲人而深表同情,伊利亚·利沃维奇,"她继续说道,"我无法想象,这对您是怎样的痛苦。在壮年时失去亲爱的母亲。"

"谁……您是从哪里知道的?您是谁?!"

"我叫安娜·维塔利耶夫娜,这里是'莫斯科殡仪馆'。很抱歉周日打搅您。我终于打通您的电话了!昨天从早到晚都占线。"

"我什么都不需要。"

"您已经使用其他机构的服务了?"

"什么?没有……"

"既然这样,我想向您介绍一下,我们能为您提供什么服务。我们准备承担您的一切操劳。"

"我现在什么也不需要提供!"伊利亚的血直往头上涌。

"我理解您的感觉,"那个女人说,"我很抱歉,在您生命中这样艰难的时刻给您打电话。但这已经是塔玛拉·巴甫洛夫娜逝世后的第四天了,可您还没有把她从停尸房搬走。这可不符合基督教的做法……一般应该在第三天安葬。她毕竟是您的妈妈。"

伊利亚从耳边取下话筒,狠狠地盯着它。话筒里继续发出蚊子般的声音。然后他让自己平静下来。强迫自己说:

"多少……这要多少钱?"

"也许,您会更方便一些,如果我们的代理到您那里和您当面把一切讨论清楚,伊利亚·利沃维奇?"

"不。直接告诉我多少钱。"

"给您的基本款费用是一万九千五百卢布。其中包括带填充物的棺材,直径为七十厘米的花圈,把死者尸体运到安葬地,以及专门定制的舒适型'嘎斯①'小汽车,它可以把您和您的亲人从停尸房送到公墓。小汽车有十个座位。棺材较小,但货真价实。还带一个外插的木十字架。但请允许我向您推荐标准款。花圈会大一些,棺材里铺的是丝绸,公墓葬礼结束后由'嘎斯'送你们回家。两万四千五百卢布,差别不大。顺便问一句,您希望土葬还是火化?"

"不要火化。"伊利亚说。

"公墓里的地方您已经看好了吗?我们可以帮您选择好位置——离入口不远,树木荫蔽。现在您一个人很难选到合适的位置,更何况在这么短的时间内。所有有身份的人都提前几年为自己买好墓地,"那个女人很信任地对他说,"而我们机构有自己的储备。如果您愿意,咱们可以直接今天去一趟,我本人带您看。"

"不。请留下电话号码。我回头打给您。"

"当然!"安娜·维塔利耶夫娜口头报出电话号码。伊利亚把数字输入别佳的手机。"而且我还想直接跟您说,也许会有其他代理机构给您打电话,请您考虑一下我们机构在殡仪市场上的主导地位。如果今天您就能决定的话,代理人的出行完全免费。"

---

① "嘎斯"是俄罗斯国产汽车一大品牌。

他挂掉电话。然后伸手去抓电话线,找到它在墙上挂着的地方,一把将它揪掉。

他坐到沙发上。

不是基督教的做法。

混蛋。

伊利亚想——他要把妈妈的房门锁起来,把里面他无法弄好的一切全封存起来。他原以为妈妈在里面能忍耐,直到他想出解决一切的办法,直到他积攒够见她的勇气。而她在那里已经待不住了。她不停提醒自己的存在,要求关注她。

窗外灰蒙蒙一片:这是一个平常的冬日——十一月或三月的冬日。天上飘起湿湿的不成形的雪花,它们立刻飞向大地,飘落并融化。这样的天屋内非常阴沉。

伊利亚打开自己房间的灯,同时打开走廊和厨房的灯。然后为自己倒了一杯伏特加。找到通心粉,放上水:加点番茄酱和盐就简直太棒了。即使只加盐也可以。在吃过可怜的牢房伙食后,一切都还好。

水无论如何都不沸腾。仿佛水压太低,仿佛海拔太高,像在喜马拉雅山上一样。尽管这是三楼。

他一直梦想回到这个房子,回到这些房间。他触摸了一下家具。把桌子上自己大学时代的一幅画翻过来白面朝上。打开柜子——里面有收藏的小汽车。他取出来,在手里玩弄了一会儿。是 1∶43 的比例①,而童年时他以为是 1∶1 的比例。

心儿一点都不激动,很平静。他把小汽车放了回去。

忧伤得想哭。

他边吃早餐边看新闻。哈辛还没上新闻。

---

① 这里的比例指玩具小汽车与真车的比例。

应该去停尸房。哪怕去对那里的人说一句:她并非没有家人。瞧,我是她儿子。我只是暂时没地方带走她。再放几天。我一定想出办法。一定想出办法。星期天。

＊　　　＊　　　＊

停尸房就在市中心医院所在的那条街——扎列奇纳亚大街。

沿着炮兵连大街一直走到布基诺大道,就快到维拉家了;但他没走到那条大道就右拐了。然后经过他曾经和谢尔戈一起偷盗过的鸽子窝——周围是锈迹斑斑的车库,被钢筋混凝土围墙围起来的砖砌板棚。

他突然想起,曾经和妈妈步行来过这家医院,那时他还小。要切除扁桃体。也是这样走着,也是这条路。仿佛要去刑场。每一步都很艰难。起初妈妈试图用冰激凌诱惑他——她说,完事后你可以吃个够!

她原本可以不对他说是去做手术,而撒谎说只是去看看医生而已。但妈妈不喜欢撒谎,也不喜欢模仿小孩的语气说话。她总是说出所有东西的名称,透过她当教师的眼镜片严肃地看待未来。你做好最坏的打算,生活就不会让你失望,这是她的座右铭。要做手术了,不会太疼,只有一点点——你忍耐一下。

她有她的真理,而伊利亚有自己的真理:仅仅等待手术就够恐怖了,更何况还要自己走去刑场——简直难以忍受。冰激凌收买不了他。伊利亚不是非常喜欢甜食,更喜欢咸的。

于是她开始给他讲杜勃罗夫斯基[①]的故事。她那时好像正教八年级,顺便就讲给他听了。全部内容他没理解,但一只熊掉到坑里的情节让他震惊。他记住了杜勃罗夫斯基手里像火枪一样的小

[①] 普希金同名小说中的主人公。

手枪,而且还将它放进熊的耳朵里。他从妈妈那里讨要了这样的一个小手枪作为切除扁桃体的奖励,但是中国制造,而且是塑料的。

路途并不近——小孩的步子从家里出发要走半小时。而且那时一半的时间伊利亚似乎都不是花在扎列奇纳亚大街上,而是在森林里与农民以及坑里的熊一起度过。然后就到医院了。

整个手术期间他都在想着小小的旧式手枪,因此几乎没感觉到疼。但冰激凌也吃了。这简直是必需品。

而现在——他回忆着当时如何走向这里,因此没有注意到真正的扎列奇纳亚大街,那条通往断头台的路。由于沉浸在过去的回忆中,他感觉走了捷径。

医院就在房子的后面,在林间小道旁边。褐色的砖房,阴郁、低矮、宽阔。瞅一眼这样的房子——就再也不想生病了。

"您需要去病理解剖楼,"一个大妈在登记处像感冒了一样咕噜道,"从街上过去。"

死人有专门的出口,以免和活着的病人相遇,造成尴尬。出口处贴满了各种广告:棺材、殡仪、代理、墓葬。入口处守着一些很机灵的人,一副哀悼的样子,但看见伊利亚立刻振奋起来。

他立刻打发他们滚蛋。这群胡狼。

"十一月死比较好,"他在匆忙中听到这样一句话,"但最好是新年。最不好的——当然是七月。"

他出示护照,展示看妈妈的权利。太平间看起来和其他部门一样。全是穿着白大褂的年轻女孩。一个叼着香烟的眼镜男子——是部门主任。"是的,有这样一个女人。您好久都没来。要带走吗?"

"不。我刚刚回来……我还需要时间准备准备。"伊利亚说。

"按规定七天免费停放,"主任对他说,"然后按价目表收费。"

"我也许来得及,七天之内能安顿好。"

"您想看看吗?"

伊利亚点点头。

"鞋套二十卢布。"

他们穿过病理解剖室——瓷砖墙,带工具的脸盆,托盘桌上放着瘦骨嶙峋的亚洲人,头颅被打开,然后是带插销的门——冷冻室。

锁哐当一声,门嘎吱响了,一股凉意和腐尸的气味袭来。

水银灯被打开。

"嗯,您为什么站在那儿?进来吧。"

伊利亚像手术前那样烦闷慌乱:现在马上就要切除了。

"喂,戈留诺娃在咱们这儿的什么地方?"戴眼镜的男子问一个姑娘。

里面有许多盖着被单的推车,有的单独放着,有的放在一起。推车下面是那些无人认领的尸体。戴眼镜的男子继续抽着烟,往这个被单下瞅瞅,往那个被单下瞅瞅。一直到最后一个。

那里的墙边有两具尸体放在一起,搭着同一条被单。露出女人的腿,但像男人一样多毛。医生揭起被单,确认无疑后,叫他过来。

"瞧。这就是塔·戈留诺娃。您的母亲。"

"可为什么?"太平间在伊利亚眼前旋转起来,"为什么她和别人在一起……这是一个男人?为什么会这样?!"

"您指的是什么?啊!被单在洗,总共只剩一条。反正她也无所谓。不是光着身子。"

"光着身子?"

"您怎么,第一次来太平间?"

伊利亚上前一步。

推车放在一起,很像夫妻床。仿佛丈夫和妻子睡在一起,盖着同一条被子。妈妈总是一个人睡。她的床很窄,是单人的。而这……

"好了,走吧?"

戴眼镜的男子把被单的一角掀开,希望伊利亚不要有任何磨叽的理由。

他们终于见面了。

她的头发——全白了——拢成一个发髻放在后脑勺,因此她的头微微偏向一边。偏离伊利亚——面朝另一个男子。眼睛深陷,微微睁着,泛着像白塑料一样的光。嘴唇紧闭,皱纹横生。老了很多,很多。

他鼻子发酸——因为想到妈妈老了这么多,而不是因为她死了,各种无名的内腺让他感觉很不舒服,嘴里发苦。

与她躺在一起被盖着的男人,鼻子透过被单鼓出来。通过鼻子可以想到其睾丸。

"把他们分开!听见没有?!推开!这是什么……下流的东西?!"

"您不要太过分,我们这儿没有任何类似的国家规定,公民。您看是否完好无恙?完好无恙。是否保存完好?保存完好。您如果大喊大叫——我们就叫警察。"主任呵斥他说道,"维卡,到这个人这儿来。"

"您别难过,我们这就把他们分开,"一个穿大褂的姑娘站在门口战战兢兢说,"顺便说一句,这是一个很有身份的男子,您不要以为,他是什么流浪汉。是救护车送来的,中风了。至于她的眼睛是睁开的,我们现在就弄好。只是您下次来搬走她的时候,带一件好点的衣服。我们这里有寿衣,是市政府发的,但公家的东西都不怎么好。最好穿自己的。"

"现在就分开,"伊利亚固执且凶狠地低声说,"现在。"

"好的,瞧您……"姑娘维卡蹲下,按了一下妈妈推车上的制动器,把她推到一边去。

伊利亚给妈妈抓住被单,让那个男人光着身子。他额头高,鼻子硕大,胸部的汗毛花白,面色阴郁。滚吧,老头。这里无法满足所有死者的需求。

小推车之间有一个通道,伊利亚走进去,希望能看着妈妈的脸。

这样好点吗,妈?

"假如您不知道后面怎么办,我可以给您一个人的电话,他们会操办一切。现在光办证件就够您忙的了,最好把一切委托给别人。而且,我们这里有自己的教堂,就在这片区域上,如果您想预定安魂祈祷,可以去圣马特罗娜·莫斯科夫斯卡娅教堂。最好按照基督教的方式。"

妈妈,你好!我来了。咱们就这样错过了。汤很好喝,谢谢。

"顺便说一下,她的个人用品都在我们这里,我们什么也没动。手机响过一次,我们就关掉了,以免妨碍工作。但所有的东西都在这里,您可以检查一下。还需要签字,那您过一会儿签字?有几份文件,有的需要现在签,有的需要您来搬尸体的时候签。"

妈,我暂时不能安葬你,我还没完全出来,就又陷入了窘境。但你不会因为我没有立刻来找你而生气吧?

她不像睡着的样子,也不像蜡制木偶,不像伊利亚熟知的任何东西。她死了,她什么也无法回答他。

请原谅。以前我没有对你说这些,因为我不理解。因为我以为,我在整个事件中是多管闲事,我——是牺牲品,而你不是。请原谅,我晚了半年回到你身边。而且永远晚了。我现在做的一切,都是为了能把你从这里带走……但不是现在就回家,你明白吗?

"好了吗,走吧?去填证件。"姑娘叫他。

还有一件事情,妈。我似乎在划水,但并不清楚往哪里划。没什么可怕的,之后我再给你讲,不要担心。

"会尸结束,"戴眼镜的臭男人厉声说道,"还给您之后——您再欣赏个够。"

于是他用被单盖上她的脸。仿佛这与妈妈无关。

"这是代理机构的名片,"姑娘在出口处塞给他一张硬纸片,"等等,我现在去取您妈妈的私人用品。您可以在哀悼室等一会儿,那里现在没人。"

伊利亚顺从地坐在哀悼室的椅子上,看着地漆布。忧伤越积越多,无法释怀,让人痛苦。妈妈把脸转离他的样子总在眼前晃荡。

走廊里有人在耳边发出沙沙沙的声响,仿佛用金刚砂打磨神经。这是表象,伊利亚对自己说。这只是表象,就像包装一样。头侧向一边——那不是妈妈的头。那里没有妈妈。那只是垃圾桶里装过牛奶的皱巴巴的塑料袋。

"请原谅。"

突然叮咚一声。在口袋里。哈辛的手机。不知谁像小鸟一样从蛋壳里出来了。他取出来,输入开机密码。是短信。

"和妮娜怎么样了?妈妈。"

伊利亚眨眨眼。

"她不回复。"他回答说。

"她在医院。她没有告诉你?"

"没有。"

"你最好能给她打个电话!"

伊利亚擦了擦额头,收好手机。最好打个电话。在医院里?

妮娜?

过一会儿。现在不能打。

姑娘维卡终于出来了,她拿出了妈妈的东西——空空的钱包,十字架项链,关闭的手机,伊利亚曾给这个手机打过无数电话。哪儿也没有家里的钥匙。

"咱们去签字吧。"

他走出太平间——迎面就是木头垒成的新教堂,就是维卡说的那个。他不知为何走了进去。里面的人挤得满满当当。入口处有一个烛坛,上面燃着很多蜡烛。神父那里有一大堆女人排成长队。这些在主治医生那里无法找到安慰的人——都到神父这里来寻求帮助。

伊利亚最后一次在人们的脖子上看到如此多的蓝色十字架。还有基督的面孔。还有教堂圆顶。但在牢区一切表示其他含义。有趣的是,那层含义是什么?

他能和神父商定什么?让他们给妈妈安排一个普通的位置?让他们关注伊利亚激动的状态?

他给上帝拨了电话。站着倾听了一会儿自己的内心。长久的嘟嘟声。

没人回答。联系不上。或许,上帝也开启了"勿打扰"模式。

他做的一切似乎都是正确的,可终究要进地狱。尘世生活就是这样安排的,就是为了让所有人都进地狱。尤其在俄罗斯。

8

但还在街上的时候,在没到家的路上,他就再次进入哈辛的手机。他像所有人那样,边走边看。在人行通道上看,在楼梯上看,在厨房里看。

妮娜在医院?……可别佳知道这事吗?

他回到哈辛与妮娜无穷无尽的聊天里。他开始更仔细地阅读聊天内容,想知道最终结果。不知什么东西在催促他,吸引他进去。

"我这里一切简直棒极了。"她写给别佳的最后一条短信是周五早上。伊利亚不知为何担心起来——为她,一个外人。也许,只因为那个带苹果奶油布丁的夏日梦境。太蠢了。梦境中妮娜的爱情转向现实中的伊利亚,就像画从画布转到皮肤上一样。

有没有什么内容与医院有关? 与她发生的事有关?

他翻回最上面,他们关系最初阶段——手机都记载下来了。他们的一切是如何开始的? 其实就像城市人通常开始的那样。是在去年,2015 年。

那是 1 月 11 日,星期日。

"我是别佳。昨天在'三套马车①'认识的。欢迎!"

"欢迎——欢迎! 我记得您,彼得! 能听见吗?"妮娜在手机图片包里找到了一张卫星天线图,粘贴到自己的短信里。

"听得不是很清楚,昨天回来就变聋了。但很开心。"

"太开心了! 所以我也是昏迷不醒地在给你写短信。急需解毒!"出现了注射器和浴盆的图片。

"要不,咱们去喝红菜汤?"

"什么,现在就去吗?"

"何必要把今天能做的事推到明天? 咱们三点在'尝鲜'饭店见?"

"好吧! 说定了,只是我要迟到一小时!"

这样持续了一周,直到节日结束。1 月 17 日妮娜先给他写道:

---

① "三套马车"是莫斯科一家夜店的名称。

"别佳！希望你不是很快就打退堂鼓的人！我这里的确是猫咪生崽了，情况很令人绝望！"她发来一张瞪着圆眼睛的尴尬表情图。

"俄罗斯人是不会打退堂鼓的。请转达我对猫妈妈的问候。它怎么样？"

"在给你挥爪子呢。它请你在你们的国家机关看看，是否有希望领取一笔母亲基金①！"她又发来一个装满美元的可笑钱袋。

"我要求猫妈妈和它的女主人的合照。"

"可她现在不在状态。正衣衫不整地躺在床上翻来覆去呢。我说的是猫妈妈。"

"那就更需要了！"

"好吧，等等。"

然后出现了动画片《猫和老鼠》中的图片和镜头：一只穿着睡袍的老鼠和一只气呼呼的猫躺在同一张床上。

别佳什么也没回答，但的确没有放弃。又等了一周——似乎失去了热情——但1月23日又重新燃起热情。

"你好！我想邀请你看电影。今天你有空吗？"

"今天我这里过国际妇女节。女友从明斯克来了！"紧接着就出现了一张图片：两个扎着蝴蝶结、身穿紧身针织衫的小女孩在跳双人舞。

"那你明天是什么日子？"

"星期六。你呢？"

"那咱们明天去吧！去看《美式抢劫》。"

---

① "母亲基金"是俄罗斯政府补贴家庭生养孩子的基金项目。该项目从2007年开始实施。每个生育第二个及更多孩子的家庭都可以申请。每生一个孩子可以得25万卢布，这笔补贴可以用于偿还住房贷款、支付教育费用等。

"不行!弱弱地提醒一下:我同意去看《飞鸟侠》。"

"好吧……'十月'电影院 19:30 有一场。"

"咱们这样吧:8 点去'少先队员'影院看英文版,但电影票和爆米花由我来买!"出现了一张爆米花图片。

"英文版???"

"我准备给你耳语翻译。"

"OK。那明天 7 点我来接你,如果没什么变化的话。"

"你凡事喜欢计划,对吗?"

看完电影后会发生什么呢,伊利亚心里盘算着。像人们通常做的那样? 去吃晚饭,端着红酒碰杯,然后——去酒吧,夜店,就这样循环往复——第二次约会,第三次……周日醉酒后遗症的正午时分,别佳给妮娜写道:

"谢谢昨天傍晚……也谢谢昨天深夜……"

"谢谢儿子……也谢谢女儿……米哈伊尔·谢尔盖耶维奇①,坏蛋!你为什么用这个号码给我发短信?"妮娜笑着回复。

"够啦。我只想说,太好了。"

"同意! 对不起。"她发来一个龇牙咧嘴的表情:表示傻头傻脑的道歉。

"你终于有事情同意我啦!"

"嗯,至少我准备对话! 以后继续说服我哦!"

"今天有安排吗?"

"如果说实话,今天有安排了。但如果完全说实话,今天的安排不那么有趣。"

---

① 这里的"谢谢儿子……也谢谢女儿……"没有实际意义,只是妮娜模仿别佳短信的句型结构,同时借用俄罗斯歌唱家米哈伊尔·谢尔盖耶维奇·博亚尔斯基的歌曲《谢谢白天》中的歌词,以此调侃别佳。

"那我就预定《日瓦戈》①啦!"

"狡猾的诱惑者!这是我最喜欢的书!好啦,我要化妆了。"

"什么书呀?我开玩笑的!"

然后就是各种花样的活动:商量见面,妮娜发送自己的真人照——白内衣,黑内衣,红内衣——商量什么时候会准时,什么时候会迟到。3月8日这天她毫无前奏地叫他到自己那里去:

"中央向犹斯塔斯②汇报。今天同屋女友在未婚夫那里过夜。这是暗示。再说一遍,这是暗示。"

"我该带点什么?"

"你出一瓶红酒和好心情,我出沙拉和魔幻氛围。"

"那我再带点比萨。"别佳也学妮娜写短信的样子,找了一个三角形比萨图片发给她。

"贪吃的家伙!"

临近四月时,他们的关系开始步入正轨。9号上午别佳就提前请求说:

"妮儿,下载新系列的《绝命毒师》③吧,please!"

"好的,可国民经济成就展览馆怎么办?我们原本是打算去滑冰的!"

"是你让我看的,你自己负责。我当时是反对的!"

"反对没用!我知道什么东西能让你上瘾。起初,我的确想建议看《行家侦查案》④……"妮娜从手机人物图片库里找了一张

---

① 这里的《日瓦戈》是餐厅名称,取自帕斯捷尔纳克的长篇小说《日瓦戈医生》。别佳在这里采用游戏的口吻与妮娜调侃,故意让她以为是小说《日瓦戈医生》。

② 犹斯塔斯是苏联时期的秘密情报活动家。妮娜在这里模仿苏联情报人员之间的交流口吻给别佳发短信。

③ 《绝命毒师》是一部美国电视连续剧。

④ 《行家侦查案》是苏联时期非常流行的一部侦探电视剧。

黄色密探图片塞进短信。

"季数多吗？你可是知道的,我需要计划我的生活!"

"大概五六季。但没关系,马上就要上映《毒枭》了,也是你想看的主题。所以这样的速度够我们看到年底了。"

"顺便说一下,关于我喜欢的主题。给你也带一个?"

"带上吧,诱惑者! 咱们就看5D。"

就是说,四月时他已经碰过她,引诱过她,让她动感情了。但可能,是她自己要的。可能,她也不清纯?

可月底时,别佳第一次开始闪烁其词,试图对她隐瞒什么。

"妮儿! 你是打算回自己的明斯克过节吗?"

"嗯,是的。父母很孤单。五月的节日,你懂的。你想和我一起去吗?"

"不,可能去不了。我父母也想和我一起过节。那你回去几天?"

"不知道。不是整个假期。三天左右。之后那里也没什么事了。怎么啦?"

"那就这样吧,没什么。"

就是说,她竟然不是莫斯科人。只是大学生?来抢占俄罗斯帝国的首都?一人在这个城市。和别人合租公寓。她指望什么?她期望什么?伊利亚继续往下翻,翻到6月10日。

"那你周末准备干什么?"

"总体来说,我周一之前得把电影史概述弄出来,别奇。可我一点还没动呢!"她接着发来一张带马头的图片①,想用傻乎乎的表情来遮掩尴尬?

---

① 前面一句"可我一点还没动呢"是一句包含"马"字的谚语:"А у меня еще конь не валялся!"因此妮娜发来一张带马头的图片。

"可父母叫咱俩去吃午饭。"

"哦!发生什么事了?"

"嗯,没什么。只是终于想看看你长什么样。他们听说过你很多次了。"

"这可比电影史重要。哇,我有点紧张!"接着她发了一张表示紧张的表情图。

"你疯啦?只是一顿午餐而已。"

"哦,只是!我现在整个一周都要背诵刑法和刑事诉讼法了,而不是什么新现实主义和新浪潮!否则他们会认为我没文化!"

"得了吧,你!不过,当然啦,的确最好学点刑法。或许用得上。开玩笑呢。"

接下来的周一妮娜给他写短信时,用了各种表示惊慌失措的表情:几十个面部表情。

"有点灾难的气息,别奇……"

"你指的是啥?午饭吗?一切都很正常。他们很喜欢你。"

"呸呸呸!你父亲——绝对不喜欢我。妈妈甚至可怜我。"

"胡说八道。"

"他脸上写的和我脸上写的一样:我是一个饥饿如狼的白俄罗斯灰姑娘,想吞掉他们的儿子。"

"胡说。"

"连骨头都想吞掉。"

"别不自信。"

"可我正好不吃骨头。骨头在我胃里不好消化。"

八月初就是那条救赎短信,它教会伊利亚如何从死人那里为自己赢得一点生命。

"你最近几天全都不准备给我打电话,是吗?"妮娜第一次这样问。

"我已经解释过了,我在扮演卧底,我不能……"

"是的,是的,我全明白。你知道吗,我只是有时候非常需要听到你的声音。"

"我们的工作既危险又艰难,妮儿。"

"正因为如此,我才需要听到你的声音。"

"你应该理解。"

"怎么,犯罪分子就不能有女人骚扰他们,给他们打电话?你说一句'我一切 ok,心肝宝贝!'这样的话,怎么就暴露出你是卧底了?"

"嗯,我们这儿总体规定不给亲人电话号码。"

"可我是你的亲人吗?"

"妮儿!你已经和妈妈一样了!是亲人,蠢货!"

一直到夏末,别佳总是消失,而妮娜总是等待。她回明斯克父母那里了一趟,从那里写了不少关于别墅生活的汇报,发了很多半裸的照片诱惑他。她回到了莫斯科——可那里的时间已经停止了。别佳是否想念她——不得而知。

"我缺乏维生素 P,我枯萎了,亲爱的编辑。而且夏天也结束了。"

"妮儿……我真的发誓。这是今年最后一次。我身不由己,你是知道的!这可是公务!我能怎么做?"

"你什么也不能做,我什么也不能做。谁也帮不了我们。"

"听着,我保证弄到休假机会。咱们去安塔利亚吧?或者去凯梅尔?两个人,你和我,好吗?All inclusive[①]。与白人享受的服务一样。"

"可我们回来就成蓝人了。"

[①] 意思是"全包的",一切服务都安排好了。

"瞧,我现在就开始查旅游胜地了。真的。"

"我才不信呢。"

"这里,瞧。10月5至18日。别列克。别列克比凯梅尔好!"

"别列克比霍夫林诺好,这是一定的。好了,我这就去化妆!"

"我跟你说的可是真的!"

他最终履行了诺言。10月10日他们已经在海边了。伊利亚不再看他们的短信,而看了看他们的视频纪录片:海滨浴场和宾馆房间里的视频正好是那时拍的。

"小屁孩,我已经游完泳并吃完早餐了。要给你带点什么吗?"

"把你带来!只是要小心点,别把什么东西溅出来!还有配冷菜的牛角面包。"

"全都带上了。这儿有一条非常棒的线路,去卡帕多细亚。乘坐热气球。两天两夜。去吗?明天有空位。"

"你知道我对浮空航行很痴迷的!"

"但要坐六小时。单程。"

"我们一路亲吻,不会枯燥的。"

两周他们谈论的全是如何让对方开心。天堂里无所事事也会让人压抑,这也是一种痛苦。

此时此刻伊利亚的窗外,狂风正掀起湿漉漉的团团雪花。仓库淹没在一片阴暗中。他等了等,然后进入相册。按照日期开始进入别佳去年十月拍摄的照片。

瞧,这就是热气球。几十个甚至上百个五颜六色的巨大气球,同时升到橙黄色透明天空。冉冉升起的太阳娇艳欲滴,白云仿佛轻柔的穗子。下面的山峦层层叠叠,古城紧贴悬崖。起起伏伏的大地一直延伸到远得无法想象的地平线外,被各种弯弯曲曲的道路分割成格子。还有气球,气球——一半天空都布满了带筐子的鲜艳气球。伊利亚目睹这一切时呼吸加剧。这样的东西他在自己生活中从未见过，甚至无法想象与索利卡姆斯克同处一个世界的上空能有这样的东西；而别佳只是因为闲散无聊而坐了进来。

妮娜兴奋地大喊大叫，向冉冉升起的太阳挥手，说这是她生命中最美好的一天。伊利亚看了看时间：2015 年 10 月 12 日。然后她和别佳一起拍照：后面全是气球，它们像幸福的肥皂泡一样升起在无边无垠的大地上。伊利亚看了看别佳的眼睛，摸了一下他的脸，用手指拉大屏幕：让他变得更近一些。他想透过瞳孔进入更深的地方，但玻璃屏幕不允许。

最美好的一天。

他从酒瓶里为自己添了一点酒。

他又翻看了一些有大海、浴场、泳衣的照片——但今天所有这些不知为何看起来怪模怪样。今天有点痛苦。心儿在铁钎上痉挛，流血。

然后幸福的闲暇时光结束了。10 月 17 日，在离开的前一天——妮娜写道：

"我觉得，我在莫斯科会非常怀念这一切的。比如你。"

"哦，这是假日啊！假日就是短暂的美好生活嘛！"

"我想要这样的生活，但是长久的。"

可长久的生活是另一番模样。在莫斯科他们又只能匆匆见面，而且常常无法实现约好的见面：不是他要执行公务，就是她要学习。而当他们见面时——在镜头的后面——他们已经不像以前那样亲密无间了。不知什么东西在他们的背后若隐若现，是某种阴影。十二月的一个周六后，别佳咆哮道：

"怎么回事？你为什么走掉？到底怎么回事？"

"为什么你对待自己的朋友，像对待臭狗屎一样？"

"因为他让我痛苦，这就是为什么！这是啥朋友？"

"他没有对你说过类似的话！你知道是怎么对待他的！"

"啊哈,现在你还要来教训我！因为再也无人可以这样做了,是吗?!"

"这我可不知道！"

新年他们是在一起庆祝的——和朋友们在莫斯科郊外租了一栋房子。大家狂喝烂饮——伊利亚查看了照片——可所有人脸上都没有醉意,只是面部有点扭曲、痉挛。桌上到处是食品。显然,从这些节日起一切就开始堕入深渊。一月剩下的日子变得空虚、暗淡。其中渐渐产生了阴影:爱情在逐渐腐烂。不是别佳消失,就是妮娜……

直到2月10日才开始好转。他给她发短信说:

"你来我这里吗？这儿死气沉沉！让人发狂！妮妮妮儿！"

"你知道,我什么也不会给你带的。"

"我啥也不需要,我坚定地踏上了悔改之路。你可以不带橙子和鲜花！只要你来就可以了！"

"这可是机关诊所。他们不会放我进去看你的。"

"我已经贿赂好这里的护士了,全都安排好了。我太寂寞。真的！"

"之后医生一定会向你父亲告状,说我去过。"

"让他们都滚蛋！我不是五岁,需要他来指使我！"

"那好吧。那里的探视时间是几点?"

她还去看了他几次——去医院——二月份。三月他出院了,她去接了。治的是什么病,短信里没有说。但妮娜照顾得很好——不仅他,还有自己。四月前,一切似乎好转了。但四月初又出现了不好的苗头。

"现在你可以随心所欲地对我大吼大叫了,别奇。"

"因为没必要指使我！你明白?！这是我的生活！"

"是工作在摧毁你,它已经把我们毁了。我们完蛋了,别奇。"

"真是奇谈怪论!"

"你感觉不到,可我感觉到了。它正在毁掉你。"

"咱们再来胡侃一下你的圆顶!还有磁场吧!"

"再见。"

出差和扮演卧底更加频繁。妮娜以前能理解,但现在变得越来越敏感。26日她生气地写道:

"就是说你又要消失了?甚至不能和我说话?"

"我会发短信。那里周围有人。我解释过了这是什么!一直都会有人。能发短信。也许我会打电话,如果有机会的话。"

2016年5月9日,在短暂的寒暄后,妮娜轻声对他说:

"你知不知道,我是这样想的——也许,你过去一直是这样?只是以前你和我一起时在伪装?因为那时你爱我?"

"给我滚!"他咆哮着回复。

"可也许,你的确努力过,当你还爱我的时候。可之后就不再努力了,开始放任自流。"

"滚蛋,明白了吗?"

"对人不能像对臭狗屎那样,别奇。人——是活的。以前有人对你说过这些吗?妈妈或者爸爸说过吗?"

"滚蛋!!!"

然后就是沉寂——整整一周。妮娜也许离开过。直到被抛弃的哈辛坦白自己没有她活不了。

"妮儿,你在睡觉吗?在睡觉吗?和我说一会儿话吧。求求你了。我需要说话。"

"可我要去学校。"

"请原谅。我不知道,我为什么要这么做。我很寂寞。"

"那就找个人安慰一下。有的是人,比如那个阿利宾娜。"

"你偷看我的手机了？太好了！"

"是阿利宾娜偷看你的手机了。你最好关闭短信功能。"

"妮儿。这是从单位发来的，是领导女秘书发的。真的。"

"重要的是，让领导不要反对。而我已经无所谓了。晚安。"

"妮儿！！！打开手机！！！"

这个阿利宾娜是谁？伊利亚跟不上妮娜的思维了。他在搜索栏中输入阿利宾娜，然后试了一下"阿利娅"——找到她了。的确有一段罗曼史：别佳和一个皮肤黝黑、蓝眼睛的黑发女郎。而且她也给别佳发了身穿花边睡衣的照片，勾引他的樱桃小嘴，以及两个手指微微掀开的丰满胸部。

妮娜长得有棱角的地方，阿利宾娜长得圆圆乎乎；妮娜很有分寸的地方——阿利娅那里显得过分。她身穿浅蓝色制服，蓝眼睛，晒得黝黑，很有——诱惑力。上面的纽扣扣不上，只好不扣。

当然，她凭着自己匀称的曲线，过分的举止，凹凸有致的身材，让人欲罢不能。伊利亚看见她就呼吸困难；但阿利娅总是发同样的短信，而且很下流："我想用嘴唇爱抚你。""我在体内等你。""炽热难耐。"她还经常打错字。阿利宾娜漂亮性感，但是个傻瓜。

阿利宾娜五月占据着别佳的心，四月也如此，甚至他出院后的几天，她还占据着他的心。妮娜照顾他，阿利宾娜却诱惑他。但她以前就出现了，她在别佳离开妮娜，谎称出差和开会的时候出现。她用自己的方式解释了这一切。但她不能解释别佳所有的消失：可能，还有一个什么人。

于是妮娜怀疑他。阿利宾娜刚出现？还是以前就出现了，在他某次消失期间出现的？当她在海边与他说关于背叛时——她说的是自己还是他？

伊利亚现在不再注视她了，而是倾听。妮娜不再是二维平面，而变成了突出的立体人，变成活人。她整个人放不进手机了。

他想干预她和别佳的争吵。阿利宾娜算个啥,你这个混蛋?!瞧瞧:你有生命中最好的姑娘,却还要去搞他人的女秘书!你还有什么不满足的,你还想要什么?

别佳似乎也听见了。有两天他用头撞手机屏幕,想见妮娜。

"我求求你了。我需要你,真的。咱们见个面,聊一聊。"

"聊什么?"

"我想和你一起生活。我想让你搬到我这里来。"

"好像你在决定什么。"

"我在决定一切。我想和你在一起!"

"可笑。"

"你是我的,你无论到哪里也躲不掉我,明白吗,骚货?!你不能到任何人那里去!我能找到你的下一任男人并把他们全都溺死在粪便里!明白?!哪儿也不能去!永远!!!"

他立刻开始鄙视阿利宾娜,还朝她大吼大叫,说他们结束了。而阿利宾娜哈哈大笑,露出巫婆一样雪白的牙齿向他保证说,他一定会离开自己的小鲱鱼而爬回她身边的。

但还有什么事动摇了他和妮娜的感情,使他们分离,让他们陷入漩涡。从短信看不出来,除了不忠还有什么事让别佳和妮娜的关系破裂?但肯定有什么事——而且威力强大,无法克服。

伊利亚从短信转入视频——他想看看这段时间哈辛的档案里还留存了什么。结果找到了。就是他与妮娜在沙发上看色情片的那个视频。就是她要求哈辛承认她是他的骚货的那一次。她绝望地要求着。

临近6月3日时,别佳毁了她,也毁了自己。

"我要赶紧走了,冰箱有一切必需品。钥匙我带走了,把你锁起来了,所以请原谅——你不得不等我!"

"瞧,这就是上帝让我遇到了警察……"

"是的,柜子里有牙刷套装。给你的。为了让你能留下。"

"很好!那我的期限是多久?"

"终生!"

和解了,就像以前一样。她又给他发送自己半裸的照片——从他那个包养女人、带脱衣舞杆的房子发来的。他们终于同居了。

"你觉得这样的内衣如何?Agent Provocateur①。是你的菜!"接着她发送了几乎已经不再使用的表情图片:三点式泳衣。

"别给我发这些,联邦安全局会看到的!"

这样的状态只维持了一个月:然后她又被他完全吸引和控制,而他又再次不出现了,尽管她还住在他那里。

"别奇,你哪怕给我打个电话呀。发条短信告诉我,你一切 ok。"

"我这里一切 ok!在上班。"

"可还要等到什么时候?大概什么时候?"

"今天未必能行。你看看电影吧,或者和女朋友一起看。Sorry!"

过了三个星期,在莫斯科霉湿闷热的七月底,在身体永远黏糊糊,尸体在第二个昼夜就会发臭的时节,妮娜慢悠悠地给他发短信说:

"你知道吗,我觉得,你把我毁了。你和你层出不穷的罗曼史。你身上散发的是毁人的邪毒。只要你一碰谁——谁就会感染坏疽。我,戈沙,尼基托斯。你利用我们所有人,然后将我们抛弃。你让周围人都变得不幸。听见了吗,别奇?你让周围人不幸。"

"可我他妈的根本无所谓,明白吗?"别佳咆哮道,"你可以滚了。"

---

① Agent Provocateur 是伦敦一个高级内衣品牌。

伊利亚到别佳的内衣里翻找，没戴手套就进入到他的腹腔，在这段时间和其他时间里又掏出了——阿利宾娜，尤利娅，玛格达——甚至一推即倒、弱不禁风，长着儿童般小手和玻璃眼的金发女孩，留着男孩发型、浓妆艳抹的黑发女孩，所有临时寻欢、图一时痛快的女人——包装过但没有任何内涵的女骗子。

你可以滚了，哈辛允许她这样。

于是第二天，7月22日，妮娜听从了他的话。她再也留不住他了。她没有看见被哈辛供应可卡因的女孩们那些乱七八糟的事，没有听见她们的尖叫声；但不用看她们，她也能通过自己的肉体感觉到她们的存在。

"总之，我走了。你那里洒满了你的白粉，而且电话整夜都在响。能不能告诉你的那些女人们，让她们不要夜里打来电话。这很危险。再见。东西我以后顺便来取。"

"可你有没有打开盒子呀？"

盒子里面是什么？带镶嵌的首饰？妮娜没有打开，也不想戴。

"没有我你算啥？！滚回你的明斯克！去吧！住在你们那个该死的狗窝里去！骑在你父母的脖子上吧！让你们那些累得半死的程序员去干你吧！灰姑娘，狗日的！"

但他最多只能忍耐一天半；然后内心的顽劣又开始作祟，迸涌出来；而除了妮娜，也许他在任何人那里也找不到治愈的良方。23日深夜两点，哈辛已经用拳头砸妮娜的门了。

"妮儿！开门！我知道你在里面听着呢！请原谅。求求你了。我全部坦白，不会撒任何谎。你无法想象，我现在各方面都他妈的糟透了。如果你离开我，我就直接疯了。我只为你而撑着。我需要你。你是我的救命恩人，明白吗？！开门！！"

"滚，别奇。走吧，否则我要叫警察了。"

"我就是警察，明白吗？！他们什么也不会对我做的！

开门!!"

夏天他们终究再次复合了——即使磁铁不再有磁力,夜里的汗水也能将他们粘在一起。他们相互排斥,但终究还是有什么东西将他们重新吸引到一起。8月15日别佳向她坦诚说:

"我简直融化在你体内了!"

"我已经明白这一点了,别奇。"

"你简直像非现实的存在!"

"我恰恰很现实,别奇。而且我想知道,我们以后怎么办。"

"我们什么也做不了。一切只能任其发展。"

然后夏天结束了。他们还住在一起,黏在一起,非常合拍,简直天衣无缝,别佳的劣根性似乎也减弱了一些。伊利亚解谜般按顺序读着相似的短信——"你什么时候到?""做什么饭?""咱们去哪里?"似乎她与他和好了。他们的短信在9月23日前没有任何异样之处。

"我们需要谈谈。接电话吧,求求你了。这很重要。别佳,给我打过来。"

"我在执行任务,能打的时候我会打的。"

也许,他打了——而且进行了语音通话,因为这次谈话没有留下只言片语。文字太相似,最关键的内容无法依赖文字。

在后面两周的短信里,伊利亚发现了妮娜那张从试衣间发来的像帆船一样的大衣照。

"你喜欢这件大衣吗?会不会太春天?"

"还行。"

"真希望冬天赶紧过去,春天来临。总之,我买下了它!"

她那时已经平和下来了,仿佛关闭了时而灼烧她、时而刺痛她的电流。但持续时间不久。之后他们又开始转动电压调节器,所以临近10月21日时——距离伊利亚释放不到一个月时——他俩都开始紧张不安了。

"那你准备怎么和他们讲这事？而关键的是,什么时候？"

"妮儿,不要逼我,你是知道的,一切有多复杂！给我时间！需要选择正确的时机！跟父亲是彻底完蛋了！"

"我倒是想给你时间,但你自己明白……"

"简而言之！如果你施压,不会有助于事情的解决！"

他们在谈什么？准备结婚？难道你要将自己的一生与哈辛联系起来,妮儿？你都看见了,他是一条毒蛇。看见他如何狡猾善变,如何凶狠恶毒。你不能和他在一起。听见了吗,妮儿？你没听见。

"你觉得这样的连衣裙怎么样？它似乎不是非常得体。好的是,现在流行制服。"一周后她给他发了一张自己的照片。

"裙子 ok。"

"啥也看不出来？"接着她发了一个表情,还有一张姑娘的照片。现在妮娜本人的照片完全变少了,而且这是他们短信里的最后一张。

"听着,做客取消了。我现在无法和他交流！"二十分钟后别佳给她写道。

"哦,那也许我们可以自己邀请你妈妈？"

"不要在这周吧。"

和"他"——是指和父亲？哈辛的父亲也许反对他们的婚姻？既然可以邀请妈妈,而与父亲连谈话都不可能。他们之间到底发生了什么？一切已经快清楚了,但关于妮娜的病还一无所知。为什么妮娜被送进医院？哪里的医院？

伊利亚又回到上面,重读了一遍别佳从医院发来的短信。"让人发狂！"妮娜则回复道："我什么也不会给你带的。"什么——指的是什么？是白粉。"我啥也不需要,我坚定地踏上了悔改之路!"

那里还有什么内容?说这些的时候是又湿又闷的七月。那时妮娜像鱼一样被困在网里,痛苦地说:"你和你层出不穷的罗曼史。你身上散发的是毁人的邪毒。"

机关门诊的事发生在一月。哈辛被送到那里,也许是为了治疗。他受到控制。受父亲控制?不得不去。现在妮娜发生的事,也是这样?

他沿着线索继续往下翻。

于是他发现,毁人的邪毒正在攻克他俩。可力气已经全部耗光,没什么可以用来抗争了。那些曾经让他们黏在一起的东西——现在彻底干了。哈辛曾经高高坐在上面的摆锤,将他带进了无尽的深渊。可摆锤复位后——哈辛没了。

上周五,在遇到伊利亚的前一周,哈辛从妮娜那里收到一条短信:

"别奇,从你的照片墙[1]来看,真是一个美好的夜晚。五分。"

"我没忍住,明白吗?我们上班的地方简直是地狱!但请原谅!你在哪里?!"

"我再也不能这样了。我全部决定了。请原谅。"

"不要对自己做任何傻事!"

"可这已经与你无关了。"

"你敢!!!接电话!"

她在威胁他什么?自杀?!伊利亚往下翻短信记录。她会不会企图自杀?……自杀未遂——就在医院了?妮娜发生什么事了,妈?!怎么悄悄问她一句呢?而且妈妈知不知道?谁会给她说

---

[1] 照片墙是一款运行在移动端上的社交应用,以快速、美妙和有趣的方式将用户随时抓拍下的图片彼此分享。

实话呢？

而且最主要的是——如果第一次没成功，会不会来第二次？

短信还在继续，还在跳动。伊利亚一下子跳到11月16日。周三。

"祝你成功，别奇。只是要注意，中将以下的女儿你都别动，爸爸不会同意的。"

"你这个母狗！一切都因为你！他这一切——都因为你！"

"是你的一切因为他。再见，别奇。这是你的生活。你想怎么过，就他妈的怎么过。"

她还活着，健健康康？哈辛既没问她医院的事，也没关心她的健康。就是说，周二还什么都没发生。那是什么时候发生的呢？

11月17日，周四，妮娜表现反常。她先给他写了短信——而且是在两天的沉寂后。她说的声音不大，既不凶狠也不快乐。但说得非常清楚。

"你知道，与过去诀别非常困难。所有那些在一起的日子——哪儿也消失不了。它们永远与你在一起。无法将它们彻底忘记。也许，一切就在于此。我可怜曾经的自己，可怜曾经的我们。不希望这一切都完全成为过去。还想再拖一拖。我很想相信一个人，但无法做到，怎么也无法做到。"

哈辛沉默不语。但他听了：信息收到并读过。不争论，不怜惜，也不表示同意。只是转过头去，任由忧伤吞噬妮娜。

这一天她再也没写过短信。

第二天写了。在狗崽子独自生活的第二天，妮娜一早就给他写了短信。就在伊利亚乘坐火车沿着叮叮当当的铁路驶进没有出路的莫斯科的那个清晨，就在他抵达雾蒙蒙的雅罗斯拉夫尔车站，然后乘坐彩色电气火车奔向死去的妈妈和她拥抱的那个清晨。那个清晨妮娜给别佳写道：

"你最后一次感到害怕是什么时候?真正感到害怕是什么时候?"

"有过一两次。你一切 ok?"

"我这里一切简直棒极了。"

"那保持联系。"别佳永远道别了。

一切中断了。直到周六夜里,伊利亚试着拾起被中断和扔掉的一切。"我这里一切正常。你怎么样?"

妮娜不怎么样。

别佳说,保持联系。之后公然挂上自己和另一个姑娘的照片让大家欣赏。他对着摄像头展示,自己如何像主人一样摸这个姑娘,夸耀她的粗俗,自夸如何便宜地将她搞到手。不,他没有忘记摧毁妮娜,他在打她的脸,让她疯狂。他也许在报复短信里没有提到什么事?也许只是折磨她,因为他天生就是一个喜欢折磨别人的人。

这就是他们短信中的最后内容。伊利亚,你拿去!嚼吧!

伊利亚反复重读他们的短信:为什么妮娜能忍受他?是什么让他们走到一起,如果不是磁力的话?是什么在保护他,如果不是她想象出来的力场的话?

原来,狗崽子用自己的白粉将自己燃烧殆尽。魔鬼钻进他空虚的内心,将他像彼得鲁什卡[①]一样硬拽到自己的钩爪上,并让他在自己的演艺场跳各种丑陋不堪的舞。

他何时真诚?何时撒谎?何时是真正的自己——是抓着妮娜的头发时,还是跪着爬向她时?

他身上有毁人的邪毒,妮娜说的完全正确。简直就是人渣。无法言说的人渣。

---

① 彼得的爱称,也是俄罗斯民间木偶戏中主要丑角的名字。

别佳的短信内容终于结束了。他开始按照妮娜的短信文字往上翻阅。

"啥也看不出来?"这是妮娜放在制服上的文字。表情图是一个女孩。他第一次读的时候——只匆匆浏览了一下。而现在他慢慢看,放大看。他打开表情包,逐个翻看。终于看清了。

一个动画片中的姑娘扶着自己圆圆的肚子。

一些偶然的碎片逐渐拼凑出了马赛克:"你觉得这样的连衣裙怎么样?它好像不是非常合体……我们需要谈谈。接电话,求求你了。这很重要……我恰恰非常现实,别奇。而且我想知道,咱们怎么办……那你准备怎么和他们讲这事?而关键的是,什么时候?……我倒是想给你时间,但你自己明白……"

还有像帆船一样宽大的大衣:"真希望冬天赶紧过去,春天来临……"春天。春天怎么啦?

大衣正合适。可之后孩子就要显形了。

这就是她决定勾销的一切,伊利亚明白了。

这不是自杀。也不是被迫治疗。

她在医院里——在麻醉剂下躺着,从自己体内刮掉了和别佳的未来。因为她完全不信任他了。他也知道这一切。

"你最后一次感到害怕是什么时候?真正感到害怕是什么时候?"

她无法做出决定。她希望他能劝住她。她等待他的回应,以及正确的话语。而他呢?无法亲口说出她期待的话。

"你一切 ok?"

"我这里一切简直棒极了。"

周五她还写了。也许,周六早上还在等待。只是伊利亚不知道回应。而周六晚上已经没什么可写了。回复也没意义了。

板上钉钉了。

9

是你自己错了,伊利亚对哈辛说。

你自己错了,混蛋。是你,而不是我。

假如我不是周五回莫斯科,假如没有磁暴且我妈妈没死:那会怎样?!你会不会劝住她?会不会?!

不,是你将她逐渐推到这一步的。你读了她的短信,却在网络上回复她。你知道,她深陷危机,围着你打转,根据这些照片墙来检查你的另一种生活:她在那里找说服自己的证据,却发现了罪证。而你却毫不吝啬地发罪证。因为你这个混蛋害怕开诚布公地对她说:咱们去堕胎吧,我因为你这个提前来的孩子感到窒息,我想重新呼吸自由空气。是这样吗?

是这样。

你当时为什么要安慰她?为什么许诺要把一切告诉父母?你撒谎,就是为了不让她伤心?你吝惜的是自己,而不是她。你害怕眼泪?害怕沉默?害怕她叫着你的名字说:臭狗屎。假如让她自己明白一切并为自己做出决定,也许这样会更简单些。你会说,妮儿,你为什么把孩子杀死?你白做了!我的意思可不是这样。我是一个混蛋,一个恶棍,你以前是知道的。但凶手不是我,我没在判决书上签字,我甚至对你说:你敢!是你,这个歇斯底里的女人,瞎想出乱七八糟的事情,于是有了这样的结果,怪自己吧。

即使我给你哈辛时间:你在这段时间也什么都不会做!

伊利亚将手指按到别佳和妮娜生活最底端的空行里。他想给她写点人话,而不是诸如"我一切正常"之类的话,想给妮娜写点关心她的话,而不是哈辛永远关心自己的话。手指慢慢在字母之间戳来戳去,但一切都没有意义。不得不删除。

他不知道，对她说什么才好。

这样更好，妮儿。这样你更好过一些，以后你会明白的。

怀上人渣和毁人邪毒的孩子已经很糟糕了，从此你要永远因为孩子和他捆绑在一起。没有共同的孩子——只是一段失败的浪漫史而已，你会挺过去，散散心，只要永不回忆就可以。可孩子会将你和他拴在一起，把你绑住。你即使逃离他——他还在那里：永远跟着你，在你和他的孩子身上，在血液里，在眼睛里，在各种习气里。如影随形。

可怀上死人的孩子——会怎样？

那种负担还要沉重百倍。因为孩子激起的不是你对他父亲枯竭的仇恨，而是忧伤。忧伤的保质期很长。也许你直到生命的尽头还会想象：假如他活着会怎样？假如孩子和生父一起成长会怎样？于是——孩子又让你想起早已埋葬的过去。如同与幽灵生活在一起。你无法安宁，他也无法安宁。

这样的结局更好。我没来得及做的，他也没来得及做。

这是自由，妮儿。它的味道很像咸咸的泪水。应当现在趁热从容量三升的瓶子一饮而尽，它会把你腾空，涮洗干净，冲走你体内的所有血液。但你以后可以再造新的血液——新鲜的，没有记忆的。而你的体腔里不会留下这个人身上的任何东西。而且你可以用另一人的爱情来填满它。原来那个人从来没有爱过你。

他不想要你的这个孩子。

这才是应该写给妮娜的东西。

伊利亚把手机放到桌上。

关于孩子伊利亚明白一切。根据自己的经历。有多少次他在想：妈妈望着他时会回忆起他的父亲吗？她曾经有过罗曼史，抑或只是意外，这并不重要。嗯，或许，她忘记了。伊利亚不是特别像她，就是说——像他。无论父亲如何让她生气，不管他们是不是只有一次浪漫史,既然她每天看着伊利亚如何从一个洋娃娃——变成他,她是不是都不能忘记他?

怎么样?这好不好,妮儿?

对伊利亚来说什么好处也没有。给妈妈的也只有孤单。

眼前不知为何又浮现出太平间里的双人推车。两个睡熟的人共用一条被单。旁边裸露的脚掌。还有妈妈脸朝那个陌生男人的样子。

她从来没有抱怨过孤独。没有向伊利亚抱怨过。

是伊利亚把她和另一个男人的尸体分开的。他在那里不忍看见,现在也无法从脑中拂去。

为什么她再也不和任何男人有关系?无法忘记父亲吗,或者是伊利亚妨碍了她?

伊利亚有千万次试图想象父亲。最初一千次他都向妈妈求助,最后就放弃了。

父亲失踪的孩子——如同一种残疾,妮儿。而父亲已死的孩子——如同饭桌上的骨灰盒。

他永远不会和你结婚。他说的什么——父亲不同意?这全都是借口。你自己也知道:他根本不把人当成人。他因为什么而给我判了七年?因为争吵,为了争吵。他咯吱一声碾过去——继续向前行驶。对所有人都一样。

如果你愿意,咱们来核查一下,实际上到底发生了什么?

你等着他给父母讲你怀孕的事,或者你们准备宣布结婚?让我来给你和他安排一次对质?

他找到了十月底别佳与母亲的短信记录:那时妮娜正在试制服。那时让人觉得,一切最重要的决定终于要做出了——就在这一周。

"妈。我想周末和妮娜到你们那儿来一趟。你们在家吗?"

"你好！我们在家,嗯。等等,我先和你父亲说说。"

然后——过了半小时——她又出现了:

"等等,别打电话了。他现在心情很不好。动不动就吼。咱们晚点再说吧,等他安静下来再说。"

"你也可以不做努力。"

不。读这些短信已经晚了。应该往深挖,往上翻。哈辛第一次想把自己的女友介绍给父母时?他核查了一下:是去年六月,2015年。那时别佳的妈妈刚刚学会发短信?

是的。

"我不是特别明白,为什么他一路上拉着脸坐在那儿。我差不多给你们带来了一个天使。"

"别杰尼卡,你是知道的。"

"她怎么了,你们不喜欢?!"

"很可爱的小姑娘。但这没有任何意义。"

"那什么有意义呢?现在不能让鲍里斯·巴甫洛维奇看见我?"

"你是否明白,你是在挑衅他?"

"母亲!我爱上这个姑娘了。是我自己爱上的!有什么问题吗?!"

"问题在于克谢尼娅,别佳。"

"我不欠任何人什么,母亲。个人生活——就是个人生活!所以请向他转达!"

现在又出现了一个——克谢尼娅。骑在这个旋转木马上头都晕了。哈辛自己怎能不晕?

伊利亚在通讯录里搜她的名字,出现了好几个不同的克谢尼娅。但她们都只昙花一现,深夜出现,白天就永远消失了。只和其中一个有故事。

故事很长,两年——也有可能更长,但新买的iPhone 6上最根部的界面显示是两年。手机相册里没有保存克谢尼娅的任何东西:也许,别佳删掉了。可短信没删。

哈辛同她约会。不仅约会,还寻欢作乐,许诺她,诱惑她。她给他发送自己的照片——从白色"卡布里奥"汽车里,从热带地区的房顶上,从带玻璃橱窗的服装专卖店,从雪白岛屿上的棕榈树下。克谢尼娅。你是谁?

她保养得很好,但不是美女。浅褐色头发,灰眼睛。脸圆圆的,傻傻的,眉毛似乎找专业师傅修过,可总是弄得那么弯。灰姑娘和妓女一般不会有这样的弯眉,无论她们多努力。所有这些屋顶和汽车,岛屿和棕榈——都不是她作为游客以这些为背景拍出来的,她就住在那里。她身上有一种地主式的傲慢,这种傲慢与生俱来:单纯老实的女人总是羡慕这种傲慢,并试图感受或表现出这种傲慢。结果适得其反——表现出不自信、歇斯底里和庸俗。

根据克谢尼娅的外表能立刻看出来——她不需要诱惑任何人,不需要劝说任何人。那些生下来一无所有的姑娘们不远千里去莫斯科死乞白赖追寻的一切——她还没开口要,就有人送到她手里了。在她和哈辛的短信中,尽管能感受到她含情脉脉,但在她每个问题和每条回复的后面,似乎都能透过白色花边看见她那女主人式的命令。

不是美女——是的,但显然没人告诉过她这一点。也许是不敢,或者是被爱情蒙蔽了双眼。别佳也不敢。

别佳和她飙车,展示高超的车技。他和她才是天生一对。但伊利亚将他们强扭的爱情从后往前翻看了一遍,然后再沿反方向翻看了一遍——看不出来胶着感。

哈辛始终够不着她,他踮起脚,可还是够不着。也许,她要求他过的生活,是他自己都无法过的生活。他的渺小让她生气,同时让她心软。起初他在她眼里就像约克夏猪,然后她开始喂他,希望他长成洛威拿狗,而他只是长膘且变得蛮横无理。于是她开始抽打他。

他试着和她住在一起,就像与妮娜那样,只不过是哈辛搬到克谢尼娅那里。瞧,她那里有宽敞的大房子。不是泡沫塑料装饰,而是斯大林式的骨粉装饰。不是脱衣舞杆,而是金框装裱的油画。

但别佳在这个住宅里就像被从大街上捡来的一样,而不是将军的儿子。克谢尼娅因为桌上的碎屑数落他,因为马桶里的痕迹指责他:就是说,她在教他养成整洁的习惯。这样的生活别佳忍了两个月,可之后就咬断女主人的手逃掉了。

而且他们的整个恋爱之路洒满了白粉。克谢尼娅认为她在驯化哈辛,而哈辛却在诱惑她。在别佳之前,她也许尝过白粉,但他给她带来了巨大的诱惑。他用白粉贿赂她,并以此从她那里赎回了自由身。他本人无法满足她的一切——全部用白粉补足。他像铁丝网里的鱼那样吸气鼓胀起来,希望看起来比实际大一些:以免克谢尼娅认为,可以立刻把它吃掉。

可他完全抛弃了她。伊利亚核查了一下日期——是吸毒过量的克谢尼娅被父母送到阿尔卑斯山下草坪上的戒毒所去治疗期间。这正好是哈辛给妮娜发送试探性短信的时间:"昨天在'三套马车'认识的……很开心。"

从阿尔卑斯山发来的最后一张照片是克谢尼娅和自己妈妈的照片:一个历经风雨和沧桑的女人,留着一头丝网一样的短发。她身上花花绿绿的外国服装被撑得快开绽了。嘴唇往外翻。

别佳用一条短信斩断了他与克谢尼娅的关系。他对她的歇斯底里没做任何回复。之后他们再也没见过面了。

伊利亚已经完全明白了。

他想起昨天坐在庆祝老哈辛晋升将军军衔的酒桌后的鲍里斯·巴甫洛维奇——那个长着黑山羊胡的秃顶胖子,那个祝福哈辛家族并指挥被庆祝者的人。

伊利亚回到视频库,听着碰杯声。等着鲍里斯·巴甫洛维奇开始讲话的地方。然后,当他祝福老哈辛,希望祖国及时提拔哈辛时,他望着身旁的女人——一个身体发福、脸色红润,像中学女教师模样的短发女人。就是说,鲍里斯·巴甫洛维奇是克谢尼娅的父亲。他们几乎全家坐在那里。瞧,这就是世交。

别佳的手机里记录着庆祝的时间:哈辛抛弃克谢尼娅的半年前。伊利亚把前后连起来,想明白了。是初出茅庐的少将在鲍里斯·巴甫洛维奇面前献殷勤,打算与比自己职位高的人家联姻。可高了多少?

伊利亚想了想,该如何了解克谢尼娅父亲的情况。

他在 Yandex 上搜索:"鲍里斯·巴甫洛维奇,将军,内务部"——在第二条链接就找到了鲍·巴·科尔查文,全权副部长,真正的将军,不带任何其他称谓。

好你个别佳:和副部长的女儿约会,给了父亲希望;可之后让她染上毒瘾并抛弃她。换了一个来自其他城市、非名门望族的姑娘。还把她带给爸爸认识:我喜欢这个。这不是犹大吗?

可尤里·安德烈耶维奇·哈辛那时干什么工作?

伊利亚把他也输入搜索系统。他在部长网页上没找到他。他开始在新闻里搜,最后在半年前某个警察局公告上找到了:他自愿退休。

从内务部干部司副职隐退到庄园别墅。一切成空。

为何这样一个心怀梦想的人自己要求退休?这不,刚刚肩膀戴星的将军们在庆祝时,他还表示哪儿也不去,要把其他超过自己的人都送上太空呢。也许,是健康出了问题?

哈辛的生活让伊利亚的眼睛都看疼了。

伊利亚放下手机,打开平底锅下的炉火。

他把妮娜放在天平的一边,另一边放上克谢尼娅。很明显,要怎样才能拒绝副部长的女儿,连同她所有的雕塑装饰和升为肩膀戴星将军的快捷之路呀。你可真是个骄傲的家伙,哈辛。

外面天色已黑,白天还未开始就结束了。

他在午夜时才伴着电视机的声音喝了一点汤。一个身穿昂贵蓝西装,仪态优美,却长着蟾蜍一样嘴脸的男人播报:乌克兰正处于解体的边缘,而美国资助者被狡猾的乌克兰政府激怒,打算不理它了。然后又播报了一些关于俄罗斯军队轰炸叙利亚恐怖分子,给和平居民发放新鲜面包的事。之后开心地报道,特朗普虽然在美国赢了,可还在抱怨他的敌人无论如何也不愿接受失败,抱怨大家都在排挤他,抱怨他们的民主一文不值,等等。

伊利亚看着软绵绵、大脑袋的男播音员,看着他的嘴巴,看着词语像气泡一样从他那油腻的嘴里进出,这些气泡一碰屏幕就炸裂,尽管它们对准了观众毫无防备的心。伊利亚的灵魂很忙:他用自己的灵魂翻动着哈辛的爱情。

然后他已经听不见,也看不见还在开着的电视了。

关于妮娜,别佳的父亲是如何回复他的?

"你对他说,我不是他的私有物!"哈辛已经忍不住了,"而且也不是下属!我没有向你们的克谢尼娅求婚!可她往你们脑袋里灌输了什么,这是她的事!"

"别佳,你知道,我是永远支持你的。但他什么也不想听。"

"可他能做什么?!把我开除?!"

"别说蠢话。但他说了,希望你再也不要把那个女孩子带到咱们家来了。"

"太好了!我们来了!"

这事之后的几天电话一直静悄悄。妈妈先忍不住了——她问他怎么样。别佳回复得不及时,不太乐意且漫不经心。但又过了一周后他给她发了短信。

"母亲!你总体上知不知道,他对我做了什么声明?"

"你指的是什么?谁呀?"母亲立刻回应道。

"你自己知道是谁!你的尤里·安德烈耶维奇!他拒绝帮我!我本来非常需要同一个人认识,希望他介绍一下,可他像躲大便一样躲开我!"

"别佳。你怎么能这样说他。"

"他使坏!他故意针对我使坏!他决定教训我,是吗?!他醒悟得太晚了!"

"也许,他只是不知道这个人?"

"他知道一切!我现在没有这个关系一切都要停止了!他只要打个电话就可以!"

"好的,我和他说说。你怎么样?你的那个女孩怎么样?"

"休想套我的话!"

夏天的剩余时光,当妮娜还在幕前等待别佳休假时,幕后的一切都以自己的方式进行:

"你是不是昨天带自己的白俄罗斯姑娘回来过?我从窗户看见她在你的汽车里。"母亲好奇地问。

"没有!带的完全是另外一个女孩。怎么,他也从窗帘后偷看了?"

"你太轻浮了,别佳。"

"你说到哪里去了!说我现在太轻浮!!你们自己说说我是啥人吧!他老在我耳边唠叨,说他有多少好女孩,他多能干,而我有多傻,总是黏着一个中不溜的村姑,而且还不是本地的。好像他就是莫斯科人一样。"

"当然啦,倒不是能干,不过我们整个宿舍的姑娘都曾爱上他。"

"我为什么要听这些?!"

"你应该带她一起上来见见我们。把人留在汽车里非常不体面。"

"啊哈,让他把她吃掉吗?!不,谢谢!"

去年秋天时,当妮娜已经忍不住,而别佳向她许诺去别列克时,妈妈给他写道:

"为什么你甚至拒绝和他谈这件事?你知道我们和科尔查文的关系有多糟糕。为什么我们甚至都不能把他们叫来做客?"

"叫吧!只是趁我不在的时候!"

"克修莎①在莫斯科。她问起你。"

"这又是什么小儿科把戏!不要再把我们搞在一起!"

"但不应该道个歉吗,别佳?对她应该像对一般人一样。要搞好关系。"

"嗯,他只是想把我变成他的傀儡!"

"你要知道,你对她做得不对。"

"妈妈!如果你想与科尔查文交好,给他们换个其他人吧!而我要同我的女友去度假休息了!就这样!"

"跟谁?"

"跟你们喜欢的!"

"你难道又和她在一起了?"

哈辛从度假地给母亲发来了在卡帕多细亚拍的气球照。而且有一张是他和妮娜的合影。就是两人一起大笑的那张。

母亲看见信息了,但什么也没回复。

---

① 克谢尼娅的小名。

于是——一个小时后——别佳紧跟着写道：

"你可以给他看看。让他难受一下。"然后他哈哈大笑到流泪。

从土耳其回来后，他也许顺便去父母那里做了一趟客——之后母亲对他说心里话：

"你在我们这里时，我不想对你说。你有点神经质，就像完全没有休息一样。"

"我休息得很好！完全是因为另一个人而神经质！"

"因为什么？"母亲吃惊地问。

"因为某人！他为什么要把鼻子转过去，像躲大便一样？"

"别佳！"

之后的日子白昼似乎越来越短，越来越黯然失色，越来越阴沉，越来越压抑。似乎有什么重要的东西藏在他们的谈话中，但伊利亚却看不出来。要想琢磨出这些谈话背后的内容，只能把干枯的文字弄碎。

"不要再给我洗脑了，明白？！"

"我们只是希望你好。你非常明白这点。"

"我本来很好！可每次和你们见面后我就糟透了！"

"我什么不好的也没对你说，别佳。"

"可他说了！听他说的啥——说她只想不惜任何代价留在莫斯科，说她无所谓嫁给谁，说我是笨蛋，竟然会爱上她！还说她的父母！他们的确是工程师，怎么啦！你以为，所有人都梦想和你们攀亲？！"

"我特别讨厌你用脏话骂人。"

"可我也特别讨厌别人将自己的意志强加给我！"

"我甚至不太确信，这是什么意思。"

"他问我是否确信她没有背叛我？他提议要看她的电话账

单,目的是要检查她是否忠诚?！是这样吧？你认为,我本人检查她的电话不更简单一些吗?!"

"别佳,我跟这事无关。"

"他这样做什么目的也达不到,明白吗?!"

"平静一下吧。我给你打电话,可以吗?"

"不！我在开会！"

临近十二月时,在充满不祥之兆的新年前夕,白天之光只剩下不大一块了。它化脓了,肿胀了。

"你为什么立即说'不'呢？我们可以给你匿名注册,爸爸有认识的专家。可以去依波多夫卡①治疗,也可以去私人诊所。"

"不——就是'不'！我一切正常！"

"你这样是受她的影响吗,别佳？说实话,是她吗？"

"我这样是受你们的影响！"

大概一年前。事情快到真相显现的阶段——却突然变得越来越不清楚了。寒假快到了,别佳那时刚好结束了医院治疗。

"你新年会到我们这儿来吗？哪怕是顺路来也好。妈妈。"

"好的。带点什么？"

于是在新年之夜——两点时——脓包破了。

"这是什么?！刚才他在说啥?！真他妈的,这是新年祝福?!"

"原谅他吧。他不清醒,你自己也看见了。"

"不清醒！在新年对我说,让我一定要提前预防且亲自去买避孕套,因为像妮娜那样的女孩子,可能会悄悄故意弄坏避孕套？还说她只期望能怀上我的孩子,然后把事实摆在你们面前?！新年呀！在饭桌上！伴着香槟酒！这正常吗?！"

"这当然不正常。咱们电话聊聊吧?"

---

① 依波多夫卡是莫斯科一条大街的名称,这条街上有诊所。

"还想叫我去过圣诞节!我已经听得够够的了!"

之后——当别佳与一群狐朋狗友在一起过节时——妈妈试图给他打电话,询问他为什么不打电话,但他只用几句话就搪塞过去了。

父亲拉着的嘴脸在伊利亚面前时隐时现,松弛的脸颊在晃荡。世交。这就是处处伴随别佳的阴影。每一次家庭聚餐,就好像用滴管往他耳朵里滴砒霜。有狗崽子一样的儿子,就有狗崽子一样的爸爸。

别佳爱情的第二层下就是第三层,全都由不同的面团混合而成,全都涂上不同的东西。第一层是年轻姑娘的汗水,第二层是酒气,第三层是老人霉湿的呼吸。最下面的血液则散发着铁锈味,抵达它需要用刀子。

瞧,伊利亚自言自语道,秋天时妮娜向哈辛坦白自己怀孕了。后者也不吃惊。因为他早有心理准备:父亲让他有了心理准备。你愿意——就信,不愿意——滚蛋,可父亲的话是说了,还重复了,这些话像鱼叉一样插在他的脑回里——你完了,被叉住了。想象一下,假如你的妈妈对你说这些——说你的女友。伊利亚想象了。不知为何想的还是妮娜。

真想大叫啊。

怎么可能为这个孩子而真正感到开心呢?怎么可能不怀疑妮娜呢?不管她有没有错,砒霜却到处都是——血液里,精液里,头发里。中毒了。中毒了。

假期快结束时伊利亚发现了一条奇怪的短信:"我给父亲打不通也许父亲进入太残酷赶紧打电话。"深夜发来的短信,让人不安,也含混不清。

这之后完全沉寂了一周多。别佳已经被扭送到医院——逐渐回归原来的圈子。

"您不能这样把我关起来,明白?!"

原来如此……

突然手机在伊利亚手里颤动了一下,伊利亚也颤动了一下:他已经忘了,这东西可能不仅从别佳的过去打来,还可能从他伊利亚不久的将来打来。

收到一条短信——在 Signal 里面。来自"康·伊戈尔,工作"。是像密码电报一样的短信。

"哈辛今天订购储备明天需要多少准备像平常那样交给你。"伊利亚读了一遍,又读了一遍。他想起来这个伊戈尔是谁了——是一起贩卖毒品的同事。

像平常那样?他拿了什么?在哪里交?上班时?很紧急吗?!

他双腿深陷在漩涡里,漩涡底部是别佳,漩涡。就在此时此刻。应该给活人回复点什么,哈辛在等着。

说什么呢?

应该给所有联系别佳的人回复同样的内容,这是肯定的。这个伊戈尔对他提过某个杰·谢。难道不是杰尼斯·谢尔盖耶维奇?也是来自单位的人。那就不能对他说扮演卧底。伊利亚想了想,谨慎地输入短信:"明天我不能来,中毒了,在家躺着呢。"

叮咚一声,他收到了非常凶狠的回复:"你想干啥就干啥跟我没关系。"伊利亚还没来得及回复——手机立即响起:"康·伊戈尔,工作"占据了整个屏幕——拨浪鼓——响板——故意减缓的拉美节奏,之后——是拖长的西班牙男中音。是电话。

他决定不接电话。而是立刻发短信为自己辩解:"我不是一个人在这里。"

这里——是哪里?女友那里?父母那里?伊戈尔应该知道哈辛是谁的儿子?

他等了一会儿。牙齿咬着下嘴唇。事情有点严肃。无法直接逃脱伊戈尔:显然,伊戈尔害怕了,正紧张地颤抖,读短信,找可疑点,想听哈辛的声音,希望根据声音来判断哈辛是不是叛徒,或者懦夫。

"我可以派人来取。"伊利亚最后鼓足勇气说。

"怎么还有一个人?"过了一秒钟康·伊戈尔神经质地回复。他也许正把手机拿在手里,开着短信交流页面,看着伊利亚如何输入文字。

"是快递员。我的一个债户。"伊利亚急忙解释。

"我不和快递员见面。库图佐夫大街35号5单元入口,垃圾池1200袋桶后面的'五分'超市。删除。"

"收到。"伊利亚学哈辛通常向伊戈尔汇报那样,替他进行了汇报。

于是伊戈尔从哪里来,就消失到哪儿去了。

伊利亚还坐在那里,心跳加速,耳边回荡着拨浪鼓的回声,读着伊戈尔之前发送的短信片段,把它们拼凑出完整的意思。就是说,明天就得去——把东西拿回来。

会有人跟踪吗?也许会有埋伏?为什么伊戈尔这么着急?他在工作中到底和哈辛啥关系?短信里什么也看不出来。

但十二点必须到库图佐夫大街。别佳不接听电话,这已经让伊戈尔发疯了。如果再出现什么乱子——可能会引起他的警觉。真烦人呀。

没什么。哈辛应该十二点到那里——伊利亚也会到那里。5单元。垃圾池。在那里再搞清楚。

* * *

他把茶烧开:三小袋茶放进碗里,加了三勺糖,在笼子一样的屋子里来回踱步,在窗边呼吸了一会儿冷空气。他看了看罗奇代尔大街的案件进展如何。结果别佳还是纹丝未动。

他的头脑里继续回旋着手机铃声的旋律。别佳手机的铃声是啥,是什么音乐?嗒——嗒——嗒——嗒——嗒——嗒——嗒,嗒——嗒……给人懒洋洋的感觉。伊利亚进入设置,点击声音,然后是电话,铃声。最上面出现了,名称是"Narcos Soundtrack"①。这是电影配乐?是他和妮娜一起看过的系列电影,伊利亚想起来了。

他想在喝茶的时候从头到尾听一遍整首曲子,而不是电话铃声片段。他在 YouTube 里找到了。首先打开的是:"Narcos Theme Song Rodrigo Amarante Tuyo Lyrics"②。

他点击播放:响板,拨浪鼓,吉他。某个热带城市:绿绿的山坡,绿绿的大海,白净的天空,白净的多层楼,镰刀形的海滨浴场。男中音。城市图片的下方是黑色磁带,上面写着:《Soy el fuego que arde tu piel》③,接着是看不懂的内容。是歌词。

他拿起笔,写在纸上。别佳的电话唱的是什么?他求助搜索引擎翻译成俄语。一输入命令就出现了:《我是火焰,灼烧你皮肤》。接着是——完整歌词。

　　Soy el fuego que arde tu piel

　　Soy el agua que mata tu sed

　　El castillo, la torre yo soy

　　La espada que guarda el caudal

　　Tú, el aire que respiro yo

　　Y la luz de la luna en el mar

---

① 电影《毒枭》配乐。
② 《毒枭》主题曲《恶魔双子》的歌词。
③ 西班牙语,意思是"我是火焰,灼烧你皮肤"。

La garganta que ansío mojar

Que temo ahogar de amor

Y cuáles deseos me vas a dar,oh

Dices tu,mi tesoro basta con mirarlo

Y tuyo será,y tuyo será

下面立刻出现了歌迷们翻译的全部歌词。他读了一遍：

我是火焰

灼烧你皮肤

我是清水

满足你渴望

我是城堡

我是高塔

我是镇守财宝的利剑

你是我呼吸着的空气

你是海上倒映的月光

我多想润一润喉咙

却又怕窒息在爱中

你会向我许下什么心愿

你说："我只想看着我的珍宝。"

你会得到的,你会得到的

别佳。

你知不知道,你电话铃声唱的是什么？是妮娜把这支曲子装进你手机的,还是你自己？毒枭,混蛋……

* * *

等等,好吧,还没结束。

他回到了伊戈尔把他揪出来的地方。

去年一月你到底发生了什么事？是什么让你开始对父亲大发脾气，大吼大叫？是什么让你被关进了医院？

"他没有权利！"穿着拘束衣的哈辛挣扎着说，"告诉他，让他打电话！他干的是啥狗血事！"

"别佳，他禁止我给你打电话。我往你邮箱写了一封信。你去看看吧。不着急。"

邮箱。伊利亚还从未看过邮箱——短信里从来没有提到邮件，而他自己压根就没想到过。

标准的邮箱——带蓝色方框的白信封——塞满了收据：音乐付费单，游戏付费单。伊利亚翻遍了手机上的所有图标：或许还有？他找到了 gmail，谷歌的邮箱。

里面立刻出现了一大堆邮件，别佳还没看过。这又是关于别佳生活的另一部档案。信都不知从哪儿来的，有女人的，有机关的，还有垃圾邮件，订购的报纸。还有已经开封的信——来自母亲的邮箱：svetlanahazina1960@ mail.ru。

有新收到的，也有以前的。

伊利亚按日期搜寻母亲给住院的别佳发的那封邮件。还没删除，保存着：

别佳，你好。

我决定给你写信，因为短信里什么也说不清楚，在病房当着其他人的面给你说也许并不合适。

我理解，你现在不轻松。你生父亲的气，因为他把你像个小孩一样关在医院里。但自从发生了那件事之后，是可以理解他的。他说，你发生的一切对他非常不利。那些拘捕你的人，不是爸爸机关的，这一点你现在已经明白了。而是来自其他机关，你本人也知道是哪个机关。而且你被捕期间以他的名字为幌子,这对他也非常不利,对你更不利。我明白,你当时心情不太好。可我们没有看见你的短信——要知道当时是半夜。不要以为父亲认为你罪有应得,实际上他因为没能及时帮你而自责。当然,他没对我说这些,但我自己完全能看出来,也能感觉到。

我很希望治疗会对你有用,也希望你从此不再吸毒。我会请求你父亲给你找一个新地方,换掉你现在的工作。他的熟人很多。毕竟这事之后别人也未必能让你回原单位了。

你知道,我从一开始就反对你干这份工作。我清楚地记得,你警校毕业后打算当律师。我和你父亲那时经常争论,但你也知道,怎么可能同他争论。我那时以为,你会成为一名出色的律师。那样你就不仅能保护别人,还可以同所有人商量,找到妥协的方法摆脱困境。这需要善于说服别人,偶尔耍点小聪明,与人结识。这些全是你的强项。而且你能将它们用来造福其他人。报酬也不错。

可他硬想让你干这份工作。我求他,哪怕不要让你管毒品也好。这是他叔叔巴沙硬塞给他的,就是那个科里佐夫。他说,让你的儿子到我们这儿来吧,我罩着。可他自己后来调到彼得堡去了。

别佳!

你当然可能会认为,这是我作为一个母亲的乖戾,或者像你平常喜欢说的那样,是胡说八道,但我相信,每个人在自己的一生中都有自己的使命。你并不适合这份工作。我记得,你最初如何不喜欢它,多么不喜欢那里的纪律、秩序、僵硬以及官僚主义。你父亲一直希望你成为他那样的人,可你完全是另一类人。

我不知道为什么错过了你开始从工作中得到快乐的时

刻，我因此而非常自责。现在我明白了，你因为一些东西而喜欢上了它，这些东西让你变化很大。但我仍旧认为，现在把一切变回来还不晚。而且这次事情，这次的不愉快——提供了极好的契机。

你一直向我抱怨父亲。可我能做什么呢？我难道也向你抱怨他吗？只有他知道，一切怎么做才正确。他一直替所有人做决定。他最了解人。他习惯了评判别人。他知道所有人值几斤几两。而且从不承认自己的错误。他就是那样的人。我和他过了一辈子。

而且事实上他经常是正确的，别佳。尽管很难认同他，我明白，因为他自己从来不听任何人的话。可最重要的是，他习惯了在一切争论中获胜。你是知道的，他喜欢说："水滴石穿。"如果长久坚持自己的观点，别人是会屈服的。然后人们自然而然就会相信，他从一开始就是正确的，而且还会因此而感谢他。

就这样你开始干这份工作了。

我会尽力，让他也觉得你不合适这份工作，别佳。而且请你也帮助我。不要固执己见，要承认他在其他问题上的正确性。而且不要请求他的原谅——你是知道的，他根本不会原谅别人。在这一点上你俩非常像。

我非常爱你，而且很想帮你。

你的妈妈。

对这封信别佳几乎立刻回复了：

母亲，我不打算从现在的单位换到其他任何地方，而且也没必要对他做任何请求。我恰恰非常适合这份工作，这次只是偶然事件,情况的确太愚蠢,但我自己会搞定一切。我在警校读书时喜欢什么或不喜欢什么,早就长满荒草了。我是成年人了,让我自己决定自己该做什么吧。让滴水去穿透其他石头吧,就这样传话给他。既然你再次说到这个话题,认为我应该去向科尔查文鞠躬悔过,那就谢谢啦,没必要。你可以放心,并尊重你儿子的选择。你们把我关在这里已经够啦,难道你们认为我无法从这里离开,如果我特别想的话?

再见!

别佳身上发生的一切开始越来越清晰,也越来越沉重。伊利亚还来不及评判他,只想知道后来怎么样了。他开始继续翻找他人的信件——它们的信息更完整,也更坦诚。

查看过去的短信应该往上翻,而信件则相反,应该往下翻。伊利亚按照它们的顺序开始从最遥远的过去往最近的时间翻阅。于是找到了别佳住院期间的另一封邮件,似乎是妈妈发来的,可实际上是另一个人写的:

别佳,

你不接听电话,就是说,你害怕了。不接听,因为你知道你如何陷我于不利之地了。好吧,不得不用妈妈的邮箱给你写信,希望这样你能读完。你没有请求原谅,没有做个沉默的龟孙子,也没有按照我说的那样行事,以免我们彻底被淹死在粪便里,而是还在试图推诿责任!只是现在的情况是,除了我,你没人可以指望了,小子。就和平常一样!而且你任何想假装成年人和卖弄的企图都只会使一切更严重。我原本认为,你终于长大并开始动脑子了,你却向我证明一切相反。而且是用这种方式证明的!实际上你还是那个永远长不大的乳臭小儿和被妈妈宠坏的无能儿,需要一直牵着手生活和工作。

你就承认吧——没有我你什么也做不成。你刚耍威风,可一出现情况——立刻躲到爸爸的背后。你甚至不想想,这对我来说比对你更危险。你表现得像个无能儿。为什么我说"像"?因为你就是个无能儿。有了你那永远的毒品,你再也不能主宰自己了。更何况你还是一个女人控——只要你的女主子一吹口哨,你就立刻夹着尾巴跑向她。我相信,是她将你推向了毒品。你不仅仅是无能儿,还是混蛋。即使你吸毒了,你也不应该把自己整得这么惨。你难道不是职业人士?你知道,爸爸不可能总在你身边,揪着你的耳朵把你从狗屎里拽出来。或许,妈妈是正确的,你天生不适合干这种工作?咱们长话短说。现在他们在陷害我,威胁我要起诉你,要求我离职。他们打算安排一个有关系的人顶替我的职位。现在出路只有一条,而且你甚至可能硬是不听。除了鲍里斯·巴甫洛维奇,谁也帮不了你,他有关系能把你救回来。但由于你整天玩女人,尤其由于你把克谢尼娅拉下水并抛弃她,他对我们以及这一切的态度如何,你是知道的。假如我现在就你的事情去找他,他会直接堵在门口让我滚蛋,而且他这样做是正确的。所以你想干啥就干啥吧,可与克谢尼娅的关系最好能恢复。还有你那个白俄罗斯妓女,不要再让她出现在我面前,如果你不想让她被驱逐滚蛋的话。而在一切还没解决好之前,你安安静静待在医院里,不要招人耳目,如果你不想从这里直接去列福尔托沃①的话,你明白?

哈辛对父亲的这一针剂没做任何回复,针打进他的肉里还是骨头上了,不得而知。

但过了一段时间,他自己往 ninini.lev@gmail.com 的邮箱里

---

① 莫斯科郊区的一座监狱。

写了一封信,也许是从母亲那里学来的:

妮儿,你好!

我决定直接给你写一封真正的信,用短信无法解释清楚一切。我这儿的时间有的是,可以不慌不忙地把一切好好想想。关于我捞取外快的事你是正确的,关于我与毒品的所有事你也是正确的。我明白,吸毒不好,但现实情况是我很难戒掉毒品。我甚至很开心一切成了这样,因为否则的话我不知道这一切将导致什么后果。我同意,最近我身上发生了变化,我虽然与你争论,但自己也感觉到这一点了。有时候我并不想对人说不好的话,可是忍不住,无论如何都忍不住。我没有耐心忍受别人的迟钝。而且你还有一点是正确的——当别人与我争论的时候,我什么都不想听,只是没有力气而已。也许,这还是像斯塔福狗,是的,因为现在我在这里变得平和多了。前两周非常煎熬,但现在血液被清洗干净,毒瘾也减退了。我到这里,当然是因为与联邦调查局的事,父亲把我关了起来。我现在还想专门道歉,为我那天晚上把你赶走,因为你试图劝我不要去那里。但谁知道这是圈套呢?总之,我如今沦落到这里,是因为我太低能。另一方面,我在这里想,应该结束所有非法活动了。只是请你理解,我无法尽快脱身,需要时间,履行完所有职责,然后悄悄离开。但重要的是,决定已经做了,而且这不是父亲的功劳,是你的功劳。你是我的护身符。虽然我对你大吼大叫,其实心里非常清楚,你是正确的,而我是错的,所以我才那么凶。简而言之,我表现得像个混蛋,我想为此道歉。我在这里一直想你,妮儿。你把我从那里拽了出来,没有你我早就不知道会发生什么了。我最后一次对你说了很多胡话,而你也许做的是正确的,不再同我讲话。如果我想为谁改正一切,那只是为了你,希望我从这里出去时,你能回到我身边。如果你不在那里等我,我就没必要放弃这一切,随它把我带到哪里去吧。请接听电话,我求求你了,或者哪怕在 WhatsApp 里回复也好,我能看见你什么时候登录,而且知道你在看我写的东西。求你了,妮儿!

这封信——伊利亚核对了一下——发送得比别佳请求妮娜不带任何东西去他那里的短信还要早。这封信后妮娜又犹豫了几天,但之后被哈辛通过 WhatsApp 发送的各种请求折磨够了,于是她心软了,屈服了。

没有人在别佳住院期间剩余的日子给他写什么——也许,所有重要的事情都已经通过电话说了,以免留下文字痕迹。

下一封来自妈妈的重要信件已经是四月中旬了,在别佳出院之后:那时已经没人能改变别佳的生活了——无论是母亲,还是妮娜。

他通过什么方式恢复了自己的职务,这尚不清楚:伊利亚只知道一点,即别佳始终没同科尔查文联系,没有向父亲让步,也没有向母亲让步。但母亲当然将他的这一点忽略了,而且临近复活节时已经准备原谅过去的一切:

别奇卡①,今天是复活节,所有东正教人光明的节日。基督复活了!我一早就去教堂,为我们所有人的健康献上了蜡烛。我单独为你祷告,希望你一切都好。

复活节——是死者复活的日子。我是这样理解的:即使肉体全部毁坏,强大的灵魂也能将它治愈。肉体是尘世之物,仅仅是一种生物和化学物质,而人包含的东西远比这多。当灵魂生病时,肉体也会腐烂。当人洗净自己的灵魂,肉体也将

---

① 即别佳。

复活。今天还是福音书中神迹显现的节日,是被罗马人误害的耶稣以肉体形式回归尘世的节日。

我祈祷,希望你有力气坚持下去,保持干净的灵魂,也不要向诱惑投降。任何人在生活中都会受到诱惑,甚至是最普通的人。而你的职业到处都是考验。我不希望你干这份工作,你是知道的。但现在无能为力了,我无法说服你和你父亲,而且从来都没成功过。

你认为我想入非非,你曾这样对我说过。说我把你父亲理想化且不明白,他实际上远非圣人。我记得你说过,圣人在警察局的升迁体制中不会超过中尉头衔。别奇卡,这些我当然都非常清楚。但当你有了自己的孩子,你就会明白,不能一下子彻底真实地告诉他们世界的本质。如果一下子告诉他们,大家都偷盗,大家都贪财,大家都私通,那他们就会以为这是正常的。那样当他们作孽时,就不会有罪恶感,并因此更加绝望,更加没有良心地作孽。为了保护他们,必须为他们粉饰和装扮这个世界,当他们还小的时候。而你的孩子对你来说永远都很小,甚至当他们已经二十五岁、三十岁。这一点你有一天也会明白——当你抚育自己的孩子时。

父亲直到现在还把你当作孩子,尤其是当你做了如此不负责任的事之后。而且他认为,可以用惩罚让你自我改正。你要知道,中学时我有多少次劝他放弃准备抽你的皮鞭,当你对老师粗暴无礼并逃课时!瞧现在他说:你总是不让我打,可每次都应该打,那样的话儿子就成长为另一种人了。

但我不认为仅靠惩罚能解决什么。惩罚只会让一个人变得残酷,他不承认自己有罪且会继续认为自己正确,而中学时代他将只学会耍滑,隐藏对惩罚他的人的仇恨,即使这种惩罚是公正的。要想让一个人真正悔过,就应当让他完全体验一下被他危害的那个人的感受。但这个过程复杂漫长,这就是所谓的教育。而用皮带抽打屁股或大声呵斥——只能很快让那个受委屈的人感到轻松,别无其他。

我不知道为什么要给你写这些。

我只希望,你不再是个小孩,而是一个成熟的人。即使你觉得读这样的长信枯燥无聊,我也希望你能将它读到这里。你以后就要成熟了,而我和你父亲将返回童年时代。轮到你来记住一切了。我们没有惩罚你,也希望你不要惩罚我们。

今天莫斯科的天气很好,在节日祈祷后心儿也变得幸福无比,所以我决定和你分享。可惜,我再也不能帮你了。我只能献上蜡烛,希望它能有点用。你是受过洗的,被呈现给上帝了,你今天也可以去一趟教堂,点根蜡烛,内心默默祈祷,希望不要给你太沉重的考验。

爱你,你的妈妈。

那里还有各种各样的内容——伊利亚随便翻了翻,因为他的时间不足以来详细了解别佳的生活。

但有一点非常明晰了,即临近闷热的七月时,不仅别佳与妮娜的关系在夏天的酷热中分解了,他和父亲的关系也烂到发黑。

不知四月至九月他们之间发生了什么残酷的事,伊利亚暂时无法找到。但哈辛和父亲不仅已经不说话了,甚至母亲都不敢公开在他们之间进行调解。

九月底,在妮娜坦白怀孕之后,母亲没有立刻,而是深思熟虑后,谨小慎微地给别佳写道:

别佳,我专门从家里出来,假装买食品,就是为了给你打电话,但打不通你的电话。也许,你那里工作上有紧急任务,可我非常需要和你谈谈。你和我说的关于你和妮娜的事,关于她怀孕的事,让我不安。我知道,我和你父亲以前劝你不要和她见面,而关于你和这个姑娘结婚的事,你父亲听都不想听。我不知道他为何如此不喜欢她——我们总共只见过她一两次,但你知道他有多倔强。我承认,我也有点怀疑她——不是因为我不喜欢她,而是因为我完全能想象出,一个来自外省、没好好地工作、上学只是为了嫁人的年轻姑娘,头脑里想的是什么。她们的一切都设计好了,不能失算,就像你构建自己的仕途一样,她们构建的恰恰是自己的个人生活。我不是说你的妮娜一定是这样的,也有例外。

我和你父亲担心的当然正是这一点,担心她怀孕,那样你就再也没有机会选择了。毕竟孩子是女人对付犹豫不决的男人的非常厉害的武器。孩子会改变两人关系和生活中的一切,这一点你应该知道。

我无法想象,该怎么把这件事告诉你父亲,因为这将彻底向他证明,他对你女友的看法是正确的。我相信,他是不会同意你们结婚的。原因在于科尔查文家事情的结局,完全出乎你和你父亲的预料,这对他来说简直是不可能的。

但这当然并不意味着你应该听他的。做你认为正确的事吧。这个问题很严肃,你不应该按照别人的建议来生活和行事。但关键的是,你要记住,孩子即使在肚子里也已经是一个活生生的人了,他有真正的灵魂,这是你未来的儿子或女儿。你的,而不仅仅是她的。还有一点:堕胎对上帝来说是真正的谋杀。

请不要删除这封信。

妈妈。

伊利亚找不到更多的来自母亲的信了。

于是,他想了一会儿后,决定按照 ninini.lev@gmail.com 搜搜——结果发现了一封,两封和最后一封,它写于十一月最后一个周四,别佳和伊利亚见面的前一天,是哈辛一气呵成的,但没有发出:

妮儿,我不知道该如何当面与你谈这件事,你最近动不动就哭得那么厉害,而我因为你的眼泪惊慌和发疯,且常常忘记想对你说的话。我决定再给你写一封信,因为上次这似乎很有效。总之,是的,当你和我说起孩子的事时,我没有开心地跳起来。因为想到我和你的生活都将改变,想到我的自由会结束,想到你也许会彻底变化(因为你已经变化了),而我也将不再是从前的我,不能再像以前那样生活,我就感到恐惧。如此恐惧,仿佛要被掐死一样。似乎现在所有人都替我做了决定,甚至不是你,而是莫名其妙的一个人,而且我现在无法摆脱这事,无法逃到任何地方去。好像我的未来已经全部预知,全部提前规定好了。我还想,我可能会像父亲那样成为一坨狗屎,甚至比父亲还糟糕。我的父亲不管怎样还对我抱有想法,而我完全只想自己,我怎么能有小孩呢。可这些话我怎能当着你的面说出声呢?这是不可能的。我读了你在WhatsApp里发给我的所有短信。内容是说自己犯了严重错误,且无法回头之类的。我明白,你现在处于进退两难的边缘。

我自己表现得像狗屎,但不是因为我不爱你了。我如此爱你,尽我所能地爱着你。只是我感到非常恐惧,妮儿。难道你不恐惧吗?

但总之,我写这封信,是想劝你不要做你决定的事。因为我想过了:嗯,当人们第一次飞行时,他们全都感到害怕。他们只是彼此伪装得很幸福,可自己完全不知道后面怎么办。

但之后他们不知怎么就应付过去了。与自己的孩子幸福地散步,对他们微笑,学孩子说话。是的,是变化了,但变得更幸福了。我给你写的东西杂乱无章,但最重要的是——就让他们,让孩子们,改变我们吧,而且让他们使我们朝好的方向变化,因为现在我完全不吃惊了。

我搞出了各种各样的事,你忍耐了我,我再也不会做以前干的稀奇古怪的事了。父母反对,这一点你非常清楚,那咱们就从高塔上藐视他们吧,我不需要他们的钱,其他的咱们自己搞定。

总之,妮儿……

信到这儿就中断了,没写完。哈辛周四开始写的,可能他想周五再思考一下后发出。但伊利亚没有给他周五发出的机会——而且反正也不需要了。

伊利亚把手机放到一边。

他的头嗡嗡响。窗外已经没光了,茶也没味道了。

为了开脱自己的罪名,他开始回忆周五晚上发生在三山厂的事,回忆灯火辉煌的滨河街上,别佳在昂贵饭店里霸气地搂着一个荡妇的画面,回忆他与踩着高跟鞋的她一起走向"流氓"夜店的情景,回忆她尖叫着说不想充当女二号的声音,以及哈辛萎靡不振地许诺将她转为女一号。为了公道他还回忆了别佳让她走,没有请求也没有拦住她的画面。

他小心谨慎地把周四的信与这些做了对比。

他的脑子里似乎有一个穿蓝色制服的检察官在嘟嘟囔囔说一些含混不清、枯燥无聊的话。伊利亚马马虎虎地听了,但其实没必要听,一切很明了。狗崽子的狂喝烂饮,他与荡妇充满恶意的作秀照片,他周五害怕一个人独处的恐惧,以及他准备与偶遇的女人分手的心理,他对妮娜怯懦的沉默和坦白,几乎完全写好只是没发出的信……从这一切来判断,别佳的确有罪。

但结果是,伊利亚杀害的不是一条人命,而是两条。两个灵魂。

他杀死了一个有罪的,还有一个无罪的。

10

伊利亚再也无力读哈辛的短信了,也再也无力做任何事了。他喝了一杯热伏特加,把电视声音调大,在椅子上睡着了。梦中妈妈——样子像别佳的母亲,但本质上是他伊留沙的妈妈——带着他游览太平间。她许诺带他看什么,可之后,就像平常一样,他们更换了角色,这次是伊利亚想带她在上千条双人被单下寻找某个死者,这些被单下并排睡着幸福的夫妇。他一边寻找,一边却害怕发现别佳,尽管他妈妈有什么必要害怕别佳呢?

结果是,他们在一条被单下发现了眯着眼的伊利亚,于是作为向导的伊利亚惊醒了,浑身是汗,内心恐惧,简直就像跌入万丈深渊。

电视里还在充满激情地讨论俄罗斯国家近卫军的训练,说它如何装备精良,如何善于与恐怖主义斗争:作为背景,场上有一些无名人士在翻跟头。

伊利亚盲目地走进自己的房间,将闹钟上到七点,然后睡得昏天黑地。

* * *

当他睁开眼睛的时候,距离闹钟铃响还有五分钟。他记得,好像有人在梦中提前释放他,让他做什么重要的事,可具体是什么事——不记得了。

他看了看手机——那里有母亲发来的一条短信。

"妮娜躺在第 81 医院。电话里什么也没说。只能你自己来了。"

他起来冲澡。母亲什么时候接受妮娜了？刚刚九月时还勉为其难不愿承认她呢。可现在都有她的电话号码了？两人还聊起来了。这么说，他还没读到这个内容。伊利亚用脏手从哈辛手机里翻找，翻找——但那里是无底洞。

你想知道什么？妈。伊利亚问她。你在怀疑什么？害怕把罪恶带进心灵？害怕已经带上罪恶了。但你已经带上了，妈。

你和父亲都带上了。

父亲应该永远正确。而且在任何争论中都应该将决定性话语权留给他，不是这样吗？他想战胜儿子，让他服从，让他抛弃女友？他害怕她意外怀孕，害怕她以怀孕为条件强迫你们求和？

瞧：他获胜了。请转告他，祝贺他。

和平不会有了。现在有什么不对的？

伊利亚不想从热水中走出来。不想替哈辛重生一次。

该为自己活了：去地方内务处报到的期限今天就要截止了。法律规定需要在释放后的三个工作日内报到。如果把从索利卡姆斯克回来的路上时间除去，今天刚好是第三天。

他的心突然一紧：还要去库图佐夫大街！伊戈尔会在那里放东西！要把东西取回来。十二点，在垃圾池，第5单元入口。

不，不能胎死腹中。

外面已经是周一了。哈辛该上班了。他也许也是七点起床，这样才能保证九点在岗。他住在哪里？他需要坐很远的车吗？坐车去哪里？在去办公室的走廊里会遇见谁？他和谁一个办公室？

所有今天哈辛应该接触的人，都有可能给伊利亚打电话。会问他：你在哪里呢？

我在哪里？在三山厂。

他拧紧花洒,用毛巾擦干皮肤,煮了一杯浓浓的"五月"红茶①,加了一点糖,就算早餐了。突然:手机响了。响板,吉他声,西班牙歌曲:"我是火焰,灼烧你皮肤……"他瞅了一下来电:是母亲。

时间是七点半,母亲!你想干什么?七点半,我在睡觉呢。

他没有挂掉电话。让它一直响,他以为——她会放弃。但第一个电话后紧接着是第二个。他听完第二次铃响——第三次又响了起来。

这样他只能给她写道:"我在睡觉。"

"你不能和我聊聊吗?"她回复说,"我很担心!"

"担心什么?"伊利亚小心谨慎地问她。

"担心你和妮娜。她发生什么事啦?快接电话!"

"母亲。我现在不能接。我会解释清楚的。别着急。"之后他突然意识到自己的口吻不太像别佳,因此改口为:"别慌。"

"去看看她吧,我求你了,去看看发生什么了。难道你无所谓?!"

"我会去的,会去的!"伊利亚投降了。

"不要拖延!另外白天找个机会给我打电话。"

"好的!"不知为何他答应了她,而自己开始在网上搜寻这个第81医院的地址和电话号码。找到了:莫斯科,阿尔图菲耶沃地铁站,洛勃尼亚大街。他又读了一遍街道名称——不敢相信巧合②。可如果不是巧合,能是什么?

他若有所思地按照 Yandex 上提供的号码拨通这家医院的电话。然后突然醒悟:询问什么内容?你们这儿有没有一个叫妮娜

---

① 是一种比较便宜的茶叶品牌,由"五月"公司生产。
② 洛勃尼亚是伊利亚家乡的名字,因此这里说是巧合。

的病人？可她的姓是什么？

她从来不在信件上标明自己的姓，别佳的邮箱里也没有：只有妮-妮-妮娜，这就是全部。

他绞尽脑汁，最后才明白如何找到她的姓。既然他们一起坐飞机去过土耳其——就是说，别佳订过机票。他进入他的邮箱，在那里的搜索系统中输入：土耳其，别列克，航班。找到了两张从秋天飞往夏天、从阴沉哀怨的十月莫斯科飞往四季如春的土耳其的票。彼得·哈辛和妮娜·列夫科夫斯卡娅。你们好。

"请接医院咨询处。"

"早上好。我想了解一下妮娜·列夫科夫斯卡娅的情况，她周四就到你们那里了。"

"科室？"

"嗯……可能是妇产科。也许吧。"

"有这个人。来吧，到科室来了解。带上护照。"

"在电话里说不行吗？"

只剩下电话的嘟嘟声了。

伊利亚听到的嗓音嘶哑，这嗓音提前就摆好一副粗鲁的架势。为什么？大家一定都是战战兢兢地给他们打电话，仿佛医院咨询处掌管着人的命运一样。不，它甚至没有权利宣判。那为什么是这样的语调？也许，是因为厌倦了电话线另一头人的焦虑。才早上八点，可已经疲倦了。昨天就已经厌倦了，永远都厌倦。是那种公事公办的语调，以免被打电话的人感染上不幸。这就是医护人员的面具。

他猜中了妇产科。就是说，其他的内容他也猜到了。可为什么她还在那里？堕胎后要待多久？也许，出现了什么不好的情况？伊利亚起身，不安地在房子里走来走去。

那怎么办？去？

哈辛的妈妈已经紧张不安了。这一点伊利亚感觉到了：如果继续不理会她，让她担心，什么也不告诉她——她可能无法消除自己的紧张不安。应该帮她相信伊利亚，迎合她。

应该去了解一下，妮娜发生了什么事。

他看了看如何坐车。搜索系统提供了路线，并计算了大致时间——从家里到第81医院需要一小时。

这玩意儿真方便。要是能这样安排命运就好了：在起点 A 输入当前位置，在终点 B——输入你想要抵达的地方。然后 Yandex 就会告诉你——先步行一千公里，然后坐三年火车，然后经历两次婚姻，生养三个孩子，在这个地方、那个地方工作一段时间。旅途时间——四十五年，但还有另一条路线可选。

这样的话就救了伊利亚。而且也救了别佳。

一切都来得及。到医院一小时，到库图佐夫大街也不超过一小时。既可以让妈妈欢心，也可以让伊戈尔睡得着觉。时间不长。也不需要太长时间。

*　　*　　*

八点半时天还是黑的。睡眼惺忪的人们在时髦的车站等待脏兮兮的汽车。天上飘的不知是雪，还是毛毛细雨。既没有太阳，也没有月亮。

他徒步走到仓库大街——按 Yandex 推荐的路线从那里坐电气火车到利昂诺佐夫。

他双脚挪动，催促着血管里热乎乎的东西，脸被迎面湿湿的冷风一吹——瞬间清醒了。家里很好，舒适温馨，但那里如同墓穴。而这里，在外面，不知为何开始不由自主地相信生活。他只能羡慕那些前方还有很多未知数的人。

他走上站台。站在其他人旁边，看了看他们。

活在你手机里的我

他们全都从某个住宅里出来,与某个人啪的一声吻别,对某个人说晚上见。全国的住宅都一样,或者属于四种类型中的一种,或者属于七种类型中的一种①。也许吻也一样。可为什么每个人的生活最终不一样?

电气火车里大家都盯着自己的手机。全都不再习惯干坐着了,这对他们来说太空虚。从洛勃尼亚到莫斯科的火车上干坐着——是一种痛苦。身体被牵引向前时,大脑也应该用什么东西填满。

可伊利亚不需要。

他只记得该去哪里,为何而去。可忘记一切该多好!就像大家那样仅仅去上班,去上学。

突然他明白了,现在距离妮娜总共只有一二百米了。不是距离那个手机来电时在屏幕上闪烁的妮娜——而是距离那个受尽苦难的真正的妮娜。那个他已经默默爱上且不分青红皂白就判刑的姑娘。原谅我,妮娜。我想溺死的不是你,也不是你的孩子。只是你原本应该早点甩了那狗崽了,让他一个人沉到底。

可你,别佳,原本会怎么做?

伊利亚把手伸进衣袋,用手指握住冰凉的手机。

无论母亲如何企图挽救你,抓出你,全都枉然。伊利亚会不会杀死狗崽子,假如后者不是警察——而是律师的话?

会的,伊利亚想。但也许,不会。我和你,哈辛,没有简单的答案。

可假如在三山厂没有狭路相逢呢?假如别佳没有挂出照片而

---

① 俄罗斯目前的建筑风格主要分为四种或七种类型。四种类型指:"斯大林式""赫鲁晓夫式""勃列日涅夫式""标准式"。七种类型除了以上四种外,再加上:"小户型""捷克式"和"改善型"。

193

且没有让我瞄准呢？假如你让我静静地清醒过来，不触痛我呢？假如你可怜我，还有妮娜呢？

也许，就不会了。可也许，还是会。

在牢区里他常常想象与别佳某天相逢的情景。有时他想象的是杀死他的场面。可有时想象的只是让他尖叫着求饶的场面。但这些都是监狱里的想象，是意淫的公正，伊利亚歪着嘴笑了。释放的时候他已经想清楚了。但太可惜，他没做到。

假如妈妈没死，你这个狗崽子也活着，撒旦只会在你衣服内袋里静静地沉睡，而不会跳出来要了你的命。

假如没有磁暴，你会不会死？

假如妮娜的磁保护没有消解，还起作用并保护着你。会不会有用？

如果你没有夺走我的生活该多好，那我也会把你的生命留下。可你能做到吗？

假如你我从来不曾相识，一直相安无事该多好。可我们有了关系，我们把自己的生活和亲人的生活都交织起来。假如我们不曾相遇——那我的妈妈现在还会活着，而你现在正等待孩子的出生，在极度恐惧后继续等待。一切都会变好。

不。这场谈话是空谈。

路上的箭头指示实在太多，而且每次我们走的方向都不对。结果轨道将你和我带到了相遇的地方。

仓库大街：是起点，也是终点。

"利昂诺佐夫站。"

他走出去，查了查手机，找到了需要的公交车站。他开始等汽车。等得发冷。他为什么要去这个医院？还有，昨天他为什么要去医院，去看妈妈，去取什么也改变不了的证明。想到这些，他不再感到寒冷，而是战栗。

汽车打开了温暖的车门,放他进去。司机从伊利亚手里抽走了钱。大家都需要钱。他担心自己的钱撑不到最后。车门砰的一声关上了,然后顶风冒雪前行——很像一个带轮子的房子。

医院由几栋褪了色的楼房构成,它们零零散散分布在栅栏后白雪皑皑的操场上。保安睡着了,拦路杆收了起来。伊利亚不得不叫醒他,问妇产科在哪个楼里。

一辆锈迹斑斑的红白色"嘎斯"汽车驶过。里面的人欢快无比。保安挥着手跟在后面跑。伊利亚落在后面。救护车紧贴着门诊部停了下来,仿佛小狗贴着母狗的乳头。卫生员开始从上面卸下黑色的大麻袋。

这就是妇产科楼。

一个没戴帽子、留着火红色头发的小伙子正用脚在雪地上画字母,他仰起头,面朝产房的窗户。他画的字母如此大,仿佛他的船舶遇险,希望有飞机救他一样。伊利亚不明白地上的字母是啥意思。只看出了字母"С"和"П"。是谢谢①?

透过汞合金玻璃,仿佛透过镜子一样,脸色苍白的产妇们将身子从窗户探向外面的世界。她们的头顶上方白云悠悠。但她们的面孔并非毫无区别:一张面孔表现出大为感动的样子,其他面孔则充满羡慕之情。

小伙子不冷静了,开心起来。伊利亚真想因为他的开心而揍他一下。

"我找妮娜·列夫科夫斯卡娅。"他对登记员说。

"今天什么探视都还没有,十二点之后才会有。"一个把稀疏白发扎起来的大妈说道。她的话让他伤心失望,但她又立刻可怜起他,说:"如果你想去的话,就去科室问问医生,今天上午允许探

---

① 俄语单词"谢谢"(Спасибо)包含字母"С"和"П"。

视。探视鞋二十卢布。"

不知为何他的胸口怦怦跳起来。真傻:这里没人认识他,也不会有人认出他。即使他在走廊里与妮娜撞个正着——那又怎样?他对她来说完全是个陌生人。

"好的。"他说道。

电梯很大,显然不是为站立的人设计的。里面是铁的。他乘电梯上去,心里既沉重又紧张。伊利亚默默希望电梯运行得慢一些,但电梯还是到了。

妇产科被染得五颜六色,不像刑讯室。但电梯边上就有几个脸色阴沉的女人在抽烟。谁也不敢阻止她们。她们像狼一样看了看他。他什么也没问她们。

他进入米色通道。探视鞋破了,从街上带来的脏泥蹭到消过毒的地板上。有电视机在什么地方响。有人在锁着的门后哭泣。有茶炊在住院部鸣叫。一切声音都不大:这里的生活不知为何有点拘谨。

他敲了敲主治医生半开着的门。然后看见门上挂着一个牌子,上面写着"医生在查房"。

他躲到走廊的角落,站在种着肥硕的虎尾兰的木桶旁。他等了好久。办公室女主人一回来,他就从自己的埋伏圈里跟着出来。这是一个说话带口音的东方女人,语调很慢,但俄语字母"p"发得很洪亮。眼睛上的镜片很厚,这让她的眼睛看起来很小。

"我想问问列夫科夫斯卡娅的情况。"

"您是谁?"她透过眼镜关切地问。

"我……是她男友。"

"男友。您改变主意啦?"

"什么?"

"本来周五就应该打掉胎儿的,但主刀医生因为接生耽误了,有一对双胞胎被脐带缠住了。因此没来得及给她做。周末我们不安排例行手术。就留她在这里观察和检查。我们今天做。"

"什么？"

"还要再给您重复一遍吗？"

"怎么，你们还啥也没对她做？"

他觉得嗓子发干。

"怎么，您自己还不知道？不错的 boy friend① 啊。"

"我们吵架了。"

"这您自己解决吧。手术两小时后进行。您现在暂时还可以去看看她。"

"我还不确定。也许吧。您暂时不要告诉她，好吗？"

"可应当确定下来。小姑娘已经怀孕十一周，奔十二周了。下周这个国家不管谁都不可能给她堕胎了。你们这是赶上了末班车。"

她似乎在做某个总结报告。妮娜今后怎样办，对她来说似乎无所谓。或许，她对自己在这个传送带上也感觉无所谓。

伊利亚走到走廊里，仿佛腿不再是自己的了。

他又躲到角落里，坐在虎尾兰旁边。

他温存地摸了摸虎尾兰的叶子。应该抓住什么东西。

妮娜还没来得及。伊利亚责备自己的事情——还没发生。虽然它马上就要发生了，再过两小时，但还没发生。原本应该在周五、周六，在伊利亚还一无所知的时候，在他要负责任的时候发生，但它还没发生。真是戏剧性的巧合。母亲让他到这里来。无稽之谈。玄学。一切还没有落定。这不关他的事。她为什么要留下死人的孩子。怎么对母亲说。不要干涉别人的生活。你干涉了。当

---

① 意思是"男朋友"。

他想改变这一切的时候你把他杀了。他没来得及。他不打算改变。他已经把她毁到不能再毁的程度了。该走了。没有时间留在这里了。这不关我的事。可还是能改变点什么。她自己也不想堕胎。最后一周。八月中旬，十一周。恐怖。真想让他复活。但你无法让他复活了。你已经把他从她那里永远夺走了。他不在了。可孩子。你有什么权利干涉。而且你也不可能干涉。她做决定了。她在犹豫。她周末已经待在这里了。她决定了。你杀了这个孩子的父亲。亲手杀了。她不需要没有父亲的孩子。你可以消除她身上的罪孽。不存在任何罪孽，这是人们的发明创造。她很高兴见到他。她很害怕。她本人想见到他。她本人想摆脱他。她只是想依靠他。她将没人可依靠。她将成为单亲母亲，永远。她不会杀死自己的孩子。他的孩子。我欠他的。我什么也不欠他的。他欠我的，而且已经偿还了。怎么可能是巧合呢？不存在命运。不存在任何神。语言存在，但神不存在。还有你能改变的东西。你曾经后悔什么也改变不了。这不。你这样做什么也改变不了。对你来说是的，可你在逼她。你怎么知道她想要什么。她爱过他。他做了很多对不起她的事。他也爱过她。他是混蛋。她爱的就是他这样的混蛋。她不停地回到他身边。她不能爱。你夺走了她的一切。可他夺走了我的一切。难道现在因为这要把他的孩子也杀了吗？你已经杀死他了。你用这样的方式什么也改变不了。我不打算用这种方式改变什么。她将很不幸。她本来就不幸。她配得上更好的人。你只能对她撒谎。你什么也没给她。你什么也给不了她。没有退路。除了一点。除了一点可以改变一切。从死亡那里夺回来。这是偶然。巧合。这不是偶然。这是千载难逢的机会。不能错过。你不会原谅自己的。你能，但还没做。这里没有正确答案。你已经做了很多，最好直接走掉。该走了。该去那里，去库图佐夫大街上的垃圾池。你不去那里——就会被发现。不管她发生什么,有什么区别呢。她不是你的,是他的,她永远都不会是你的。不能干涉她。她会觉察出一切不正常,她会警惕起来。她只会更糟。如果母亲问,妮娜怎么样了,你怎么回答他的妈妈。妮娜怎么样了。怎么样。你快要迟到了。该走了。好了。该走了。

他决定了:快跑。

他掏出手机。

打开邮箱。出现了别佳未写完的信的开头。他打开信。慢慢地,磕磕绊绊地,一行一行地读:

　　妮儿,我不知道,该如何当面与你谈这事⋯⋯⋯⋯想到我和你的生活都将改变,我就感到恐惧⋯⋯⋯⋯似乎现在所有人都已经替我做了决定⋯⋯⋯⋯好像我的未来已经全部预知,全部提前规定好了⋯⋯⋯⋯内容是说自己犯了严重错误,且无法回头之类的⋯⋯ 可难道你不恐惧吗?⋯⋯⋯⋯我开始写这封信,想劝你不要⋯⋯⋯⋯但之后他们不知怎么就应付过去了。是的,是变化了,但变得更幸福了⋯⋯⋯⋯就让他们,让孩子们,改变我们吧⋯⋯

　　总之,妮儿⋯⋯

他又读了一遍,像着魔了一样。

他像着魔了一样把大拇指放在妮娜名字背后的那个空格上。他想了想:哈辛也曾把手指放在这个空格上,放在这个屏幕上,选择下一个词。但哈辛没选,决定先放放。

屏幕上有一个细细的蓝色竖线在闪现:字母从那里诞生。伊利亚像第一次见到这个奇迹一样,手指滑到屏幕下方有字母的地方。他刚触摸到字母"T"——它就从蓝色竖线里出现了,而竖线主动往前移动,呼唤伊利亚跟着自己——继续,往前。

他小心谨慎地触摸到字母"ы"。

然后空格。

"你太棒了"。

句号。

"我爱你"。

句号。

他看了看这些像别人写的奇怪文字。删掉。

重写。

走廊里一片寂静。然后有人说:"走吧,让列夫科夫斯卡娅手术前安静一下,我去这个楼里的主治医生那里一会儿。"铁电梯嘎吱一声关上了门。

于是伊利亚按下屏幕最上方的蓝色箭头:发送。

好了——发出去了。

他立刻感到浑身发热。他跳起来,想溜走,可手机突然叮咚一声。伊利亚的心脏动静脉似乎被猛然抓住了,然后又被揪下来。他看了看屏幕:是短信。

他进入 Telegram。是穆罕默德-扫院人发来的。

他莫名其妙地点击了一下,进入短信交流模式。那里写着:"警察同志!周四能准备好吗?"

伊利亚摇了摇头,摆脱掉阴郁的思绪。敲出文字:"能准备好。哪里?几点?"

穆罕默德不忙着回答,伊利亚也不催他,担心吓跑他。不知谁在医院走廊里把拖鞋弄得啪啪响。最后他收到了可笑的回复:"哎,兄弟!我怎么知道!晚点再决定吧。"好吧,穆罕。晚点吧,但不要晚于周四,他写道:"Ok。"

好啦。好啦。他合上手机。把它放进口袋。吐了一口气。走向电梯。

正在此时,口袋里响起音乐声:熟悉的声音。响板,拨浪鼓,吉他。一个西班牙男子开始低沉地唱:"我是火焰……"伊利亚把它掏出来,而它像平常那样唱:

灼烧你皮肤
我是清水
满足你渴望

是妮娜打来的。

伊利亚差点直接瘫倒在科室出口。电梯旁什么人也没有,只有脸色阴沉的女人们留下的团团烟雾。之前走廊一片寂静,就像塞满棉花一样处于静音状态——可现在,由于西班牙歌词和吉他的节奏,这团棉花很快吸足了水,仿佛贴在深深的伤口处,无法将上面的一切吸走。

我是城堡
我是高塔
我是镇守财宝的利剑
你是我呼吸着的空气

他像白痴一样看着屏幕,手机伴着他疲倦的、受挫的心跳震动,西班牙歌手扯着嗓子唱:

你会向我许下什么心愿
你说:"我只想看着我的珍宝。"
你会得到的,你会得到的

突然不远处有什么东西嘎吱响了一下。
然后一个姑娘的声音在喊。
"别佳!是你在这儿吗?你在哪里?!"
妮娜?! 她听见了铃声!

伊利亚像被开水烫了一样,赶紧跳向电梯,跳向楼梯,拉开把手,跳下三层台阶,再跳下三层,再跳,往下,往下,往下,拼命跑,边跑边捂住手机,上气不接下气,抽搐着回忆窗户面向哪边,他应该从出口往哪里跑,以免妮娜看见他,看见他这个陌生人,这个凶手。

他想起来了:应该从出口立刻跑到大楼的正面,带虎尾兰的那个死胡同没有窗户。然后背朝大楼正面,碎步跑向围栏,跑向大门。医院区域的行人还少吗。即使喊他,他也可以回头说:我没看见任何彼得·哈辛,不认识。

他慢慢地走着,可心脏跳得如此厉害,仿佛跑了一公里一样。手机在上衣口袋里停了一下,然后又重新嗡嗡响起。对不起,妮儿,我现在很忙。我现在不能和你说话。

我只是执行了他的意志。接下来你自己来吧。

接下来她自己来。

在通行检查处面对保安时他假装是个隐形人,然后再也忍不住了,跳着跑向远处的汽车站:一辆新的蓝色汽车正开过来,上面装着俄罗斯人并不习惯的大窗户。伊利亚跑到车站,跳进车厢。他在喘息和沉思中一连坐了三站。之后才开始关注自己在往哪里去。

然后掏出手机。

一共有六个来自妮娜的未接来电。而且 WhatsApp 里的短信——一大堆。他怀着必死无疑的心态打开。"是你来过吗?!""你为什么逃跑了?!""和我通一会儿话吧!""求你了!""我读过你的信了。""你害怕进来?""你为什么来?""你消失到哪儿去了?!"

他的眼里涌出了泪,仿佛墨从水里溢出,弄脏了整个世界:你为什么做这些,畜生,你是一个可怜虫,坏蛋,你为什么要对她这样,你为了自己而这么做,为了洗刷罪名而执行了他的意志。你不会影响她,你只是转动了她手中的笔,她以后还是要痛苦,还是会堕胎,而孩子也会被扔进垃圾池里。

他坐在像鱼缸一样的车厢里沿着不正确的方向行驶,像所有人那样沉浸在手机的世界中。他手指痉挛,等待着,同时又害怕妮娜发来新短信。他想再次把手机藏得远远的。可之后对自己说:不行。

他输入短信:"紧急受召。"等了一会儿。他说了真话。

"我无法面对你。"

妮娜沉默了。

伊利亚也沉默了。

* * *

脏兮兮的窗外飘浮着热电中心巨大的烟囱——圆锥形灰色混凝土大锅炉,底部有体育场那么粗,炉口装饰着方格花纹;烟囱上飘浮着油乎乎的人造云朵,直升云霄,任何风都吹不走。似乎是天然气在给莫斯科供暖。但伊利亚觉得,这些锅炉里可能被扔进了什么肉,因为透明无形的天然气不可能冒出这种浮油烟雾。

他乘公共汽车坐到一个郊区地铁站。然后换乘地铁。

时间显示差一刻十一点。他还来得及、还来得及到库图佐夫大街,手机上的时间安慰着他。他坐到环线,在那里转车,沿环线坐到绿线,然后沿绿线坐到库图佐夫站——然后从那里步行。十分钟就可以到那里:这是搜索引擎系统计算出来的。

第三站过后他口袋里的手机又响了。

电话号码很明确:是安东·康斯坦丁诺维奇·别利亚耶夫。这似乎属于那些从不给哈辛写短信的人。这样的人无法用短信应付过去。伊利亚思考了一两秒,决定冒险接听。列车刚刚从站台出发,车厢轰隆隆穿过漆黑的隧道。声音在隧道的轰鸣中无法辨别清楚。最好立刻造假,而不要拖延:反正不得不接听。他按下接听键。努力装得像别佳。

"喂,安东·康斯坦丁诺维奇。"

"哈辛,你在什么鬼地方?"

"我在地铁里。"

"能听出来你在地铁里!为什么不上班?"

伊利亚把自己所有之前的答复全都放到一起,开始选择。说中毒太愚蠢,既然在地铁里。说扮演卧底也不行。

"什么?"

"为什么不上班,十一点了!"

"我女友进医院了,安东·康斯坦丁诺维奇。我现在去那里。"

"女友?可为什么不打招呼?为什么坐地铁?!"

"刚刚知道的。第81医院。堵车呢。"

"她怎么啦?"

"我打不通电话,不清楚!"

"上帝呀,哈辛!你是个啥人?!你永远都是腹泻啦,瘰疬啦!好吧,今天去处理你女友的事吧。但我们算你请假!"

"这样做很对!"

列车呼啸,开始放慢速度,十分钟后又淹没在无边的寂静中。伊利亚擦掉额头的汗水。哈辛到底有多少领导?以前只有杰尼斯·谢尔盖耶维奇,可现在这个也要求汇报。他们谁管谁?谁知道什么?现在是不是也应该给杰尼斯·谢尔盖耶维奇说送女友去医院而不是中毒?

这个安东相信伊利亚吗?似乎相信了。可他从他的声音中能听出来是哈辛吗?似乎听出来了。可惜,不能住在车厢里。他松了一口气。

请原谅,妮娜,原谅我拿你做挡箭牌。

他脑子里似乎又回荡起她在棉花般的走廊里大喊的声音:"别佳!是你在这儿吗?!"他的心儿缩成一团。

下一站给了一秒钟上网的时间,伊利亚在新闻里搜索三山厂和尸体。已经周一了:工人们会回到那个入口,回到断头台。他们会让整栋房子不得安宁,打开所有灯,用靴子踢井盖,下面就是别佳·哈辛的头。

也许,已经发现了?

圣哲在隧道中打了一下哈欠,而在下一站安慰伊利亚说:别怕,牢子里的人,你的死者静静躺在那里,一动不动。牢神由于无聊而再给你一段自由时光。

可给母亲说什么呢?或许,现在直接给她打电话,从列车里打,伴随着铁路的叮当声和隧道的呼啸声?

嗯,我去了一趟医院,母亲。她没发生什么不好的事。

九点的时候他听说,手术两小时后进行。就是说,现在正在做?所以妮娜消失了?或者已经被镇定剂麻醉过去了?

此时该跟随人流从软管似的车厢里挤出去了,然后跟随黏糊糊的人肉膏一起流向过道或环线。

他没来得及打电话。在环线地铁里也没来得及。他在拖延,但很清楚:现在那边,无线电波的另一边,越来越紧张不安。别佳的妈妈坐立不安,手里拿起电话,又放下。

然后他又想:假如他的妈妈坐在地铁里打电话——他是否能透过轰鸣声和吵闹声辨听出她的声音?当然能。而且能分辨出真假。

就是说,不能打。

他打开 WhatsApp 写短信。可写什么呢?

不能说真话——这样的真话即使没有声音也不能说。可应该给妈妈一些安慰。女人没有安慰会感觉很不好。

应该去库图佐夫站。他转到辐射状地铁线,眼睛不离手机,读着别佳和妈妈的短信。在车厢里他认真地给她写道:"我去过医院了。不要担心,母亲。妮娜一切都会Ok"。

然后他又伴随着地铁的敲击声陷入沉思:妮娜一定会去科室主任那里问——我男友来过吗?女医生当然会回答——来过,问过情况。是一个有点驼背,消瘦,脸色苍白的小伙子。怎么,难道不是卷发,不是晒得黝黑,不是保养得很好?怎么可能保养得很好?!更像一个结核病患者或刑事犯。

那就完了。

白痴混蛋,伊利亚出声地骂自己。

你往哪里钻?有什么必要去管别人的闲事,断送自己的一生?而且你也没有权利!

你有什么权利去管他们的闲事?

母亲过了几分钟回复说:"是我所想的吗?"

曾经,很久之前,妈妈带着小伊留沙去国民经济成就展览馆的飞行项目园。除了其他项目,有一样东西格外令他吃惊:有一个巨大的空杯子——直径十米左右——一个真正的摩托车手沿着垂直墙壁疾驰。他沿着底部疾驰,然后附着在墙壁上,违背物理学定律继续高速疾驰,越来越快地垂直绕圈疾驰,超越极限却极其镇定地沿着墙壁上上下下疾驰:他仿佛只是左右摇摆。伊利亚当时深受震撼。可现在他本人似乎也在做着同样的事情。

他无法停下来。

他等了一会儿,然后写道:"以后我再讲,现在不能打电话。"

他的眼睛没有离开手机:两出戏同时上演,一场都不能错过,而且不能迟到。

"胜利公园站,"广播员播报,"下一站斯拉夫街心花园站。"

他清醒过来:可库图佐夫站呢?! 啊,这不是那条线,那里总共有三个基辅站交叉汇合,他把青线和蓝线混淆了①。

他从地铁里跳出来:还有七分钟十二点! 他看了看——走到需要的车次至少需要二十分钟。他对多花的五十卢布吐了一口唾沫,然后钻进已经停靠在公交站的顺路的无轨电车。伊利亚还在飞奔的时候,人们就已经给无轨电车让出了专用通道。真他妈文明。

无轨电车的铰链处痉挛着打了一颤,从原地出发,无声无息歪歪扭扭地开走了。

伊利亚刚刚交了钱,坐下,呼了一口气,沉浸在手机中,这时无轨电车突然停了下来。他以为是红灯,起初没抬头,然后才移开了视线。

周围一片寂静。时间仿佛停止。没有一辆汽车从原地挪动,或往侧面行驶。库图佐夫大街,宽度几乎与卡马河相当的干线,完全瘫痪了。十层斯大林式的石头建筑挤着它,使它看上去像隘口一样。他们刚刚驶过的凯旋门,像河里的岛屿一样,将人流分成两半。

伊利亚看了一下手机上的时间:再过两分钟应该抵达那里,抵达35号楼所在的院子里!

"我们为什么停了?"他沿着扶手走到司机跟前问。

"封路了。"司机漠然无力地回答,就像说下雨一样。

"这怎么回事? 是谁封的?"

"现在马上就要过来了。"有人对他讲。

---

① 基辅站是莫斯科三条地铁线的交汇站,即中央环线(褐色线)、3号"阿尔巴特—波克罗夫卡线"(蓝线)、4号"非利约夫斯卡娅线"(青线),所以这里说有三个基辅站。

"谁要过来？去哪里？"伊利亚紧张地问。

"还有谁？这可是库图佐夫大街呀。他妈的皇帝呗,还有谁。"一个戴着细框眼镜、模样像知识分子的白发老人说。

"开门,我现在下去。"伊利亚请求道。

"我不建议您下去,"老人警告说,"周围到处都是国家安全局的人,他们对这很警惕。"

"我也不会开门的,"司机说,"他们以后会给我好果子吃的。"

"我要迟到了！"

"这是不可抗力,"司机反驳说,"别人会理解的。"

"在比利时首相骑自行车上班。"后面的女人说。

"可他是个同性恋。"一个头发火红、夹杂着白发的大胡子男人插话说。

"他们政府里的人是同性恋,而我们政府里的人是狗杂种。"戴眼镜的老人铿锵有力地说,"谁好一些？"

"在瑞典中学生还接受同性恋知识教育,直接写在课本里了,"大胡子男人毫不示弱,"这正常吗？忍着吧！"

十二点已到,而且已经过了。没什么,没什么,没什么。晚到一会儿,一切皆有可能发生。也许,伊戈尔本人带着他要转交的东西也陷入这次堵车了。至少,他无论如何也认不出自己。

伊利亚走到车厢的最后,从后面的窗户看有没有列队走近。无轨电车的尾部咬着一辆救护车:它正无言地旋转着突出的信号灯。司机闭着眼抽烟。医生在看手机。

而且周围所有汽车里的人都坐在那里看手机。所有人的时间似乎都无穷无尽,他们半小时的人生似乎成了应有的奉献。

他回到车头,走到司机跟前问:

"还要很久吗？"

"我不这样认为,"他回答说,"还要十到十五分钟。"

"开门。"伊利亚要求道。

"瞧这儿,"穿着黑夹克、戴着羊毛线帽的老头给他指着一个人,这人站在通向无轨交通工具的人行道上,神情专注而紧张,"你能赶上十五分钟,但之后要迟到一生。有一部动画片,叫《罗马什科瓦来的机务人员》,你没看过吗?"

"我看过,"大胡子男人说,"可这个年轻人什么鬼东西都没看过,只看自己的网络。"

伊利亚坐到座位上。

他查看妮娜有没有写短信,有没有漏接电话。没有:一片寂静。别佳的妈妈也同意忍到永远不可能实现的见面为止。也许他们知道,谁在替别佳回复短信,不知为何他突然第一次不由自主地想到这个问题。

假如他们知道,一定不会是这样的。

周围的人似乎都进入了冬眠状态,仿佛这次堵车放了催眠气体。甚至戴眼镜的老人也懒得争论了。

手机里的时间还在无声地流动,又一分钟过去了,然后又一分钟。真奇怪,手机还在计算时间:时间难道不是完全凝固吗?

"您可以乘直升机,"老人含混不清地说道,"但坐直升机很无聊。从直升机上看不见奴才。"

于是他蔫了。拧紧的发条松懈了。

现在只有这条封冻的河上有东西在闪烁:像蓝色闪电一样。是打头阵的汽车,交警的"奔驰"。

伊利亚起身,把额头贴向窗户。

透过汽车的顶部可以看见迎面被清理干净、空无一人的车道——政府的车在上面疾驰而过。远处出现一串像星座一样的蓝色火光。几秒钟内它们从地平线上的点扩大为沉重的黑色炮弹,似乎从某个"大贝莎"①中射出。三辆正方形的德国越野车闪烁着蓝光,围绕着一辆长长的德国大轿车前行。周围、前面、后面——还有白蓝色的随从警车,全都闪着灯,嘎嘎叫,轰隆响。它们以难以置信的速度飞驰,如此高速,按照物理规则,早该脱离地球,腾空而起了。简直像大炮齐射。

沿路停泊的汽车因为空中的凝结物而震颤了一下,就像受爆炸波震动一样,凯旋门也晃动了一下。某个没睡着的人怯懦地嘟囔了一下,但大家都没应和他。在这个被耽搁的一秒钟里,大家全都温顺地坐在车里,甚至没注意到物理规律是如何紊乱的。

而别佳也许喜欢,因为他能将人们的时间像溪流一样用手掌堵住。正因为这一点他才干这份工作。

"真漂亮!"大胡子男人夸赞道。

"他们害怕人民。"老头说。

这些车闪烁了一会儿——然后消失在迷雾中。

但仍有几分钟没让通行,尽管已经没有闪光灯,没有反射光了。几分钟后才取消了禁行。

* * *

伊利亚比规定时间晚了二十三分钟进入院子。35号楼像中世纪的城堡:高大的斯大林环形建筑,全是黄砖,各个角落都是塔楼,入口有一个大门:三层高的拱门,基准线由生铁格子焊接而成。库图佐夫大街不是为普通人建造的。普通人能顺利进入赫鲁晓夫式建筑的入口,不管多小都能顺利进去。

院子里长着黑黑的、光秃秃的树,停满了名贵汽车。真是一个奇怪的见面地。

---

① "大贝莎"是第一次世界大战期间德国使用的一种420毫米超重型榴弹炮。

他绕着跑了一圈,找到了5单元入口——以及最重要的东西:垃圾池。他环顾四周:不会有埋伏吧?

入口处安装着大眼凸出的摄像机。老奶奶们坐在冰冷的长椅上,谈论着迟迟未到的死亡。旧世界的男主人们全死光了,而他们的遗孀却尽可能拖延活着的时间。她们时不时地偷偷看看伊利亚,垂下包得严严实实的头,似乎想透过白内障小孔看清楚。

从窗户也可以俯瞰地面,进行跟踪监视。

被堵在院子里的风绕圈刮着。天上飘着上帝的头皮屑。也许,有埋伏。也许,是考验。这里很容易射中。

那又怎样?

伊利亚加速,离心力压向垂直墙壁。在杯子内部疾驰,趁还有燃料。不停下来。

他搬开垃圾桶,进到里面。垃圾桶后是一堆塑料袋。其中包括"五分"超市塑料袋。他弄出来,朝里面瞅了一眼:土豆皮,牛奶包装盒——空的,发霉的面包头。他用手撕破塑料袋,把垃圾抖落在柏油路上,开始翻找。那里没有任何与哈辛没收充公之物相似的东西。既没有粉状物,也没有草状物,或团块,或黑色玻璃纸。只有坏掉的残羹冷炙。

也许,是另一家超市的袋子?也许,他们把装垃圾的超市袋混淆了?

他又翻找了一会儿——没有任何"五分"超市的东西了。他撕开"十字路口"超市袋子,从里面掏出了一本《广告》杂志,一只打成结的避孕套和一个空罗姆酒瓶。不是他要找的东西!但还有!

带破洞的T恤衫,装过牛肝的血淋淋透明包装袋,发臭的冷灰。枯萎的鲜花,被撕碎的接吻照,腐烂的鸡肉。剪掉的头发,没有头的塞璐珞洋娃娃,一叠写满字的纸。棉球,iPhone盒子,一团散落的燕麦。

这是开玩笑?!还是考验!?

他疲惫不堪地环顾四周。旁边走过一个女大学生,她皱起鼻子,移开视线,甚至不好意思看伊利亚。一个穿橙黄色衣服的斜眼扫院人走过来,他两手叉腰,开始朝伊利亚咳嗽。

伊利亚用黏糊糊的手戳手机:"你在哪儿,伊戈尔?!我的货在哪里?!"

那里只有被外科医生钳子弄断的洋娃娃的小手小脚,被切香肠的刀子戳穿的喉咙,母亲的紧张不安。伊戈尔沉默着。

滚你妈的!让你的游戏滚蛋吧!垃圾池!库图佐夫大街!你在跟踪我?呶,跟踪吧!

伊利亚抓起剩下的最后一个袋子,把它拽向别处。离开大道,离开政府的公路,离开目光敏锐、戴着毛线帽的人们。

扫院人毫无感觉地看着他的背影。坐在长椅上的老奶奶们扭过脖子。窗户瞪着自己浑浊的瞳孔。

他走过院子,后院,小胡同。路上把袋子翻个里朝外,用脚将它里朝外踩在扫得干干净净的街上,像钉十字架一样。垃圾,破烂,灾祸。

他走到地铁站。完了,白跑了一趟。该返回了,回到自己的窝。

也许,有人先拿走了。比如某个流浪汉,或扫院人。也许是康·伊戈尔本人藏起来等呀等,最终忍受不了紧张情绪,于是带着自己的垃圾宝藏跑了。假如他准时到达——一切就成功了。

假如皇帝没有出行。假如伊利亚没有搞错地铁线。

不。全都不是。蠢货,假如你没有闯到妮娜那里去。假如你没有劝她。不是每个人都能用自己的双手让地球停止转动的,你明白吗,白痴?可让地球朝相反的方向转动——谁也不可能!你不明白?!

他撑不到周四了。仅今天一天就搞出了这么多事情,晚上警察朋友肯定会根据电话来追踪别佳,而夜里——就会找到。

所有这些字母,这些字行,几公里长的短信和信件——看起来是透明的,通俗易懂。但这是蛛丝,所有的丝线都涂上了无形的胶。你只要一碰——就会陷进去,卷进去。一旦你抽动——就会惊醒蹲在蛛网中央毛茸茸的、长着无数只眼睛的死亡。

*　　　*　　　*

当广播里播报"阿尔巴特站"时,手机捕捉到了网络,叮咚响了一声。收到了一条短信。伊利亚费力地从衣袋里将它掏出,打开。

是妮娜发来的。

"长话短说,我从那里逃了出来。我什么也不做了。已经决定了。我做不到,做不到!等你有机会的时候,给我打电话!"伊利亚又读了一遍。再读了一遍。

他的后脑勺发痒。鼻子堵住了。

胸口不知为何大为舒缓,仿佛喝了一杯伏特加。他嘶哑着嗓音大笑了一声。想都没想,就给她回了一条短信:"啊,谢天谢地!"

11

然后他收到了带微笑的表情:很幸福的样子。这种表情别佳好几个月都没收到过了。

他想出去,从拥挤的地下走到外面。他从座位上跳起来,又从车厢跳到站台。还有一个人也像伊利亚那样,忽然想起来该出去了,但没来得及——列车就将他拽到亚历山大花园站去了。而伊利亚随着暖空气沿着台阶往上,走到外面的大街上。

* * *

他该怎么跟伊戈尔说?

他决定沉默,等对方先开口。不需要等很久。他还没出地铁,伊戈尔就打来电话了。伊利亚没有接听,而是替自己发送别佳的文字:

"不方便,写吧。"

"怎么啦?"伊戈尔立刻回应道。

伊利亚等着。

是否向他承认,自己没发现任何东西放在那里?可到底有没有放过东西呢?或许有过,但另一个扒垃圾的人比伊利亚早发现。或者他是在试探?

"你在考验我?"伊利亚不客气地给他敲了一条短信。

"那人是谁?看起来急匆匆的。"伊戈尔开门见山地问。

就是说,伊戈尔看见他了。

看见了,而且认出来了。可有没有拍照?可能拍了。在图库里能找到吗?!伊利亚当时戴着帽子和衣服自带的风帽站在那里,在垃圾池旁。但如果有人跟在他身后走到地铁站……他的记忆立刻转向那个被关在玻璃车厢、没有来得及跟着他跳出来的人身上。

"过去的一个顾客,"伊利亚切断记忆说,"你害怕什么?"

"你如果想拿——就自己来。"伊戈尔反唇相讥。

他害怕了。

他怕什么。怕别佳?为什么?应当用什么方式把他击退,挡开打击:随便用哈辛的某种方式。伊利亚在造假的时候,康·伊戈尔正认真地听着。那里没放任何东西,伊利亚明白了。当时他在观察他。

"你害怕什么?"他直接问。

"这是您和杰·谢的游戏吗?"

杰·谢,伊利亚翻找了一会儿。是杰尼斯·谢尔盖耶维奇?那个别佳最多余的领导。他还叫别佳去吃羊肉串,而且许诺把他介绍给正确的人。所以今天……他在等哈辛去什么地方。

"什么游戏?"

"为了让我倒霉?"

"你太紧张了。"

他想,伊戈尔像个猎人,而自己像个猎物。

"院子里是谁的小汽车?"康·伊戈尔主动出击问道。

"我没去过那里。是你给我指定的地址,"伊利亚有了自信,"你以为,我在给你使坏?"

"我毫不吃惊,哈辛。"

"无稽之谈。"伊利亚用别佳的语言唾弃道。

"我为您和杰尼斯·谢尔盖耶维奇把一切工作做好,然后他的人会在工作中接收我。是这样的计划吗?"

伊利亚卡住了:这里完全不明白怎么回事。

什么样的人会接收伊戈尔? 比方说,作为毒品稽查办的执行人员,他能有什么害怕的? 简直就是内部安全局嘛。

"你根本啥也没往那里放,对吗?"他问伊戈尔,"不在垃圾池里?"

"他迟到了半小时,哈辛。我准时到那里了,可他没有。"

"一个神经病。"伊利亚大胆地说。

"啊哈。可西尼琴呢? 向杰尼斯问好,"伊戈尔做了一个鬼脸,"你们一起来取吧。"

"我可哪儿也不着急去。"

现在即使与伊戈尔吵一架也是好的：越拖延与他见面的时间，就越有利。伊戈尔明白了，于是安静下来。

伊利亚等着，同时在计算时间：他现在会不会不经意间暴露自己？

根据他搜集的别佳和他同志们的短信碎片，可以猜出他们那里大概发生了什么——总体上能猜出，但鬼才知道细节内容。

显然，伊戈尔不相信哈辛，而且害怕背叛。想必，这是有根据的。让一切都跟他们去见鬼吧：伊利亚甚至不想深入了解他们的垃圾池游戏。关于这些游戏只需像了解布雷场地图一样，以便看清蛛网的闪光——万一遇到雷管呢？

他再也没有等到伊戈尔的任何回复，就走上了地面。

*   *   *

天气变了：冰雪融化的地段上，太阳从云层中透出，像岩石一般的天空展开金色的纹理。反射光洒落在大地，被灰石头挤压的莫斯科开始微微动弹。人们在阳光下微笑，风变温柔了，雪也变暖了。

他开始唾弃伊戈尔和他的阴谋，唾弃在垃圾池那里发生的糟心事，唾弃存放物事件的失败。周四前他还要想出如何撒谎，想办法摆脱困境。所有这些都是小事，如果跟妮娜改变决定相比的话。

他转头看了看：该往哪儿走？然后沿着街心花园往下走。只是想去散散步，趁别佳手机里的人还没从那个世界捣乱。

他在果戈理纪念碑旁站了站，思考了一会儿。那里全天候的酒鬼你推我搡，横冲直撞的青年人和流浪汉混杂在一起。一个穿皮夹克、头发花白的人从侧面走到伊利亚跟前，问他要买啤酒的钱。伊利亚的心情实在好得像过节，所以没有拒绝。他扔给他几戈比。醉汉笑了，文质彬彬地说：

"天晴了!"

"生活好起来了。"伊利亚开玩笑说。

两人都笑了。

街心花园被装饰成迎接节日的样子:成串的蓝色装饰物被挂起来试用,堆起了像真人那么高的雪人,小贩们聚在一起准备卖甜品。伊利亚从忙忙碌碌的工人们旁边走过,从戴着精致眼镜和滑稽帽子、长着细腿的旷课男女大学生旁边走过,从无所事事的老人旁边走过,他们也像他一样,出来呼吸新鲜空气,面带微笑。莫斯科终究还是美的,尽管由于酗酒而显得有些浮肿。只要它上空的大理石教堂圆顶被扒开,天上的光芒照射下来,它就立刻复活了。

他曾经想放弃语文系,去他梦寐以求的斯特罗甘诺夫学院[①],可妈妈不允许:她说,所有的艺术家都是酒鬼和无所事事的人。假如他当时去学了绘画和雕塑,就能从屋顶画莫斯科,画新旧对照的莫斯科:伊利亚不会耍小聪明去搞人体绘画或人体艺术。他会把街道变成油画,会把人的相貌保存下来——现在谁还会做这么简单的事呢?晚上他可能会在某个地方工作,当售货员或酒吧招待,在街心花园的顶楼阁楼里租一个小工作室,带新朋友来,真正的、快乐的朋友——一起喝酒,也许喝红酒,整夜整夜地聊天,就像这些瘦弱的、穿着紧身牛仔裤、头发乱蓬蓬的人。也可能会与某个姑娘约会——她瘦但肌肉强壮,留着学生头,晒得黝黑,而在挂坠子的地方——刺着带 QR 码的文身。他们会住在同一屋檐下:有沙发、电视、游戏机、西方高档艺术家画册,放有各种龙舌兰酒的吧台。

他情不自禁想抽烟。

自从周六抽过别人剩下的烟头后,伊利亚就再也没有闻过烟

[①] 即莫斯科斯特罗甘诺夫工艺美术学院。

味了,有点想念。长椅的前方聚集了很多时髦的旷课生,他们哈哈大笑,喝着从已经开张的摊位上买来的红色热饮料。

他故意拐了方向,想让他们给烟抽,然后有点犹豫,但最终还是鼓起勇气。

"孩子们……你们有烟吗?"他望着他们的舌头问道。

"我们只有 Vape①。"一个背着双肩包的红头发女孩说。

"真糟糕,"伊利亚笑了一下,他没明白这个词的意思,但也没再问,他知道这是拒绝,"好吧。谢谢。"

"等等……我这里有。但是女士香烟。"一个胖胖的、戴着皮革帽的小伙子用道歉的语调说道。

"没关系,"伊利亚耸了耸双肩说,"我相信自己是男的。"

他们点燃打火机,然后他从细细的香烟中吸了一口烟雾,眯起眼:真好!之后完全放松了——解开了还在凯旋门就拧紧的枷锁。

"简而言之,我只把论文中的第一页和最后一页重写了,因为她再也搜不到啥了,她很生气。"一个穿着黄色阿拉斯加夹克,还完全是个孩子的短发男生说道。

"你在冒险,兄弟!"红头发女孩一边说着,一边从鲜艳的烟盒里吸着苹果味的烟雾。

伊利亚起初想:他该对他们说什么话,才能让他们不要立刻认出他是异己分子?但他们自己倒可怜起他来。只是不想当着他的面缄口不语,就继续说着自己的话题,仿佛伊利亚的驼背、疲惫和土气没有碍他们的眼一样。他又吸了一口,对他们表示感谢,然后继续前行。他们也没在他背后窃窃私语,仿佛他在他们眼里是一个正常人。

抽烟真好,而且很容易幻想没有发生的过去。

---

① 一种电子烟品牌。

但他还是情不自禁想再幻想一下现在。

想再给妮娜写点什么,与她分享这份惬意,分享这如春天般的十一月时光。他掏出手机,又收了起来,因为没想出任何话语。

他沿着缠满小灯的树走着,想着夜深人静时再次回到这里,看看它们如何闪烁。可最好是夏天来,那时树更像树。现在让人觉得,真正的树正朝下面的泥土生根发芽,并在下面的世界郁郁葱葱。而这里,沿着林荫道,只有裸露的树根,目的是抓住空气。

等夏天再来。

他回想起妮娜的春大衣,她买它是为了过三四月。没什么,还会长的。

太阳投射到树林的缝隙处,可以把帽子摘下来了。他走向报亭全被清除的科罗波特金大街:屋顶后救世主大教堂的金色圆顶闪现,直升云霄。房子之间的间距似乎变大了,它们的后面是开阔的空间。一下子出现了好几个方向:仅朝右就有两条街,还有一条通向下面的河流,朝左通向博物馆——这里是一条宽阔的林间大道。

莫斯科是个大杂烩:这里有互相最不般配的楼房,有来自各个矛盾时代彼此最不合适的人:有的相信灵魂和教堂,有的相信肉体和游泳池;但大家在这里和睦相处,什么东西也没被完全消融或消灭。仿佛这些东西处于不同的层级、不同的平面——而且是同时。真是一个令人惊奇的城市——莫斯科。这是从各处拼凑而成的城市,用偷来的破布裁剪而成的花里胡哨的城市,也因此是真正的城市。

二十岁的伊利亚是正确的:那里原本可以有他的位置。所有人都有自己的位置,所以原本也可以有他的位置。

教堂旁的长椅沐浴在斑驳的阳光中。伊利亚坐了下来——眯着眼,晒着太阳。如此美好的一天,真想选择活下来。妮娜也许现在也在散步,还哼着小曲。可能是那首西班牙歌曲的前几句。

他做的一切都是正确的,即给她发送那封信。

别佳很满意。

他特别想说话。于是拿起手机,在手里转了一会儿。

他给母亲写道:

"总之,妮娜一切正常。她不会对自己做什么。我和她谈过了。好的是,我没有删除你说不要删的信。"

他犹豫了一会儿,然后发出。太阳更大了。过了几分钟母亲回复了。

"别佳,真让我大大松了一口气!我一直在想,通过什么方式,在什么时候给父亲讲这件事。最好定在他的周年庆时。你会来的吧?"

伊利亚整理了一下自己的仪表,坐得笔直。别佳会去参加父亲的节日吗?伊利亚会回到这样的父亲那里吗?

"你认为呢?"

"别佳,这毕竟是周年庆。六十周年,不同寻常的日子。对他来说是非常重要的日子,你自己也知道。不仅仅因为这是整十年的庆典。还因为退休。"

六十岁应该光荣退休,但还能在职务上待几年,还可以在衰老之前捞点成绩。可退休——有点早。这是不是与别佳新年时的狂妄放荡行为有关?要知道他曾要求别佳为了自己的救赎而向副部长的女儿投降。可别佳呢?和妮娜待在一起。当时的一切是如何收场的?

"我明白。"

"我特别担心,假如你和父亲现在不和好,那永远就不可能和好了。我的心在淌血,每当我想起自己的家变成这样。"

别佳这时肯定会大声遏制说:"母亲!"伊利亚明白这一点,但

以自己的方式说:

"我不希望如此,母亲。"

"别佳,你应该当面向他道歉。只是道个歉,然后我来努力。他在等你道歉,我知道。现在这种状态他也很难受。但你应该迈出第一步。如果你悔过,他会原谅你的。"

当然,仅"悔过"一词就会立刻让别佳撇嘴歪脸。可伊利亚无法同妈妈争论。

"你这样认为吗?"

"他会生气,然后原谅。你可是他唯一的儿子。你现在就可以和他说说,提前说。难道你根本不能打电话吗?"

伊利亚集中精力。

"母亲,这周围有危险分子。我把自己锁在茅房里,以免他们看见我的短信,而你却建议我向父亲说清关系!"

"那什么时候才能结束呢?"伊利亚似乎看见她皱眉的样子,就像他自己的妈妈那样皱眉。

"我想,周四或周五吧。快了,妈。快结束了。"

他写完后就呆住了。

他浑身发毛。他站起来,决定继续走。

"你会和爸爸说吗?"她不放过他。

"会写的!"伊利亚向她许诺。

他的确会写的,为什么最后不写呢?为什么心情好时不与父亲和好,让母亲好受一些呢?

别佳很倔强,别佳是不会请求原谅的。别佳是父亲生的,但从来没有把他视为奇迹,而且从未想过父亲有可能会不存在。这个地球只对伊利亚是不完整的,仅由一半构成:你走到中央,可那里还是漆黑一片,就像在月球边上。既看不清它,也无法迈向那里;未来会怎样,只能猜测。瞧你一生都在猜:如果有父亲的话,你的生活会怎样;如果有父亲,他会让你变成什么样。

父亲对别佳来说太多余了。他被完整的地球宠坏了。别佳是不会道歉的。可伊利亚没有权利,也不愿意再为他而战。

他坐在普希金博物馆的围墙下,搜索到尤里·安德烈耶维奇·哈辛的名字,听完他的怒吼,然后给他一个字母一个字母地写道:

"我想为一切向你道歉"。

为一切。

为不听话,为自己的蛮横无理,为说过骂人话,为自己的弱智,为把你的智慧当作愚蠢,为自己执意不低头。

为把您唯一的儿子的喉咙戳穿,为把还活着的他塞进下水道,并在他头顶合上他还能听见声音的铁盖。

父亲沉默不语,皱着眉头。或者只是没有看见短信而已——他在看足球,或者在那里忙着退休人员干的事。在看关于乌克兰,关于罗斯柴尔德,或关于某个俄罗斯国家近卫军的脱口秀。他错过了儿子从虚空处走来向他鞠躬的时刻。呶,妈,我做了能做的一切。按照你请求的那样。

* * *

他走到了尽头。出现了波罗维茨广场,以及广场上手拿十字架的石头客人,其高度从地面到帽子有七层楼左右。

上面写着,弗拉基米尔大公。

这是新建的历史建筑物。

十字架很有力,它可以直接将普通人,即肉身之人钉在它上面。他那像被钻过孔的眼睛直盯着伊利亚。但没有谴责,也没有盘问:眼睛一动不动,很想用手将它们遮起来。他的脸很漂亮,但很漠然,像死后的妆容。他的身后是像带子一样蜿蜒的红墙。但大公不打算为它防御任何人。他茫然若失地站着,双腿像棉花一样软,他靠着十字架,就像靠着拐杖一样。他已经不习惯活人了,他请求回到墓穴。

也许,他并不反对与伊利亚交换一下位置。

从弗拉基米尔纪念碑可以直接往前走,去马涅什广场,但伊利亚向右拐,开始沿着石桥朝"红色十月"走去。他知道自己在走向何方。

右手边的救世主大教堂没有升向天空——它太世俗了,以至于金色圆顶无法升起。它卡在河岸永恒的港湾处。

左手边是克里姆林宫,以及各种巡逻瞭望台和带锯齿的墙。

而在前方"十月"像一座岛屿一样漂浮着。灰色的长方形演出剧院,滨河街上阴沉的房屋,改变命运的脱粒机。咖啡馆和酒吧,像驻扎在沥青悬崖上的燕子窝。车间生产的红砖。穿得花花绿绿、像蚂蚁一样多的游玩者。"突击者"电影院,旁边就是他上次拐弯的地方——和维拉一起。现在只有他一人。

他被吸引到这里来。

他被吸引着跟随七年前的自己一步步走过:一边走一边对比,回忆。那时是夜里,而现在是白天。有太阳当然能看清楚,诱惑物被泥灰涂得乱七八糟,而且上面的颜色有裂缝。水晶体的反光直射入伊利亚的眼睛:缺点看起来更显眼了,上面有裂缝和霉菌。但现在他从口袋里掏出以前的眼睛,于是看见了那时的、原封不动的"十月"。

他拐弯的地方,也是他曾经与维拉一起拐弯的地方。

"天堂"当然早就关了。原来的地方出现了另一个俱乐部,它对那些今天二十岁,而不是那时二十岁的人开放。名字叫"圣像"。就是说,也是关于神的。伊利亚傻笑了一下:回想起监狱囚犯身上如同圣像一样的文身。上帝说的是什么,他自问。为什有地狱的地方,人们总喜欢扯上帝?上帝说的是他该说的话,他自问自答。说的是伊利亚童年时代听到的那些话。但任何人的生活都不会是那样。所以人们也许嘲笑上帝说:你记不记得,你曾那么幼稚愚蠢地向我们解释这个世界上的一切?

然后他明白了,他想的不是自己的思想,而是母亲的思想。别佳母亲的思想,从复活节那天的信中得来的思想。但他本人将这个思想继续推进。

有罪之人追着上帝,缠着他,带着各种诉求黏着他。遵守教规者与上帝,就像乘客与汽车司机——没什么可聊的。路线明确——到达、下车。

他绕着"圣像"走了一圈:全都封起来了。周一。里面可能在刷洗,刷洗地板和沙发上的一切,刷洗人们的呕吐物。圣像就是圣像。可以对着它画十字。可惜,没有可以为之画十字的对象了。

他沿着河走,弯下腰穿过栏杆。

瞧:终点。你想在这儿干什么?对二十岁的自己喊点什么吗?让他停下来,让他不要在队伍中自取其辱?让他这个白痴不要救维拉?让他回家或者直接去另一个俱乐部,那里狗崽子过两小时也不会来?

不,不。

那里音乐实在太响,那里伊留沙需要用闲聊转移忧伤的维拉的注意力,那里听不到未来,无论怎么喊都听不到。

仓库大街。可惜,真想活着。

他朝水里吐了一口唾沫。

* * *

他拐进小胡同,然后停下来。

那里是旅行社的橱窗。巴厘岛、泰国、斯里兰卡:鲜艳的宣传页贴在玻璃上。里面有棕榈、白色宾馆,像蓝色泡沫吸水笔一样的大海,价格也不错:一个人在泰国游一天——与按照"标准"等级安葬两个人的价格一样。

他很想暖和一下,于是就进去了。

房间不大,墙上挂着等离子电视,里面播放着拍岸的浪花,以及面朝热带地区的窗户。房间的窗户下是一张办公桌,上面放着带苹果标志的折叠笔记本电脑。电脑后面,就像胸墙的后面一样,藏着一个不太漂亮,但发型精致的犹太姑娘。

"想暖和一下?"她问道。

"想憧憬一下。"伊利亚回答道。

"希望会实现的,"不漂亮的姑娘安慰道,"您想看哪方面的?"

"有哪方面的?"

"我们全有。我们的名称可是'世界玫瑰'。"

"那您也许就叫罗扎①?"伊利亚开玩笑说。

"完全正确。太明显了,不是吗?"

"正常。这只是因为我知识渊博。但我不知道去哪里。"

"申根签证有吗?"

"是欧洲护照?没有。都没有。"

"好的。那就看没有签证的方案,"罗扎一点也不尴尬,"申根区现在很冷……"

"而且有鸡奸癖者,"伊利亚补充说,"无轨电车上一个人这样告诉我的。"

"什么?好吧。总之,我们实际上与一大堆国家有无签证入境协议。泰国、印度尼西亚——这里有巴厘岛、马尔代夫、塞舌尔、以色列。那些地方现在很美。"

---

① 罗扎是俄罗斯女人名,意思是"玫瑰"。

"也许。"

"如果您想来点更异国风情的,那可以看看新大陆。当然不是美国,而是拉丁美洲。要咖啡吗?"

"我们看看吧。"伊利亚同意了。

暖气使他变得慵懒,他解开领子,对咖啡表示感谢,放了三勺糖。

"可以去阿根廷、巴西利亚、委内瑞拉,原则上都不要护照,但现在那里很乱,所以最好有护照。凭卡供应面包,而且随时可能爆发革命。"

"哦。"

"嗯,还有什么……尼加拉瓜、危地马拉、秘鲁,"她看着小抄本一个个读着,"秘鲁的马丘比丘、哥伦比亚。"

"对,"伊利亚自己都没料到会脱口而出,"去哥伦比亚。"

> 我是火焰
> 灼烧你皮肤
> 我是清水
> 满足你渴望

绿绿的大海。白白的天空。这就是哥伦比亚的生活做派。哈辛不是想去那里吗?伊利亚也想。

"那我们就说哥伦比亚?非常美的一个国家,当然不无危险,不过已经不像以前那样了。热带丛林、奇遇、可口可乐、哥革武①、超级漂亮的姑娘。我们以前经常给一个固定客户做去麦德林的旅游,去巴勃罗·埃斯科瓦尔②的故乡。现在正放电视剧……"

"我知道。"伊利亚说。

---

① 即哥伦比亚革命武装力量。
② 哥伦比亚大毒枭巴勃罗·埃斯科瓦尔。

"嗯,总之,是沿光荣战斗地之旅。当然,这根本不是省钱的方案。沿热带丛林的吉普车之旅,造访电影里的俱乐部,还有浪漫结尾:欣赏巴勃罗坟上的日落,那里的人认为直接从墓地石头上嗅可卡因的味道是非常吉利的一件事,以纪念麦德林的庇护者……"

"我没有出国护照。"伊利亚说。

伊利亚就当来听故事吧——这也足够了。有人会去哥伦比亚旅游。不是别佳·哈辛,也不是伊利亚·戈留诺夫,而是某个活着的人。

"嗯,这不难,"罗扎就像没听见一样,"可以做。我们和一家机构有合作,他们刚好做这个。当然,要付钱,但一周就可以做好。而旧式护照三天就能弄好。"

"我不会被允许去的。"

"警察吗?"她同情地问。

"恰恰相反。前科还没注销。"

带糖的咖啡消解了他的警惕心。他说漏嘴了,有点后悔。现在她会马上合上电脑说,该关门吃午饭了。

"嗯,如果你愿意的话,我给他们打电话,直接现在就问。我认为,这根本不算什么。"

"我……真的不能去。"

但她已经开始在手机里找自己的关系了。

"我要走了。"

"娜塔丽娅·格奥尔吉耶夫娜?我是'世界玫瑰'的古利娅。是的。这儿有一个问题。一个人的前科还没注销。是的。能做吗?什么法?"她把数字写在纸上。"您的刑期全部服满了还是假释?"

"全部服满了。"伊利亚不好意思地说道。

"明白了。谢谢!那如果需要的话,我让他到您那里去,是吗?我会告诉他价格表的。再次感谢!"

伊利亚傻傻地看着她。

"那边说,如果刑期全部服满,是可以出去的。第114号联邦法,第15条。根据行政监督法,是不会限制出境的。"她照着纸上的内容读了一遍,"有前科您得不到去体面国家的签证,但我们要去的不是体面国家,对吗?"

"我可以出国?"伊利亚说。

"您可以去哥伦比亚,我可以这样表述。护照如果做加急的,需要五万卢布。两天就能做好。如果两周,就一万卢布。"

"您叫古利娅?"伊利亚不知为何问道,"而不是罗扎?"

"请收下名片。您认为,应该叫'古利娅·米罗夫'?"

"能给我发放出国护照?我能去哥伦比亚?"

"您有权利。娜塔丽娅·格奥尔吉耶夫娜是这样认为的。那您会留在哥伦比亚吗?"

伊利亚耸耸肩。他感到浑身发热,头要炸了。

"会留下。"

"嗯,那我把他们的地址直接给您写在卡片上。他们在斯摩棱斯克大街办公。真的,是个好公司。他们在联邦移民局有自己人。只是请您告诉他们,您是从我们这儿去的,好吗?别忘了。"

"谢谢,"伊利亚说,"我考虑一下。"

拍岸的浪花播放完了,出现了蓝屏。

他走到大街上,原地站了一会儿,没戴帽子。

您有权利,娜塔丽娅·格奥尔吉耶夫娜是这样认为的。这只是她这么一说而已,实际上伊利亚现在走陆路不可能踏上返回地球的路了,就像冈瓦纳大陆再也长不到一起一样。

我有权利吗?他自问。

可为什么没有呢?!别佳有权利——对我这样?!什么权利?!

最近三天伊利亚一直在为自己准备后事。所有的奢望是把自己和妈妈安顿好。

可现在冒出了这个。

实在太美好,简直难以立刻相信,不能相信。

逃到哥伦比亚,在那里消失。拿上盗贼的钱,安葬完妈妈,就逃走。在那里变成全新的人。学会西班牙语。不像别佳那样住一周,而是度过自己剩余的无限人生。他们那里很乱,也许永远找不到我。

只需要找到办加急护照的钱,只需要提前把一切准备好——就在周四或周五,交易结束后立刻消失。多少钱?十万?二十万?如果能成功截获别佳和盗贼的交易,干啥都够了!

可现在需要办护照的钱。找到办护照的钱,然后冒险。

然后——活下去?

未来在他面前展开,头上的铁井盖挪开了,露出整个宇宙。

阳光灿烂。没有干扰电话。

"真好啊!"他小心翼翼地说。

他边走边唱。

> 你是我呼吸着的空气
> 你是海上倒映的月光
> 我多想润一润喉咙

* * *

当他走到"波良卡"地铁站时,手机才叮咚响了一声:很轻,可盖过了歌声。

他看了一下手机——是别佳的父亲最终对他道歉的回复。

"甚至不要期望我不想听见你的声音也不希望你再斗胆出现在我家。"

这就是回复。令人心痛。

天甚至阴沉下来了,太阳仿佛变小了。难道别人的父亲能破坏他伊利亚逃跑的幸福吗?但的确破坏了。

为什么你不想原谅他,爸爸?为什么不想原谅我。我做了什么?一切都因为科尔查文的女儿?还是因为我曾经给你发送的那些内容?或者因为其他?

心痛。妈妈想把砍掉的胳膊重新连接起来,可那里已经腐烂到根了,醒悟得太晚了。脖子已经不是脖子了,全都干了。血都黑了。

我们怎么和好?而且已经没有必要了。

"我真的很遗憾,一切会这样!"他还是给他发了这样一条短信。因为欠母亲的。他答应过。

"给你的杰尼斯讲讲联邦安全局的卧底吧,"父亲咆哮道,"犹大。"

伊利亚不再理他。

似乎,事情不只是别佳拒绝回到副部长女儿的身边。哈辛还对父亲做了什么,而且更可怕、更恶毒。应该再深入手机,看看是什么。

可伊利亚有必要这么做吗?

而且那里还说什么——关于卧底的事。

瞧,还有一根线索,可以拽着它——把纱拆开。

杰尼斯——杰尼斯·谢尔盖耶维奇。就是那个让别佳给父亲转达问候的人。也许,幸好伊利亚没有把这个问候转给父亲。因为父亲似乎憎恶杰尼斯·谢尔盖耶维奇。

而且那里不是什么内部安全局,伊利亚找出了线索。妈妈为何给他往医院写信,说庆祝节日的事呢?他举着手机,把信又读了一遍:"那些拘捕你的人,不是爸爸机关的,这一点你现在已经明白了。而是来自其他机关。"于是他立刻趁热打铁,钻进另一封信里,那封爸爸用妈妈的信箱发来的信:"现在他们在陷害我,威胁我要起诉你,要求我离职。"你自己知道,是哪个机关。

于是,他离职了,别佳留下了,而且继续成长。

现在全都汇合起来,逐渐清晰了。

别佳过节时不是被自己人抓的,而是其他人。你本人也知道,是哪个机关:联邦安全局?联邦安全局的人,肯定的。别佳想拿父亲做挡箭牌,而这对他们来说正好。给他搞出案子,父亲被迫离职,而他们却把他的儿子收留保护。有罪之人会听话。牢区就是建立在此基础上的,整个俄罗斯国家也是,甚至整个地球都是。

联邦安全局的人靠警察生存,就像鲫鱼体内的绦虫靠鲫鱼生存一样。一举两得:甲方给喂食,乙方将甲方滚动向前。在牢区如果你仔细听,会听到各种关于食物链的内容,你只是其中一个浮游生物而已。

是这样吗?

因此伊戈尔害怕别佳。不是害怕别佳这个乳臭未干的小儿,而是害怕他背后的人,害怕那个拽着线说该往哪里游的人,害怕看不清他们这个吃人游戏而因此输掉。

谢谢,父亲。你解释清楚了。

可为什么是犹大?

* * *

现在该回去了,回洛勃尼亚。主动去地方内务处,登记注册。规定是这样的,否则他们会开始搜查。

他从萨韦洛夫火车站给伊戈尔写道:

"好啦。当时去库图佐夫大街的人是杰·谢的人,不要费劲去找了。"

他因为开阔的天空而鼓起勇气。现在该为了某件事而冒险了。

"是不是也是他的汽车停在那里?在观察?"康·伊戈尔问道。

"没有任何汽车!我为什么要这么做?"伊利亚诚实地说。

"为什么抓西尼琴呢?"

显然,他内心很渴望知道真相,既然已经失去了警惕心。伊利亚不由得想。他公开写这些,不害怕别人读到。

可他上了电气火车后推测:是他在引诱哈辛说出真话。他如此害怕。也许,他们那里在清洗,而且正是利用哈辛之手在清洗——别佳不害怕把自己的手弄脏。

给伊戈尔编些什么呢?

各种猜测在伊利亚的头脑里打转。他重新发送短信:"那个西尼琴!"但改变了主意。怎么知道西尼琴是否对他们所有人都很重要?西尼琴是那个建议别佳把没收的东西非法分掉的人。

没收的东西原本是要给盗贼的,给那个穆罕默德,约好周四给的。可西尼琴被抓了,假如伊戈尔说的是真话。

哈辛是否知道西尼琴被抓?这一切是什么时候发生的?他也许和西尼琴在 Signal 里交流过。他在那里找到西尼琴,他们的谈话是这样的:

"别急,兄弟!这是很严肃的人,不要催。我会告诉你什么时候的。"

"我不能等很久。如果是联邦安全局的人怎么办?"西尼琴坐立不安地回答道。

"别怕。"

瞧,他害怕联邦安全局的人——并非平白无故。就是说,他被抓了,而且是不久前——也许在别佳的帮助和参与下。至少伊戈尔是这么想的。别怕,西尼琴。

现在盗贼指望得到的那些东西在哪里?它们与西尼琴一起消失了?西尼琴一下子从信息中消失了,仿佛他在睡梦中被头套麻袋拖走了。他还没来得及向哈辛诉苦,或者澄清:有过这个人,然后又没了,而且一点蛛丝马迹都没留下。

问谁呢?只能问伊戈尔?

伊利亚现在绝对不想以别佳的身份找杰尼斯·谢尔盖耶维奇。既然杰尼斯·谢尔盖耶维奇是别佳在联邦安全局的监护人,那么最好能离他多远就离他多远。

西尼琴为什么被抓?

他给伊戈尔发短信:"我不知道。"也许,你错了,伊戈尔,而且我对逮捕的事一无所知。可也许我知道,只是和你卖关子而已。或者甚至都不是卖关子,而只是警告你:你能感觉到,有凳子在你头顶摇晃。站稳,别动,否则会把你登记成——自杀。就像经常做的那样。

可是,伊戈尔忍受不了了。

"你对自己的亲生父亲都不了解吗,哈辛?"

"你太过分了。"伊利亚回击他。

他不得不这么说:遵照哈辛的性格。尽管他想换一种方式说——我不知道,后面我去搞清楚。

但伊戈尔不打算再教训他。相反,他一直沉默到洛勃尼亚,最后才说了一句气话:

"总之,商品只能交到你个人手里。否则你的盗贼只会把洗衣粉弄得到处都是。是纯正的汰渍,笨蛋。"

＊　　＊　　＊

在内务处门口,伊利亚停了下来:手机叮咚响了一下。他打开,看了一下。

是妮娜发来的短信。

"那你现在也要小心,好好保重!"

12

一个身穿蓝色制服的冲锋枪手走到台阶上。他砰的一下敲了一下打火机,由于无聊而望着伊利亚。可伊利亚脖子后部都能感觉到他的目光,他一直在斜视冲锋枪手,但眼睛没有离开屏幕。

在来这里的路上,他毫不怀疑应该来登记。可现在,站在端着枪的蓝衣警察旁,他突然犹豫了。他进入搜索系统,输入"第二百二十八条第一款　释放　登记　限制"。他将手机背过冲锋枪手,按了"搜索"。

手机上立刻出现了一大串结果:"重大犯罪""注销八年前科的期限""可采取行政监督的决议""关于行政监督下的出境限制""提交主管机关进行裁决",等等。

警察眯着眼。

现在只要伊利亚进到里面,什么事都有可能发生。碰到冷漠的人——会拿起证件就抄数据。碰到寻根究底的人——会开始盘问,就像他在接受再教育。碰到易怒的人——会把他打发到该死的监督部门去,然后圣哲会对他说,禁止出境。

今天是最后一天自愿投降的日子。但在他本人还没投降之前——他们看不见他。只有当联邦执法局的人对他们说,一个牢子里的人被释放了,他们才会看见他。什么时候?今天?明天?

后天？联邦执法局办事效率很低，它还能存在很多个世纪，只是换个名称而已。可伊利亚只有一天期限，他的时间在快进键上。也许，他还来得及从长满青苔的螯里钻出来。

可也许，他会被咬成半截，连带着脊骨和肠子。

他从口袋里掏出五戈比硬币，开始占卜：如果是正面的双头鹰，那就投降。如果是背面，就转身离去，他抛起来，抓住，从右手掌放到左手掌的背面。是双头鹰。

"需要帮忙吗？"冲锋枪手抽完烟后问道。

"护照丢了。"伊利亚说。

"可你为啥玩硬币？"他感兴趣地问道，"在做什么决定吗？"

伊利亚沉默了一会儿，在飞速找词。冲锋枪手正了正自己的枪。

"这是另外一个话题啦。我在想，该不该向女友求婚。"伊利亚最终含含糊糊地说。

"哦，也许你因为这事来办护照是对的！"警察哼了一声说，"命运会在某个地方给你提示的，而不是双头鹰或背面。"

伊利亚释然地笑了一下。

"不过，如果你是来开丢失护照证明的，那不该找我们，而应该找片警。"冲锋枪手一口吐出烟蒂，然后砰地关上了门。

伊利亚转身，故意慢慢走，尽量不要拔腿就跑。他从院子走到街上，在街上走得越来越快。那就这样吧。

*　　　　*　　　　*

他跌跌撞撞地回到家中，饥寒交迫。检查了枪：在原来的地方。把白菜汤放炉子上加热。手里转动着古利娅的名片，读着那个能给他弄好护照的办事处地址。五万卢布，两天。

今天到哪里去搞到这些钱呢？

他走到楼梯间,按了伊拉大婶的门铃。她开了门:穿着牛仔裤和T恤,T恤衫领口露出皱纹横生的脖子,满嘴黄牙,叼着香烟。

"你有什么事,伊留什?"

"伊尔大婶,能不能从您这儿借点钱到周五?"

"你把妈妈弄回来了?"

"还没有。我今天去过那里……看过了。"

"你打算什么时候安葬?"

"我……不知道。也许,周末吧。要五万卢布。"

"哦,天啦。我哪儿来的钱?我现在只领一半工资!可我说了,安葬处的人会漫天要价的。"

"那您能借给我多少?"

"你等等……这就……我这里有五百多卢布。呶,一千。是你的汤飘来的气味吗?你自己做的?"

"煮开了!谢谢!"

他拿起一千卢布。以后会还的。还剩四万九千卢布需要找。

菜汤的确沸腾了,蒸汽飘到天花板上。真可惜,伊利亚把锅从灶眼上取下时,把手烫了,因此汤洒了一些。不知为何他觉得:这是妈妈在生他的气,因为他向邻居撒谎,说找钱是为了安葬她。

"我没有对她说这样的话,妈!是她自己想出来的。"

于是作为惩罚,他给自己少盛了一点汤。

现在需要等汤凉下来。在等待的时候,他想到了给谢尔戈打个电话——而且差点用别佳的号码给他打了,最后一刻才醒悟过来。他也许会逃到自己的哥伦比亚,而别佳的所有电话记录将被侦查员挖出来调查。这样就会无缘无故地追究谢尔戈。

他走进妈妈的卧室,把她的电话线插进墙里,听了一会儿嘟嘟声,给谢尔戈拨了过去。对方没有立刻接听,伊利亚甚至认为对方根本不会走到电话跟前。

"喂,塔玛拉·巴尔娜!"

"你好,谢尔戈。你什么时候在家?电话里说不太方便。"

通过电话说很容易被拒绝。

他们约好现在伊利亚就去他那里。是谢尔戈自己让去的。并非必须,可他还是让去了。也许,他想起了两人曾经一起在炮兵连大街边上抽烟的事,或者基坑的事。

晚上见。

妈妈的房间里有股被锁住的气味,比房子里其他地方都要闷。也许是从床上散发出来的,也许是从抽屉橱里散发出来的。伊利亚没去找,只是打开了小气窗。

他走进厨房,坐下来看手机:开始搜索——不注销前科真的可以出境吗?不同网站上的律师说的都不同,但有一点相同——如果没有行政监管,法律就不会禁止。

假如伊利亚是被假释,那就完蛋了。

但没给他假释。之前几乎已经通过假释了,可之后他还是失足了,钻出来管了别人的闲事。

他喝了一勺热汤。妈妈不希望汤冷掉。他又陷入回忆。

你记不记得,是你自己教我不要撒谎。

教我不要忍耐,被打的时候应该还击,即使以后要加倍偿还。

教我不要逃避那些粗鲁之人,他们在我四年级时埋伏在厕所里并约定放学后见面。

你对我说过,不要等待别人给你公平,而应当自己去争取。

你说过,撒谎是有损尊严的。

告别人的状是一种屈辱。你在那个狗教务处主任面前袒护我,当我没有出卖那些打碎体育馆玻璃的人时。

你自己给我报名学习傻乎乎的空手道,虽然我不想。没用,没办法自救。只是一些脚踢拳打,其他啥也没有留下。

一号楼的奥列格怂恿我用注射器给流浪猫注射香水,猫把我整个手臂抓得鲜血淋淋,我痛得要死,号叫得整个院子都能听见。你先给我处理好伤口,然后追问出真相,之后就眯着眼用皮带抽我。我拧着身子挣脱,却看见你眯着眼,因为你自己也感到恐怖。但你还是有一两次打中了我——很痛。那时,你对我说,万事必有报应,不要以为能逃脱。我记住了教训,你看见了吗?

这是因为你是老师,还是因为你既想做我的母亲又想做我的父亲?想替他为我做那些他给不了也做不到的事情?想让我成为一个正常的男子汉?

可我对生活知道些什么呢?我以为,生活应该是你教给我的那样。我相信了你。一个人在小的时候是块橡皮泥,可以随便按照你的想象来捏。

可当我被带走时,你希望我做什么?当法官宣布七年时呢?你打电话时不知从哪儿冒出了这样的话:"只求你,看在上帝的分上,不要企图充当英雄,证明自己正确。"从哪儿冒出来"他们会毁了你",或者"干脆杀掉""可以装作不引人注目,这样体制就会将你忘记……要等待……要忍耐……你有保护层"诸如此类的话?

我哪儿有保护层?我没有任何保护层。

这是你教给我的所有规则,它们仅适用于童年,对吗?为什么在监狱里突然就应该将它们忘掉?成人的生活比童年深邃,是的,但监狱就是最底部。成年生活里所有规则交错相织,但在监狱里只有毫无意义的施虐规则。与同性恋坐在桌旁,把手给他,从他那里拿点什么——你自己就成了同性恋。这是什么规则?可没有争论,因为不敢争论。为什么不能从地上捡东西?不能把杯子放在地上?要是一时冲动对谁说了胡话,说你要杀了他——就不得不杀,因为要对说过的话负责。在牢区里不能说"我偶然""我不是故意的"。这——是规则?

你难道认为,童年的规则仅适用于孩子?

你只是替我担心,没别的。担心你没有教给我另外一些规则,担心你的教育会把我杀死在牢区。你可怜我,认为没有条条框框我可能会更容易在那里保全下来。网纹蛞蝓从哪儿都能爬出来,可是有龟甲的蜗牛爬不出来。

而我已经干枯了,妈妈,我再也不能被重新塑造了。

那些童年时代你教给我的规则,有些在铁丝网内还是起了作用。比如,不能敲门。别人折磨你——就让他折磨吧,而万不得已时——引起管理人员的注意。这——怎么样?还有,要自己争取公正,因为从别人那里等待公正要很久。撒谎会遭报应,而且一切坏事都会遭报应。你也许并不想,但当我小的时候,的确是按照监狱的规则培养了我。可当我被带走时,你却开始把我朝另外一个方向培养——希望我成为坏蛋,只求能活下来。这只是出于为我担惊受怕而已。

也有一些时候,妈妈,在号子里无论如何也坐不住……

手机响了。

正是伊利亚在等的那个人。杰尼斯·谢尔盖耶维奇。谁今天把他安排得如此准时。瞧他自己打来电话了。

伊利亚一直在等他的电话,却想不出如何应答。假如电话是在地铁上响起,那还可以试着耍花招,就像之前对别佳的领导那样。但总不能整日整夜都待在环线上等待一个人的电话吧?

不接听得了。

可杰尼斯·谢尔盖耶维奇立刻重打过来。接着又是一个。无法摆脱他。尽管朦朦胧胧,但他还是能透过镜头看到一切:瞧手机响了,一只手伸向手机,然后又扔掉。他知道伊利亚故意不接电话,于是要求立刻接听。

第十次电话铃声响起时伊利亚快疯了,他提前用短信回复他:

"我现在不能接听电话,晚点我打过来。"于是他立刻收到一条短信:"哈辛!你为什么不在那里?!"该如何回答?应该在哪里?!

这是你和杰·谢的游戏,为了让我倒霉——今天伊戈尔这样给他匆忙写道。就是说,杰尼斯·谢尔盖耶维奇搞了反伊戈尔的阴谋。既然伊戈尔害怕把东西放在垃圾池里,既然这东西就是给盗贼的,既然这东西也是西尼琴在行动中侦查出来的,而且被登记进仓库,而西尼琴也因此被抓了……所以?!

他想让别佳干什么?

想让别佳转交给他在垃圾池里找到的一切?或者别佳本人应该直接转交给穆罕默德-扫院人,就像伊利亚计划的那样?那杰尼斯·谢尔盖耶维奇在这场游戏中干什么?在仓库偷盗现场或在交易现场抓获伊戈尔?或者,哈辛应该引诱伊戈尔到他和杰尼斯·谢尔盖耶维奇提前商定好的狼窝?可伊利亚不知道,却让伊戈尔本人指定了见面地点,让伊戈尔感到平静?

不能再装傻了。

应该铤而走险。

应该追究责任。

"康·伊戈尔供货失败,杰尼斯·谢尔盖耶维奇!"伊利亚敲下文字,"我空手而归!"

就让他们自己搞明白这是啥意思吧,只要给伊利亚留点时间,考虑做什么以及怎么做。考虑晚上的事,考虑谢尔戈,考虑钱。或许,再给谢尔戈打一次电话,求他妻子借点钱?那样他今天就来得及去办护照!

但之后呢——会怎样?之后到周四的三天里需要继续编造,斡旋,用圆滑的文字去敷衍,以免不解变成怀疑,疑虑变成猜忌,良性变成恶性。

"那又怎样?"杰尼斯·谢尔盖耶维奇生气地问道。

晚点再说,晚点再说吧,伊利亚这样决定。可能会有时间,也许不会再有了。

"他说,害怕挑拨离间。他怀疑您。"

请原谅,伊戈廖克①。无风不起浪。

过去和将来之间只有一瞬间。抓紧这一瞬间吧。正是这一瞬间……

"你在对我胡说什么?"杰尼斯·谢尔盖耶维奇给他发来短信。他发的是平常的短信:他不需要向谁隐瞒,他现在也许正在执行公务。"你的伊戈尔与这有啥关系?!我对你和他的事不感兴趣,哈辛!"

那他对什么感兴趣?什么?!

伊利亚一头钻进录音文件:万一杰尼斯·谢尔盖耶维奇给别佳说的一切有特别的标记呢?如何问杰尼斯·谢尔盖耶维奇本人现在最好对他扯点什么慌?

不。所有的文件都是系统自动命名,乱糟糟的:"新录音78""新录音79"。哈辛不想再帮助伊利亚了。

"是什么鬼不让你接电话的?!"杰尼斯·谢尔盖耶维奇给他施压。

伊利亚沉默着,在他人的语音中翻找,手机扬声器的声音让人感到压抑。

"你想玩失踪?"杰尼斯·谢尔盖耶维奇继续施压道,"你疯啦,哈辛!这里的人都已经准备好了,就等你一个了!现在顾客开始着急!"

不。不——不——不。

"我今天不行……"

---

① 伊戈尔的表小称呼。

241

"今天不行,那什么时候行?!我们给他喂了多少了!除了你,他是不会从别人那里拿的!赶紧来这里!"

还有其他事情,伊利亚因为浑身湿汗而发冷。完全是另外的事,这事他不知道,哈辛这个狗崽子也没对他说。是更重要的事,比伊戈尔的货重要,比别佳那点微薄的外快重要,比他与达格斯坦人的事重要。是个大游戏,对于哈辛的手机来说太大了,而也可能完全不是游戏。

大脑开始痉挛。

现在说什么?等着杰尼斯·谢尔盖耶维奇自己来解释,这样更简单。应该沉默,点头赞同,但不要张嘴。任何错话都会让他得出最重要、最恐怖的结论——哈辛不是哈辛。

"你认为可以这样做,是吗?不,既然开始了,就要干到底!"杰·谢一个词一个词地写道,"你害怕什么?你没向任何人说起过吧?你认为,你的别利亚耶夫会保护你?或者其他谁?比如科尔查文?你明白吗,哈辛,他们所有人都是反对我们的狗屎?!而你根本就是唾液!你可在我们的钩子上,记得吗,哈辛?来吧,如果你破坏我们的行动,我们就把你爸爸拿下。你爸爸在我们这儿哪儿也跑不了!"

需要快点。

快点想出法子,自我保护。但杰尼斯·谢尔盖耶维奇的短信像榔头一样一个接一个敲在伊利亚的帽子上,一下,两下,三下,不给他思考的机会,也不给他留时间编造谎言。

"你以为,你可以用工作敷衍过去?你这个臭小子,这样是不行的。好吧,你上 WhatsApp,我给你发点东西听听!"

伊利亚听从了,打开 WhatsApp。

一分钟后收到了:语音文件。

＊　　＊　　＊

"瞧他来了。在这儿,从汽车里出来了。"

"嗯,我看见了。一切正常就位。卫星设备运行良好吗?"

响起了铁、银和瓷器的碰撞声。

"听说全能录制下来。可我们还是有点担心。好了。现在,马克斯,咱们要一直坐着。我和他面对面。"

门砰的一声关上了,一个女招待像猫一样发出做作的欢快声。有鞋底走路的沙沙声。周围有人在低声絮语,就在旁边但声音听起来很远,他们的废话并不影响录制有用的声音。

"啊哈,彼得!你好!瑞士手表怎么样?"

"您好,杰尼斯·谢尔盖耶维奇。"

"饿了吗?瞧我已经点了很多切好的食物,都切好了。我热切地等待你的到来呢。"

"嗯,如果可以的话,我只要点白水。我已经吃过午饭了。"

"呶,随便。可我要吃点。塔纽沙!给他来点白水,给我来点伏特加。您的连裤袜很美!"

一个咯咯笑的女服务员接收了食物订单:杰尼斯·谢尔盖耶维奇非常饿。然后他们笑着说了什么:杰尼斯声音嘹亮,简直像狗叫,而别佳谨小慎微,说话结结巴巴。但伊利亚没有按快进键。笑声包含的真相比语言包含得更多。

"怎么样,彼得?你带着什么大驾光临?你给我们准备了什么礼物?"

"我把父亲的人头带来了。"哈辛神经质地哈哈大笑。

"可我们一直在等着呢!放上来吧,瞧,这个盘子刚好空了!"

然后又响起银瓷器的叮当声。

"我说的当然是转义。"别佳又嘿嘿笑了一下。

"嗯,我说的也是转义!"杰尼斯·谢尔盖耶维奇大笑起来,"好吧,不要折磨我了!"

"总之,有地址,"响起了纸张的沙沙声,"在这儿,您抄下来吧。这是澡堂。我父亲的同班同学是主人。他们每两周在那里聚会一次。带着娼妓。我父亲也去。定期去。而且还有局里的人。"

"纳乌缅克?"杰尼斯·谢尔盖耶维奇兴致勃勃地问。

"有时候。"

"哦,彼得……可你是从哪儿知道这些的?从缝隙里偷看的?"

"这重要吗?"哈辛迟疑了一会儿。

"全都重要!这可是肖像画的线条!"

"他带我去了一两次。"别佳含混不清地说。

"瞧这样的教育!真为你父亲叫好!给正在成长的一代传授经验?"杰尼斯·谢尔盖耶维奇假装善意地说。

"似乎是吧。我们之间有过谈话……关于结婚。于是他决定向我展示,结婚并不是世界末日。还有……展示,我们似乎是父子同心。也许吧。鬼才知道他呢。"

"可这就是众所周知的赢得信任的手段,"杰尼斯·谢尔盖耶维奇赞同地说道,"我们国家所有重要的契约都是这样签成的。年轻人当然很厌恶,他们有自己的癖好,他们只信任签字,而也许都不用活生生的女人了,仅仅一个色情片就够了。可你的父亲出身于老近卫军,他很懂人情世故。除了共同的道德堕落,什么也不能将大家紧密地联系在一起。去桑拿泡妓女——这是最好的团队建设方式!"他再次哈哈大笑。

"嗯,总体上如此。给那里装上摄像头或其他设备吧。"

"谢谢建议,彼得!但是!"杰尼斯·谢尔盖耶维奇教训道,

"你自己也不是第一天工作了。难道你不和自己的同伴去洗这样的蒸汽浴吗?这种场景未必会给领导带来强烈的震撼。这需要挂到生活网站上去,或者……实际上,这个世界上只有一个人会真正地对这个纪实片感到震惊。你的母亲。你认为她不知道你父亲的这些夜间聚会?"

"完全不知道!她肯定不会原谅的!"

"如果她知道你父亲知道她知道,那是不会原谅的。可如果他不知道她知道,那就没什么可原谅的。这种年龄的女人很难重新开始新的生活。但好吧,好吧,彼得。我们试试。这不错。这比啥也不做好。你知道,这是我们能让尤里·安德烈耶维奇上钩的非常小的诱饵。可如果走运的话,也能让其他失足的公民上钩。"

"您会终结我的案子吗?"哈辛沉默一会儿后喏嚅着问。

"我们会暂停,彼得。可如果你父亲的一切都能像应该的那样结束,我们就一笔勾销,是的。如果他在影片中看见自己,并认为这部影片不是拍给家庭观看的,那样——就可以。这里的一切取决于你们的家庭关系是否牢固与和谐。"

"那个老山羊,肯定会教训我,可自己却和乌克兰妓女光着屁股在游泳池里游泳。"

"真是令人兴奋的细节,"杰尼斯·谢尔盖耶维奇说道,"希望如此,尽管这些都是从顿巴斯逃难的女人,而他用面包救了她们。我开玩笑呢。好啦,彼得。老实说,考虑到你的过失太大,我期望得更多。但如果你的父亲不推诿责任,而给我们腾出位置,那你的第一次侦查将会被记为一次成功。可如果他,比方说,因为丢掉工作而心情不好。那你该怎么办?"

"就那样呗。他不管怎样都要退休了,只剩不到一年了。而他准备把我推出去,只为了再保留一会儿自己的职位。怎么能这样?我的一切刚刚开始。"

"完全正确,彼得。你的一切刚刚开始。啊,顺便说一下,我给你准备了一份纪念品。"

"什么?"哈辛小心地问道。

"打开吧——打开吧,不要害怕。"

"这是什么,钓鱼用品?"

"这是鱼钩,哈辛。是收藏品。鱼钩。如果你不钓鱼,可以直接把它们放在地板上欣赏。我无权授予你我们的肩章,可这个——请收下。感谢上帝,我们还要一起工作!你想要什么,我想喝点。要不要?"

"我开车,杰尼斯·谢尔盖耶维奇。"

响起了咕嘟声。

"祝您健康。"

* * *

播放完了。

伊利亚叹了一口气。

也许,现在一切都清楚了。这就是为什么别佳是犹大,别佳如何保住了自己的位置,而爸爸却丢掉了。没有谁值得可怜,没必要站在任何一方。毕竟,毕竟不管怎样……

不管怎样都无法解决。哪儿来的"周年庆",妈。永远不会有。

"我们是为你父亲录制的,也可以给你妈妈听听,"杰尼斯·谢尔盖耶维奇发来短信说,"但这都是多余的"。

"不要。"别佳请求道。

"那你就赶紧天黑出门,摇着尾巴到这儿来!"杰尼斯·谢尔盖耶维奇对他命令道。

"我现在来不了。我会做好一切。我现在有困难。有问题。

是私事,不是商务。本周末之前都不行!之后——可以!"

"你在莫斯科吗?!"杰·谢终于想到了。

"不在。这就是问题。"

"哈辛,混蛋!我为啥要和你说碰杯和授星?忘掉一切吧!"于是他消失了,而伊利亚疲惫不堪地倒下了。

怎么,难道哈辛的驯服者就这样放掉愚蠢的哈辛了?伊利亚在自己笼子般的房子里走来走去。

你以为他会给你自由到周末,就像你要的那样?你已经看见他是什么样的人了。你是从他那里学习把推心置腹的谈话录到录音机上的。不,他不会放过你。这是你的过失,你错了,没有理解正确。你无意犯了错,但这里也像在牢区一样,不能无意犯错,应该为一切负责。

是他说哈辛不在莫斯科的。是他自己问了,所以这样摆脱他也更方便。但难道不能再往前想一步吗?要知道他原本可以立刻问——不在莫斯科,那你在哪儿?而且通信运营商也会向他汇报。白天还没结束。他需要多少时间,才能搞清楚哈辛最近这些天的行程,这一点尚不可知。但重要的是,不要让他搞清楚哈辛现在在哪里。

他把手机关了。彻底关了。不能再在家里使用它。只能在路上用,在地铁里用,在出租车里用,在跑路的时候用。

或者还早?

也许哈辛以前总犯这样的事——随意旷工,狂喝烂饮,吸食可卡因。因为您,杰尼斯·谢尔盖耶维奇,把他招到自己身边时,知道他是一个蛆一样的人。您也许正等着他那些烂事呢。假如别佳·哈辛没有这些软肋——您能把自己的鱼钩给他放到哪里?

或许,他还没开始找哈辛?

但伊利亚在家里再也没打开过手机。

夜色越来越浓,伊利亚喝着带糖的茶,浓浓的糖茶。

他在想自己和别佳的事。

无论他曾经怎么逼你,哈辛,你这个狗杂种,你怎么能这样对他?如此对待他,对待自己的父亲!也许,你在桑拿里还用手机录了他的语音作为储备?录了吗?我真想打开听听,把所有记录全听一遍。你还有什么没对我说的?

现在我该怎么对付他?他当然不想听你狗屁一样的道歉,听我空洞的谎言。要知道问题不在于谁的女儿,也不在于什么毒品,而在于他勇敢地向你展示了自己腐烂的内脏,希望你和他在一起时不再感觉自己是坏蛋,希望你明白你们俩被揉捏成同一块黏土了。他在同你面对面,像成年人对成年人一样交流,而你却抓住他裸露干瘪的耳朵,塞到侦查员的灯光之下。

你不想受恩于他?不想欠那个胖乎乎的科尔查文?

但现在:你同这个钓鱼者之间的账永远算不清了。你的一生都将在他的钩子上,在他的算计中。

白痴。无法解决的问题。

我现在怎么才能解开你制造的麻团,别佳·哈辛?

该怎么面对母亲?怎么面对妮娜?

他真想重新打开手机,检查一下她是否写了什么。要知道一切刚刚发生在早上——医院的走廊,病房里西班牙歌曲的回声,妮娜的叫喊。妮娜——还不能让妮娜奇卡①这么长久地一个人待着,她需要有人照料:她似乎正确决定了一切,可谁知道呢。伊利亚真想看看她,想立刻浏览她的照片,一有空就想。

屋里回声很大。到处都亮着灯,是伊利亚打开的。

他很想重新打开手机。

---

① 妮娜的表小表爱称呼。

因为现在这已经是他的生活了。

*　　　*　　　*

他走出门口,神经兮兮地环顾四周。微弱的路灯下有一些黑影在晃动,这些人本应老老实实回家,回到温暖的地方。乌云再次布满洛勃尼亚的上空,以免当地人看星星忘了回家。

谢尔戈与妻子搬到了炮兵连大街的新房里了——伊利亚从家里过去要十分钟。这十分钟他边走边想:现在已经可以打开手机了吧?她们可能会担心。妮娜,母亲。

半路上他停了下来,按住按键。

该死的机器启动了。

它沉默了一会儿,然后叮咚一声——瞧!有人找他。他打开屏幕——脉搏加速!但是一个多余人:朋友戈沙。

"别德罗!心情怎样?我这……"伊利亚甚至不打算进WhatsApp,也不打算读完。戈沙,你这个不知疲倦的小丑。滚一边去,我其至都不打算给你回复,忍着吧,再忍忍吧。

再没有其他人发来的任何东西了。

他再次关机,以免联邦安全局的人定位到谢尔戈的房子。

他想起来该往哪儿走,目的是什么。

他神经质地拨通了对讲机,接着里面也响起了神经质的应答:"你好!请进!"

入口处有很多鲜花,宣传标语表示在庆祝民族独立日。这里的一切都装模作样,就像牢区里欢迎从莫斯科来的委员会一样。这里的电梯也没被尿湿,按键还包在铠甲里——预防伊利亚这样的人。

楼上是迷宫一样的住宅,里面挤满了年轻的幸福家庭。谢尔戈在小平台上迎接他,保持着微笑,就像没系皮带的裤子——只要一看,就会掉下来,而下面是——裸露的性器官。

"如果我使你不安,你就直说……"伊利亚请求道。

"你说啥呢?一切正常。你可是我的朋友啊。"

"我们可以就在这里说一下,不一定去你家,如果……"

"拉倒吧!斯塔西娅把茶都煮好了,是普洱,上海的上流家庭里常喝的那种。走吧。只是请你在走廊里脱鞋,please,我们家生了一个'吸尘器',他会把一切都吸到自己嘴里。今天是第二天没发烧,呸呸,希望不要好话说早了,再也不希望有这些麻烦了。你不咳嗽吧?"

"好像不。"

"嗨!焦玛,这是伊利亚。伊利亚,这是焦玛。这是斯塔西娅。"

斯塔西娅变时髦了一些,头发剪短了。她专注地看了看伊利亚,没有把脸递上去让他亲吻。她点了点头,然后抓起一脸严肃、胖嘟嘟的小男孩的手,去儿童房了。屋里有一个儿童房和一个大人房:他们总共有两个房间。

厨房里普洱茶在冒烟——就像在烧沥青一样。伊利亚没有闻出诚挚的味道。他感到自己像别佳的朋友戈沙:早就被人讨厌。他的预感不断加剧。斯塔西娅倒了一杯沥青一样的茶,说她不准备打搅老朋友,就躲到儿童房去了。那儿传来动画片的声音,却听不见她的声音。也就是说,她在偷听他们的谈话。

伊利亚不怪她:她并不坏——她只不过是一条母狗,只会看家罢了。

"嗯,你怎么样?"谢尔戈问道,"自由后的最初几天怎么样?"

"感想太多,"伊利亚说,"各种各样的。听着……我来你这儿,是想借点钱。请原谅,我直说了。因为太紧急。"

"这样啊,"谢尔戈眨了眨眼,"多少?"

"五万,如果有的话。五万。"

"我……嗯。马上,等等,我到斯塔西娅那里去一下……商量一下。"

"我周五前还。"

住宅很小。

"哈,周五前!"谢尔戈还没走出厨房,斯塔西娅就从墙那边回应道,"他周五哪来钱还?"

"我会来的。会送来的,"伊利亚直接开始和她讲了,"我急用。"

"只是我们刚刚从斯里兰卡回来……"谢尔戈夹在他们中间左右为难,"好像花费过大,你应该知道。"

"还有贷款呢!"斯塔西娅提醒道。

"只借到周五!"伊利亚坚持说。

他已经明白,现在他马上就要被撵走了,也不会借钱给他。这已经是侮辱了,而不是朋友间的谈话。但哥伦比亚在那里散发着朦胧的光芒,不希望只是变成幻影,强迫着伊利亚为之一搏。

"塔玛拉·巴尔娜怎么啦?"谢尔戈小心地插了一句,"难道她不能……"

"不能。"

他还不想对他说,这五万卢布是自己的救命钱。怎样才能向谢尔戈乞求,得到这生命呢?他在谢尔戈面前已经很羞愧了。离开时他和他一样,可回来时……他们可不是一般的朋友,而是死党。死党从牢区出来,一副像狗盆一样萎靡不振的嘴脸,喷着酒气,眼睛深陷,来乞求一个月的工资,对着上帝发誓会还。你成什么人啦,伊利亚。

"我这儿有……"谢尔戈把手伸进钱包。

"一分都不行!"斯塔西娅斩钉截铁地说,"周五就要还贷款了。谁去银行贷款买的小推车？是我？还是焦玛？"

"咱们不要当着外人的面说这些,斯塔西娅。这话说起来很长,谁……"

母狗的警惕性很高。

"好吧,这个……我是来……我现在走吧。"

"不要,坐会儿吧,"斯塔西娅钻进厨房说,"是老朋友啊。释放了。你们多久没见了呀。"

但她毫无惧怕的神色。

"我走了,谢尔戈,"伊利亚对他说,"我有什么不对的地方,请见谅。"

*　　　*　　　*

你指望什么？指望友谊？指望回忆？指望朋友为基坑的事情还情？

他站在院子里,头像铃铛一样叮当叮当响。哥伦比亚因为零度的洛勃尼亚而融化,沿着冈瓦纳大陆的缝隙裂开。石英和花岗石构成的天空开始收拢,于是从天到地的距离不超过十六层楼高,而宇宙成为一个无法证明的臆想。

他无法躲避,无法溜走。他们会找到他,把他抠出来,揪出来。他无法躲避报应。报应总会有的。

可我的七年时光呢,他对自己喊:为什么遭到这样的报应?!全是谎言,谁也不会因为什么事而付出代价,也不会得到任何奖赏。上帝总是骗人,而人们为自己臆想出公平,目的是不要互相残杀到只剩最后一个。

他打开手机,想平静一下。现在有什么好失去的呢？

戈沙的短信又出现了:"别德罗！心情如何？我这就……"

伊利亚手指划过,抚摸了一下——好吧,咱们看看,你那里有什么,他自己先发短信了。为什么？他可是诅咒过别佳，并抛弃了他。

他还想继续说完白天没想出来的诅咒？或者是母亲逼他现在打的？为了家庭的和平？他会咬着牙说：我原谅你。但实际上他永远不会原谅。或者的确在一天内冷静下来，决定重新接受儿子了？

伊利亚给他写道："我在当卧底，不能讲话。"

"就是说，你还能写？满口谎言！"父亲再次用大写字母给他写了一堆文字。"给你母亲说当卧底去吧！你只是害怕谈话而已，你总是这样！"

仅看看这些大写字母和感叹号伊利亚的眼睛都花了。不，父亲没有想过和他复合。他想抽打别佳——抽打他，像别佳整个童年时他竭力想做的那样。

"这是她教唆你给我写的信，是吗？谢天谢地，她还不知道到底怎么回事！"父亲还没等伊利亚回复，就继续吼叫道，"好，你去给她说吧，只是不要折磨我！"

"不对。"伊利亚反驳他。

他不得不等待回复：父亲打字很慢。也许，他无法将他僵化的手指放在很小的按键上——或者在找合适的词。

"太对了！你其实唾弃我们！唾弃家庭！你只对你的毒品感兴趣！你出卖我是为了毒品还是为了肩章？"

"我已经道过歉了。如果你愿意，我再次请求道歉。"

"我把父亲的头带来了。"伊利亚回想起这句话。瞧这是盘子，放上来吧。怎能原谅这样的事呢？而且他还嘿嘿笑了。

这种笑仿佛是从疯子嘴里流出的泡沫。是因为病了，而不是因为快乐。

"我不需要你那没用的道歉！我想知道，对你来说，到底有没有什么神圣的东西?"

这突然激怒了伊利亚。

"可你自己不也满口谎言吗?"他立刻发给他,趁自己还没改变想法。

"你怎么敢这样!不知感恩的狗崽子!"

这不是你父亲,他也不是写给你的,伊利亚轻轻地说出声。你应该请他原谅,你请过了——替哈辛。现在只需躲开他,远离他。这只是一些屏幕上的文字,不要让它们牵扯出你,暴露出你。

"你为什么沉默?"

伊利亚回想起别佳父亲的脸:不太健康,有点发黄,下垂的皮肤,深陷的双眼。回想起他红棕色的头发,染过的。他想象着,这张脸现在如何扭曲。拧巴着,拧巴着。不,他是不会让别佳以沉默敷衍过去的。他想把他搔得流血。

神圣的东西……神圣的东西。难道你不是坏蛋?

"你为啥来教训我?难道是我背叛了她?"

"可你难道没有背叛自己的女人吗?!你那心爱的姑娘叫啥,妮娜?"

他回复得如此迅速,以至于伊利亚觉得他提前准备好了一切,计划好了一切。实际上这就是父亲现在给他写短信的原因。瞧他说的啥:关于背叛。显然,这个话题他们之间没有达成协议。父亲向杰尼斯·谢尔盖耶维奇投降了,把自己的工作给了他,接受了自己年老的事实,活生生地咽下了背叛。别佳因此被抽打,被诅咒,被赶出家门。但不知什么东西继续在尤里·安德烈耶维奇体内聚集并激怒他。还有什么东西,像木刺一样。

难道他害怕自己的儿子?

他害怕儿子有一天终究会把他告发给母亲?他想从别佳手里夺走这张王牌。用自己的手段——怒吼,病态的方式,给别佳施压。寻找他的良心在何处,以便狠狠地戳中他的良心。

是你挺着老人的大肚子把他拽到你的澡堂,让他在那里和你一起淫荡,然后现在你要因此而指责他?

"这不关你的事!"别佳反唇相讥道,"好像你很关心这似的!你不会是为了这个而带上我的吧?"

"没有人强行从你身上扒掉裤子!"

"你也一样!"

"我没有说这是正确的!但那里的一切都让你感到满意!"

"那你想给我证明什么?证明我和你一样?"这回伊利亚不能为自己说话了,而是为他。于是就说了。

"我以为可以信任你。"

整个这场谈话只为一个目的:把钩子往软肋插。

狗崽子,干部都是人类灵魂的工程师。但跟自己的儿子能不能不要玩工程学?

"我什么也没有对母亲说!而且不会说!这你也感兴趣?"伊利亚忍无可忍,"好了,再见!"

然后他不说话了。

伊利亚在座位上坐立不安,轻声骂娘,用手指擦掉窗户上的蒸汽。对面坐着一个女人,像看着一个羊痫风病人一样看着他。

"你和我一样?我无法明白,我怎么生出你这样的儿子!"一分钟后他又火冒三丈地发来一条短信,"竟然把自己的父亲出卖给机关!"

你还想从我这里得到什么?!

那你应该有个什么样的儿子?

"你把手伸向父亲!伸向家庭!原本应该有自己人和他人的区别!可对你来说难道没有区别?"

"可难道对他人可以为所欲为?"伊利亚为自己问了这句

257

狠话。

"别耍滑头！这有什么关系?！"父亲怒吼道。

"我难道自己长成了一坨狗屎?"

"我可没想把你培养成这样！"他否认，"现在杰尼斯不是你的父亲吗?！去问他吧！他们就是你那样的人渣，所以选了你！他们为什么抓住你了？因为你的毒品和你的愚蠢！藏在爸爸后面！于是就把爸爸出卖了！"

"可我应该躺在克谢尼娅的身下来获得原谅,是吗?"

"这个女人很正常！"

他回想起,这个母狗如何满脸嫌恶地对别佳的各种疏忽大意指指点点。原本应该为此好好揍她一顿,可别佳没有让自己这么做。他强忍着,直到有一天逃跑。他害怕破坏父辈们的关系。

"可我是一个正常的男人！我不想欠她任何东西！而且她一点也不正常！一个被宠坏的烂女人！"

这一点父亲也意料到了：

"我老了才干上将军！你与科尔查文在一起能以十倍快的速度飞黄腾达！四十岁就可以当将军！一切都为你准备好了！一切都安排好了！盘子里啥都有了！只需要拿就可以了！"

短信一条接一条地叮咚响着。然后他企图再打电话过来,但伊利亚再次扔掉手机。"混蛋。"

"可我也许不需要这些！我也许想得到自己的肩章,而不是她！"

"可自己的从哪儿来呢?！你自己的难道全都干净吗？通过牺牲父亲你能得到中校的头衔?！来吧！这不是你通过自己的努力得到的,而是投机取巧得到的！"

伊利亚沉默了,默默地憎恨他。但父亲不让他安宁。

"假如你有洁癖,可以去红十字会！但你却当了警察,你喜欢！出卖父亲,只是为了能继续服役！当律师太渺小,啊？要给法官满箱子满箱子地送钱,还要绕舌头！你不愿意？不愿意！因为你明白,当警察意味着什么！意味着人们尊敬你！尽管我不是将军,可我这里的接待室到处都是将军！你们委员会的人跑来跪舔,只是为了让我批准他们的人！你以为不送钱吗？送！可就让他们像哈巴狗一样效劳吧！让他们求情吧！就这么回事！他们把自己的盗贼弄来让我批准,全是垃圾！他们喜欢垃圾！律师——算什么！"

"萨韦洛夫站,终点站。"

这次他舍不得打出租,而是坐地铁。但父亲甚至把他从地下也揪了出来。

"你还是小屁孩的时候就整天戴着我的制帽,光着屁股跑来跑去！是她想让你去当律师！"

"她也许是想保护我。"伊利亚给他写道。

"假如我有一个女儿,就让她去娇宠她吧！可我有个儿子！不能把他教育成无能儿！这个社会不知道谁会把谁吃了呢！"

他又心烦意乱地抓了一会儿手机屏幕,在黑暗中把自己也抓伤了。

"可你有没有想过,有一天你也可能被吃掉？"伊利亚平静地问父亲,"或者我被吃掉？"

"谁能把我这个秃顶老头吃掉,如果不是你把我出卖给他们！"

很拥挤:整整一车人都活在自己的手机世界里。所有人在手机里的生活比在车厢里看其他人的后脑勺有趣。列车来来回回运载的全是行尸走肉。技术真神奇。

"可你自己想吃谁就吃谁！"

是的。

不是。

"你知道吗,有一次我把一个小伙子送进监狱待了七年。暗中给他装了一小袋白粉,"伊利亚慢吞吞地、若有所思地敲着字母,"比方说,这也是?"

"嗯,你已经因此得到上尉肩章了! 陈谷子烂芝麻的事了!"

伊利亚扑通一声跌倒,跌入某个比环线更深的圈里。

里面很黑,很烫。

"可小伙子不可怜吗?"

"你是不是在那儿喝酒? 为啥老问可怜不可怜!"

车厢的人实在太多,而空气实在太少。伊利亚冒汗了,把一个皮肤黝黑的人从自己身上推开,那人做了一个龇牙咧嘴的憎恶表情。

"听着,无耻之徒,别挤我,否则我现在就把你变成小丑。"伊利亚因为瞬间的仇恨而气喘吁吁,低声对他狠狠地说道。

那人急忙闪开,挤进人群。伊利亚歇了一会儿。他想起该如何说人话。

"可你怎么看,生活中的某一天不会为此付出代价吗?"他给父亲写道。

火车轰隆一声钻进隧道,通信断了。

只有侧面和铰链处偶然闪光,空气在呼啸,大家像醉汉一样东摇西晃。伊利亚也摇晃着——仿佛在气泡中:似乎他身上有臭味,人们都蜷缩着身子躲到一边去了。他抓着扶手,因为刚才写的东西而诅咒自己。诅咒的同时又等着别佳父亲的回复——贪婪地、带着不祥预料地等着。

到下一站才等到回复。

"这事说过多少次了! 我以为你早把他忘了!"

伊利亚解开上衣的纽扣。然后干脆脱掉。

他咬着嘴唇。

"忘掉谁?——他吗?"

"那个大学生。别佳!这是什么时候的事了!他也许已经出来了!"

他晃了一下,一下子身体朝下撞在坐着的人身上。他们不满地嗤鼻,重新坐好,但他听不见,也看不见。

别佳?是这样吗?

好久都忘不了?

"不想吃别人就意味着你会被吃掉!该死的生活就是这样!你应该在我们的双城子①学校学点实用智慧,而不是你们的警校。"

原来是这样。

"好吧,"伊利亚耸耸肩,"也许,你是正确的。好了,快没电了。"

* * *

他站在那儿,远远地望着这个井盖。最后一批人从旁边走过,他们坐进自己的漂亮汽车,耳朵和肩膀之间夹着手机,与亲爱的人说好晚上见。窗户里的灯一个个熄灭,停车场空了。但不远处还有一个小餐厅在营业,橱窗里可以看见吃饱的公民,他们懒洋洋地翻动着盘子里的食物,无声地碰着装着深色红酒的酒杯。

他来早了,但无处可藏。如果走进这个餐厅——就要掏五百卢布买水喝。这和打出租的价格一样,可拿上白粉后最好坐出租。莫斯科就是这样一个城市:钱可以替代空气。

---

① 双城子,俄文称"乌苏里斯克",是俄罗斯滨海边疆区的一个城市,坐落在兴凯湖平原上,科马罗夫卡河和拉科夫卡河之间。

三天过去了。仿佛过了很久。有没有过周五晚上？这三天他觉得一切都是梦。有时候伊利亚可以好几个小时不回忆做过的事。可以的,如果没有手机的话。

但手机在——这意味着一切都在。

井盖结实地盖着,像墓碑一样。

旁边停着一辆越野车,后轮差点碾了他。应该等等,让车主出来,把车开走。

他冷得上牙对不上下牙。

餐厅橱窗里的人逐渐走散,几乎不剩汽车了。穿着不耐冻夹克的塔吉克工作人员坐进塞得满满当当的"嘎斯"汽车,出发去一百人合住的三居室住宅里过夜。

伊利亚快冻僵了。

双腿把他带向那个他杀掉哈辛的入口处。心跳又开始加速,尽管他已经完全让它平静下来。天很黑,伊利亚打开手机照明,开始看地面:有没有痕迹？

那里全是一条条的白垩带——可能有人拖着装满灰泥的麻袋走过这条路,就像给瘀斑打上粉扑一样。伊利亚在有些地方看见了红褐色的血迹:犯人自己能很快发现,而塔吉克却看不见,因为他们自己的事情已经够多了。

但血迹有。就是说,一切都有过。

角落里的闪光让人想起周五的镜头:哈辛当面给他塞证件,他蹲下了,开始用手捂住伤口,他掏手机,准备给什么人打电话。

涌起一股恶心的感觉。一切都发生了,一切。

他为什么回到这里？

但后退是不可能了。

越野车孤零零地停在那儿,像被扔掉了一样。周围已经全空了。伊利亚又在边上来回走了一会儿,然后蹲在井盖边:怎么打开它?中间有一个小孔,只能抓住它。生铁冰得刺手,有一吨重,用手指无法把它掀开。伊利亚又钻进入口,开始在那里翻找:找工具。找到了建筑工人用的铁棒,把它当作杠杆,勉强撬起井盖,然后把它拖到一边。

有爬梯通向井的深处。

看不见底。

伊利亚再一次转了转头:没人。他没有力气继续等了,甚至已经绝望地颤抖了。应该赶紧把一切做完:下去——上来,把井盖再次合上,然后给戈沙打电话。

他徒手抓住冰冻的把手,下到黑洞里。

爬梯的把手全都覆盖着冰层,伊利亚的手指不停往下滑,脚也打滑。始终探不到底,很深。伊利亚起初想把手机叼在嘴里照明,但害怕把它摔碎。外面的灯光只能照亮最上面的部分,然后全是漆黑一片。

可如果井里突然没有他怎么办?

为什么好几天都没有被发现呢,而且旁边就有人在干活——不奇怪吗?在时髦的办公街区。

他会不会没有完全死掉,自己呼救,然后被人弄出去了?但没有联系父母,也没联系妮娜——因为失去知觉,失血太多?万一伊利亚没有杀死任何人呢?

有一下他差点掉了下去。他勉强抓住下面的扶手,悬空在那里。突然,一切结束了。腿碰到了。是别佳。

他在这里。硬硬的,冻僵了。曾经的一个活人。

伊利亚小心地在旁边站好——刚好站在空隙处,站在边上,他不希望无意中踩到他的脸。他掏出手机,哈气暖了一下手,然后打开手机灯光。

他还是那个姿势躺着,仿佛想翻跟斗:头朝下,身体向上翻。

他没发现那里没地方可翻跟斗——左右都是管子,但管子用格栅隔开,格栅上有锁。不舒服的姿势。

应当把别佳放得舒服一点,把他翻过来,让他能看到四周。他已经完全冻僵了,甚至结成冰了。井里可没人上班——因此里面与外面一样冷。

伊利亚做的第一件事就是把他翻到一边,放到边上。哈辛不听话,而且非常重。在自己奇怪的翻跟斗动作中,他找到了某种最后的平衡,而且不希望有人打破他的这种平衡。

他用光照他的脸:脸被毁了,眼睛睁着,眼白里充满红褐色疮痂,卷发粘在一起,凝结成硬壳。边上是刀子。

一阵恶心,但忍住了。

你好,别佳。

我在那里,在外面,扮演你的角色,已经忘记你和我的界限。已经开始认为你不存在了。可你存在——就在这里。可那里是谁?

好吧,请原谅,我需要清理一下你的口袋。

他把手伸进上衣的右口袋,好像是上面的口袋——啥也没有;把手伸到他沉甸甸的侧面——左口袋。

突然上面——传来声音。越来越近,越来越响。

"当然和他继续!如果可以,就今天,周一!"一个姑娘在开玩笑。

"这些都是虚设的嘛!"一个男子说服她,"咱们到我那儿去吧,我把汽车停在那儿,这样我也可以喝上一杯了。"

"你想计分吗?我现在就以 2∶0 赢了你!"她大笑。

声音越来越近。他们正走向那个该死的越野车。伊利亚赶紧熄灭手机灯光,脸朝下倒下。不得不紧贴着别佳。

"我一定要获胜。"男子说。

"不,周一真不行!我们可以把对决赛安排在周五吗?"

"当然可以!我们一切都可以!可是,今天让我开车送你回家吧?否则怎么办,你现在在冰天雪地里打出租吗?"

"嗯,正好可以清醒清醒!"她哈哈大笑。

"来吧,趁他现在往你这里开,咱们到我的车里暖和暖和?"

"重要的是不要暖和过头了,瓦吉克。"

"我自己很冷静。"

别佳还没开始腐烂,他散发着白雪、混凝土和铁锈的气味;他身上还没有任何死尸的味道。寒冷的白天和霜冻的夜晚,将他保存完好。

上帝呀,别佳。

这是你吗?那个让我吃了官司的人?那个当时在舞场上决定扫除我的人?那个我杀死的人?

哈辛用坚定的目光饶有兴趣地看着附近的墙壁。

"哎呀,瓦吉克,小心,这里的井盖是打开的!你开出来时要小心!"

"临时工把这该死的东西留下了……也许,应该合上?否则会有人掉下去。"

"可下面没人吗?"

"喂!"他们往井里喊了一声,"里面有人吗?"

伊利亚屏住呼吸,把白花花的手藏在身体下面。如果这个男子的车里有一般的手电筒,伊利亚就完蛋了。

"没人。来吧,咱们把它盖上。"

然后伊利亚能从里面打开吗?!怎么打开?

现在就对他们大喊一声,爬上去?可他们如果突然往里面照,询问,看见……不。于是他继续脸朝下趴着,静静地,像个被扔下去的死人一样。

男子呼哧呼哧喘气,铁盖咔嚓咔嚓响,轰隆一声,落在了原地。结果,井里原本是浅黑色,伊利亚已经习惯没有光照也能看清,现在从上到下漆黑一片。真得谢谢你,这个王八蛋兼好人。

这两人把他封在井底之下了,然后他们仿佛留守在那里:透过盖子传来他们断断续续的说话声和笑声。伊利亚无法抬起身子,他小心翼翼地打开手机光,微微动弹了一下。

我俩会不会永远留在这里,别佳·哈辛?我似乎也罪有应得?

那咱们就稍稍欠一下身子吧,你左口袋里是什么?什么也没有,一百卢布。他把手插进他的裤子:摸后面的口袋,前面的口袋。没有钱包。有汽车钥匙,房子钥匙。

不知为啥我有点羞愧,别佳。羞于打搅你,羞于搜刮你。感到羞耻很愚蠢,可的确感到羞耻。

今天你父亲对我说了那些话。其实是给你说的。你有多少次怀着这种心情回想那个大学生的事?

难道你对碾我的事并非无所谓?还经常和父母说,你因为我而得了大尉军衔——有点心虚?那时你心里是什么想法?啊?哪怕给点暗示也行,既然你不能讲话。

上面的人还在外面闲聊,不停地倒换着脚,跺着地面。

应该伸到胸前口袋摸摸,但别佳不知为何奇怪地用手紧紧按住,妨碍着伊利亚。

哈辛被冻得紧巴巴的肌肉有着非人的力量,伊利亚无论如何也战胜不了他,无法把他的手挪开。

你难道后悔注销了我的青春?

我对你而言原本是个外人,就像你眼里的垃圾,靴子上的脏泥。

外面的声音消失了,越野车的门似乎啪的一声关上了,马达启动了——但运转的声音不大也不小,在空转。难道他们在车里亲吻？

他还要在这里待多久？！

他回忆起别佳的最后一个晚上。他叫他的几分钟前。他拥着一个耍脾气的荡妇，手里拿着手机。醉醺醺的，吸毒过量的样子。迷乱恍惚。就好像被亲人五马分尸了一样。这是一个被酒精和白粉毁掉的人，是一个不可饶恕也不打算请任何人饶恕的人。

我在不对的时机拿走了你性命，别佳。

我在不对的时机把你拽走了。所有连接你和一百多人的那些导线，由于高压而发红。你还有多少事情要办，还有多少话要谈。

可惜，我不知道。我不是故意的。

知道吗，小伙子，我理解你。摊上这样的老爹你能有啥机会成为正常人？他周围的人不是你干掉我，就是我干掉你。在他那里，不管你做好事还是坏事，啥也不会得到，只会因为弱点和笨拙被拿捏。他只希望别人像哈巴狗一样在他面前效劳，鬼知道是什么原因，也许因为他曾经在自己的双城子兵营里像哈巴狗一样在前辈们面前讨好，而且你也看见了，他像被上了发条，而且一上就是一生。或许并非如此，可有什么必要去理解他，理解他为什么要这样，非要让人屈服，让人死翘翘。你瞧他一直在逼你，一直在逼你，希望一切按照他的意志来：当警察，挣军衔，娶将军的女儿，这就是他希望你过的美好生活，他以为你是铜丝拧成的战士，他在自己的局里已经习惯将你这样的人拧来拧去了。可你不知为何是钢铁打造的，尽管有这样的父亲，你却根本不会弯腰，宁愿把自己折成两半。他逼你，拿捏你，可你突然断成两半了，他手里只剩下两块在极端中断掉的、热乎的、挺直的残骸，可他还不知道这一点，还什么都不明白，还始终想获胜，想自己说了算，想让你为自己所做的一切忏悔，想让你继续按照他的旨意生活。他不知道你再也不在他的权力控制下了，可即使知道，和这样的老爹在一起你还有啥机

267

会,问一问——机会为零。

别佳沉默着。蜷曲成一团躺在那里,像一个被打掉的胚胎,脸上是红褐色血块,冻硬了,结冰了,也不会因为白晃晃的光而眯眼。

伊利亚拥抱了他一下,把手指伸到他的腋窝下,伸到贴近心脏的口袋,别佳曾经从里面掏出证件塞到伊利亚的眼前。然后他在那里摸到了装着粉状物的小塑料袋,找到了珍宝。他抽出来:是一个黑色的小塑料袋,与哈辛在"天堂"往他口袋里偷放的一模一样。完全一样。只是里面包的不是六小袋,而是三小袋——每袋两克,专属别佳的定量包装,伊利亚一看就认出来了。

当他拥抱他的时候,还要把自己的热量传给他,于是冷得难以忍受。可别佳一点也没热起来。上面的人还在沉默,坐在自己暖和的汽车里,边笑边亲吻,哪儿也不着急去,可伊利亚在与死者的拥抱中,慢慢快死了。

机会为零。我不想说,你没有任何责任——你做的事情是事实。但要知道,我是理解你的,小伙子,但请你也理解我。我这两天去了教堂,那里寂静无声,但我们身后都有罪。正如你认为的那样,我成了罪人,但你也是罪人。可如果教堂里的人全都在忙着做生意,而遵守教规者全都悬在宇宙里,一点也不了解地球上的事情,那么谁会来饶恕我们,他们又能饶恕我们什么。什么都不能,混蛋,这些喋喋不休的人不会让我们感到轻松,我们只能互相帮助,你帮我,我帮你,我已经理解你了,你也要理解我呀。

他肯定唾弃伊利亚的喋喋不休。

伊利亚的脚趾已经不再有感觉了,麻木了,开始想睡觉。为了不睡着,他揉捏着别佳的小塑料袋,听着手指发出的声音,就像那里有细沙在咯吱响一样。

突然——他似乎看见别佳拿着家里的钥匙走到格栅上的锁跟前,在细孔里匆忙捅了几下就打开了。然后他推开生锈的栅栏,四肢沿着管子爬行,沿着结冰的地下小溪爬,寻找温暖的地方,想暖和暖和。然后他看见了支流,它流向家,流向洛勃尼亚——千真万确,不知为何伊利亚百分百确信。于是他也拐到那里,然后朝后望了一下——不知谁跟在他背后悄悄地、笨拙地爬着。他用手机灯光照了一下——是别佳,他也在用四肢爬行,但爬得很艰难,因为头向下扭着,紧贴着胸部,无法用眼睛看路。他眼睛看不见,可一丝不差地跟在伊利亚的后面,在所有拐弯处都选择了正确的方向,也许是根据气味吧。很明显,伊利亚不可能摆脱他,哈辛虽然不能立刻,但迟早会根据余温尚存的痕迹找到通往伊利亚家的路,并声称自己来做客。

上面汽车轰鸣了一下,伊利亚惊醒了。

马达声在一秒钟内消失在远处了。这下好了,他们走了。自由了。

伊利亚的手指几乎无法弯曲,不得不伸到腋下暖一暖。他微微下蹲了一会儿,尽量不倒在别佳身上。腿很痛,肌肉开始发僵。他稍微活动了一下肌肉,藏起战利品,开始费力地沿着刺骨的、打滑的把手往上爬。这条路原本只是用于下行的,伊利亚原本无法指望能返回了。但他想到自己马上就能给戈沙打电话了,想到明早第一件事就是去办护照,想到他能够而且应该来得及去哥伦比亚,想到他要坐的飞机,而从飞机——想到固执地想当飞行员的妮娜。

他的头颅碰到了铁块,差点把手松开。

不,他不会掉回死者那里。他将活着。他想活着。

他们是故意作对,想害伊利亚。

他又朝上挪了半步,像别佳那样垂下头,用背紧顶井盖——哼了一声——然后用力往外顶。他滚到冰上,把井盖放回原地,然后立刻摇摇晃晃,半弓着身子,头也不回地碎步跑向砖头迷宫的出口。

他到街上才给戈沙写短信,那时他已经明白,谁也不会在井边抓住他了。

"兄弟,好消息。哥伦比亚来的小包裹。"

"我想要一两袋。"戈沙回应道。

"我有六袋,都拿去存着吧,给你打折!"伊利亚颤抖的手第一次没有戳准按键,"总共五万!"

戈沙不出声了,大概在计算。交易很合算,伊利亚知道。折扣几乎是百分之三十。

"明天才能凑到钱!"戈沙最终决定。

"那明天拿货。早上。"伊利亚放出了条件。

"咱们明天在花园环线库德林站的'咖啡迷'一起吃早饭吧?十点?"

"超级棒。"

接着他又收到一条短信。是妮娜发来的。

"我要睡觉了。只想写短信告诉你,我整天都在想你。这不是矫揉造作的眼泪!是真的。关于你信中的问题:是的,我也非常害怕。但不管怎样我们都会冲破恐惧!"

怎么冲破呢,妮儿?

*　　　*　　　*

他跌跌撞撞回到家时已经半夜了。鼻塞,嗓子咳嗽,满眼是泪——要是有陌生人碰见伊利亚,一定以为他在哭。

他甚至忘记检查火柴了,他把它们放在门口,就是为了检查是否有人开过他家的门。他没有力气做任何事了。

房子里很冷,他走的时候忘记关上小气窗。

他在走廊里就直接脱掉所有外衣,所有内衣,然后赤裸着、颤抖着跑进浴室——把阀门几乎全部拧到热水——然后冲淋,冲淋,让冻僵的身体暖和过来。

他面朝墙壁,眼睛盯着方块瓷砖,浑身颤抖,觉得水不够烫。热水经过冷空气后,失去了杀气腾腾的热度,不烫,而只有一点温热。可他真希望被开水烫一烫。

他就那样瞪着眼一直盯着瓷砖——突然眼睛的余光看见了什么:不在后面也不在侧面,就在视野的边缘处。

仿佛透明的影子,但不是影子,仿佛悄无声息展开的一人高的玻璃纸。好像没肉体,但在动,是活的。

这是你黏上我并慢腾腾跟着我,因为我给你指引了回自己家的路?

心扑通一下,伊利亚突然转过身:直面这个鬼东西。

只是蒸汽在团团升起而已。

热水使浴室烟雾缭绕,蒸汽慢慢升起并结成人影。

是蒸汽。

14

周二气温零摄氏度以上,晴空万里。

乌云还在夜里时就消散了,仿佛在为某个法定假日排练。天气回暖了,甚至飘荡着完全充满春天气息的空气。人们对着仿佛进口而来的明媚阳光眯着眼,尝试微笑。阳光穿透车厢的窗户,在上面映出抹布留下的水痕和边角处的灰尘。

妮娜也发来令人愉快的短信:

"早上好!天气太好了!想和你散步!"

"早上好!"他表示同意,"但我在上班!"

伊利亚把小塑料袋塞进靴子。面对那些在任何人流中都像坚不可摧的水坝一样的警察,他很自信地走着:同时还看着手机,而这不知为何让他在他们眼里成了看不见的人。仿佛拿着新 iPhone 的人不可能是杀人犯或毒贩子一样。只是他们的警犬无法辨别手机,所以伊利亚把白粉藏进脚掌下,以消除气味。它在那里隆起小包,蹭着脚掌,提醒自己的存在。

伊利亚决定到最后一刻再警告戈沙,他要代替哈辛来——目的是让对方带着钱到现场,让对方十分确信有自己要的剂量,并让对方的渴望盖过疑虑。他先收到戈沙在 WhatsApp 里发来的一条短信,说对方迟到了,而他已经到了。于是伊利亚写道:"我被紧急召唤,我派一个人过来。"他没问戈沙会不会不高兴,而戈沙也没争论。伊利亚什么也不用做,戈沙的毒瘾已经像浪潮一样甜蜜地涌起了,像冷霜刺痛着他的脑神经。

咖啡厅其实并非咖啡厅,而是餐厅。伊利亚像个流浪汉一样走了进去。四周坐满了西装革履的东方男人、高不可攀的姑娘们。一张桌子后有一个似曾相识的演员在预报自己的某部电影。空气里飘荡着新鲜的面包味,入口处有一个橱窗展示精品糕点。门侍问伊利亚,里面是否有人在等他。的确有人在等伊利亚。

戈沙在沙发上坐立不安,脸朝着入口处。他一下子就猜出了伊利亚。四目相对——就有交流。戈沙摸了一下自己的头发——淡黄色的,乱蓬蓬的头发——于是伊利亚笑了一下。

"你是彼得派来的?"为了以防万一他还是问了一下,尽管已经伸出手要握了,"怎么,他有事?"

"他很忙。你带钱了吗?"

"全带来了!"戈沙信誓旦旦地说,"你着急吗?和我一起吃个早餐吧?本来我已经安排好了,可别德罗因为有事把我放鸽子了。这里的粥很好喝,奶酪简直棒极了,还有我的最爱——鲑鳟鱼土豆饼。配酸奶油,醉醺醺的。我很乐意请客。The friend of my friend is my friend.①顺便问一句,你怎么称呼?"

"别佳。也叫别佳。"

现实中的戈沙并不那么龌龊,完全不像他周六从夜店发给伊利亚的照片上的样子。这是一个普普通通的小伙子,比伊利亚稍大一点,只是因为夜生活而疲惫不堪。他在伊利亚面前不巴结讨好,也没趾高气扬,而是完全平等地交流。只想一大早找人闲聊。

伊利亚也想和活人聊聊。他们的想法不谋而合。

"来点土豆饼,"他对戈沙说,"只是我的时间不多。"

他坐在被浸染成深色的弧形木椅上——这样的椅子也许在农村他姥爷的老家也有。训练有素的女服务员在大厅里忙来忙去——所有人都有着聪明爱笑的脸,仿佛都是莫斯科大学毕业生一样。从橱窗窗户能看见对面红色普列斯纳亚大街上的一幢高楼。其他的全都沉浸在蓝光中。

"It's ok②,这就是莫斯科!"戈沙点头称道,"大家的时间都不太够用。你是做什么的?"

"我是做这个的。"伊利亚吸了一下鼻子,"你呢?"

"你们那里不会所有人都叫别佳吧?或者这只是为了保密?"

"别暴露我。"伊利亚向他使了一个眼色,感觉到对方语调的不对劲。

"我自己就是从事保密活动的!我非常焦虑,一号别佳教我,不要在信息交流平台写任何暴露性的话,然后我一直摸着自己的手机——我不用它的时候,它会不会发热?万一有人悄悄安装一个什么软件跟踪我呢!你们的人会不会跟踪?或者'No panic, it's

---

① 意思是"我朋友的朋友就是我的朋友"。
② 原文是用俄文字母拼写的英文句子,意思是"可以"。

Titanic'①?"

"我们的人啥都会干,"伊利亚自信地说,"所以说,你是干啥的?"

"啊,我什么都干!你知道,我们有一个神奇的国度——你刚开始一桩正事——立刻被禁止,或被没收!但这正常,就像狩猎旅行!人们跑到非洲去,想运回一些肾上腺素。你如果去美洲狩猎大象——绿色和平组织会把你喂仓鼠!在非洲狩猎没问题,可那里有可能把你当成猎物——看看那里像战士一样舞刀弄枪的孩子们吧!而在我们这里,恰恰像库斯托②与鲨鱼游泳,这就是生活。姑娘,土豆饼,再来一份土豆饼!给我再来一杯带酥糖的咖啡,你们有的,对吗?你要吗?非常棒!你认识别德罗很久了吗?那个最正宗的别佳?"

"七年左右,"伊利亚说,"工作认识的。"

"嗯,我也是这么认为的。可我呢,简而言之,开过一个自己的建筑公司,然后戴肩章的人也开始做建筑生意,不得不给他们让位。然后我开始交易股票,直到有一天也完蛋了,勉强抢救了一点自己的资金,然后开始和同伙人创业。结果那些人,那些金字塔上层的人,通过了一条法律,让我们的一切打了水漂。然后我们开了一个烟馆——这些人又禁止在卖烟的地方卖食品,于是我们又破产了。现在我给人打工,是发展部经理。但很难按时上班,瞧现在我就坐在这里,亲爱的编辑部。可这点工资对世袭的俄罗斯冒险家来说根本不够用,工资有损人的尊严。"

"同意。"伊利亚表示赞同,因为戈沙的眼睛在他那里寻求

---

① 意思是"别慌,这是泰坦尼克号"。
② 雅奎士-伊夫·库斯托,法国海军军官,探险家,生态学家,电影制片人,作家,海洋及海洋生物研究者。

支持。

"我是个赌徒,你明白吗,可赌场也被禁了。总之他们很棒,把一切一个个都禁止了。但我认为,禁止得越严格,人们就越想得到。比如苏联时禁止性爱——结果人们疯狂想做爱!是爷爷给我讲的。可现在可以用任何姿势,而且还有各种 Tinder① 软件,总之这方面没有任何问题,结果大家不知为何全都蔫了。我根据自己的情况判定,这也许只是睾丸激素下降,而不是丘拜斯的错。你觉得土豆饼怎么样?"

"很美味,"伊利亚承认道,"这样的东西我从来没吃过。土豆饼简直了,入口即化。"

"我说过嘛,simply amazing!②"戈沙对着阳光眯了一下眼,"既然说到睾丸激素,瞧那里坐着两位屠格涅夫式的娇美小姐,而且她们显然也想谈谈祖国的命运,可她们绝对无人可谈。这里除了你和我,祖国似乎与所有人无关。也许,我们建议她们今天一起搞个文化活动,啊?反正今天特别不想上班,天气这么好!当然啦,我是经理,不是吗?这两位看起来也是经理,既然能不上班在这儿消遣。就是说,咱们和她们属于同一个社会阶层,而且,根据她们的嘴唇来看,咱们和她们可能有共同的兴趣!这不,她们在微笑,看见了吗?顺便说一下,这是对我们的微笑!"他举起圆圆的咖啡杯,仿佛举着红酒杯一样,向两位小姐致敬。

伊利亚转过身去看:的确是两位小姐,非常漂亮,而且的确在嘻嘻笑。

"好啦,她们是我们的啦!顺便说一下,'车库'③现在正在搞

---

① Tinder 是一款手机社交应用程序,常用于约会与一夜情。
② 原文是用俄文字母拼写的英文单词,意思是"简直令人惊喜"。
③ "车库"是俄罗斯一个现代艺术博物馆的名称。

难以置信的展览。弄来了一个加泰罗尼亚人,这人似乎在搞什么欧普艺术①,全是3D。看过吗?好像有个什么约尔迪,在Village②搞过评论,总之——哇!或者可以去'慕泽昂'③公园,既然天气这么好,就邀请她们去那里沿河走走,某种健康生活方式,我们也赶一回时髦。然后既然要去特列季亚科夫画廊,就顺便去看看分馆,就在边上,很近。非常有文化气息,屠格涅夫都会惊叹!接着去电影院暖和暖和,红色普列斯纳亚大街上有成堆的欧洲国家年轻人在逛。或者相反,去封闭式滑冰场,这总能让她们感到暖和。而晚上可以去饭店,然后去某个卡拉OK,乌克兰宾馆有一两个不错的餐厅和卡拉OK。顺便说一下,一号别佳喜欢。这样充实的一天结束后,即使最冷漠无情的雪皇后也会回应我们的热情!那时我们再给她们安排可以说是真正的……"

"土豆饼。"伊利亚神色严肃地提醒道。

"完全正确!"戈沙大笑起来,"会非常优雅——一天从她们开始,然后以她们结束。环形结构,安排得满满的!去吗?你开车来的?"

"打出租。"

"哦,等等,怎么,有人坐到她们身边了?得了,我们真不幸,心里酸痒,真不平衡!哎!可如果打电话把别德罗叫出来怎样,万一那里并不需要他一整天都忙乎呢……"戈沙从桌上拿起自己的手机,在屏幕上滑动手指。

"他请求不要打电话,那里有一个会议。"伊利亚打断他。

"哦,那就给他发短信,好——好,不——不!"他以难以置信

---

① 欧普艺术,又称视幻艺术、光效应艺术、光学艺术等,是使用光学技术营造出奇异的艺术效果。
② 原文是用俄文字母拼写的英文单词,是一个网站名称。
③ "慕泽昂"是俄罗斯一个露天艺术公园的名称。

的速度写好了短信——伊利亚还没来得及在口袋里摸到手机的关机按钮。

叮咚一声。

"你有短信。"戈沙说,"Feel free①。我对所有这些礼节,比如与朋友坐在桌旁不能使用手机等,非常格格不入。"

"我等会儿再看。听着,我不反对你的计划。"伊利亚反驳道,想转移他的注意力,"但我刚刚同女友分手,伤口暂时还未愈合。"

"哦,I feel your pain.②以前我也有过女友,但别德罗给我展示了另一种生活,我那婊子不喜欢这种生活。现在我像春风一样自由。说实话,我很感激他。而且你知道吗,这样对我更好。我拖延和她的婚礼,一直拖,可之后明白了,我不爱她。分手后我才明白。而且这对她也好,她很快就匆匆嫁人了。这对我也好,我感觉简直从心里卸下了一块石头。这就是整个过程。知道吗?什么家庭呀,房子呀,孩子呀——似乎都与我无关。我赞同,人应该活在当下。有面包——很好,没有——那就舔舔手掌。有钱——请所有女人喝香槟,没钱——就靠贷款生活。在约会初期女人很喜欢这样的生活态度,但之后不知为何就执意不肯了。也许,我还没有成熟到可以谈大爱的时候。不得不为了这样的大爱而积累很多小爱。"

"听着,戈沙,"伊利亚说,"总之我还有一两件事情需要赶紧去办。我可暂时还不是经理。"

"理解!那我就坐到那些漂亮姑娘身边去。既然你和彼得都是这样的叛徒,我不得不去做英雄了……或许相反……土豆饼我付钱!"戈沙开始向屠格涅夫式的小姐们挥动纸巾,仿佛从逐渐开

---

① 原文是用俄文字母拼写的英文句子,意思是"请随意"。
② 原文是用俄文字母拼写的英文句子,意思是"我能体会你的痛苦"。

277

往巴登-巴登①的火车窗户挥动手绢。

"可我们的事情呢?"伊利亚提醒他。

"哎呀,糟糕!补货,都给忘记了!"他大笑起来,"可我们怎么弄?在这里会有点奇怪。"

"这里有茅房吗?一分钟后你过来。"

伊利亚在厕所里抖出小塑料袋,把它们揉散,甚至像弄除臭剂一样弄出咝咝声。他洗了一下脸。看了看镜中的自己并明白自己无法抑制住微笑。

"要坑蒙拐骗了,嗯?"他对自己哼了一声。

这个戈沙是与他完全相反的人。也许他现在从牢区出来后,也需要这样的人,可以把心灵的霜冻再除却一些。他甚至惋惜不能立刻抛弃一切,然后与戈沙从早到晚待在一起,感染一下他那傻乎乎的热情。

有人敲门。伊利亚打开——戈沙溜进来,做作地环顾了一下四周,仿佛讽刺侦探小说中的人物一样。

"真的有六克?"他问道,"让我看看。"

"绝对诚实,"伊利亚说,"看吧。"

"嗯,我也一切诚实!"戈沙掏出钱包,数了十张五千的票子,"可为什么会打折,你知道吗?货品正常吗?"他打开其中一个塑料袋,舔了一粒。

"促销,"伊利亚说道,"季末了嘛。"

"太好了。我原本是不会批量购买的,但既然价格是批发价……听着,想不想记下电话号码?"戈沙向他建议,"万一还有打

---

① 巴登-巴登是位于德国西南部的著名温泉疗养地、旅游胜地和国际会议城市。常常出现在许多著名俄罗斯作家的作品里。

折呢。或者我们以后聚聚。治疗你的创伤。Yes？[1]"

"Yes，"伊利亚说道，摸了摸他口袋里的手机，"我已经有你的号码了，别佳给我了。"

"那就好啦！Appreciate your business！[2]"戈沙握了握他的手，"向别佳问好！"

他们打开门出去。三个屠格涅夫式美女中的一个在排队等厕所。

"这当然不是您想象的那样。"戈沙说道。

* * *

他出去后又数了一遍。

他把一张票子对着太阳看了看。阳光透过钱并不晃眼。是真正的五千卢布票子，而且整整十张。新的，脆脆的，散发着新钱的油墨味——气味很像肥皂泡沫。戈沙是个不错的小伙子。

现在可以从这里大步流星去护照公司，步行就可以过去，他提前查看过路线。也可以跑过去——这十张票子给了多少动力啊。仿佛是戈沙给伊利亚充了电，而不是相反。

口袋里叮咚响了一声：是戈沙发给别佳的短信。

"事情已经完成！谢谢打折。你派来的这人是个不错的小伙子，你以前为什么不给我看看？（笑脸）"

戈沙在背后也说他的好话，伊利亚心里完全热乎起来。

他眯着眼看着莫斯科并想到：它只是看起来是由房子和马路构成。一切当然是人做的。你和谁在一起，就能看见什么样的城市风景。瞧，这就是一小块莫斯科，它从火车、汽车、甚至出租车的

---

[1] 原文是用俄文字母拼写的英文句子，意思是"好吗？"
[2] 原文是用俄文字母拼写的英文句子，意思是"感激你的生意！"

窗户里显现出来。那五条他双腿走过的街道——只是冰山一角，是铅笔在地图上弄出的嚓嚓声，而且地图还不是平的，它时而往上翘，时而往下垂。

某个车库里的什么展览，特列季亚科夫画廊的新分馆，被改造的滨河街，即将上映的千部电影，餐厅，还有——上帝啊——某个咖啡馆里美味无比的土豆饼——那么美味，以至于能把舌头吞下去，而为了一杯带酥糖的咖啡——出卖心灵都愿意！

什么都不会以洛勃尼亚结束，也不会从它开始。他曾经关于屋顶下艺术家的梦想——像电影中的镜头一样幼稚，而生活既奇怪又奢华。

莫斯科实际上还是原来的莫斯科。花园环线上沿路傲立着十几排外国品牌专卖店，而且这些兜售未来的专卖店一直在这里，只是现在的招牌做得更素朴罢了，朴素得如同教堂里的妓女。一切都在那里，在原地，只需要一位正确的向导。但这已经与伊利亚无关了。伊利亚也许很快就要告别莫斯科了，他需要的是哥伦比亚热带丛林的向导。

他再次把票子弄得沙沙响。

然后停下来。

有五万。

"标准"规格的葬礼总共需要花费两万四千五百卢布，这一点他牢牢记住了。那里的墓地还要花点钱。就是说，他可以现在坐上出租从这里直接回家，今天就把妈妈从太平间运回来，然后明天——安葬她。

不需要等什么交易了，也不需要等到周四了，会不会有这一天还未知。可以多付点钱，让人把妈妈洗干净，给她换上新衣服，可以把伊拉大婶叫上，然后两人一起送妈妈。这一切全都够了——已经够了，现在就够了。

还等什么呢?

殡仪代理的电话伊利亚牢牢记住了,现在就可以给那个女人打电话,让他们忙起来——他一个人终究应付不了所有的操劳。这样的话,别佳的这些钱将用在该用的地方,用在正确的地方。而不是用在逃跑上。

这可是他当初留下别佳手机的目的啊,难道不是吗?

现在他能提前完成当时计划的一切,不需要冒任何险。不需要拿妈妈的葬礼冒险,而且也不能这么做。

那又怎样,他问柏油马路。

那就——这样?

我们当时想出第一个计划时,没打算去任何地方。我们想的是妈妈躺在土里会更舒服一点,我不得不去做。但之后冒出了新的"红色十月",姑娘罗扎·古利娅,还有哥伦比亚。

这些现在应该忘记吗?他问空气。

不一定。

只需按照正确的顺序来做一切,就可以了。先处理死人,然后再考虑活人。今天安葬她,然后熬到周四,周四就可以用盗贼的钱预定护照了。藏在某个地方——钱不是问题。等拿到护照后就逃跑。一切都能成功。

但如果交易失败怎么办?他自问。要知道我首先得到伊戈尔那里为他们取货——可伊戈尔不想把货交给任何人,除了别佳。他们到时候不付钱,我也没办法为自己弄好任何护照。只剩下检查"马卡洛夫"的启动扳手,以免在他们来找我之前遭受太长时间的痛苦。谁会禁止我这么做呢?

可如果我现在就去支付护照费用,现在就去,同时指望周四,那么交易最终失败怎么办?伊戈尔如果拒绝把他的货给我,那我就没东西转交给穆罕默德了。可妈妈还要继续等我,等我把她救出来,而且会白等?假如我拿到护照:比方说,我一定能拿到——并有权逃离她,那我该怎么做?带着荒谬的红色证件但口袋没钱,又该怎么做?

人群渐渐围住了伊利亚,一个警察停在二十多步远的地方,开始对他产生兴趣。伊利亚从这里能看见护照公司所在的房子。他的眼睛从这个距离能看清房子的号码。那里可以以五万卢布的价格卖给他一个机会。也许,这是他们留给他的唯一机会。

他向前迈了一步。

再迈了一步。又迈了一步。

应该正确行事。

你别着急,妈,我会把一切搞定,如你所愿。

他看见过她如何与一个多毛的陌生男人躺在同一条被单下。脸背着伊利亚躺着,不看儿子。

他背朝那栋房子,开始离开。

如你所愿。也应该如此。

我现在从这里回到我们的洛勃尼亚,我给那个似乎有同情心的恐怖女人打电话,她会以最好的形式把一切给我们办好。我们把你放到柔软的枕头上,正正你的头,让你看着上方,你会看起来仿佛只是因为疲倦而睡着了。我几乎会把我剩下的一切全部花光,给你买一块地。如果可以的话,在上面种上一棵四季常青的云杉或松树,而且这块地将会在公墓僻静的角落——我反正也看不到你了,它越远离入口,你就越能安宁地躺着。现在听说一二十年后连死人都会很拥挤,如果没有人维护他们的利益的话。我的钱已经不够给你竖一块碑了,但那里会有一块体面的石头,我一定凑够钱买。你会满意的。

你会满意吗?

我不知道这之后我会怎样,我还要在世上游荡多久。跑到神奇的哥伦比亚,这种情况下未必能行。但你并不赞成我这个逃跑的想法,对吗?我虽然没给你讲我做了什么,但反正你已经知道了。既然你曾经因为一只流浪猫那样抽我,我又怎能指望你为一个人而饶恕我?你一定会对我说,必须偿还生活中的一切,是吗?要偿还一切。杀人并逃跑是不允许的,这既无耻也懦弱。我杀的是坏人,可杀的是活人,有什么可说的呢?我昨天尝试和他聊了,但他那么沉默,就像你现在这样沉默。

我一直一个人在那里:我朝井里喊,可回答我的是回声。

口袋里突然响起嗡嗡嗡的声音。

伊利亚没有立刻感觉到。苍蝇拍打翅膀般的声音透过皮肤组织传出来时——他才醒悟过来,捕捉到了。他掏出手机:是杰·谢。

您已经允许我周末前可以不在的呀,杰尼斯·谢尔盖耶维奇。为什么您现在又需要我了?为什么是现在?

他没有接电话:我在酗酒,或者又开始吸毒了,到医院找我吧。我把头缩起来。

其他什么办法都想不出来:任何谈话都会立刻变成盘问。他们学过用话语编制绳套,让人自己往自己说过的话里跳,然后闷死。

叮咚一声。

"哈辛,你在哪里?咱们见个面吧?别害怕,昨天的事你已经被原谅了!"

啊哈,被原谅了。杰尼斯·谢尔盖耶维奇没有忘记你,别佳,而且不相信你像平常那样酗酒或吸毒。夜晚已经过去,白天来临了,他又揪住你了。他会找你,直到找到为止。周四前能不能找到——这是唯一的问题。

手机停止嗡嗡叫了。

伊利亚沿新阿尔巴特街快步走着——从斯摩棱斯克大街沿着花岗石板走向阿尔巴特地铁站。

看得出来,大街不久前翻新过:给成人安了一些高高的秋千,书报亭四周用木头包起来,一个接一个地新开了十多家饭店。秋千上坐着正在休息的塔吉克人:小伙子摇着姑娘,姑娘哈哈大笑。太阳照在他们身上,看得出他们是普通人,他们连最简单的快乐也想要。伊利亚很高兴看到这些,他为塔吉克人叫好,为生活叫好。

他几乎快走到地铁了。拿起手机看路线,并将冰冷的手指贴在手机上面。他大吃一惊:电话很烫。为什么,既然它装在外衣口袋里,而且屏幕是休眠状态?发烫,就意味着一直在运行,可为什么一直在运行?

似乎一切处于关闭状态,但屏幕上方一个小小的箭头在亮着:就是说,GPS导航在运行。戈沙为什么在那里说跟踪软件——它能让没使用的电话发烫?

他们悄悄地给别佳戴上了脖套,当他从他们手里拿东西吃的时候。起初他们将缰绳放成波纹状,让脖套只在打结处发出哐哐声,以此提醒狗,它不是狼。而现在他们开始把缰绳往手上缠,以便需要时把已经被遗忘的狗拽向自己。铁刺套进伊利亚的脖子,紧抵喉结,摩挲着动脉。他们只需用力一拽:"我说了到我这儿来!"

他转身望着摇摇晃晃的他们——对他们大怒。

为什么你们这些混蛋能活着,而我不能?!

他按了关机键,关掉设备。

他迷失了方向:原本应该直走,他却取道左边。

我朝井里喊了,妈,我还能朝那里再喊一个问题吗?

监狱原本是一种惩罚,这本应该是偿还做过的事,对吗?或者这关乎教训?你作为一个教师来告诉我吧。这是惩罚偷杀抢掠的那个人,还是教训别人不要披着那个人的皮来偷杀抢掠?我到底做什么啦——只因为把灯笼放到水里,就给我判七年刑?就是说,这不是对我的惩罚,而是教训,希望我以后不要和警察争论?或者这是某种生活的教训,而我需要花七年时间来学会?学成医生也用不了七年呀,去他妈的,什么教训这么沉重?!可别佳被教的是什么东西呢?是不需要偿还,只需摆脱即可。如果勇敢地干掉别人,那他们就来不及谈复仇。我们国家难道不钟爱虐待者吗:是出于迷信还是出于羡慕?你的教育我在牢区里很受用。你把我培养成了一名好的牢子里的人,而他们把别佳培养成了好狱管。你要知道,这是两重世界。一踏进监狱——你就立刻面临考验。妈,他们把扫帚塞到你手里。扫——就意味着要为行政人员效劳。不扫——就意味着要和小偷在一起;小偷是不应该干活的。狱管想让狱霸卑躬屈膝,折磨他们,把他们关进禁闭室、逼供室——但他们在自己人中间享有至高荣誉;可狱管迟早都要离开,所以当你被施压时,你越保持人格——你的荣誉也会越多。反过来——你也最好不要向狱管告密狱霸及其同伙。行政人员和狱霸之间有着残酷无情的斗争。如果你上了黑名单,那你就被挂在钩子上了——没有行政人员的保护你就完蛋了,甚至会被同性强奸。妈,这可是一辈子的阴影——你从牢区离开时是一名被动同性恋者,而且永远摆脱不了这路货色,摆脱不了这个帮派。行政人员对你这个上了黑名单的人,再也不会温柔以待了。你现在是他们的人了,能跑哪儿去?现在会不断有小报告。在监狱里,正常的男人像走钢丝绳那样,要保持平衡,不要倒向这边,也不要倒向另一边,但终究还是个男人。我那时几乎疯了,第二年甚至打算割腕自尽,可鲍里亚·拉宾大叔救了我。他可怜我,打消了我自尽的念头,保护我,总之对我像亲人一样。他那个和我同龄的儿子在外面,他本人因为某个阴谋勾当被关进来。他说,是同伙暗中使坏,目的是把他那一份撬走。他是个有经验的人,而且善于同所有人搞好关系,以免被白整。他后来不断将我从一些不明不白的处境中救出来,直到我明白是什么、怎么办为止。就这样,我开始受他的庇护。他不让狱霸接近我。如果爱招惹是非的人侮辱你,这种侮辱能将你碾碎,把你的骨头变成肉冻,给你的内脏洒上尿液。这样的事情之后,你就再也不是自己了。但如果招惹是非的人尊敬你,你仍会因为这种尊敬而受尿液的攻击。只是现在每天给你喂一勺子,而不从桶里用漏斗给你往喉咙里灌。你会习惯的,自己也会请求。鲍里亚叔叔允许我成为积极分子,但只让我画墙报。就让狱霸对此怒吼吧,可这对个人案卷来说会在纪律方面加分。你给他们随便画什么——都意味着你在接受再教育。我努力地画,妈,吐着舌头一笔一笔地画。我还给狱霸雕刻了木头烟灰缸——带着空眼窝的削平的头颅,打赌一周内做完。为此赢得了一包香烟。我很自信能获得假释。我为假释祈祷,大气不敢出,希望它们不要消失,希望能提前半年出来,回到你身边。妈,除了你我没其他人可以找。可在会议前两天我被牢区领导揪去,他说:您的案子很漂亮,戈留诺夫,我们现在就将它发往法庭。暂时没什么可挑剔的,但如果你不帮助我们的话,我们要添油加醋一下。怎么帮助?需要你自己写个声明,说囚犯鲍里斯[①]·伊万诺维奇·拉宾不止一次对你性骚扰。但没有得逞,因为你是我们这里的硬汉子。这样就不会对你有问题了。我们把这个声明暂时放在桌子里,而你两周后就可以回家了,因为法院会给你假释。当然,如果你硬不同意,那我们就往你的案子里添上一条,说你不是什么积极分子,而且不太有改正的希望,这样你就要服满刑期。你以为你能用墙报躲过惩罚,啊?不,提前半年释放的代价很高。可拉宾的事情我们终究会搞清楚,会

[①] 鲍里斯是鲍利亚的大名。

从另一方面入手。所以我可以提前半年出来,妈。可之后他会怎样?可以猜到。他们会把他和性淫分子一起塞进逼供室,他们会给他看——你想强暴小男孩?那让我们来往你嘴巴里喂吧,我们的也是甜的,或者做你该做的吧。我原本可以早点回来,原本可以。但没回来,妈。可你知道当时的实际情况是什么吗?鲍里亚叔叔以前的同伙在外面安排好了,认为从他身上得到的太少了,还可以把他的房子登记到自己名下。他们通过警察安排了这些,而通过狱霸施压更方便。瞧这两个世界:战争是血淋淋的,但当交易进行得很好时,他们想让你说什么,你就得说什么。可如果你直说——你们也很坏,你们这些流浪汉给行政做事——他们会立刻用尖刃把你的整个内脏钉入粪坑,把你的脸插入赃物,以此警示他人——不许往外说这事,混蛋们,你们明白吗?硬币的一面是小偷,另一面是狱管,谁在惩罚谁,妈,而且为了什么?!可如果这是教训,为什么要有这样的教训?!我一切正确,凭良心行事,按照你在学校告诉我的方式行事,按照人的方式行事,但这无助于鲍里亚叔叔,因为他们通过另一种方法整了他,就像他们许诺的那样。而对我,也像他们许诺的那样,没给我假释。这当然是悲剧,我服满刑期才出来,但终究还是一个人,还有人格。可我到你那里永远迟到了,而且你也因此不会饶恕我,我自己也不会因此而饶恕自己。可别佳的父亲却放过了他的一切,宽恕了他将我这个偶遇者发送到牢区去学习生活这件事,而且没有给他任何惩罚。只是我本人在要求他偿还,而不是国家和上帝在要求。怎么,你认为我没有权利要求他吗?!

可现在谁会要求我偿还?

是你吗?

为什么一定要进地狱?!

我再也不想偿还任何人了!我再也不欠任何人了!而且我有

权活着！我想和那个爱闲扯的戈沙去看展览！我想和屠格涅夫式的姑娘们在公园里骑自行车！我想在屋顶下一边喝龙舌兰酒一边画画。我想去白痴一样的哥伦比亚！明白吗？！而且我能做到！

瞧，太阳，现在就可以直接抓住它！人们不需要为得到它而提交请求，也不需要恳求它，不需要排十年队。谁勇敢，谁就能抓住它！那些被教会要为自己赢得它的人，能在它的怀抱中享受温暖。而那些将它遮蔽、堵住的人——只能吃冰舔雪！

现在就能抓住太阳！

哪怕一次！

他明白了，自己正一直沿波瓦尔大街——绕圈——返回花园环线。而且又看见不远处那个护照公司所在的房子，斯大林式带棱角的建筑。一条地下通道通向它。

我是活人，活人总会迟到，妈妈，死人才不着急去任何地方。可如果你支持正义，如果你真的支持正义，妈妈，就让我试试，给我这个机会！我知道，我明白，你在冰冷的太平间与一个陌生男人在一起感到无聊。我一再向你许诺会把你从那里带走，带回家，但你明白，这是托词，是欺骗，家里什么也为你做不了，你在那里开始萎靡不振。你知道，我打算把你从医院送到公墓，送到有松树和枞树的地方，送到孤独的地方。

那里没人等你，那个世界没人等你，你一个人在那里很忧伤，所以你希望，不是我带走你，而是你带走我。你想把我带走，是吗？

是吗？！

地下过道的瓷砖墙上蹦出回声：

"是的。是的。是的。"

*　　*　　*

可以想象，像他这样迫不及待想消失的逃跑者，在莫斯科有很多,但排队的人群全由富二代构成。也许其他人不再去国外了。

伊利亚走进队伍,伸手把"世界玫瑰"店古利娅硕大的、形状不规则的、油印成纯黑色的名片递给娜塔丽娅·格奥尔吉耶夫娜,然后是五万卢布。她拿走了钱,也带走了伊留什的疑虑。

"你就是那个蹲过监狱的人?真的服满刑了?不是假释?给我看看证件。好的。阿琳娜,复印一下。现在把护照给我。"她用唾沫蘸湿自己胖胖的手指,然后像点钞机一样快速翻动伊利亚深红色的公民护照,"阿琳娜,复印一下。现在咱们填表。"

"真的会发吗?"伊利亚问道,"有各种说法……在我服刑的地方。"

"如果你没有关系而直接从大街上来,他们是不会给你发的,他们会随便找个借口,"她嘶哑着嗓音说,"可我们与国家机关完全互信互爱。你以为,我们的价目表无耻地漫天要价?其实我们能从这五万卢布得到十分之一就不错了。嗯。这里不要写。这一栏留着,我们先商量一下。好吧。就这样。为了保险起见,你知道咱们要怎么做吗?你的姓里会写错一个字母,没关系吧?不是戈留诺夫,而是戈列诺夫。那样他们在你出境时不会发现你,在国家安全局的数据库里找不到你。可你去移民局取护照时,完全忽略这个错误就可以了,明白吗?

"可这样行吗?"伊利亚担心地问。

"如果大家都行,你为什么不行?你又不是一个只打算去埃及看鱼的傻蛋,而是 VIP 客户!你要老版护照,我理解得对吗?电子护照需要一周时间,而且需要提交指纹。"

"我要最快的那种。而且不需要指纹的。"伊利亚神经质地说道,始终担心她否定他的幻想。

"老版护照我们尽量在周四前办好,没法再快了。区别仅在于,老版护照能用五年,而新版护照能用十年。"她解释道。

"我五年够了。绝对够。"

"那好吧。啊,可电话你还没填?哎,这一格写上你的号码。"

伊利亚眨了眨眼。

"手机号码,"娜塔丽娅·格奥尔吉耶夫娜用手指敲了敲桌子,"我们也会打手机的,如果有任何问题的话。"

"我……好的。"

他现在的确有另外一个手机号码。

于是他凭着记忆,就像他从牢区、从火车上拨了数百次号码那样——给她写下了妈妈的号码。谁知道所有这些机关会检查什么呢。千万别让他们往别佳的手机上打,打到妈妈手机上吧——伊利亚周日从市医院拿回来了。

他们会往你手机上打的,妈。行吗?

可不行也得行呀。只是不要忘记给它充电,以免漏掉电话,如果真打的话。

"就是说,如果你在我们这儿需要办加急的,那我们,今天周几——周二?好吧,如果一切顺利的话,你周四早上就可以取了,八点开始上班。好的,现在咱们来照个像。"

他们手里立刻出现了相机:伊利亚闷闷不乐,看了一眼镜头。咔嚓闪了一下,半分钟后打印机里出来了四张照片。既不像护照上的,也不像联邦处罚执行局证件上的。护照上的伊利亚充满希望,头发翘着,像小狗一样果敢,个人案卷里的伊利亚——他们常常当着他的面翻阅——有点抑郁,短发。这张照片是彩色的,而且上面的伊利亚看起来无精打采。以前浅褐色的平头现在成了淡黄色,皮肤苍白得像牛奶一样,眼睛透明。周围的眼圈加深了对比。

"是的,你去休息一下也不错,"娜塔丽娅·格奥尔吉耶夫娜说,"你要去哪里?"

"随便什么地方,"伊利亚说道,"去晒晒太阳。"

15

还是没有放弃这个想法。

现在,当所有的一切都被弄到红本子上:怎么行骗?

他离开护照公司,很不体面地把手插在口袋里,紧握手机,忍着跑到红色普列斯纳亚大街——然后打开它。该说服伊戈尔了。

他沿着无穷无尽的花岗石板走着,挡住屏幕上的亮光,以便不被晃到眼而跌跌撞撞绊到石板的接缝——莫斯科的土地不想成为平坦的练兵场,它因为这个外表漂亮的兵营而鼓起来,鹅卵石从整整齐齐的队伍中露出来——然后他按了键。

"伊戈尔,你好。我今天或明天需要见你。"

伊戈尔并不着急答复,可手机还在运行,而且里面的电池电量在不断减少。伊利亚似乎在往下看,在聊天软件里写字母,可时不时地猛然抬头朝后看:没有人在后面跟踪吧?不会有人从那个库图佐夫大街的院子出来步步跟踪吧?

咖啡厅已在环线的另一边了,就是快乐的戈沙对娇小姐示好的那家咖啡厅,他甚至开始犹豫——要不要过去,万一他还在那里呢?但没过去。他向左转,然后沿着旧的条石马路向"巴里卡得"地铁站走去。地铁里让他们随便定位去吧,那里的人成千上万,设备开着也是白搭。

"哈辛!我准备好了,现在就可以!就你和我!"伊戈尔终于回复了。他没有放弃,混蛋。

"我害怕上当受骗——咱们还是通过放东西的形式吧。"伊利亚向他建议。

"可你怕什么呢?"

"我现在不在莫斯科,可急需取走。"

"那你快回来呀,然后咱们就可以见面了。"伊戈尔挖苦道。

应当找到控制他的办法。伊利亚更喜欢昨天的他——一副胆小怕事的样子。可今天不知为何他说话不同了,自信且无耻。

"你别高估自己,"他给伊戈尔写道,"杰·谢已经着急了。"

他不知道对伊戈尔加压的其他方式了。写好就下去了。可在进车厢前他收到了伊戈尔炸弹一样的短信:

"杰·谢因为你在着急,哈辛。"

哦,这样。原来这样。原来是这样。

这么说,他们已经谈过了。杰尼斯·谢尔盖耶维奇也许联系上了伊戈尔,安慰他,说他暂时不去找他了,并让他去找别佳。那单位所有人都知道了?所以警察头子今天没有恐吓伊利亚?可他还开心地认为,他们没有记起他呢。

他胸口发闷。快忍不住了!

也许,应该返回,要回葬礼的钱?

伊戈尔,你这个混蛋,无耻之徒,你为什么不按照我们一开始计划的那样做,啊?!你这个懦夫,告密者,你把我出卖给这个纠缠不休的联邦安全局人员,为了什么?!改变你的主意吧,好吧!这对你来说算什么?对你来说只是多点钱而已,而我用它们可以把自己从地下赎回!我已经把灵魂都赌上了:拿妈妈的安宁冒险,我是猪,我自己比你还混蛋,来吧,帮帮我,配合我演戏吧!假如我当时去库图佐夫大街会面时没有迟到,你是不是就把一切给我了,给我了?你当时已经准备好了!发生什么变化了?!

等等。停一下。

好吧。想想吧。呼吸呼吸。

要知道这个穆罕默德——是别佳的私人联系人,私人的,是吗?他们所有人都在等别佳,直到别佳说服他购买。而且其他人,也就是说,谁都不知道怎么和他联系。所以,无论是伊戈尔,还是杰尼斯·谢尔盖耶维奇,任何人都无法打断他的交易。穆罕默德-扫院人无法从任何人那里得知伊利亚不是别佳,无法得知他在空谈,在交易空气。现在伊利亚如果能提前拿到为空气支付的预付款就好了。

他找穆罕默德,抛出诱饵。

"周四一切照旧?"

"太痛苦了,警察同志!"穆罕默德咧嘴一笑,"我顺便想问一下,多少。"

多少?这一点伊利亚自己也不知道。多少——什么东西?!他想知道价格还是重量?还是到底有多少批?怎样才能不少说,又怎么才能不多说?

又需要问伊戈尔——低声下气,一点一点来。

"好吧,明天我回来,咱们再说!"伊利亚给他发了一条短信,接着又发了一条,"你当时从仓库订了多少来着?"

导航仪箭头一直在屏幕上亮着,亮着,狗崽子。只剩百分之二十电量了,可现在甚至不到午饭时间。

已经到萨韦洛夫站了,该出去了。还有百分之十。伊戈尔好好折磨了伊利亚一番后,此时扔过来一条短信:"一斤半。"

一斤半。伊利亚用两百乘以一千五。三十万。即使给批发价,这就是二十五万美元。二十五万。

用这笔钱想干啥就能干啥了。大理石碑,望不到头的好日子。

他用剩下的电量向穆罕默德发出了一条最危险的短信:

"一斤半。但钱必须由快递提前取回。不是我要求的,是大家要求的。"

穆罕默德还没来得及回复——伊利亚就关机了。

　　　　　＊　　　＊　　　＊

　　入口的门关得不严实——碎砖头挡着。伊利亚还是中学生的时候，每次去院子玩时经常这样做。坐在长椅上的老太太们因此骂他——说不定什么人在晃荡，会顺便溜进来。他那时嘲笑她们，并依旧用碎砖头把门顶住，而且放在靠近合页的地方，以免女人们抠出来。之后在牢区他听到一些方法，讲如何用毛巾、绳子把老太太勒死。他总是笑，觉得毫无意义。老太太们是唾手可得的猎物，即使虚弱的人也能猎获她们。他在那里回忆这些砖头，回忆妈妈。

　　现在他在这块砖头旁发愣。他转头看了看。房子之间的隔墙是空的。中学生也许都绝迹了，这里成了老太太们的王国。他看了看窗户：从外面看更亮一些，玻璃上涂着汞合金。如果现在有人从厨房回望他，伊利亚是发现不了的。

　　他把"马卡洛夫"留在家里了——没有带上它，现在有点后悔。

　　他小心地打开门。先放一点光进去。同时放出潮湿的热气。入口沉默着。响起嗞嗞声，仿佛是从支气管里发出的：是一楼到五楼的穿堂风。于是他沉默着。

　　他们有可能在哪里等他？

　　伊利亚会在什么地方等，如果他想撞到一个人的话？在楼梯的入口处？在上面半层上的垃圾管道旁？在房子里。房门没有锁。谁想进去就进去，想拿什么就拿什么。最好是在房子里。

　　就这样过了一两分钟，他一直在那里等着。他听着。不想那么急。

　　等到了：一个婴儿推车从仓库大街转向他们这个巷子。粉红色的，可以躺着的那种。而跟着推车的是一个戴着针织帽的女人。他不认识这样的邻居，可她径直朝他走来，走向入口。

他站在那里,着看她把自己的孩子朝他越推越近,时间剩的越来越少了。也许,她会从他身边过去?也许,她会去松林?

"年轻人!别关门!"

应当立刻当着她的面把门砰地关上,然后一个人沿楼梯往上跑,如果有人在那里等着……如果射击的话,就让他们朝他一个人射击吧。趁她还在下面忙自己的推车……可如果那人下来时撞上她,因此决定不冒险了呢?

"您能帮忙抬一下吗?"

她擦了擦被严寒冻红的鼻子。推车里出现了裹着黑裤子的肉乎乎的小腿,无精打采的眼睛——是紫罗兰色。伊利亚朝小推车里看了一眼。只能看见鼻尖,帽子直接被拽到脸蛋上。鼻息均匀。

"是女孩。"

可也许恰恰相反:如果他和她一起上去,他们就不敢了?因为有证人在场。但也有可能连这个女人和孩子一起杀掉……最好下一次。对伊利亚来说最好下一次。

"您是我们这栋楼的?"

"我……是这里的。对。十一楼的。戈留诺夫。刚刚回来。"

"我们是租户。租的是没有电梯的五楼!能帮一下吗?您听见我说话了吗,年轻人?"

"听见了。"

他抓起前面的车架。把门再推开一些。一步。两步。上面几乎静悄悄的。只有沿楼梯往上走的沙沙回声,除此之外啥也没有。

婴儿因为摇晃而开始咂嘴、闹腾,甚至哭起来。听不清其他声音。

"半岁,"女人说,"您叫什么名字?"

"伊利亚。"

"我丈夫成天待在单位,只希望他不是在瞎逛。"

他们从二楼拐向楼层之间的垃圾管道。小女孩大发脾气,开始唧唧叫。

这一切很像在那场梦中,伊利亚想起来了。在梦中,他一边沿着入口台阶往上走,一边等着后脑勺挨枪子。可他走进了妮娜的房子,走进夏天,目睹了她上路前的忙碌准备,闻到了烤苹果的香气。

从没有关上的门吹来一股股冷风,直吹在他背上,催促着伊利亚朝上走。可伊利亚故意停了下来,不想往上爬。

他们走到三楼。

经过自家门时他尽量快速走过,并回头望了一下,万一有人正从门孔看呢。

他把她们送到五楼,接受了感谢,同时对那个女人表示了感谢——她不明白他为什么要感谢她。当她锁上家门后,伊利亚才稍稍感到轻松了一点。

他踮着脚往下走。

火柴在原地,但他不相信火柴了。他把门打开的样子,与他周六早上刚从夜店回来的样子相同。他不想惊动里面的任何人。

但他刚把门打得更开一些——房子里就迎面飘来一股浑浊的厨房气味:菜汤和其他什么久置的东西的气味——而且他眼看着妈妈的卧室门被一股穿堂风猛力推动,砰的一声关上。

伊利亚默默吞下了这一切。

他无声地站在那里,听房子里除了他之外还有没有活人。然后他偷偷溜进厨房,从橱柜里抓起手枪,扳动保险栓,然后拿着枪开始检查屋子。

他自己的房间空荡荡的,全都和他出去前一个样。桌子上是一幅未完成的画,床单皱巴巴的。

他走进妈妈的卧室。

拉了一下门把手——锁着的。再拉一下——还是打不开。

从里面反锁了。伊利亚想起来了,她门上的锁带保险栓:一个像小扳手一样的装置,往上一扳——就可以砰地关上,自动上锁。伊留沙的房间没有这样的保险栓。

他把耳朵贴在门上。寂静,一点响声都没有。妈妈的房间里没有任何人,这是绝对的。小气窗在他给谢尔戈打电话的时候,就已经打开通风了。门是因为穿堂风而关上的。至于锁着……也许因为他自己偶然动了一下这个小扳手。

锁可以从走廊打开,那里有一个小孔,如果往里塞一个细细的东西,锁孔上方就会自动松开。伊利亚在厨房里找可以塞进去的东西。他拿起火柴,小刀子,准备对准洞口。结果刀子滑了一下,手被割破了。他放弃了,钻到浴室小柜子里取碘酒和药膏。

在跟我玩吗?那就待在那里吧!

* * *

傍晚前他一直躲着,看着电视。

电视有两个作用:压制你,填补空虚。

伊利亚今天需要被压制。压制惶恐,压制良心,打断所有他想跟自己的对话。

不能打开手机,这样谁都找不到他——而且最好什么也不想。只耐心地坐在那里等穆罕默德的短信:他同不同意上当受骗?

为了得到他的答复,伊利亚好几次走出家门,跑着穿过马路,走远一点,在各条路上晃荡——布基诺大道,炮兵连大街,契诃夫大街——而且暂时关闭耗电的手机。

穆罕默德沉默着——不知是在嘲笑他的无耻,还是直接把哈辛剔除了,找到了更可靠的供货者;或是暂时在和谁商量?既没收到他的拒绝,也没有收到他的同意。

每次伊利亚一定要围绕房子转一圈:眼睛搜寻带黑窗的私家车、无事闲逛的男人、蓝白色的巡逻车。但无论是现在正在搜查莫斯科的人,还是企图在地沟里寻找别佳·哈辛的人,都还没抵达洛勃尼亚。也许,杰尼斯·谢尔盖耶维奇有其他事情。结果,暂时还没将哈辛报送到联邦搜查局。

下午四点时太阳开始黯然失色,而且很快就落山了。之后就不能再相信它了。太阳还没落山之前,残月就出来将它埋葬。月亮在仍旧透明的天空中闪耀着从太阳那里借来的光,却无法反射出红外线辐射。白天就已经刮起的风,现在刮得更猛烈了,活生生地把白天的热气从洛勃尼亚给吹走了。

电视所有频道都放着一些无聊的电影。里面的颜色蔫了吧唧,主人公都用正式的名字称呼:叶莲娜、安德烈、康斯坦丁。说话的语调平缓而冷漠。主人公的激情似乎在燃烧,但都那样坚毅地忍耐着,似乎从未被生活中的东西触动过。既然在放映,大家也许都在看,伊利亚耸耸肩。妈妈也许下班后也看。看别人受苦,这也是一种安慰,尽管很揪心。

他给自己煮了通心粉,就着番茄酱吃,想起了早上的土豆饼,笑了。

电影不断被间隔均匀的新闻打断:咚,咚,咚。仿佛先疏松永久冻土,然后往地里钉木桩。也许在修什么。

新闻里也有着某种断裂。所有主持人都长着一副杞人忧天的嘴脸:世界分裂成碎片,只有祖国还屹立在那里。电视上还出现了解释这些现象的官员。他们在这种半官方节目中添加段子,以拉近与电视观众的距离。然后播放总统致辞片段——他威胁污蔑诽谤俄罗斯的人。在总统简短的致辞中,伊利亚学到了很多词汇,这些词汇他是在监狱第一次听到的。

快到傍晚时开始放脱口秀。一些西装革履、大脸盘的蠢男人在圆形舞台上跑来跑去。他们互相围成圈,就像带着刀子的角斗士,有一次差点真打起来:一个凶狠的老人头撞假货企业老板,用闸刀开关把后者的脸打出血。最有威信的狱霸来谈话,但并不试图解决冲突,而恰恰相反——唆使异己分子相互攻击。获胜的总是那些积极分子,他们对民主派说"你们输了",并嬉笑着打发他们回家洗掉脸上的血和鼻涕。伊利亚由此得出结论,这种混乱无序都是编剧编出来的,只是为了让所有的对立者感到恐惧。去他娘的,都是显而易见的把戏。

伊利亚完全被电视弄傻了,在最后一个脱口秀的争吵与不和中,他直接在厨房打开手机,并主动给穆罕默德写了一条短信,而且已经毫无顾忌了:"别怕,我们没有欺骗手段。"

他收到了一条慢悠悠的回复:

"嗯,我不怕!"接着是四个笑到流泪的黄颜色表情,"你自己最好小心点!"

伊利亚也给他发了微笑表情,想把一切化为玩笑。他又等了一会儿——继续聊吗?他戳中盗贼正确的点了?他发誓不再给他写短信——否则穆罕默德会明白哈辛紧张不安,然后自己也会紧张不安。

他不害怕与穆罕默德会面:他会带上手枪,会威胁他——拿出枪给他看。对付流氓应该上皮鞭。

呶,来吧,来吧!看你还能拖延多久?!

手机似乎要冒烟了。

"好吧!"穆罕默德最终对他说,"我们互相很熟。周四把钱给你。我和你的人见面,把钱给他。你周四会把货全部给我吧?"

"会的!"伊利亚开心地喊起来,"钱到了,我的人就会交货。"

"明天我告诉你具体地点。"穆罕默德干巴巴地表示同意。

"随便什么地方都可以!"伊利亚从厨房的椅子上腾地站起

来,跳了一下,手都够着低矮的天花板了,"随便什么地方都可以,混蛋!"

他打开窗户,呼吸了一大口新鲜空气,朝洛勃尼亚喊:

"啊啊啊啊啊啊啊啊呜呜呜呜呜呜!"

他从冰箱的冷冻室抓出一瓶伏特加,直接拿着瓶子喝,伏特加已冻成冰,但让人浑身发热。他与电视里穿着蓝夹克的木偶一样的姑娘碰了一下杯,吻了一下她的鼻子。

"为了爱情!"

这时手机叮咚响了一声:就像为了给小孩治疗四十度高烧而把药与糖混合在一起时,茶勺碰到杯子发出的声音。既清脆又忧伤。

是妮娜发来的短信。

"别奇,你一切好吗?今天一整天你手机关机,我莫名其妙地感到不安。"她写道。

"一切棒极了!"他想都没想,立刻向她汇报。

"真的?"妮娜又问了一遍,"那你什么时候才能结束卧底呢?"

"已经快了。"伊利亚用甜蜜的谎言向她许诺。

"我很担心你。自从上次你和那些大胡子陷入僵局后,我再也没有这么担心过,你记得吗?"

和哪些?伊利亚的快乐又减少了一些。不要再问她了。大致可以猜出她在说什么。但现在他不想谈正经事。

"那些穿长袍带十字架的人?记得,很残酷的家伙。"他带着残存的微笑给她写道。

"行了吧你!真的吗?"

"他们总体上已经脱离我的生意了,他们有了自己不错的生意客户,尤其是老奶奶们买。"他继续写道。

"噗。"妮娜发出猫一样的声音,并发了一个小括号:表示微笑。

伊利亚也笑了一下——像中风了一样,用半边嘴巴笑。为了那个似乎还活着的别佳。那个别佳应当继续为自己的女友开玩笑,让她不要害怕。

"我今天早早躺下了,但怎么也睡不着。整个人筋疲力尽。我们不能稍聊会儿吗?电话聊?"

而另一边仿佛是那个不能动嘴唇的别佳。但妮娜辨认不出来——因为没有光照在上面。

"我现在和姆赫塔尔①在边境上守着。如果我出声调情并嘿嘿笑,毒贩子会明白我们在这里,然后就会走另一条路。"伊利亚写道。

"可你好像在与姆赫塔尔谈恋爱。"她回应道。接着发来三个表情符号:警察,狗,心。

"如果它把一切当真并爱上我怎么办?"伊利亚半笑着问。

"那它就不得不和我争了!"妮娜粘贴了几个表情符号:两个准备干仗的斗士,一个身穿红色针织衫,另一个身穿蓝色针织衫。

伊利亚哼了一声。

可之后心痛了一下。

心痛的是——替别佳和她一起笑。

"好吧,听着……"他给她写道,"我现在不是很方便。"

"等等,等等!"妮娜立刻打断他,"我有一个重要问题!"

"什么问题?"

她没有立刻回答——而是突然发来一张照片。伊利亚点了一下模模糊糊的照片把它下载下来——立刻头晕目眩。

是妮娜的乳房。全裸的。毫无遮掩:细细的手指只是从下面

---

① 姆赫塔尔是狗的名称。

托住乳房,虽然它并非高高耸起,而是像被磁铁吸向地面,但形状还是很完美。他被乳头吸引,就像被吸向飓风中心。褐色的乳头,仿佛因为他的目光而缩起来。

照片直到嘴唇,所以裸露着的柔嫩的脖子,深陷的锁骨,以及挂坠地方的深灰色文身——全都在。

伊利亚紧握手机。他无法想象,自己生活中还有什么东西比这更美。

"我觉得,乳房似乎变大了一些?(笑脸)"一分钟后,等他欣赏一会儿后,她发给他带着三个表示微笑的半括号的短信。

"变得更完美了。"他好不容易说出了一句。

"啊,等等,以前不完美吗?!"现在她笑得流眼泪。

"妮娜!我还要工作!"

"哎呀。你忙工作时我总是很兴奋。下次你能不能假装在做报告?"

"噗。"他嘲弄了一下她。

"真想做爱呀!"她突然说道,"我看到过一则知识,说孕妇越到后面,越想做爱。但这是不是很无聊?"

伊利亚不知为何从椅子上爬了起来,看了看窗户里自己的影子,敲了敲桌子,想着她是一个多坏的女人啊。然后突然看到:手机上的指针亮起来了。就是说,之前没亮?可现在亮了——为什么?该道别了。

"不能再说了,再见!明天咱们再写!"

"再等一秒!真的,很重要!"妮娜央求道。

"但要快点,否则我现在就要被发现了!"他投降了。

不得不再等一分钟。然后她又发来一张模模糊糊的肉体照。伊利亚顺从地打开,确信她又开始诱惑他了。

这次是她的肚子。

晒得黝黑:肚脐上翘着一个银色吊环。似乎完全平平的。

"向你问好。"

这个愚蠢的问候让伊利亚完全呆住了。他不知道该如何做出正确的反应。也向他问好?或者是她?来自谁的问候?爸爸吗?

他想起别佳在手机灯光下的眼白,想起冰冻的井,想起别佳沉重的身体,以及他冻僵的胳膊的压力。然后又想起别佳如何用血淋淋的手指无声地戳着手机密码——一下,两下——让伊利亚偷看到并清晰地记了下密码。他想给谁打电话?或许,给妮娜?

"好吧,请原谅,我明白,这都是女人的愚蠢念头!"妮娜忏悔道,"知道吗,孕妇的大脑也会萎缩。我已经直接感觉到这个过程开始了。坚强一点!"

"Ok(笑脸)"

"可你还会让我回到你的房子吗?如果不让,我可能会到处凑合。简直太想念你的脱衣舞杆了。"

"妮娜,我的确时间到了。"

"好了,好了。好了!晚安!"

"晚安(笑脸)"

只有现在,当他本人觉得前方有什么东西闪现希望时,他才突然遇到另一个问题:谁来替他兑现诺言,那些他慷慨给予妮娜的诺言?谁来替别佳兑现诺言?

他救了她?从什么当中救出的?从违背基督教的做法中救出的?

没有任何回答。甚至回声也沉默了:房子对这个回声来说太小,而且回声被旧家具堵住了。

怎么做才能更好?怎么办?

她会知道,很快就会知道,他死了,他被杀了。人们会在地沟里发现他,即使她不去辨认他,那又怎样?!终究会去参加葬礼。

303

为什么他昨天爬到井里的哈辛身边？现在怎能再相信,哈辛就是他本人？!

伊利亚跑到走廊去。

妈妈的卧室还锁着——自从砰的一声关上后。伊利亚划伤了手,也没能再进去。

如果再喝点伏特加,他就会完全失控。一个人不能独自喝伏特加,它会刺穿理智和疯狂之间的那张薄膜,而疯狂以特殊的气泡形式隐藏在每个人的体内,就像胆汁一样。深色胆汁一旦渗透出来,会腐蚀人所有的内脏。

应当把这种沉重的、肮脏的东西说出来,应当像跳舞一样把它跳出来,用大声的音乐和快乐将这种讨厌的东西压住——就像用鞋跟将某只蜈蚣踩死在柏油马路上一样!

但跟谁说？能跟谁说？

他突然想起戈沙！他可是有戈沙的手机号码的。戈沙建议过:记下号码,以后打过来,咱们交个朋友吧！周二——周二又怎样。一切还不晚。他可能会用自己的笑声、醉酒、白粉,甚至随便什么东西,来款待伊利亚,让伊利亚到明天太阳升起时,还感觉不到时间的存在,而且不是一个人。

应该用妈妈的电话打给他,他原本也是这样打算的。

它在哪儿？在她的房间里,他放在床头柜里了。那里还有充电器。

他最终在厨房里用刀子将火柴修成一把钥匙——这次他没有让自己受伤。

他挨着妈妈的门坐在地板上,嘲笑自己差点准备用手枪攻击房间。门下吹来冰冷的风,缝隙里充满黑暗,就像充满环氧树脂焦油一样。

没什么。他在锁孔里挖了一会儿——打开了。

房间像冰窖一样。没有任何人。开着的小气窗上的窗纱被吹起来,飘荡着。他打开灯。地上全是被风吹散的门诊部灰纸诊断书,上面还有印章。从窗台上吹过来的。

他坐在床上,抽出抽屉。手机在那里,充电器也在那里。

他插进去充电器,没有走远,直接就在这里,在抽屉后面。他不希望妈妈觉得,好像他要从她身边逃走。电流似乎接通了,但手机却没反应,还在犟着。把它给我,你现在要它干什么?

我需要给戈沙打个电话。给戈尚[1]打。希望他能把我拽到城里去。希望我能和他深夜压压马路,花他的钱在某个酒吧狂吃一通,希望他教会我喋喋不休地说个不停——也希望人们张大嘴巴听我讲。希望他能把自己的轻浮、无耻教给我,希望我能像他那样与素昧平生的姑娘结识,希望我明白如何能在一天内享尽生命的所有快乐,即使后面还有百年。而且我今天就要和他一起去,明白?我要去,就这样!

希望什么也不想。

他关上小气窗——让它不要再吓人。

手机闪了一下绿光——单色荧光屏亮了。他把手机拿在手里转了转。感觉拿着她的电话很奇怪。想象着她把它放到耳边的样子。手机里,毕竟飘落并沉淀着人在谈话时表露出的心灵灰尘。或者是在手机膜片上,或者是在微电路上。

他不知为何抚摸了一下它。

好吧。戈沙的号码在哪里?

他把别佳的 iPhone 打开了一秒钟,很快在里面找到戈沙的号码,并把数字输入妈妈的手机。好了,可以打了?时间确实差一刻十二点。但他内心发痒,无法平静下来。

---

[1] 戈沙的昵称。

他按了一下绿色图标。你手机里还有钱吗,妈?手机像蚊子一样嗡嗡响起——于是伊利亚小心地把它贴到耳边,放到与妈妈放手机一样的位置。

嗡嗡嗡响着:一下,五下,十下。自动应答器开了——精力充沛的戈沙要求致电人说说,为什么找他,并许诺打回来。不,等等,我现在就需要你,而不是以后。以后还不知怎样呢。

他重拨了一次。又开始数:嘟,嘟,嘟。

接了。

"喂?!"是一个受惊吓的姑娘的声音。

"你好,"伊利亚嘶哑着嗓音说,"能叫戈沙接电话吗?"

"戈沙?"姑娘惊慌失措地重问了一遍。

"戈沙,是的。这可是戈沙的号码?"

"可戈沙死了。"她说。

"什么?"伊利亚说。

"死了。真的。半小时前。救护车上的人说的。他心脏不好。"

"怎么会是心脏?就是说?!"

"在卡拉OK里,"她回答说,好像这能说明一切一样,"我现在在医院。我今早刚和他认识。可您和他很熟吗?能来这里一趟吗?警察也快来了。而我还啥也不明白。"

伊利亚赶紧摆脱她。他按了一下红色图标的按键,然后等着手机关机。关机比平时花的时间要长一些。然后把它扔到床上。

他虽然问她,可自己早就非常明白是怎么回事了。一个还不到三十岁的小伙子,从早晨就开始吸毒,还能因为什么而心脏不好?只有一个原因——吸毒过量。把姑娘们叫到卡拉OK,也许还请她们在那里吸:全部按照自己早上的计划。除了最后的结果。

这可是你卖给他的。

哈辛拒绝给他,而你给了。哈辛嘲笑他,唾弃他,把他当作小丑——不再给自己的戈沙供货,而你却替他做了决定,按自己的方式做了一切。你给这个无能的、爱闲聊的、古里古怪的人一下子卖了六克,还给了他好价钱!而他吸食过量,超过了他这个傻瓜孱弱心脏能承受的量。贪婪。愚蠢。兽性。

你拿了别人的手机,在里面找到了一个活生生的、快乐的人,诱惑了他,杀害了他。现在跳舞吧,来跳舞吧,扯着嗓子闲聊吧——自己跟自己!你一个人扯着喉咙,盖过自己的声音去吧。

他跪在妈妈的床前。

他摸了摸按键式手机,它只能死者打给死者。

我不想这样。假如能让我清醒清醒,我是不会杀死哈辛的,这是实话。可现在就像多米诺一样,一张多米诺骨牌倒到另一张上,它们不知怎么回事自己都倒了,与我无关。

他把脸埋进松软的枕头里。

与你无关?根本不是这样的:是你推了它们。你用腿摧毁命运的多米诺骨牌构成的迷宫,你也深陷其中,希望自己能挣脱并逃跑,希望能逃脱你应受的惩罚。哈辛把你打发到牢区,可这个人对你做什么了?这个人对谁也没做什么。他——为什么要受惩罚?因为谁的贪婪?因为自己的,还是因为你的?

别佳还不够你报复吗?现在你要小心翼翼地,从黑色手机中把所有不计前嫌地爱着哈辛的人都拖进森林,并把他们的生活毁掉吗?

男友,女友,父母。

怎么,你以为,当他们明白发生什么的时候,你傻瓜式的滑稽表演不会受到他们的惩罚?妮娜将怎么保住肚子里别佳的孩子,当她在葬礼上猜到是谁替他给她发送短信?父亲,那个实际上因把儿子培养得如此凶残、甚至比他自己还强大、还凶残而骄傲的父亲,会如何将自己唯一的儿子葬入土里?

对此——你也要逃避吗?啊?

伊利亚跳起来,关掉房间的灯,用尽全力甩上门,钻进厨房,往肚子里灌伏特加。

他按压了一会儿别佳的手机。

他将哈辛再次从死亡中揪了出来。

他勉强等对方清醒过来,从无意识中缓过来。

让你的父亲到这儿来,让这头犟驴到这儿来!他始终抱怨,说你不和他像个男人一样谈话——那让他来,把他叫来谈话!

他找到了与尤里·安德烈耶维奇的对话框。

他用万般沉重的手按字母,以至于屏幕上起了波浪,就像石头被扔进水里了一样:"你在睡觉?"

父亲没有立刻明白过来,但还是回复了:"怎么啦?"

"我想说说关于妮娜的事。"

"什么鬼东西?!你知道我的立场!甚至不用说了!"

"你听我说,"伊利亚带着醉汉式的凶狠和决心给他写道,"我要和她结婚,而且你对此毫无办法,明白吗?"

父亲因为这样的施压和无耻而消失了——也许,他想让哈辛明白,他忍受不了这样的语调,但伊利亚才不理会呢。

"你爱母亲吗?你爱你的妻子吗?"他出声地把每个字母都敲进父亲的脑袋。

"这两者有啥关系?!"老头忍不住了。

也许,他从床上跳了起来,头发蓬乱,穿着工字背心,避开妻子将自己锁在浴室里。骄傲又可怜。

"你知道我在想什么吗?"伊利亚对他写道,"我想,你爱她。如果你不爱,就不害怕失去她。你爱她,其他的对我来说都没关系,明白吗?"

"注意措辞！而且这与咱们的谈话毫无关系！"

伊利亚的声音不足以向这个老白痴解释清楚这与什么有关。缺的是别佳丧失的声音。

"可我爱妮娜。而且我不能失去她。我们会有自己的孩子。你想说啥就说啥，我无所谓。我们将有孩子，这个孩子将是你孙子，或者孙女。五月份生。你要当爷爷了。"

老哈辛哑了。

伊利亚记得，他曾对别佳说过灰姑娘们意外怀孕的事。但让这些和他一起滚蛋吧。时间太少，无法让他明白这一点。应该把最重要、最关键的说出来，趁现在他还在听。

"爸。爸爸。你还在吗？"

"在。"

"你将成为他或她的爷爷，这很重要！是你。因为假如我发生什么，你应该关心她。你明白我的意思吗？你！明白吗？！"

一秒钟后手机又唱起那首关于灼烧皮肤的火焰和满足渴望的清水的歌曲。别佳想接听，但伊利亚放弃了。

"发生什么了？"

"你在哪里？快回答！"

"你一切正常？"

这是通灵术，伊利亚自言自语。这是他妈的通灵术，就是这样。

16

夜里很糟糕：睡不着，又没地方去。月亮让人心痛，伏特加太少，枕头太热，被子让人无法呼吸，模模糊糊的梦一个接一个，冰箱在哼哼响，路过的汽车的马达在轰鸣，车前灯企图闯进住宅，光秃秃的白桦树影投射在墙上,大脑嗡嗡响个不停。关掉的手机接收着令人惶恐的短信:就像小鸟撞在洁净的窗户上,让人无法睡觉。

黎明时分他才迷迷糊糊入睡,没睡够就醒来了。他想为自己煮一包浓茶,可茶也用光了。他把手机塞进口袋,随便穿好衣服——跑去"五分"超市,因为没有热热的甜茶他无论如何也熬不到明天。

他沿着台阶下去,迷迷糊糊,走到院子里后左拐,走向莫斯科大街,走向商店——他看见那里停着一辆说不上来是什么颜色的小汽车,玻璃紧闭且颜色很暗,就那样停着,只给他留下巴掌大的一块入口,可伊利亚从自家的窗口没看见它。油管在冒烟,但汽车原地不动。

他转过身去,像把什么东西落在家了一样往后走,穿过公园,穿过生态小道——经过"五分"超市,绕着仓库大街走,头也不回,绕圈——走向炮兵连大街,在那里跳上一辆驶近的公共汽车。去哪里?有什么区别!

他从后面的窗户往后看:没有人追他吧?

他一秒钟也不怀疑被追踪了。他想起了伊戈尔的话,想起了他与妮娜闲聊时手机里闪光的箭头。但怎么才能摆脱追踪呢?现在家也回不了了。他们会不厌其烦地监视入口,直到他回去。伊利亚是一个人,而他们人很多。

可护照在他身上吗?他一下子冒汗了。摸了摸口袋:在衣服内袋里找到了。谢天谢地,没有拿出来!手机也在,钱包也在。但最主要的是,把手枪落在家里了!没有它明天怎么射击盗贼?怎么度过今晚熬到明天?好吧,没有必要这样往前想太远。只要今天没有被逮住就行!

妈妈的手机也在家里。护照公司的人可能会给这个号码打电话,如果护照有什么问题的话。但这还好,还好,他们的名片他是有的。

他稍稍平静下来。在一个车站走了出来,想搞清楚怎么办和往哪儿走。他换了一辆车,坐到地铁站,决定在抵达莫斯科之前不开手机。在莫斯科找他,可就像在大海里捞针。他重新数了一遍钱:剩一千五。无家可归的人钱花得很快,但到明天是足够了。明天将是完全不同的一天。

到了莫斯科他也没开机:他望着窗外。尽管这一切他都见过。

* * *

乘坐环线的主意不错。

环线既没有开始,也没有结束。谁也不会从车厢里将他赶出去。环线上可以睡个够,还可以藏在人们中间。

在地铁里他没有立刻开始联系。他先转到环线,从门捷列夫站转到新村庄站。呦,你定位吧!吃惊吧,看我如何消失在洛勃尼亚,又如何出现在莫斯科。

车到站了,放人进来。

"新村庄站,"车厢里响起广播声,"下一站白俄罗斯站。"

可接下来伊利亚还是自问——为什么当他从家里出来时他们不立刻抓住他?他们原本可以从两个方向封锁住他的小巷子。原本可以当他转身时,在他后面加速。没有命令?或者这只是从外面观察。要想逮捕人,就需要理由,可他给了他们什么理由?

或许,他又接着想,只是他们没有认出他而已。

他们是在根据手机找哈辛,等哈辛,等他从入口出来。如果谨慎的伊戈廖克没有在垃圾池旁给他拍照。如果伊戈廖克耍滑头,还没把自己拍的照片给杰尼斯·谢尔盖耶维奇——可能是第一个也可能是第二个原因——但显然,早上时伊戈廖克还没来得及给照片。

他们暂时还未明白:他对他们暂时还是隐形的。

他打开手机。

一夜漏掉的内容立刻全部呈现。在关机之前,他当然用一条短信摆脱了别佳的父亲:"嗯,一切暂时都很正常,别紧张。"可他们原来并没停下来。

"你的手机怎么啦?只要一能打电话,就打过来!"父亲要求道。"别奇卡,我们非常担心你,请给我一个电话。妈妈。""如果你早上还不联系我就给你的领导打电话。""我们已经搜遍你了!当然,你不是总能接听电话,我们只是因为你说的话而担心。让我们知道你一切都好!"

他刚刚给他俩写下"活着",手机铃声响了——是妮娜。

给他打到地下,打到隧道里了。

右边坐着一个戴麻棉帽的外地男子,他盯着伊利亚的手机看,妨碍伊利亚思考该如何温柔打发掉妮娜。

伊利亚直接关掉声音,把手机屏幕朝下,让她自己放弃。可她也很紧张。一分钟后一条短信叮咚一声。伊利亚打开WhatsApp——那里有一条语音信息,按一下播放键就可以听。

"别佳,求求你了!"里面传来激动不安、断断续续的声音,"你又怎么啦?你母亲给我打电话。问我什么时候最后一次和你聊过!我也不记得是啥时候了!你当卧底,始终有事,这些我全理解!你能不能哪怕抽一次机会走到一边,只给我写诸如这样的一条短信:'妮娜,我一切正常,咱们很快就见面了?'你父亲都吃心脏镇定药了,妈妈也坐立不安,你给他们写的是啥?……你知道吗?只给我发一条语音短信不够。我要视频,明白?让我看看,你有没有在别人的地窖里,有没有被绑起来,背后有没有'基地'组织的旗帜,这些就够了!或者咱们哪怕见上两分钟也行!我希望看见你没有被人揍。给父母也打个电话吧!我求求你了。听见了吗?"

她说的声音很大,以至于戴棉帽的男子扬起自己光秃秃的眉毛。伊利亚转身面对他说:"你干吗偷听?"那人立刻蔫了,假装看地铁图。

于是伊利亚在没旁人注视的时候写道:

"你们在演什么鬼把戏?这是工作!"

"我不信!"她固执地回答,"如果你不能和我见面,那就视频吧!哪怕十秒钟也可以!"

伊利亚钻进别佳的档案里:那里是否有现在适合给她的视频?比如别佳笑着说:"你好,妮儿,一切Ok,别着急。"不,别佳不会拍这样的视频。

晚会,夜间聚会,逮捕,震耳欲聋的音乐下莫斯科深夜的滨河大道汽车赛:这些都不合适!

"我现在不能视频,你在嘲笑我吗?"他敷衍地写了一句,早已预料到不能再用任何语言来折磨她了,然后紧紧抓住不断滑落的沙子,开始往上爬,"好吧,我晚上尽量抽身出来一会儿!随便在某个咖啡厅吧?"

"真的?在我们的那个咖啡厅吗?"妮娜问。

"在花园环线库德林站的'咖啡迷'里。"他建议了他在莫斯科唯一知道的餐厅,"十点。"

尽量晚点。希望多拖延一会儿时间。她会和他的父母通电话,一定会的。就让她对他们说:一切正常,我和他晚上见面。这样,到明天为止的一半时间就已经过去了。而那时他不管怎样都能撒谎到交易成功——到飞走为止。

"你应该好好做事,你这个小骗子!"妮娜给他写道。

伊利亚眯起眼。

他看了看黑处,然后重新闭上眼睛。他会和她见面的。

怎么，他真会去和她见面？不，当然不是。他有什么必要这么做？有什么必要去看她本人比照片美多少？已经该结束这里的生活，慢慢走出它了。

在飞走之前。

把妈妈安葬好就立刻飞走。

不能进屋子也没关系：那里也没什么可以带到新大陆去。

他开始看能否立刻在网上找到机票：原来啥票都有。哪怕今天走都可以，有座位。起步价十二万。泰国便宜一半。但如果急的话，两千美金对他来说也不算什么。但波哥大的宾馆显得要便宜很多。一个有着可笑名字"安巴尔"的标准三星级宾馆，一晚上总共才要一千两百卢布。伊利亚甚至今天就可以去过夜，来得及的话。在那里过夜真体面，完全是殖民地的风格。宾馆的称呼也令人愉快：让人不那么怀念祖国。

他决定再查看一下票：明天最早可以几点起飞？现在跳出另一个航班，价格从八万起步。直接省了四万，这样算下来是多少美金？六百多！正常？如果六点前来得及搞定一切。几点应该到机场呢？提前两小时，三小时？

他这就要去别佳的哥伦比亚了，而自己对这个地方还一无所知。他打开维基百科阅读相关知识：西班牙语，首都波哥大，四千八百万人口，北边毗邻加勒比海，西边毗邻太平洋。口号是"自由、秩序"。秩序真好，伊利亚想，既然在国徽上写着"秩序"，那就意味着国内一片混乱。"自由"不好。可从另一方面来看，它们有什么可以让我们吃惊的呢？他还喜欢那里的疆域：一百多万平方公里，国土面积世界排行第二十五。有地方可藏。

然后从波哥大立刻跑到某个热带丛林里，谁也找不到。可是为啥要跑到热带丛林里呀，既然他们那里有那么多海滨浴场？直接去加勒比海，去太平洋。

他开始浏览历史知识,但很枯燥。历史在当地了解也可以。而现在最重要的是语言——最初的用语。网上当然有会话手册。他轻声说:上午好。晚上好。烫。冷。我是火焰,灼烧你皮肤。请慢一点。我不明白。够了①。一点也不复杂:普通的罗曼语族语言,一半拉丁语词根,一半阿拉伯语词根,这都是摩尔人留给西班牙人的记忆。大学时代伊利亚学过法语,但西班牙语更简单,语文系最懒的学生一般都选修它。一两个月就会说了。对不起,我爱你。你是我呼吸着的空气②。他不知怎么把歌曲都背下来了。

这里没有任何幻想。

"新村庄站到了,"车厢里播报,"下一站白俄罗斯站。"

一圈已经绕完。还有一百圈。

他坐呀坐——垂着头睡着了。他看了看周围——他不是在地铁的座位上,而是在飞机里。他瞪大眼睛望着四周:的确是在飞机上。

"你怎么醒了?"妮娜问他,"还有五小时的飞行。你睡吧,等飞机餐来的时候,我叫醒你。"

"五小时到哪里?"窗外是刺眼的蓝色,云儿在下面远远的地方,太阳追着飞机的尾巴,很难明白他们在天上往什么方向飞。

"我们去哪里?当然是去哥伦比亚啦!"妮娜笑着说,"你不是想去麦德林看季赛决赛吗!是你的主意呀!"

"是的,"他呆呆地对她说,"是的。听着,我口干舌燥。我去问空姐要点水,你能让我过去一下吗?"

妮娜挪动了一下——于是他揉着脸沿着过道走过去。可他只

---

① 这里的原文全是用俄文字母拼写的西班牙文。
② 这里的原文全是用俄文字母拼写的西班牙文,也是电影《毒枭》主题曲的歌词。

想着一个问题:她把他和别佳混淆了!这怎么可能?也许,他现在的脸很像别佳?否则她绝对能看出来是偷换的人。这可是别佳的梦想——去哥伦比亚,而不是他的。

他走到飞机尾部,但并没走向帘子后的空姐,而是把自己锁在飞机上的小厕所里,它与卧铺火车上的厕所很相像。他倾身看镜子:不,那不是伊利亚。而是一个稀奇古怪的伊利亚:晒得黝黑,皮肤光滑,保养得很好。头戴棒球帽,帽檐扁平,身穿带金色图案的白色T恤。他用冷水洗了一下脸——脸没消失,还是自己的。他张皇失措,怀着另一种希望回到座位上。

妮娜带着笑容迎接他,让他坐到窗口。她啪的一声亲了一下他的耳朵,可当他想责备她的顽皮时,她说:

"把手给我!给我!"

她拿起他的手掌,放在自己晒得黝黑的肚子上——稍微有点圆。暖暖的,像丝一般光滑。

"你感觉不到吗?"

伊利亚尽力去感觉,仿佛在深处捕捉到了微弱的抽搐,就像神经抽搐一样。

"这是他在踢吗?"

妮娜点头。

"瞧,一点都不恐怖吧。"她问道。

"不恐怖。"但他仍旧小心地把手从她的肚皮上拿开:这是别佳的儿子,还是他的呢?

不知为何他非常清楚地知道这是一个儿子。

"听着,"他想起了什么,希望转移话题,"我试图进入一个上帝对上帝的网站,按照你文身上的QR密码进去。可那里加密了,不让进。"

"我告诉过你密码,"妮娜说,"忘记了,是吗?J-8-K-……"

"嗨,醒来吧!"

伊利亚抬起身子,眨了眨眼睛。他的头顶上方站着两个穿深蓝色上衣的警察,蓝色深得像哥伦比亚的黑夜一样。一个用靴子踹着伊利亚的鞋子,让他快点清醒过来。

"喂!男子!我跟谁说话呢?"两人中的年长者重复了一遍,是个中尉。

他们在跟踪他?!怎么找到的?!按照电话跟来的?!伊利亚坐着,惊恐地看了看四周。

车厢是空的。他站在原地。警察皱着眉。

"请全体乘客离开车厢!"通过扬声器传来司机的声音:是现场播报的声音,不是录制的,显得不耐烦。

"这列车开往仓库。我们现在出去,等下一趟,明白吗?"中尉慢吞吞地对伊利亚说,就像对一个弱智说话一样。

他们阴沉地相互看了一眼,但没纠缠不休:继续去揪列车里的其他流浪汉。

他跑到月台上。把手伸进口袋——手机在吗?

他睡觉的时候,没人偷走吧?!

没有偷走。

已经是午饭时间了。手机一直开着,快没电了。可充电器呢?充电器放在家里了!而且漏掉了很多电话!妈妈打来的,还有一个未知号码。

巡逻兵到了列车的最后,然后突然出现在站台上。他们商量了一下,然后走向伊利亚。伊利亚的脖子梗感觉到他们了,于是不慌不忙地走向人多的地方,然后往上走,自己也搞不清楚是什么站。

原来是库尔斯克站。

他走到上面,清楚地知道:晚上他会去和妮娜见面的。

* * *

入口处有一个大型商贸中心,伊利亚走向它。那里也许可以请人帮忙充电,把别佳的心灵喂饱。

他穿过懒洋洋的安保人员,弓着身子躲过摄像头,在栅门处转了一圈。

然后进入极乐世界。

里面播放着奔放的音乐,所有人都笑得合不拢嘴,空气中飘浮着外国香水的气味,大街灯火通明、流光四射,而每一扇门打开后都不是一幢房子,而是一大片特殊的维度:有的地方像热带岛屿,有的地方像纽约的阁楼,有的地方像巴黎的屋顶。住在这个世界里的几乎全是年轻女性,她们游手好闲,有人侍奉。伊利亚立刻感到自己像一个外来务工者,第一次从建筑工地直接跑到红场。

所有的商店卖的东西都不同,但有一样相同:人们来这里,目的是为自己买全新的自我。买裙子,想着穿上它会有全新的好身材。买鞋子,因为每一双鞋子都是灰姑娘的水晶鞋。手表里是一百美金的发条,它拧上的是对自己的尊敬。所有笑容可掬的商店里兜售的都是幸福。

人们为了幸福准备花掉所有的工资,甚至使用信用卡。自从允许在贸易中心自由买卖幸福后,人们就不再注意自我完善了。伊利亚俯瞰这一切:他最近一次来商贸中心是七年前,现在他带着一千五百卢布又来到这里。结果仍旧是不幸的。

明天,而明天他就要变成全新的自我了。

他走遍了所有的咖啡馆,到处问有没有充电器。有一家咖啡馆说只要他点餐就给他。他点了一杯淡茶和一个小白面包:花去了三分之一的钱。他开始慢慢品茶,给别佳充一点微弱的电流。

他问:"发生什么事了?"

她回答他:"我给你写了一封信。"信那时已经进信箱了:

别佳,

　　昨天你和父亲的聊天让我们非常不安。父亲今天给局里打电话,动用了关系,和你的安东·康斯坦丁诺维奇聊了。对方说你已经三天没上班了。关于你扮演卧底的事他一点也不知道。我们不明白发生什么事了。我们和妮娜也聊了——她从周一起也没见到你了。父亲唯一的解释是这次行动不是警察局的任务,而是你的另一个差事,从那个杰尼斯·谢尔盖耶维奇那里得到的任务。现在你父亲打算逼他,以搞清楚情况并放下心。你能想象得出,他为此要付出什么代价。我特别请求你找个机会给我们打电话。别杰尼卡!

　　如果你遭遇了不好的情况且现在不得不躲起来,我希望你明白:我不会因为任何事而指责你。我不会干涉你的私生活,不会非要盘问你细节。对我来说只有一点最重要:你活着并安然无恙。如果你害怕和我们谈话,仅仅因为你做了什么——这没有必要。

　　而且我也完全相信,你不可能做什么真正恐怖的事情。我不会将你理想化:我知道,你为自己选择了一份无法洁身自好的事业。但对我来说,你只是我的别佳。每当我看着成熟自信的你时,想到的总是我们走廊里骑三轮自行车的你,或者是五岁时出水痘的你,那时你全身涂满绿色药膏,你将发痒的背靠在门的边框上蹭来蹭去。

　　我经常说,是你自己选择了这条路,但我对你父亲说的完全不同。我忍不住。在你那天晚上的电话之后,在所有这些他已经开始的调查之后,他当然也坐立不安了。但愿上帝不要让你有什么真正危险——他会因此而无法原谅自己。我特别恳求你,请你和我们联系。

妈妈。

茶渐渐凉了。

伊利亚读了一遍又一遍。他重新回到开头。并按下"回复"键：

妈妈，不要惊慌，也不要搅扰杰尼斯·谢尔盖耶维奇，看在上帝的分上。我现在的确陷入了一桩麻烦事，但我希望能很快完全摆脱出来。我很遗憾，我让你紧张不安。谢谢你说的这些话。它们对我来说非常重要。我不想逃避你们。如果可以，我会把一切告诉你。但现在不可以。你是正确的，我干的工作不可能洁身自好。好的是，你很明白这一点。谢谢。我陷入了如此大的麻烦，妈。我……

然后他返回，删除了"紧张不安"后的所有文字。

要知道，这不像别佳说的话。

伊利亚希望，他的母亲能与他如此交流。毫无疑问很希望。他希望这封信能写给她，而且能收到回复。但信是发不到那里的，只会从那里来。

很快一切就要结束了，妈。我也很想和你像模像样地聊聊。父母在，是最大的幸福，你是知道的。父母在就意味着你有人可以问——我一切做得正确吗？也意味着有人接受你，不管你做什么。意味着当你犯错的时候，有人会骂你。意味着你能再次瞬间感觉自己像小时候一样。这样的感觉只有与父母在一起时才有。这才是最重要的东西。

他返回，删除了"紧张不安"之后的所有文字。

这一切都不重要。重要的是以后怎么办。我把妮娜的事全给父亲讲了。我一直想着你的话，你说她肚子里怀着我的孩子。我不知为何觉得这是一个男孩。

  我昨天给父亲写了短信,说他要为孙子负责。我在想,他能否做到?如果孩子像我,他也许能做到。可会这样吗?你说,他自责安排我走他的路。我不会因为这而生他的气。如果我不想过这样的生活,我早就放弃了。你记得吗,我小时候戴过他的制帽?正好合适。而且我们在童年时代可以互相理解。可有些东西,也许要等到快老时才能开始明白。

  总而言之,我为什么要写这些呢。

  如果将来我的孩子是儿子,他不一定要继承家族事业,你认为呢?要知道他有可能成为任何一种人。而且爷爷会在这方面帮助他。而你就更不用说了。

  但他首先得有妈妈。妮娜。

  假如你们现在一知道孩子的事,就立刻不理她,不与她像普通人那样正常交往,那结果会是孩子也不会是你们的。我不会和你像个孩子一样说话,更不会对父亲这样:他对她非常不公平。我为自己做过的事忏悔,他也应该如此。否则不会有和平。应当现在就忏悔,立刻忏悔,以后可能就晚了。孩子能改变一切。孩子也能原谅一切。听见我说的话了吗?要现在。

他用光标把"紧张不安"后的所有文字勾选出来,想删除——但他没有删除,而是匆忙按下"发送"键。

手机剩下百分之二十的电量。

充电器很糟糕——别佳花钱从它那里得到的一切,全都花在给母亲的信上了。他请求再给茶添点水:于是茶更淡了。

这封信不会让他们安宁下来,只会让他们缓一缓,但父亲终究还是会去找杰尼斯·谢尔盖耶维奇。那时伊利亚就会被包围。只希望明天能来得及从穆罕默德那里知道时间和地点。

他把手机在手里转了一会儿。指针亮着。难道无论如何也关不掉这个鬼定位吗?

他进入设置,开始琢磨。

找到了!"莫斯科停车"软件要求定位系统。他限制了这个鬼东西的所有权利。然后发现,所有的功能都给切断了。关闭了。

他叹了一口气:仿佛用药膏治愈了自己的黄癣。

他在虚空中坐了一会儿。让别佳躺在那儿好好休息一下。

他重新打开手机——可指针又像脓疱一样钻了出来。无法治愈。

不能再坐了,应该像鲨鱼一样不停继续往前游动,否则会窒息而死。

他关掉手机,喝完淡然无味的冷茶,东张西望继续往前走。

* * *

他在麦当劳吃了午饭,已经是晚饭时间了。他点了三个汉堡,每个五十卢布。很好吃——难以置信。而且很饱:就像肚子装满了泡沫一样。

还没见面之前,他整个人已经筋疲力尽了,他甚至开始忘记这不是给他安排的见面。

他提前到了,排练了一下遇到保安时的自信:不,没人等我,我一个人到你们这儿吃饭。他们勉强放他进去,可他竟然厚颜无耻地为自己选了一个能看见入口的地方。

他打开快没电的手机——我来杯水,你充电。咱们用最后的钱潇洒一把。

坐在椅子上的感觉真好。他伸出腿——白跑了这么多商店后感到乏力、疼痛。商店里很暖和,街上可真是冻死人。

他眼不离门。甚至都没碰水。

他在等妮娜。她长什么样？穿什么衣服？手机在他面前，关掉了声音。已经打开与她聊天的对话框。

他为什么要来？不能不来。

明天，如果一切加急，已经赎罪的戈列诺夫将永远远走高飞，而昔日的戈留诺夫需要与那个将永远停留在过去生活中的他道别了。他想看看那个他也许可以与之共度一生的女孩。也许可以与这个姑娘共度一生。仅仅是——看看她！

为什么想看到心爱的女人在身边？这就是原因！

妮娜比约定的时间早到十分钟。

她穿着像鼓起的帆一样的大衣，戴着围巾和帽子。上气不接下气。从外面进来时满脸通红，眼睛亮晶晶，肩膀上还有雪正在融化。伊利亚立刻明白这是她。这是妮娜本人。

没想到她特别高，也许和伊利亚一样高。而且动作很快。她的动作一点也不稳重：她冲进咖啡馆，把大衣一扔，拨开被雪打湿的刘海，把头发甩了甩。高领毛衣，浅褐色的高腰裤与她的脸绝配。她叫来女服务员，点了吃的，开始和她说笑。眼睛在窗户外搜寻熟悉的汽车。

她掏出小镜子，描了描嘴唇，弄了弄睫毛。刘海又掉到一只眼睛上了。

第一次看见这个女孩伊利亚感觉很奇怪——尽管他已经知道了她的很多事。清晰地记住了她的轮廓。把她视为女神。担忧着她的担忧，梦想着她的梦想。

手机嗡嗡振动得太响了，以至于他差点丢掉它。

"我到了"，她给别佳写道，"先给你点吃的东西吧？"

伊利亚等到了机会。

"我耽搁了，请原谅！"他像呆住了一样回复说，"你怎么样？"

可以走到她跟前，说点什么吗？假装想和她认识。就让她不屑一顾地把他打发走。但还是会有半分钟真正的对话。万一她喜欢上他呢？也许他在她眼里并不那么令人讨厌？

妮娜也许立刻感觉到伊利亚正在用目光触碰她——触碰她的手，她的脸蛋。妮娜虽然看见他了，但像没看见一样。然后很快站起来——眯起眼——她近视？——他尝试对她微笑，但冻僵的嘴唇慢慢放弃了——她的脸色又阴沉下来，再次封闭自我。

伊利亚窘迫地抓住手机，仿佛在手机屏幕里的一切更有趣一些。但手机里的妮娜只是影子，完全是复制品，与妮娜本人没有任何可比性。

无法坐到她跟前，但在她旁边走走是可以的吧？走一步，掀起一股风，在旋涡中感受她的呼吸。嗅她的香水——是花香？

伊利亚像瘫了一样坐在那里，皱着眉看着她，似乎在看手机里的文字，但实际上在看她，他知道自己这副忧郁倔强的样子会吓走她，而且担心她现在再次消失，第三次消失，就像她在梦中两次消失那样。

然后大脑里一片混乱。

上帝呀，他自言自语，我为什么把她叫到这里来？仅仅是为了自己。仅仅想看一看、玩弄玩弄她。她不是来找你，白痴，她是来找另一个人，那个人已经死五天多了，是你把他杀死的。你把她放到莫斯科棋盘上的这个格子里，为了让她多相信一会儿他好像一切都好。应当现在就告诉她，一切都取消了，他不会来了。

妮娜完全沉浸在手机中——她用细长的手指按了什么并笑了，而脸上是阴郁。

"我等你！"她发来一条带表情的短信，"已经给你点了香槟！你开车吗？"

是真的，一个高脚杯被送过来。她只稍微抿了一口淡金色的液体，因很冲的气泡而皱了一下眉头。

"点什么香槟呀?! 嗨!"

妮娜读完短信后,鼓起脸颊,把杯子挪开,满脸是笑,然后再次变得严肃起来。

"我自己喝了一口,然后你来喝光!你几点能到?"

"简而言之,完全不能来了,否则我这里来不及……"

她皱着眉,开始给他写长长的内容,但妮娜还没来得及发送,他就收到了一条短信。是别人发的。

杰·谢发来了一张图片。

伊利亚——已经预感到了——打开图片。于是像被蜇了一下。

是手机屏幕截图:标明街道的城市地图。能看见花园环线库德林站。而且箭头的尖部直指伊利亚。"可你说,你不在莫斯科,哈辛!也许,跑够了?(笑脸)"

瞧。不是胡言乱语,也不是妄想。难道会来这里找他?!

"我急需计划自己的一生,十五分钟内我无法想好!"妮娜把手机放在桌上,然后立刻重新拿起。

"咱们现在就开始计划吧!"伊利亚提议道,看着硕大的玻璃窗外夜幕正在降临。

"今天你父亲给我打电话了。他说邀请我参加他的生日庆典。你能想象出来吗?"

"我把一切都给他讲了。"伊利亚直接告诉她。

妮娜在自己的桌子后面开始坐立不安,身子倾向大高脚杯,猛地喝了一大口。

"你给他们说什么了?"她发来三个瞪着大眼的表情。

"我说,你怀孕了。还说,我准备和你结婚。"

妮娜又喝了一口。接着又是一口。她从桌上拿起两页纸的菜单,打开扇形页,开始向服务员招手到自己这边来。她脸颊绯红。

325

"Wha-a-a-t?!!"①

"顺便问一下,你会嫁给我吗?(笑脸)"

他微笑着,但内心剧痛。对她说这些很痛苦,现在这样说非常非常痛苦。她激动起来,他也受到感染。她扑哧一笑,他瞪大眼睛。她把嘴巴贴到酒杯上,他摇晃了一下。

请原谅。你的快乐还会让你难过。但我现在完全不是为了这个,相信我吧,也不是为了亲眼吃掉你的幸福。我只是不知道:假如我现在不向你求婚,以后万一来不及了怎么办呢?

妮娜把身子探向服务员——又要了同样的香槟。

我只是不希望你任何时候怀疑他爱你。你应该相信他,妮儿——并时常对你们的儿子说:你的父亲非常期待你的到来,我们准备要结婚了。而不是:不是所有人都有父亲,就这样。

"嗨,你这是怎么啦,用短信给我求婚吗?!!"她不好意思起来,"可总该准备点鲜花吧?!"

但伊利亚看见她坐在那里,满脸绯红,笑容洋溢,眼睛发亮。

他进入表情包,在那里给她找到了这种情况下应该发的东西:鲜花,香槟,钻戒。

"你愿意成为我的妻子吗?"

她给他发来了一个表情:一个披着头纱的未婚妻和一个穿着黑色礼服的未婚夫。她从第二杯香槟里嘬了一口。

"你是一堆恐怖的臭狗屎,别佳,但我疯狂地爱着你!是的,我愿意成为你的妻子!来吧,你在哪里?!!"

门砰的一声关上了,进来两个人:一个穿着高领毛衣,一个穿着黑色夹克衫。

可以把他们当作人,但他们的眼睛却像狼一样,而且他们会嗅

---

① 原文也直接使用英文,意思是"什么?!!"。

空气。他们不出声地向保安嘀咕着什么,于是保安身子一缩。一个朝着点心橱窗的右边退了一步,另一个朝左边走了过去,瞪大眼睛在大厅里搜索。

伊利亚缩在椅子上,立刻把手机关闭,并背面朝上放着。他表现出有点无聊的样子,看着窗外,甚至打哈欠,然后用平缓的声音要账单,尽量不看这些妖魔鬼怪。

他把手放在桌子下,以免被看见手在发抖。

妮娜对这一切完全没有注意,一直盯着屏幕祈祷。

其中一个跑去检查厕所,另一个开始打电话。伊利亚一边等账单,一边在心里数——83,84——为了保持头脑虚空,为了不让任何电磁波将他们吸引到自己这里来。他等到了找零,给了服务员小费,然后不慌不忙穿衣。穿衣时他想到:如果这些人中有伊戈尔,那伊利亚就没办法了。

他开始弓着腰迎着妖魔鬼怪的面走向门口,把已经奄奄一息的手机贴到耳边,开始朝手机说:"是的,亲爱的,当然,别着急,我很快就到了。"妮娜仰起脸看他,他朝她笑了一下,于是她——还是迷迷糊糊、想入非非的样子——报他以微笑。

于是这股温暖的热浪推着他从行人旁边走过,他紧紧握着手指来到街上。背后有人嘟囔说:"他不在这儿。你们的定位好像有点慢?"

他经过她身边,想再一次,最后一次看个够。妮娜坐在明亮的鱼缸里,直直地望着伊利亚,但她也许看见了自己。很美。

*　　　*　　　*

过了五分钟他从漆黑的大街给她发了一条短信:"我看见你了,但不能进去,那里有人在找我,就在'咖啡迷'里。不得不离开,原谅我吧!!"

正在那时手机没电了。

*　　　*　　　*

黑黑的巷子过去了,他把手插进口袋,脚下到处是千疮百孔的冰,月色朦胧,马上就是深夜了。他走到街心花园:光秃秃的树干像纵队一样竖立在那里,等待着押送人员。他发现了一条有声音的街道,于是拐过去:是尼基塔大街。整条街的人都在狂喝纵饮:有酒吧、迷你俱乐部。瞧,伊利亚想。应该去酒吧。酒吧里不会冻坏。不会让你在里面睡觉,但也不会把你赶出去挨冻。而我们现在只需要熬过晚上就可以了。

他走进第一个遇到的酒吧,里面的人正寻欢作乐。他从寒冷的大街走进甜蜜的雾气,下到地下室,那里蓝色灯光闪烁,铁饼运动员在舞台上表演,反射光在墙上不停移动。染了发的DJ——像顶着金色鸡冠的公鸡——疲惫地呻吟道:"现在我们都喜欢的——赛琳娜·葛梅兹①!"

他把手机放到酒吧充电:它很虚弱,累坏了,只能一点一点吸收电流。

音乐响起:起初是振奋人心的高音,然后是细细的女声:"The world can be a nasty place... You know it, I know it!"②之后是像猫一样的叫声,伊利亚只懂这点英文。然后是男低音,让人整个内脏都颤抖。雾气机投放出雾帘,筋疲力尽的长发男子们醉醺醺地挤在一起,穿着衬衫的年轻女孩们以及穿着肥大及膝长衣的小伙子们闭着眼,咧着嘴,一脸幸福的样子,手拿鸡尾酒,相互拥抱,朝对方的耳朵大喊大叫;而对方晃着脑袋,大喊着回应。赛琳娜像猫一

---

① 赛琳娜·葛梅兹是一名美国女演员与歌手。
② 原文用的是英文,意思是"世界可能是一个下流之地……你知道,我也知道!"

样唱着:"Kill'em with kindness,kill'em with kindness,kill'em with kindness!"[1]口哨声,频闪仪,烟雾,笑容,"Go ahead,go ahead,go ahead now!"[2]

只有伊利亚一人是清醒的。而且不能喝酒:口袋里只剩下四百卢布来度过余生了。他站在暗处,从角落望着光影斑驳的舞池,望着这些比他小七岁的年轻人,眯着眼看着频闪仪——它把三分之二的镜头都截取成画面,形成一部老电影。

他漫不经心地听完一首激动人心的歌曲,接着另一首——DJ今天只播放那些在中学迪斯科舞厅里放的歌曲。但筋疲力尽的人们很满意:他们用甜蜜的酒酿互相浇灌对方,摸着对方的手,大喊:"我靠!"

很艰难,但伊利亚向他们走近了一步。接着又走近了一步。

他走到有光的边上。跺了一下脚。甩了一下臂。晃了一下肩膀。拍了一下手掌。内脏在颤抖。耳膜在嗡嗡响。他又跺了一下脚。但没踩上节奏。我们在跳舞,声音实在太大。我们在跳舞!他又拍了一下手掌。你在哪里,戈沙?我想和你这样跳舞。一下!昨天还很悲伤,今天我们却在跳舞。你留下什么了?两下!什么也没留下!再见!三下!再来一次!真想和七年前一样!

我以前的感觉是什么?没跟上节奏。肩膀动不了。腿在痉挛。他妈的怎么也弯曲不了。一下!耳朵疼。我们在跳舞。我以前的感觉是什么?想再感觉一下。迪斯科在继续。生活也在继续!一下!嚓——嚓。嚓——嚓!

他尽力跳。

---

[1] 原文用的是英文,意思是"善意地杀死他们,善意地杀死他们,善意地杀死他们!"

[2] 原文用的是英文,意思是"往前,往前,现在往前!"

他冒汗了。脱掉上衣。走到厕所,从水龙头里把冷水喝了个够。水散发出铁锈和漂白粉的气味。他洗了一把脸。回到舞池。清醒后很难过。清醒后如此难过,上帝呀。

他脚跟蹭地,像踩死蜈蚣那样。戈沙死了。别佳死了。都过去了!我们在跳舞!啊哈!我们要前行,他们要留下!我们还活着!为什么要哭!跟着音乐的节奏摇头——一切越来越准了。

他一个人在舞池中央,在气泡中。

妮娜也要留下,别佳的父亲也会留下,还有妈妈。他们会找到别佳。你这个善人给他们编造的一切都会浮出水面。他们会明白是你杀了他。是你像个寄生虫一样使用他的手机。是你拽住绳子强迫尸体跳舞。凶手替他们的儿子请求原谅,向心上人求婚。他们会不会明白,这不是滑稽戏,也不是恶意的嘲弄?不会。不会明白。他们会认为,出来了一个牢子里的人,报复冤家,而且还嫌不够,又开始消灭被杀者的家庭。你的痉挛对他们来说只是装腔作势。你想忏悔就忏悔吧——但他们宁愿听听你临死前的呼哧声。她会不会在这之后把孩子打掉?嚓——嚓!嚓——嚓!声音太大:甚至连自己的声音都听不见。一下。两下。三下。一点,两点,三点。

"你真可笑!"一个小姑娘对着他的耳朵喊。

他向她点点头。

他又从水龙头里喝了一些水。再次回到舞池。沉浸其中,开始翱翔。

妮娜在手机屏幕上的微笑、戒指、鲜花、香槟。这还不完美,可怎么才能更完美?

"有没有香烟?!"他问一个女孩,"抽烟吗?!"

他沿着台阶走出地下室,走进严寒,走进风中。

夜里三点了,所有的警察都睡着了?他打开手机。它几乎没充电,尽管已经接入电网好几小时了。也许,别佳额外延续的生命快要结束了。

收到一些短信。

扫院人发来的:"十点来'总统'酒店,让你的人到前台找穆罕默德,来得及吗?"

妮娜发来的:"这简直卑鄙下流。我说的是他们。"

他回复扫院人:"来得及。"回复妮娜:"爱你!!!"半夜三点通常是别佳表露内心的时刻。

可你,伊利亚,能做什么呢?你能做什么,当木已成舟。地下室传来男低音,再次响起尖叫声和甜蜜的欢呼声。彩色的烟雾飘了出来。

"跟我来。"旁边一个醉醺醺的女孩对一个醉醺醺的男孩说。

他们边接吻边哈哈大笑。烟雾中飘荡着让他们感到美好和惊喜的东西。生活许诺给他们的只有宠爱。

指针开始转动。

不能再把手机带在身上了。你认为,那些豺狼就这样放弃你了?不,他们会让饭店里的人调出摄像头,盘问服务员,在视频里找别佳。会对照时间,找到伊利亚。而且下次从旁边经过时不会再像一个瞎子一样望着他,而是直视双眼。

该向别佳道别了。现在就得摆脱手机。

未来即使没有它也剩的不多了。

一早就去移民局——希望没有任何人给妈妈打过询问电话,希望一切按计划进行。然后,带着护照去"总统"酒店。从那里带上钱到太平间。从太平间赶飞机。明晚别佳将不在这里了。

嚓——嚓——嚓!今天是最后一个夜晚。跳舞!

他又下来,现在只剩下他一人在舞池了。没有人也没必要有人。

他盯着频闪仪。

该摆脱手机了。取下脖套,取下十字架。最重要的内容已经说过了,也已经听到了。

直接把它扔掉?扔进河里?

那时他们绝对会明白——而且很快会明白,这个冒名顶替者写了什么。那时,他试图替别佳同他们建立的一切和平及安宁都将被他无法摆脱的痛苦替代,而给他们所有人带来恐惧和永远无法治愈的创伤。

可现在就可以去三山厂——把手机还给别佳。

现在,就像今晚刚刚把他杀了一样。也许严寒里他不会有太大变化?伊利亚不是专家。他可以去检查一下真相。可以吗?应该试试。以便接受别佳的道歉,听听他的忏悔,让他的爱情还能在空中回荡几年。

不应该把别佳的这一周也剥夺了。

但如果明天有什么问题呢?他怎么能没有手机,没有联系呢?同扫院人怎么联系,如果他迟到的话?

会想出办法的。这件事更重要。

他跳完舞。

然后离开。

* * *

应该给爸爸写信,说原谅他的一切,同时也请求他的原谅——真诚地请求,现在明白应该请求原谅什么了。应该感谢母亲的爱,感谢她没有放弃他,而是忍耐并原谅。应该写信告诉妮娜会永远想念她,也希望她能原谅他的父母,因为他们在渐渐变老、枯萎、缩小,但如果她从他们那里把孙子带走,那他们从别佳那里什么也留不下了。应该给每个人写封道别信。于是,伊利亚一边在漆黑的暮色中走着,一边在脑子里构思信的内容。

可当他沿砖头迷宫走到井盖并按下手机按键想写文字时,他明白他给谁也发送不了什么了。手机最后一次闪烁了一下,然后死翘翘了。

他找到不久前的那根铁棒,使足劲勉强把井盖推开,就像推开一块花岗石板一样。他开始擦除手机上的痕迹。朝玻璃屏幕哈了一口气,用袖子擦掉划痕。不应该留下伊利亚的任何痕迹。

突然后面响起了说话声,脚步声——是一群酒鬼。他们从酒吧过来——也许,是从"流氓"而来。

他们直接走向他,一步步接近!正在走向他!而且已经出来了。

一秒钟只够让他把 iPhone 扔到下面。

盖上井盖——来不及了。

17

新一天的清晨不乐意地降临了,街道蒙上了一层浑浊的雾气,太阳像泡腾片一样被雾气溶解。仿佛上帝因流行感冒而卧床不起,今天无法让自己把整个世界好好描画一番。天上细雨蒙蒙。

三山厂的醉鬼们看见了什么,没看见什么——他不知道。他背对他们离开了井盖,对他们的喊声也没回头。没有地方可以得知新闻:手机现在在别佳那里。没有这个黑色的阑尾很孤独:内心回声很大,口袋空荡荡。

新村庄站那儿还没开门伊利亚就站在那里,在不说自明的队伍中排第二位。移民局门口的保安处在播放广播,暂时还没放人进去,伊利亚紧贴着玻璃,想根据断断续续的广播声猜测,是否发现了哈辛,有没有被怀疑的对象。

主持人在说特朗普——于是保安把声音放大了一些,但之后似乎开始讲三山厂的什么事时,保安觉得无聊并把声音开小了。

终于开门了,伊利亚赶紧溜进厕所:他想检查一下自己。镜子里的他就像刚从禁闭室里放出来一样——整个脸发绿,而且很憔悴。他用水抚平头发,试图笑一下。但还不如不笑呢。

他在那里检查自己时,等候大厅里已经挤满了人。移民局被装修过,而且似乎更人性化了:发放护照的工作人员的办公室是玻璃的,机器自动发放排队号码。按照姓名传唤那些已经为其准备好护照的人,进入刑讯室一般的透明办公室。

可一直没有叫伊利亚的名字:难道妈妈漏接了手机上的电话?他们搜索到他了?或者安全局抓获了娜塔丽娅·格奥尔吉耶夫娜?

不,只是给他时间受煎熬而已。然后一个严厉的声音喊道:"戈列诺夫!"

他甚至都没听出来是在叫自己。

他顿悟过来,走进去,第一件事是看了看大婶的电脑:她有没有在那里看新闻?他的护照被收上去,仔细查看。但既没有偷偷看他,也没暗示一切良好。

走廊里走来三个穿蓝色制服的人,坐在玻璃立方体办公室里的伊利亚也想变得透明无形。

"等等。"办护照的女工作人员说。

她拿起话筒,背过伊利亚,开始朝电话愤怒而激动地说:

"是的。戈留诺夫。是的。这里是'列'字。我不知道。可这与我有什么关系?所以?重新做?通过协议做?好的。"

她挂掉电话,一头埋进电脑。仿佛伊利亚已经不在这个办公室了。她用一个手指敲着什么,时不时地点击一下油乎乎的鼠标。好像已经不存在的伊利亚坐立不安。她对他皱了一下眉。

"一切正常吗?"他忍不住问。

"不知道,"她朝着扭过去的电脑屏幕喊了一声,"他们会说的。"

即使夜里的那帮醉鬼从井盖旁绕过去了,白天工人们也一定会绊倒在那个洞口。白光照进去,就会叫醒哈辛。现在那里已经有垃圾工在值扫了,首先会把工人们叫去:谁不会说俄语,谁就会被最先问罪。他们当然会根据证件认出这是别佳。然后只剩下几个问题——什么时候这个消息会到记者那里,什么时候上电视,还有——穆罕默德看不看这个电视。

一个佩戴肩章的胖子挤进办公室,仔细琢磨伊利亚那张破破烂烂的护照,透过眼镜片研究印章和备注。他拿走护照。空气一下子变得像雷雨前那样闷热,蒸汽中似乎有百万伏电压。距离见面时间只有一个多小时了,可这些佩戴肩章的混蛋还拿着护照,把他的时间像缠肠子一样缠到线圈上,然后商议:是赦免他,还是因为无聊而判处死刑。这些官僚主义者。

你欺骗了我,娜塔丽娅·格奥尔吉耶夫娜,他们是不会原谅我姓名中的错误的,国家需要把自己的每条虱子都按照字母正确地统计,没有这一点你是无法把它传唤到你脚趾跟前的。如果花五万卢布就能随随便便地为自己购买自由,那岂不是所有人早都全部抢购了?

"我需要到走廊里等吗?"伊利亚问。

"就坐在这儿。"

穆罕默德,穆罕,等等我,相信哈辛,我们很快就来了,我们这就结束,没什么恐怖的。我们只是声音嘶哑了,不能说话了,无法呼唤让你听见,我们张着大嘴,可没有声音。现在他们就会把护照还给我们,并为我们的等待而道歉,然后我——我们就会像风一样跑向你。

胖子又过了二十分钟才回来,但好像过了六十分钟。

好像有人从那边的办公室给他打了电话,伊利亚刚刚朝那边绝望地自言自语过。

胖子向办护照的女工作人员含混不清地说了点什么,对方就听话地一连盖了好几个章,塞给伊利亚一本全新的、脆脆的红褐色小本子,说:请签字。

伊利亚平静地签了字。

然后他们把护照还给他。

可百万伏压力仍旧压在伊利亚的头上,笼罩着他,不想释放。

*　　*　　*

"总统"酒店在距离波良纳站十分钟路程的地方:高高的铁栅栏里是一栋二十层的红砖新建筑,顶上的褐色东西不知道是头盔,还是高筒军帽,或是儿童沙坑。其他部分的建筑风格很像郊区的高楼,它在亚基芒卡区的斯大林式建筑中显得格格不入:仿佛它在索恩采沃区或奥列霍沃区的某处站起身来,然后搬到市中心,通过把几个老人的墓地迁移到公墓,为自己赢得了一块更漂亮的地段,用尖锐的铁刺把自己与邻居隔开,并蹲了下来。但现在的问题是:即使蹲下来也能看见克里姆林宫,而且也没人对酒店取名"总统"产生争议。

伊利亚走近它时想:这个穆罕默德为什么不怕在这样的地方做生意呢?康·伊戈尔总是藏在垃圾池边上,蜗居在陋室里,给别佳往手机里写一些黑材料,目的是万一发生什么时把他们一起带走。可穆罕默德-扫院人说:到前台查询我。也许,他根本不是什么扫院人,而只是在假装?

铁栅栏入口由一些带着冲锋枪的黑衣保安把守。从大门到酒店入口伊利亚数出了五个摄像头。停车场的汽车很少,清一色的大型越野车安装的是镜子而不是窗户,全都非国产品牌。酒店门前有一片场地,场上矗立着一根旗杆,上面挂着各种颜色的彩旗。这里没有任何游客,甚至没有多余的人。

伊利亚推开门,来到一个巨大的白色大理石大厅,大厅里铺着深蓝色无绒地毯。天花板大概有四层楼高,上面挂着一些奇怪的类似于天体的东西:像雨帘一样的巨大圆形二极管灯。看起来既便宜又有气势。角落里是报亭,与街上的一样,那里出售人们想象中的俄罗斯纪念品。显眼的地方摆着一架带金色字母的白色钢琴。

大厅里有一些警察走来走去,肤色黝黑、西装革履的人们坐在桌边压低嗓音聊天,没有互相望着对方,而是四周张望。前台训练有素的白皮肤女工作人员微笑着,主人们似乎不止一次抓住她们的脖梗子,然后把她们带进豪华房间做爱。

伊利亚被大家望着,被视为来访者。

他走近一个白皮肤女服务员,她咧着鲜红的嘴唇对他笑,没有盘问他姓名。而是把话筒拿到耳边,轻声细语了一会儿,然后沉默。

"请坐。"

伊利亚一屁股坐进深深的、滑滑的皮沙发里。保安一直瞅着他。白色电子钢琴自动弹奏着不太复杂的乐曲,无形的手指按着琴键。沉重的水晶枝形吊灯白天也亮着。

伊利亚意识不清,很想睡觉,钢琴似乎在弹奏摇篮曲:他一夜未睡。

大厅深处的电梯门打开了,出来了一个人。壮士的脖子、短短的大胡子、刘海,蓝色的上衣像奥林匹克运动衫一样紧绷在肌肉起伏的胳膊上。他左摇右摆地朝伊利亚走来——自信,目标明确。

伊利亚很快醒悟过来了。

"穆罕默德？"伊利亚起身迎接他。

"我接你。"

他比伊利亚高一个头，但宽度是他的两倍。他站在伊利亚身后半步远的地方，指示怎么走并挡住了回路。

他把伊利亚护送到电梯处，按了倒数第二层，面朝伊利亚站着——直视着他。他们到了——电梯口还有两个大胡子壮汉，但似乎穿着什么制服。他们的手枪装在打开的枪套里，枪很大：似乎是"斯捷奇金"。是在作秀。

房间门口也站着几个人，他们穿着西装，只是粗短脖子上的衬衫领子是解开的。他们拦住伊利亚，搜他的身，拍了一遍，又用金属探测器把他全身扫了一遍。即使是伊利亚的"马卡洛夫"也帮不了他任何忙。

最后才放他进去。

房间大得无法估算出面积，透过窗户看救世主大教堂仿佛在手掌中一样，而它对面就是"红色十月"半岛。房间全部分布在走廊的两侧，仿佛有两面镜子面对面放着，啥鬼都能照出来。家具雕花且镀金：椅子，桌子。三个严肃的男子坐在那里，黑黑的直发中夹杂有白发，鹰钩鼻。在房间的深处，能听见还有声音：他们带着喉音说话，像一群乌鸦在笑。

其中一个转身面向伊利亚。其他人都看着等离子屏幕上的足球赛。足球赛，而不是新闻。

"我是穆罕默德。你是哈辛派来的？"

"是的。我来取钱。"

"1.5公斤？"

"会有1.5公斤。先付钱。"伊利亚生硬地说。

"伊萨，把钱给他。"

一个穿衬衫的年轻男子蹒跚走来,手里拿着"视频世界"①的红色包装袋,看起来很轻。伊利亚紧张起来,他原本以为是一个沉甸甸的运动包。

"里面有多少?"他尽量平静地问。

"该给的数目,二十万欧元,"伊萨笑了一下,"怎么,你要数一下?"

然后他直接把袋子给了伊利亚。伊利亚往里面瞅了一眼:是一些真空包装得紧紧的塑料袋,全都塞满了淡紫色大钞票。他从来没见过这样的钱,抽出来对着光看了一下。全是五百欧面值的纸币。有这样的钱吗?如果有,那一包里共五万,五包——总共二十五万。真空包装。

他点点头。开始准备离开。

"我把钱送去,然后他把货送来。"

"好的,好的,"穆罕默德说,"去吧。告诉他,把手机打开。"

"他关机了?"

"再告诉他,如果他又想和我们像以前那样玩游戏,那就祝他平安。嗯,他知道的。"穆罕默德懒洋洋、漫不经心地伸出手道别。

"我会转告的。"

"告诉他,我们已经正常搞到了他的信息。我们知道关于他父亲的一切。告诉他,我们不怕他父亲。"

"明白。我只是快递员而已。"

"那就把一切转告给他,快递员。转告他,如果货三小时后不到。我们就狠狠地收拾他。他的靠山也帮不了他,告诉他。"

"好的。"

"我今天给他发短信,他不知为何不回复。他给你回复

---

① "视频世界"是俄罗斯销售日常技术和电子产品的贸易网。

了吗?"

"我到这儿来没带手机。早上他回复了。"伊利亚说,"现在没和他联系。"

"我给他发送了图片。照片。他没收到吗?WhatsApp显示没有发送成功。"

"我只能说我不知道。我被派来取钱,我应该拿好钱,送过去。"

"要不要送你回去?"步履蹒跚的男子问道,"你开车吗?"

"我坐出租。"伊利亚说。

"为什么拿着这些钱坐出租啊,我们送你吧,兄弟!"步履蹒跚的男子笑了一下。

"我这儿有指令。"伊利亚固执地摇摇头。

那些在看等离子电视的人的眼睛一直没有离开屏幕。摩纳哥对战巴黎圣日耳曼足球俱乐部。

"指令,混蛋!简而言之,告诉他,一点前货不到,我们就把他的野鸡给干了。晚上之前货不到,我们就把他本人干了。既然他曾经被关押的地下室什么也没教会他。"

"什么?"伊利亚又问了一遍,"什么野鸡?"

步履蹒跚的男子笑了一下,穆罕默德挠了挠眉毛。

"伊萨,你把转发给我的照片,给这个小伙子看看。"

那人在手机里翻了不长时间就打开了:一个姑娘正往五层楼的入口处走。穿着像帆一样的大衣,戴着帽子,围着围巾。

妮娜。

"这是他的女人。合伙人帮我们搞到的信息,包括她的工作等一切。来救她很麻烦。所以告诉他,三小时后货必须到这里。她爸爸不是将军,但都他妈的无所谓。所以赶紧去吧,明白了吗?而且告诉他,让他打开手机。"

"我会说的。"

"兄弟,钱算什么?是垃圾。拿着吧,不可惜,我们有的是!"穆罕默德笑起来,"可人的生命只有一次,你知道吗?普希金说的。"

他转过身,一头扎进球赛。

"我送您。"穿蓝衣服的大胡子壮汉在伊利亚耳边大声说。

电梯里他每时每刻都盯着伊利亚的眼睛,在那里寻找什么。但伊利亚已经在七年里把眼睛变成了浑浊的玻璃。

他把他送到出口,然后转身,左摇右摆地回去了。

伊利亚,拿着这些钱想干啥就干啥去吧。

* * *

红袋子在手里像鞋袋一样晃荡,一点也不重。

伊利亚想了想:假如袋子破了,五万欧元就会无声无息地落在人行道上。他卷起袋子,塞到外套下面,肚子一下子隆起。他回头望了一眼——大胡子男子有没有跟着他?有没有汽车跟着他?似乎没有。

他跑到地铁站,又四周望望。钻进空空的车厢后他才非常确信——没人跟踪他。他们就这样放了他,就这样给他装了够用一生的钱并说:走吧。

现在去哪里?

换钱?订票?飞走?把钱存到银行?

他有什么可怕的?他暂时是无影无形的,是自由的。他有权利支配这些钱,这二十五万欧元,是总付款台给他发放的,把七年的青春折算成了等价的欧元。这儿就有护照,有钱,有未来,赶紧跑吧。他们当然会醒悟过来——这些盗贼根本不是土匪,这些警察也根本不是警察,但那时已经晚了——会晚两三天,而这段时间他已经改名换姓消失了。他起飞——穿着带金色图像的白T恤，戴着旧式鸭舌帽——漂洋过海到麦德林，消失在那里，然后在那里欣赏有五十季的电视剧，直到弄明白如何结束一切。只有一点与梦境有区别：妮娜不在身边。

打开手机，别佳。

没有联系。

与别佳没有联系，与妮娜没有联系，与父母没有联系：当他消灭罪证时，他就与所有人隔绝了。无法给任何人警告。昨天把手机还给哈辛的计划看起来很好，可今天看来很糟糕。

上帝呀，快飞往麦德林吧，飞去生活吧！让他们全都滚蛋吧！

怎么，你原谅了那个给儿子灌输权力，教他像对待粪便一样待人的父亲了？因为什么？！因为他吞下了心脏镇定丸？！

因为你真诚地原谅了哈辛剥夺你七年青春的事？啊？

啊？！要知道是他们在撒谎，关于盗匪的谎，关于这个世界人吃人的谎！只有当他们下巴的范围还不够，当他们的喉咙里还卡着东西，无法抓住某个人时，他们才感到不满！呶，拿去吧，这是你们能力所不及的：这些大胡子男人，他们都敢去搞警察将军！拿去吧，全吞掉吧，试试，别害怕！

啊？！这可是你们的规则，也是你们的游戏，让他们对你们像你们对我们那样，这难道不公平吗？！这是对你们的惩罚，是你们还的债——我从索利卡姆斯克开始就向你们讨这份债了，我向上帝打了你们的小报告，于是：他唆使这些无法无天的人来害你们。不能依靠法律，就只好这样！

只是现在根据混蛋们的食物链顺序，他们首先要吃掉的是没有任何抵抗力、软绵绵的妮娜，之后才会去找哈辛。但现在只是你有问题，哈辛，因为实际上是你和这群大胡子男人搅在一起，抛弃了他们，是你拿自己怀孕的女人做掩护，而不是我！

可你们对我算什么？你们对我来说是陌生人！

我没有亲人,除了我自己。我只管自己！

他走出地铁。

她怀孕了又怎样？我昨天向她求婚了又怎样?！我劝她留下孩子又怎样？我做了这些又能怎样?！这不是我的孩子,是哈辛的孩子,这是他的女人,这是他的父亲,我和哈辛总共只见过两次面：一次他因为傲慢把我送进了监狱,还有一次我把他的喉咙给割了！我们互相都是陌生人！这是他的母亲！

而我有自己的妈妈,她在太平间受苦,她卡在此岸和彼岸之间,我还要解决她的问题,哈辛的父母在这里有何干系?！

你躺在那里,妈,而且是你在和我说这一切?！不,咱们这样吧：你去彼岸,我往此岸。我往此岸,你自己去彼岸吧。不要教训我,不要拽我去你那里！

妮娜在这里有什么关系吗？

你明白吗,结果是如果我朝上,她就不得不朝下,去你那里。可如果她朝上,那我就不得不朝下。我俩无法同时留在上面,穆罕默德不让。她不应该受任何惩罚,可我又因为什么?！为什么我应该用自己的命来换她的？因为我劝她放弃堕胎了？

这无关诚实,无关公平,无关还债,无关宽恕,三个死者紧紧抓着我的腿并将我拽向底部,拽向沼泽,不让我游向上面的空气,关乎这个！

可为什么只喂自己而不是她吃深水鱼,而且谁会在乎我这样做,谁会珍惜,谁会知道呢？谁也不会,永远也不会,没有荣誉的功勋,只是愚蠢,这里没有任何胜利,也不可能胜利,没有任何牺牲,也没有任何救赎,这只关乎三排牙齿,只关乎被破布包裹着的血淋淋的内脏。这一切都是白搭,全都是白搭,白搭。

而且那个孩子会落入老哈辛的魔掌,他会把他培养成第二个别佳,是你自己促成了这一切,促成了第二个被骄纵、会为所欲为的无耻之徒!他长大后会成为人渣,会因为无聊和傲慢把下一个伊利亚送进牢区。这就是你赢了的后果。

你为什么要死?为了什么?

快跑!快飞走吧!

*　　　*　　　*

"可以叫一下穆罕默德吗?您刚刚拨过号码的。"

白皮肤女人做作地对他微笑了一下,然后拿起话筒。她拨了号码,轻声地说着什么。

"请坐。"

伊利亚一屁股坐进沙发,它深得像狼窝,像基坑。他坐在那里,像被催眠了一样盯着电梯,盯着三张大嘴,盯着三个口:他会从哪里出来?

电梯门开了,走出一个穿蓝衣的人。他不慌不忙地走向伊利亚。脸上没有任何表情。还来得及站起来跑掉。还来得及逃跑。伊利亚腾地站起来。

"怎么啦?"大胡子男人问道。

"是这样的,"伊利亚把红袋子给他,"交易做不成了。我把钱退回来。全都在这里。请转交给穆罕默德。"

"出什么事了?"那人干巴巴地问。

"哈辛被杀了。他欠你们的货。把钱拿好。"

大胡子男人朝袋子里瞅了一眼,耸耸肩。

伊利亚转身走向出口。

他跳出出口,闭上眼睛。大脑要开裂了。冷风使他清醒,让他有了喘息的机会。该抽支烟。正好还剩一盒烟钱。

幸好没有相信这二十五万紫色的纸币。

他沿着亚基芒卡大街慢慢往前走,走向波良纳站,走向桥。为了让大脑平静下来,他开始哼唱歌曲——西班牙语歌。

我是城堡

我是高塔

我是镇守财宝的利剑

你是我呼吸着的空气

他自问:怎么样,做得漂亮吗?他回答自己:不漂亮,像个傻蛋。

耳朵嗡嗡响。而且浑身发冷。真想抽支烟。

* * *

他过了桥——再次来到"红色十月"。所有的路都通向这里;但伊利亚现在有目的地走着。他知道往哪里去。

他向左拐——走向"圣像"俱乐部。那里提前贴满了一些美国明星的海报,他们刚刚被接到莫斯科来迎接新年。新年却触手不及。

拐角的后面就是那个工厂胡同。

旅行社门口站着不漂亮的姑娘古利娅。她身子裹在风衣里,抽着烟。立刻认出了伊利亚。

"可以给我也来一根吗?"

"怎么样,护照拿到了吗?"她从一个雅致的烟盒里给他拿出一根细细的、带铂金箍的香烟,烟盒像珍珠匣一样。

"拿到了。"

"您回来办理旅行手续?"她笑着对他说。

"还想再考虑一下,"伊利亚说道,"可不知为何老在这个哥伦比亚转来转去,也许,没用?你们这儿还有什么?"

他们抽完烟,回到温暖的室内。

"呶,瞧瞧,"伊利亚取出护照放在桌上,"是五年期的。两天就办好了。"

她打开护照带照片的页面。读了一遍他的名字。

"太好了。祝贺!"

她点击鼠标,翻动着目录。

"这样。咱们再来一次。找一个不要签证的。当然从流行线路中找,比如,泰国。您去过吗?"

"没有。"

等离子电视里的浪花像白色泡沫一样飞溅到白色沙滩上,棕榈树叶晃动,很像螺旋桨叶片。天如此蓝,以至于想钻进去。伊利亚看着屏幕,边看边听。

"实际上,那里除了人妖外,还有很多有趣的东西。俄罗斯人通常喜欢去芭堤雅,革命光荣圣地,岛屿美得难以想象,简直就和电影《阿凡达》里一模一样,从水里直接凸显出一些绿绿的巨石。一些无人居住的岛屿,有天然浴场、白色沙滩,法国青年人和澳大利亚人喜欢去那里,他们在那里过着共产主义式的生活,搞个三天三夜的聚会,真是棒极了。而且可以坐当地人驾驶的汽艇去森林里被遗弃的佛教寺院。"

伊利亚瞬间体验到了那里的全部生活,在那些郁郁葱葱的秘密岛屿上,与年轻的卷发巴黎女郎冲浪或骑轻便摩托车,她们青春洋溢,皮肤晒得黝黑:也许,还能与她们做爱。

古利娅继续煽动他说:

"或者,顺便说一下,可以去摩洛哥。您去过摩洛哥吗?"

"没有。我没去过任何地方,如果说起这些遥远之地的话。"

"哦,我去年去过,太令人兴奋了。这个国家本身简直就是一个奇迹,风景像宇宙里似的不同寻常,人很殷勤……而且那里的海洋是真正的海洋,充满狂风暴雨——正好适合冲浪。在蓝色海洋的衬托下,城市显得那么白净……那里的索维拉太美了。还有马拉喀什!古老的大城市,瓦尔扎扎特,阿拉伯城堡。那里的巷子很窄,与《一千零一夜》里描写的一样。市场,果园,带糖粉的鸽子肉馅饼,还有伊夫·圣罗兰①的庄园,但您也许对这不感兴趣……"

"感兴趣。"

"他没有孩子,但一生都养叭喇狗。而且所有的狗都是父子关系。它们都叫姆日克——意思是'男子汉'。男子汉一世,男子汉二世,男子汉三世,就像国王一样。而且它们的花园有家族墓穴,极其感人。世家。"

"啊哈。"伊利亚应答到。

"啊,还有以色列,您顺便也看看?"

"当然,"伊利亚说,"为什么不呢?"

"以色列简直就是 one love②!国家那么小,整个面积也就莫斯科州那么大,甚至还要小一些,可实际上——这就是整个世界。特拉维夫③一天二十四小时都在过夜生活,各种各样的俱乐部、酒吧和迪斯科,还有可口的美食,能让你把舌头都咽下去——鹰嘴豆泥啦,腌蔬菜罐头啦,肉啦——所有的一切让你发疯!跟鱼有关的菜肴简直 unreal④。人们都很时髦,文化活动也很严肃,肾上腺素与荷尔蒙,生活得激情四射!而四十分钟——你就能到耶路撒冷了。整个城市建造得像一大块石头,由白砂岩建成,它有三千年历史了,而且那里还有圣墓教堂、阿克萨清真寺、圣殿山、格格他——

---

① 伊夫·圣罗兰:法国时尚设计师,被认为是 20 世纪法国最伟大的设计师之一。
② 原文是用俄文字母拼写的英语单词,表示"真爱"。
③ 特拉维夫,是以色列第二大城市。
④ 原文是用俄文字母拼写的英语单词,表示"不真实"。

所有这些都位于面积几平方公里的地方,活力十足!你走在那里,感觉自己像只活一天的小甲虫或飞蛾。啊,也许春天我会再去那里。而且那里有两个海:埃拉特的红海对潜水旅行者来说简直就是天堂,而在一个叫阿什杜德的地方——能像通常那样享受海滨浴场休息。现在在那里的确晒不了什么太阳——如果气温到二十度以上就好了。但是!有古巴!关于古巴需要讲讲吗?"

"讲吧。"

她讲了哈瓦那,讲了那里的美国汽车、酒吧,里面克里奥人和穆拉托人整宿不停地跳舞来忘记自己的贫穷,手里还拿着在秘密小海湾里非法钓来的剑鱼和偷猎来的羊肉串。讲了里约热内卢以及伊帕内玛大学生旅馆里的生活:午饭前是沙滩排球,太阳落山后有装在椰子壳里的凯匹林纳鸡尾酒,还有就在大街上桑巴舞。她还讲了划着小木筏沿亚马孙河的漂流,讲了弗洛里亚诺波利斯的德国殖民地,讲了尼迈尔建在热带丛林里的首都,讲了像展翅高飞的小鸟的巴西利亚城。讲了秘鲁,讲了朝着印加帝国古老首都的徒步旅行。讲了香港,讲了马尔代夫,讲了韩国,讲了黑山。你讲吧,别停下来。

"嗯,我们怎么决定呢?"

"我还需要再考虑考虑。谢谢。"

他站起来,扣上衣服,出去了。

古利娅姑娘继续在桌上翻找了一会儿广告,在其中一本广告下发现了一个红褐色小本:写着伊利亚·谢尔盖耶维奇·戈列诺夫姓名的出国护照。她跑出去喊他,但他已经蒸发了。

* * *

电气火车车轮咔嚓咔嚓响着,路灯杆子一闪而过,窗外的莫斯科开始融化、流动,半小时后就要呈现出洛勃尼亚的形状了。莫斯科没有挽留伊利亚,也没有劝他不要离开。你想死——那就死吧。莫斯科像伊利亚的后妈,她对他完全无所谓。而洛勃尼亚像亲妈:永远等着他。

你在生气吗?

我没什么可以拿来给你安排安魂祈祷,也没什么可以用来安葬你。我袋囊空空走向你。殡仪馆代理人要求我用基督教的方式对待你,可我没什么可以拿来这样做。

我现在不知道他们会对你做什么,又会对我做什么。你会不会原谅我?你以前总是对我说语言分文不值,我所有的"对不起"——全都一文不值,语言只是声音,只有行动才有意义。而我现在给你的只有语言。

你在生气。

当我还是小孩子的时候,你知道吗,我和谢尔戈、萨尼卡爬到建筑工地里。他们对我说基坑里有工人忘掉的建筑炸药包,于是我被派到下面去取。我下去了,之后却无法爬出来。那天我第一次明白,我有可能会死。我从来没给你讲过这件事,妈,因为我害怕你又会很久不和我说话,就像猫事件之后。

基坑的墙是缓坡状的,于是我慢慢爬了上来,以免自己被卷进沙漏。但沙子从我指间滑过,墙往下滑,然后我被拽向深渊,那里没有底,就像我在往天上爬一样。是谁把我拽向死亡,难道不是你吗,妈?可你说过,希望我活着,说过,我还能一切重新开始!

我可以用另一种方式行事。可以把紫色的钱留给自己,把你像沙皇一样安葬。原本可以给你找洛勃尼亚声音最洪亮的神父给你做安魂祷告,给你弄一块漂亮安静的地方,让他们在那里给你建造一个大理石纪念碑,而夏天包着铁皮的小凳上总会有椴树或白桦树投下的阴凉。我原本可以提前向他们支付一百年的费用,这样谁也不会来惊扰你。我没有数钱,但还是够我本人在新大陆再活一百年。

但漏斗的底部不是你,妈。

我们房子里生气的灵魂不是你,砰的一声关上的门不是你,过道里的回声不是你,这些都只是我对你的思念。你死了,你不在了。你无所谓把你埋在哪里。你什么也禁止不了我,无法因为什么事情而责骂我。我因为这种自由而孤独,我因没有你的责骂而感到忧伤。但你能对我做的是——不和我说话。

我只是喜欢她而已,这个妮娜,你明白吗?而且她需要活着,为两个人活着,她非常需要活到2017年及以后。

我也试图通过欺骗逃脱。我几乎都快成功了。但最后的情况却是或者她,或者我和你在一起。

我很想既拯救你也拯救她,甚至想拯救自己,拯救别佳,但只能选择一人,于是我选择了她。就让她距离基坑越来越远吧,而我已经无所谓了。我松开手指,让沙子把我往下拖。活人走向活人,死人走向死人。

我原本可以按照另一种方式行事。我原本可以今天在飞机上过夜,而明天在新大陆醒来。一切都在我的掌控之中。可事实上我哪儿也没去,甚至没有飞走,我永远无法结束与你的这场谈话,即使为你安排了安魂祷告,我想,杀人并不可怕,可怕的是杀死别人的同时也杀死了自己:你神经兮兮,用砒霜将活生生的根部毒死,然后继续像一颗坏死的牙一样存在。

不管怎样我还是很想再去一次,尽量撒谎并敷衍到最后一刻,但现在一切都要水落石出了。我慢慢放下了,妈。而且我再也不跑了。如果你愿意,就诅咒我这样对待你吧。

我总是不太怕被揍,而更怕你不再和我说话。

* * *

"您是来带走的吗?"

"我……我想再看一看。"

"这有什么好看的？我们的期限已经快到了,还好有一周免费。然后就要缴滞纳金了。维克,去给他开门。否则您看她就像一个流浪者一样,而靠市政府的钱你啥也做不了。"

维卡带他走过破破烂烂的办公室来到冷冻室,把锁子哐当一声打开,推开一扇门,打开灯:只有一只白炽灯亮了,而水银灯在耍脾气。伊利亚在门槛上放慢了脚步,他不知道怎么看妈妈,害怕道别。

他跨过门槛。

这几天一些死者被带走了,增加了另一些死者,推车被移来移去,像填字游戏一样,从一个地方到另一个地方,妈妈也被移到了另一堵墙那里。

她现在独自躺在那里,直接对着入口。老式螺旋灯发出的暖光照在她脸上,温暖着她的脸庞,使它变得柔软、粉红。上次看起来紧闭的嘴唇这次从这个方向看很安详,甚至似乎带点微笑。她直接面朝伊利亚。

他站了一会儿,然后向她鞠了一躬,嘴唇轻轻碰了一下她的额头。

他的心放松了。一切释然了。"再见,妈。我要回家了。"

* * *

带黑窗户的小汽车还停在房子附近,甚至离他家的入口处更近了——而且里面的人没睡觉。伊利亚从旁边走过,没有躲闪。他抚摸了一下门铃按键,把门开得更大一些。不慌不忙地沿着台

351

阶走上去,仔细观察,用心感觉。

他打开门,脱掉衣服,洗了手,把菜汤放上面加热。刚好剩一盘。一周内它们没有酸腐,相反——味道更美了。他打开电视,开始看新闻:是杰尼斯·谢尔盖耶维奇喜欢的"生活"频道。

"莫斯科发生了一起谋害护法机关工作人员的凶杀案。少校警察被刺的尸体今天由三山厂区的工人发现。侦查显示有几种可能性……"

他把声音放小。开始喝汤。

突然别佳·哈辛在电视里望了他一眼。可笑的彩色照片,是Instagram里的生活镜头。他仿佛被硬壳呛了一下:我原本以为再也不会见到你了,哈辛,因为我再也没有你的手机了。可你却在这儿。

然后别佳消失了,替代他的是一个拿着红色戴套麦克风的女记者在敲一扇铁门。有人给她开了门——是一位上了年纪的女人,她头发花白,卷发,两只眼睛像两口井一样漆黑,她张皇失措地想赶紧抵住门,但摄影师已经在镜头里捕捉到她,已经像挤奶一样挤她的痛苦了。

屏幕下方滚动着字幕:"斯维特兰娜·哈辛娜,死者的母亲。"她轻声说着什么。她长这样。伊利亚把声音全部关掉,让她无声地动着嘴巴。

然后走出一个高高的男人,他长着马一样的长脸,红棕色头发——脸都气歪了,他抡起胳膊打了镜头一下,把妻子拽进去,砰的一声关上门。

"请原谅。"伊利亚请求道,但电视不会展示我们想要的那一面。

又开始展示死去的别佳生前彩色的微笑照。

窗外发出一阵辘辘声,然后沉寂下来。有粗鲁的说话声。

家里的对讲机开始唧唧叫。

伊利亚往窗外看了一眼。单元楼口停着一辆四方形汽车,是蓝白色"乌里扬诺夫斯克"汽车,入口处聚集了一群穿灰蓝色厚呢短上衣的人。

他没有接听对讲机。

他从厨房柜子里拿出手枪,检查了一下。"马卡洛夫"沉甸甸的,也很有弹性。枪管失去了光泽,有点笨拙。小小的。像一个小玩偶一样。铸造的死亡。

他扳下保险栓。

走进浴室,把蟑螂叫来,坐在边上,看着手枪。怎样正确射击呢?朝太阳穴还是朝嘴里?

美国电影里是朝自己嘴里开枪,而我们的电影里——朝太阳穴。一颗子弹曾经射入库图佐夫的太阳穴——他活了下来,只是瞎了,可再也没有力气活下去了。

对讲机继续歇斯底里地响着,揪动着神经。

该怎么办,妈?不要禁止我这么做,没必要。我们终究无法相见,你也看见了,我有多少罪啊。

"警察!"有人从街上开始大喊,"十一号住宅,开门!快开门,听见了吗?!"

上帝呀,你们真他妈的烦死我了!伊利亚踢开浴室的门,跑进厨房,用力拉开窗户:

"全都给我滚蛋!滚蛋!"

然后他用"马卡洛夫"射向空中。轰隆一声,震耳欲聋。一群在垃圾池里不愿飞的鸽子冲向天空。

他倒在椅子上。

警察们在楼下安静下来。窗帘像帆一样飘扬。街上的雪花飘了进来。

353

伊利亚把枪塞进嘴里。它散发着铁和油渍的味道,舌头发酸。哎,你好。心儿放松了。

大拇指按下——扳了一下,却卡住了。瞧这狗屎。再按了一次——白搭。不开火。

"好吧。"

他焦急万分,最后厌倦了。

他把"马卡洛夫"放到盥洗盆里。喝完汤,用面包瓤吸掉最后一滴汤。谢谢,妈妈。他洗了餐具。弄了一些泡沫到傻瓜手枪上。把餐具收到柜子里。

在无眠的一夜之后,疲倦像棉被一样包裹着他。茶始终没买——用什么来提神?现在睡着的话太可惜了。他走进自己的房间。

他用手指摸了摸像朋友一样的书籍。坐在桌旁:那里有一张纸白面朝上放着。

伊利亚翻过来——那是他大学时未画完的一幅画,给《变形记》配的插图:一半是人,一半是昆虫。他找了一会儿铅笔,坐在那里继续画完。他想出来了怎么办。

结果太糟了。他把石笔压得太紧,手不听使唤,画得太油且不准确。你这个笨蛋,这又不是在画监狱里的墙报。

但伊利亚没有屈服:他一直画着,直到最后一刻。

那些人撞门时,他没有站起来。

* * *

"上述地址住着以前的刑事犯公民戈留诺夫,他不久前从监禁地回来。警察试图逮捕他时,他进行了反抗,并向警备人员开火。训练有素的俄罗斯国家近卫军战士们赶来帮忙。罪犯在攻击住宅的过程中被消灭。护法人员无一人牺牲。"

"谢谢,亚历山大·安东诺维奇。这是莫斯科和莫斯科州俄罗斯国家近卫军记者招待会发言人——亚历山大·安东诺维奇·波利亚科夫。我们再提醒一下,今天俄罗斯国家近卫军战士们在洛勃尼亚消灭了一名危险犯罪分子。他也许就是杀害莫斯科警察的凶手。现在播报其他新闻。"

当浑身插满手榴弹碎片的伊利亚——有点像圣塞巴斯蒂安①——被裹在床单里抬出屋子时,电视还在继续放着。

最后不得不花市政府的钱把他和母亲安葬了。他们被分开安葬,坟墓上插着带标牌的杆子:戈留诺娃,戈留诺夫。杆子一直插在那里,等到再有尸体埋葬时拔掉。

戈留诺夫母子留在了2016年,可世界在继续前行。

妮娜生了一个女儿。有一些人留下了点什么,而有一些人什么也没留下。

---

① 圣塞巴斯蒂安是一位殉道圣人,受到罗马天主教、东正教的尊敬,据说在罗马皇帝戴克里先迫害基督徒期间被杀。在艺术和文学作品中,他常被描绘成双臂被捆绑在树桩、被乱箭所射的形象。

21世纪年度最佳外国小说书目
（2001—2019）

2001年：

1. 要短句，亲爱的 〔法〕彼埃蕾特·弗勒蒂奥 著
2. 雷曼先生 〔德〕斯文·雷根纳 著
3. 天空的皮肤 〔墨西哥〕埃莱娜·波尼亚托夫斯卡 著
4. 无望的逃离 〔俄罗斯〕尤·波里亚科夫 著
5. 饭店世界 〔英〕阿莉·史密斯 著
6. 凯恩河 〔美〕拉丽塔·塔德米 著

2002年：

7. 老谋深算 〔美〕安妮·普鲁克斯* 著
8. 间谍 〔英〕迈克尔·弗莱恩 著
9. 尘世的爱神 〔德〕汉斯-乌尔里希·特莱希尔 著
10. 幸福得如同上帝在法国 〔法〕马尔克·杜甘 著
11. 黑炸药先生 〔俄罗斯〕亚·普罗哈诺夫 著
12. 蜂王飞翔 〔阿根廷〕托马斯·埃洛伊 著

---

* 即安妮·普鲁。

2003 年：

13. 伊万的女儿，伊万的母亲 〔俄罗斯〕瓦·拉斯普京 著
14. 完美罪行之友 〔西班牙〕安德烈斯·特拉别略 著
15. 砖巷 〔英〕莫妮卡·阿里 著
16. 夜半撞车 〔法〕帕特里克·莫迪亚诺 著
17. 夜幕 〔德〕克里斯托夫·彼得斯 著
18. 灵魂之湾 〔美〕罗伯特·斯通 著

2004 年：

19. 深谷幽城 〔哥伦比亚〕阿瓦德·法西奥林塞 著
20. 美国佬 〔法〕弗朗兹-奥利维埃·吉斯贝尔 著
21. 台伯河边的爱情 〔德〕延·孔涅夫克 著
22. 巴拉圭消息 〔美〕莉莉·塔克 著
23. 守望灯塔 〔英〕詹妮特·温特森 著
24. 复杂的善意 〔加拿大〕米里亚姆·托尤斯 著
25. 您忠实的舒里克 〔俄罗斯〕柳·乌利茨卡娅 著

2005 年：

26. 亚瑟与乔治 〔英〕朱利安·巴恩斯 著
27. 基列家书 〔美〕玛里琳·鲁宾逊 著
28. 爱神草 〔俄罗斯〕米·希什金 著
29. 爱的怯懦 〔德〕威廉·格纳齐诺 著
30. 妖魔的狂笑 〔法〕皮埃尔·贝茹 著
31. 蓝色时刻 〔秘鲁〕阿隆索·奎托 著

2006 年：

32. 梅尔尼茨 〔瑞士〕查理斯·莱文斯基 著

33. 病魔 〔委内瑞拉〕阿尔贝托·巴雷拉 著
34. 希腊激情 〔智利〕罗伯托·安布埃罗 著
35. 萨尼卡 〔俄罗斯〕扎·普里列平 著
36. 乌拉尼亚 〔法〕勒克莱齐奥 著
37. 皇帝的孩子 〔美〕克莱尔·梅苏德 著

2008 年(本年起,以评选时间标志年度)：
38. 太阳来的十秒钟 〔英〕拉塞尔·塞林·琼斯 著
39. 别了,那道风景 〔澳大利亚〕亚历克斯·米勒 著
40. 优美的安娜贝尔·李 寒彻颤栗早逝去
    〔日〕大江健三郎 著
41. 大师之死 〔法〕皮埃尔-让·雷米 著
42. 午间女人 〔德〕尤莉娅·弗兰克 著
43. 情系撒哈拉 〔西班牙〕路易斯·莱安特 著
44. 曲终人散 〔美〕约书亚·弗里斯 著
45. 我脸上的秘密 〔爱尔兰〕凯伦·阿迪夫 著

2009 年：
46. 恋爱中的男人 〔德〕马丁·瓦尔泽 著
47. 卖梦人 〔巴西〕奥古斯托·库里 著
48. 秘密手稿 〔爱尔兰〕塞巴斯蒂安·巴里 著
49. 天扰 〔加拿大〕丽芙卡·戈臣 著
50. 悠悠岁月 〔法〕安妮·埃尔诺 著
51. 图书管理员 〔俄罗斯〕米哈伊尔·叶里扎罗夫 著

2010 年：
52. 转吧,这伟大的世界 〔美〕科伦·麦凯恩 著

Ⅲ

53. 卡尔腾堡　〔德〕马塞尔·巴耶尔　著
54. 恋人　〔法〕让-马克·帕里西斯　著
55. 公无渡河　〔韩〕金薰　著
56. 逆风　〔西班牙〕安赫莱斯·卡索　著

2011 年：

57. 古泉酒馆　〔英〕理查德·弗朗西斯　著
58. 天使之城或弗洛伊德博士的外套
　　〔德〕克里斯塔·沃尔夫　著
59. 复活的艺术　〔智利〕埃尔南·里维拉·莱特列尔　著
60. 哪里传来找我的电话铃声　〔韩〕申京淑　著
61. 卡迪巴　〔法〕让-克里斯托夫·吕芬　著
62. 脑残　〔俄罗斯〕奥利加·斯拉夫尼科娃　著

2012 年：

63. 沙滩上的小脚印　〔法〕安娜-杜芬妮·朱利安　著
64. 阳光下的日子　〔德〕米夏埃尔·库普夫米勒　著
65. 唯愿你在此　〔英〕格雷厄姆·斯威夫特　著
66. 帝国之王　〔西班牙〕哈维尔·莫洛　著
67. 鬼火　〔美〕莉迪亚·米列特　著
68. 骗局的辉煌落幕　〔瑞典〕谢什婷·埃克曼　著
69. 暴风雪　〔俄罗斯〕弗拉基米尔·索罗金　著

2013 年：

70. 形影不离　〔意〕亚历山德罗·皮佩尔诺　著
71. 我们是姐妹　〔德〕安妮·格斯特许森　著

72. 聋儿 〔危地马拉〕罗德里格·雷耶·罗萨 著
73. 我的中尉 〔俄罗斯〕达尼伊尔·格拉宁 著
74. 边缘 〔法〕奥里维埃·亚当 著

2014 年：

75. 生命 〔德〕大卫·瓦格纳 著 ★
76. 回到潘日鲁德 〔俄罗斯〕安德烈·沃洛斯 著
77. 潜 〔法〕克里斯托夫·奥诺-迪-比奥 著
78. 在岸边 〔西班牙〕拉法埃尔·奇尔贝斯 著
79. 麻木 〔罗马尼亚〕弗洛林·拉扎莱斯库 著
80. 回家 〔加拿大〕丹尼斯·博克 著

2015 年：

81. 骗子 〔西班牙〕哈维尔·塞尔卡斯 著 ★
82. 星座号 〔法〕阿德里安·博斯克 著
83. 所有爱的开始 〔德〕尤迪特·海尔曼 著
84. 首相 A 〔日〕田中慎弥 著
85. 美丽的年轻女子 〔荷兰〕汤米·维尔林哈 著

2016 年：

86. 酷暑天 〔冰岛〕埃纳尔·茂尔·古德蒙德松 著 ★
87. 祖列依哈睁开了眼睛 〔俄罗斯〕古泽尔·雅辛娜 著
88. 本来我们应该跳舞 〔德〕海因茨·海勒 著
89. 父亲岛 〔西班牙〕费尔南多·马里亚斯 著
90. 黑腚 〔尼日利亚〕A.伊各尼·巴雷特 著

V

2017 年：

91. 遇见 〔德〕博多·基尔希霍夫 著 ★
92. 女大厨 〔法〕玛丽·恩迪亚耶 著
93. 电厂之夜 〔阿根廷〕爱德华多·萨切里 著
94. 小女孩与幻梦者 〔意〕达契亚·玛拉依妮 著

2018—2019 年：

95. 夫妻的房间 〔法〕埃里克·莱因哈特 著
96. 活在你手机里的我 〔俄罗斯〕德米特里·格鲁霍夫斯基 著
97. 首都 〔奥地利〕罗伯特·梅纳瑟 著
98. 已无人为我哭泣 〔尼加拉瓜〕塞尔希奥·拉米雷斯 著

（带★者为"邹韬奋年度外国小说奖"获奖作品）